KEY·可以文化

艾伟作品

艾伟 著

镜中

In the Mirror

浙江文艺出版社
Zhejiang Literature & Art Publishing House

我把它们都看作古旧契约的
永恒的根本的执行者，
使世界繁殖，仿佛生殖的行为，
无法睡眠，带来劫数。
——博尔赫斯《镜子》

一切有为法，如梦幻泡影，如露亦如电，应作如是观。
——《金刚经》第三十二品

对称有着无与伦比的美感。
——作者

目　录

第一部

一

听到出事的消息，庄润生一时有点反应不过来。他感到自己的身体和思维在那一刻被抽空了。他听到血液冲击脑门的声音，这种声音让他晕眩。疼痛要许久才会出现，就像手被利器割破，要过上一阵子，钻心的痛才会传导到脑子里。

电话是甘世平打来的。世平原本平静的声音里有一种少见的紧张。世平遇事沉着，任何难题在他那儿总能找到解决办法。润生对自己在这样的时刻关注到世平的紧张感到奇怪，好像反倒是世平的紧张更令他不安。

世平问润生，现在在哪儿，需不需要他来接。润生说，我自己过去。

润生坐到车里，思维依旧处在空白状态。车窗外是明晃晃的大白天，阳光照彻大地上的事物：建筑、汽车、行人、树木、花卉、草丛，但润生觉得自己正穿越在一条黑暗隧道中。有一刻，他觉得自己穿行在自己设计的充满谜语的建筑里：光线就在远处，人们不知道光线下最终会呈现怎样的谜底。后来，他觉得在那纷乱的时刻想起建筑本身就是一种罪过。

　　世平正在医院门口等他。世平面色忧戚，问，先去看易蓉还是看孩子。润生想了想，说，先去看孩子吧。

　　世平带着润生去医院太平间。有电梯直通太平间的地下室。出了电梯，看到一条长长的走道，走道上有一排椅子，应该是给死者的亲人们准备的。走道的尽头透出一道雪亮的光芒。

　　从走道的尽头向右拐就进入一个明晃晃的世界。灯光亮得如同白昼。一排排冰冷的铁柜立在大厅里。刚才进来时，一个神色阴郁的老头认出世平，世平从口袋里摸出单子——润生猜想那应该是存放儿子和女儿尸体的凭证，老头摇了摇手，表示不需要。老头领着润生和世平来到其中的一排柜子前，上面标着 56 号和 57 号。那老头看了看润生，递给润生一颗药。老头说，你吃了它。润生拒绝了。那老头把药递给世平，让世平拿着。世平接了过来。

　　在润生晕过去前，留在他脑子里的印象竟然是飞来寺那位高僧圆寂时的模样。那座建于地下的禅院原是高僧生前的心愿，可以说是为高僧所建。他以为高僧圆寂时应该体态完好，不是的，高僧缩成一团，血肉模糊，不像是圆满的羽化，更像是因为某种疼痛而自绝。寺院方面最初建议在新的建筑里放置高僧的肉身佛像，这和润生的设计理念相悖。接替高僧主持寺院的新方丈早年游历各地，见多识广，他游历不丹时收藏有一尊半米高的千年小佛像。在润生的劝说下，开明的方丈同意地下禅院做成一个人生的迷宫和冥想之所。高僧的肉身被烧成了灰，置于那尊千年小佛像之内，放置在地下禅院的中央，供人礼拜。对润生来说，设计的要诀在于充分地留白。

　　儿子一铭的尸体还算完整。出事时，一铭应该是坐在后座，但明显已不是全尸，裹在沾满血污的衬衫里。当润生看到女儿一贝的样子时，他突然放声大哭，她那张美好的脸面目全非，她的下巴和脸分离，锁骨断裂，白色的骨头裸露在一堆凸凹不平的肿胀的皮肉中。世平一直扶着他，但他还是晕了过去。

润生醒来时，发现自己躺在医院里。世平已经走了，留了一张纸条：

我先去处理一些事，你醒来电话我，我马上过来。

润生再次想起在太平间目睹的惨状，身体慢慢蜷缩成一团，他揪着自己的头发，无声地抽泣起来。他拉断了吊针的橡皮管，针头滑出血管，在他手背划出了一道血痕。护士赶了过来，劝说他。他蒙着头，浑身颤抖。护士给他注射了一针镇静剂。一会儿，他又睡去了。在睡梦中，他看见儿子和女儿灿烂的笑脸，他看到孩子们的身上披着华光，好像他们成了天堂的孩子。

半夜，润生醒了过来。也许因为药物，他感到没有任何力气，甚至情感也有点麻木，但还能想得起刚才的梦境。他感到自己被热闹的尘世剔除，置于某个荒芜之地，四周空空荡荡，好像整个医院只有他一个人。

正是黑夜最安静的时刻，凌晨马上要降临了，窗外的建筑漆黑，天空倒泛着灰光，好像一个风平浪静的巨大的湖泊盖在万物之上。隔壁床上的病人在梦中发出奇怪的呓语，含混不清，仿佛说着天堂或地狱的语言。润生想起自己刚才梦到的一铭和一贝，想到他们此刻正血肉模糊地躺在太平间里，感觉像是另一个梦境。

二

昨天下午，世平来到车祸现场，是他把易蓉从驾驶室里抱出来，放到医院 120 急救车的担架上。易蓉已昏过去了，不过他记住了其间她睁开眼，眼白朝上，向他投来一瞥，那张撞碎了的脸和玻璃碎片黏合在一起，从她脸上已不能再看到任何表情，但世平能感受到易蓉深切的悲哀。抱着易蓉时，世平强忍着泪水。她活着，可她将如何面对失去儿子和女儿？她破损的面容恐怕最高明的现代整容术都不能修复了，她是如此爱美，她能忍受这样一个面目全非的自己吗？她该怎样度过漫长的余生？

车祸纯粹是一次意外，发生在虎跑路进入钱塘江大桥的转弯处。车子是在失控状态下猛烈地撞击在钱塘江大桥右侧的铁围栏上，围栏被撞开一个缺口，把汽车死死卡在其中，车子的右边已被撞得粉碎。世平到的时候，警方也刚到。他看到一铭的头重重撞在玻璃上，瘫在后座。而前座的一贝则被包裹在汽车破碎的钢板中。世平后来想，幸好润生没有看到这一幕，要是润生看到，肯定会当即像在太平间那样昏厥过去，并和易蓉一起被救护车送到医院。世平还想，噩梦恐怕将缠绕润生终生。

那天警方还告诉世平，易蓉是酒驾，车子左侧位置的间隙藏着一瓶喝剩一半的白兰地。警察问世平，她平常酗酒吗？世平犹豫了一下，摇了摇头，表示不了解。世平认为警察大概把他当成易蓉的丈夫了，不过警察马上打消了他这个念头，警察问，她男人还没联系上？世平把目光投向别处。

悲剧来得如此令人猝不及防。就在这天上午，他和润生带着山口洋子一行在飞来寺禅院考察。这座禅院是润生建筑生涯中的代表性作品，世平带客人到这里参观过无数次了，每次都会带来意外的感受。光线从头顶的玻璃水池投射进来，在禅室的地面上构成一朵一朵莲花的影子。那是玻璃水池上的莲花落在禅院的长长的投影。禅院虽建在地下，但润生巧妙利用了山势，在禅院和山体之间留了缝隙，使得阳光可以从这些缝隙中射入。这些缝隙经过精心的设置，让阳光如刀剑一般从墙体射入，呈现某种混乱的线条，它们和莲花的影子交相辉映。更奇妙的是莲花和刀剑并不冲突，反而相当和谐，透着某种安详的气息。随着光线的流转，禅院出现不同的图案，有时候，人的影子也成了禅院图案的一部分，每一帧瞬间形成的图案既代表着时光的流逝，又像是某种永恒的延续。这会儿，润生和山口洋子走在前面，世平和山口洋子的代表木村重信在后。世平看到莲花和刀剑打在润生和山口女士的身上。他们一直没有交流，山口女士的脸上露出神圣和庄严的表情。

"是安藤忠雄先生向我推荐了你。我现在知道他推荐你的原因了。"山口洋子说。

润生和安藤忠雄先生见过一面，那一年润生获得了阿迦汗国际建筑奖，安藤先生出席了颁奖仪式。那年阿迦汗国际建筑奖是在贝聿铭先生设计的位于多哈海边的伊斯兰艺术博物馆颁发。润生第一次见到这座建筑，就被它宏伟的力量所震撼。建筑像折叠而成的巨石，矗立在蔚蓝色的海面上，它的简洁和繁复让人想起伊斯兰建筑的精髓。在那次颁奖后的酒会上，作为前辈的安藤忠雄先生主动来到润生面前，向润生道贺。安藤先生是润生的偶像之一，同为东方人，在一众西方以及阿拉伯人面孔之中显得相当醒目。那一次润生和安藤先生相谈甚欢。近年来，整个建筑界流行所谓东方主义，润生所设计的东方禅宗式的现代建筑因此广受关注，特别是润生的地宫建筑以及光线的运用，被著名的意大利建筑设计杂志 Domus 誉为"巢穴主义"。该杂志认为"巢穴"是人类建筑的起始点，和我们与生俱来的潜意识息息相关；但润生的"巢穴"不是暗的，而是明亮的、光影斑驳的，做到了地下的"阴"和光线的"阳"完美结合。Domus 认为这种设计理念源于中国的阴阳哲学。那次安藤先生和润生认真探讨了这个话题。安藤先生说，这种潮流摆脱不了西方中心主义思想。润生觉得安藤先生一语中的。

"你知道吗？安藤先生身体不好了，他的胆囊、胆管、十二指肠处发现有癌症，他得做个大手术，把体内这些器脏，还有胰脏和脾脏都摘去。"山口洋子说。

润生吃了一惊。上次见面时安藤先生看上去非常健康，作为一个曾经的拳击手，他布满皱纹的脸上依旧有一种坚韧倔强的表情，动作也比到了他那个岁数的人更为敏捷。

"他会有生命危险吗？"润生问。

"我只能说安藤先生需要一个复杂的手术，不过我相信他会活着。"说完，山口洋子不再说话。

润生心情沉重。在他的建筑生涯中，他从安藤先生的建筑中得到很多启发，关于光线和极简主义的想法已成为润生设计理念的一部分。润生想着什么时候去看望一下安藤先生。不过作为曾经的拳击手，安藤先生大概是不愿意以弱者的身份接待来访者的，他恐怕会拒绝润生的探望。

在一旁的世平一直听着山口洋子和润生的谈话。他马上理解了山口小姐话中的意思，这个项目山口洋子原本是想找安藤先生设计的，安藤重病在身，推荐了润生。山口洋子这时候提起这个话题，应该是有了定见，她被润生设计的禅院征服了。

世平昨晚一宿没睡着。昨天他在医院忙乱了一下午，身心俱疲，可就是不能入睡，想起易蓉的车祸，心绪难平。晨光开始降临大地，他索性起床，胡乱吃了早点，开车来到建筑事务所。今天上午，原定山口洋子要和润生交流长崎项目的相关细节，没想到润生突遭如此不幸，会谈恐怕无法照常进行了。他思考着如何同山口洋子解释，最后他决定如实相告。他相信山口小姐会理解的，或许她可以晚几天回国，等润生缓过劲来。

润生建筑事务所设在钱塘江边一个废弃工厂改造的建筑群中，这儿现在已成了一个文化创意园区。工业时代的建筑改造后，意想不到地产生了岁月带来的残破的诗意，也满足了人们怀旧的需求。高耸的烟囱和依附在建筑上的钢梯都被保留了下来，斑驳的墙壁上裸露的红砖经过适当的加固后得以保全。事务所坐落在园区西北一个安静的角落，基本保留厂房的回字形结构，只是在小楼中间做了一个玻璃墙体，形成一个巨大的天井。天井里的景观是润生精心设计的，非常中式。中国人的审美离不开三样东西：水、石头（或山）和植物。润生选的不是那种满是窟窿的太湖奇石，这不太符合润生的审美，他需要一种兼具中国传统韵味和现代性气质的风格。所以他在云南的一个采石场找到了白色的石料，让工人们凿成国画里的叠山造型，几块石头放在那儿，像中国画中一座座小小的山峰，石块下面铺着一些灰色的细石子，而植物则是清一色的竹子。竹子挺拔而简洁，那一排青竹衬着山石，使整个玻璃天井有了盎然意趣，从哪个方向看，都像一幅画。廊道围绕着天井，从四个方向都可以进入天井。从天井观察每一间办公室，都像一个精致的舞台。

八点钟，事务所另外两位设计师以及三位实习生陆续到了。世平想在山口洋子来之前，和大家商量一下今天的会议如何进行。同事们都听说了润生家的变故，表情沉重。大家问世平，润生怎么样，世平摇了摇头，表示情况不好，今天恐怕来不了了。世平说，待会儿山口洋子一行来，请大家一起出席，以示我们对客户的尊重。世平干的是行政，不懂设计，平时这些设计师并不把他放在眼里，但眼下这种情形，大家都很配合。

会议室在北侧二楼。这里光线比较幽暗，拉上窗帘就成为一个暗盒子，可以播放投影。暗盒是润生赋予这个地方的意义：思想从无到有，是从黑暗中生出光来，黑暗也有利于思考的专注。润生经常在幽暗的光线下和大家讨论设计需要解决的问题，他不让大家看稿纸，让大家把脑子里的念头随口说出，哪怕是荒唐的念头。今天不是内部会议，世平来到会议室，把窗帘全部打开。窗帘打开的瞬间，他感到天井里的景物迎面扑来，仿佛想挤入会议室。

九点钟，山口洋子带着木村重信一行到了事务所。是世平让事务所的司机把山口小姐从她下榻的饭店接来的。世平在事务所外面迎候，和山口洋子寒暄了几句，然后带着山口小姐一行来到会议室。同事们都坐在自己的位置上了，他们这么自律在往日极为罕见。山口小姐马上发现润生不在，皱了一下眉头，在摆有自己座签的位置上坐下。她大方地向各位问好，开了个玩笑说，我的项目没那么大，恐怕用不着这么多设计师。然后山口小姐向木村先生招了招手，木村来到山口小姐身边，山口小姐同木村耳语了几句。木村点头的动作幅度颇大，虽然没出声，但那个日本式的"哈"好像包含在这个动作里了。木村小跑过来，对世平说，山口小姐只想见庄先生。世平本来想先介绍一下事务所的同事，再说明润生来不了的原因，现在只好直接说了：

"山口小姐，实在是抱歉，昨天下午，庄先生的太太出了车祸，庄先生的两个孩子不幸罹难，他的太太还在昏迷中……"

山口小姐一脸震惊，不过她迅速控制住了"震惊"在脸上蔓延，努力恢复她一贯的平静面容，但依旧能看得出她此刻内心的波澜。她给人的印象一直是一个处变不惊的女人，情感内敛，不轻易表露。她沉思了一会儿，对世平说：

"甘先生，我能去看望一下庄先生吗？"

出乎所有人的意料，润生这时候进来了。他应该是从医院里直接过来的，来不及收拾，头发倒还整齐，脸色极度苍白，瘦了一圈；胡子没有剃掉，令他看起来更加憔悴；他的眼里布满了血丝，眼神是软弱的，透出某种既茫然又可怜巴巴的敏感。同事们全都看着他。润生意识到他们都知悉了情况。

"山口小姐，对不起，我迟到了。"润生说。

山口小姐站起来，她的目光里含有雾一般的湿润的光亮。是泪水吗？世平不确定，润生和山口小姐到目前为止只是商业关系，她不至于这么轻易对一个称得上是陌生人的个人遭际流泪。或者润生的不幸勾起了山口洋子的某种回忆？

山口小姐站起来，对众人说："你们都出去吧，我想同庄先生单独谈谈。"

屋子里十分安静。大家好像都明白这时候安慰润生是多余的，唯有安静是合适的，安静可以包含克制的悲伤。同事们走到润生身边，轻触一下他的手臂，这是此刻唯一可以表达的语言。一会儿，包括木村和世平在内的所有人全都出了会议室，只留下山口小姐和润生两人。山口小姐把面向天井的窗帘拉了起来。屋子里一下子暗了，微光从窗帘的缝隙中透入，使黑暗中的事物依稀可辨。

"庄先生，我听说了您的不幸，我非常悲伤……"

山口小姐一改往日的矜持，好像有什么事让她此刻柔软下来。润生看不太真切山口洋子脸上的表情，但他能辨认得出她声音里的情感。

"我决定我的道场一定要庄先生来设计。我能想象您暂时不会有心情来考虑这事，我可以等您，等您几年都可以。总之这个设计必须得庄先生来完成。我应该还可以再活几年。"

润生和山口小姐面对面坐着，黑暗减少了他们交流的障碍，虽然用的是简单的英语，但他们完全心领神会。一会儿，润生终于明白，她对自己的同情里，包含着对过往的缅怀。

山口小姐讲了一个故事，解释她为何在离开这个世界前要造一个道场。14 岁那年，山口洋子在美国留学。太平洋战争在那一年爆发了，日本偷袭了珍珠港。三年后，美国人把两颗怪物投到了广岛和长崎。这是人类第一次见证原爆的威力，那是经书中所写的世界末日的景象：地要大大震动，多处必有饥荒、瘟疫，又有可怕的异象和大神迹从天上显现。甚至比经书中写得更严重，原爆过后，植物变成了枯木，建筑残破、千疮百孔，电线杆或直挺挺躺在地上，或折成几段，电线早已熔化，人变成了一团炭灰或尘埃，即便是金属也扭曲变形，整个长崎满目荒凉，一片废墟。山口洋子得知自己的家乡遭受不幸，但战争让她无法回去。由于美国和日本开战，美国国内出现排斥日本侨民的行为，山口洋子整日待在屋里，通过报纸了解长崎的惨状，心中惦念自己的父亲和两位兄弟。当时她的父亲是日本九州华族（即贵族）的一位召集人。

润生听着山口洋子的讲述。有一刻他有点走神。山口小姐讲述的是一个遥远的故事。以这个故事推算，山口小姐今年 86 岁了，眼前的山口小姐看上去仅有 60 多岁的样子，保养得相当好。

山口小姐回国已是三个月以后的事了。那时天皇已颁布了《终战诏书》，宣布接受《波茨坦公告》，美国占领了日本。山口洋子回到长崎后才知道她的哥哥和弟弟死于那场原爆。她见到了父亲最后一面，她的父亲被炸成类似科幻电影中的异形，整个肉身都毁掉了，最后死于内脏功能衰竭而引起的并发症。父亲死去的最后画面作为原爆受难者的形象以照片的形式挂在长崎原爆纪念馆内。然而亲眼看见父亲死去是件残忍的事。

家族的瞬间毁灭让山口洋子无法接受。她成了这个家族唯一活着的人。她觉得活着是一种罪过。在此后漫长的岁月中，她几乎过着隐居的生活。战后，日本国会废除了华族制度，原华族为了延续家族的光荣，在霞关设立了一个华族会馆，山口洋子也没有参与。她继承了山口家的家业，但这辈子没有结婚生子。她通过家族创设的慈善会，救治原爆后的幸存者。她尤其关心儿童救治相关领域，在幕后为此项工作投入了大量的精力和金钱。然而令她悲伤的是，她依旧一次一次目睹着这些人快速地衰老和死亡。

听到这儿，润生由于心智的混乱而涣散的注意力变得专注了。他沉思山口洋子的故事，竟然觉得那个遥远的故事在昨天通过另一种形式发生在了他的身上，他感受到了轮回。山口洋子的家庭悲剧像是润生的一面镜子。这个启示吓了他一跳。

"现在，上天留给我的时光不多了，我想在走之前尽我所能建一个道场，一件不负长崎这片土地的艺术品。我想要有一个精妙的设计，以告慰无辜的牺牲者，也能慰藉未来的参拜者。我希望这个道场能让众生对觉悟有情有深刻的体认。今天我觉得这个设计非庄先生您莫属。"山口小姐说到正题。

"您明白我的意思吗？"山口洋子问。

润生茫然地看着山口小姐。

"世事无常，一个人只有体验到生命的无常后，才会理解我想要的设计。庄先生，我这么说，您可能觉得不够厚道。我不是这个意思，我不希望任何人经历这么残忍的事，我希望这个世界没人需要经历痛苦。但从另一个方面想，我们没有办法，无处可逃，必须把创伤当成上天给予我们的礼物。这么多年来，我就是这么想的。"山口洋子说。

屋子里安静极了。这个园区背靠一座小山，润生的建筑事务所就在靠山的位置，有鸟叫声传入，听起来分外惊心，好像它们看到了过去、现在或未来上演的人间悲剧。

"我感谢您今天还能来见我，我知道这是出于您的职业精神。我经历过一切，我明白真正的悲伤、那种撕心裂肺的磨难对庄先生来说还没开始，还在您身体里沉睡，但它们会醒来，庄先生会有很长的日子不好过。我经历过，无助、悲伤、愤怒、孤寂以及仇恨会如影随形跟着您。庄先生，我替您担心，但您一定要挺过来，我等着您来帮助我呢。如果庄先生需要散心，欢迎来长崎，我有一个庄园，您会喜欢的。"

山口洋子从桌子那边伸出手，轻轻握了握润生的手，然后站了起来。她似乎对刚才的鸟叫好奇，打开窗户，看了看北面的山体。她说，在长崎，海鸥整日叫个不停，有时候她会有幻觉，觉得鸟叫声像梵音，慈悲而庄严。

润生也来到窗边。昨天的药物依旧在他身体里发挥作用，他意识到自己所有的行为几乎是下意识的，他的思维以及感官不如往日敏锐。他要等日后才能慢慢体会到山口小姐所言的深意。

"唉，说起来日本人真是愚蠢，一条小蛇却想吞掉整只大象。我希望日本人不要再这么愚蠢。"这是山口小姐说的最后一句话。

润生和山口小姐在里面谈话时，世平陪木村重信聊天。木村先生同一般日本人不一样，显得不那么一板一眼。他游历各国，来过中国多次，算得上中国通。他为人热情，仿佛和世平认识多年似的，和世平闲聊在中国的种种见闻和心得。世平心事重重，一直看着会议室，几乎什么都没有听进去。半个小时后，山口洋子神色庄重地从会议室出来，木村先生迅速起来，像一支离弦之箭，奔了过去，迎候山口洋子女士。

三

送走山口洋子一行，润生和世平去医院，看看易蓉是不是醒过来了。是世平开车，润生坐在后座。润生说，早上醒来，他去过易蓉的病房门口，易蓉还在昏迷中，不过医生告诉润生，她的生命已无大碍。润生看到昏迷中的易蓉整个头部被白纱布包扎起来。陪同他的医生给润生看了 X 光片，照片中，易蓉的骨架有明显的断裂，特别是下颌部分，有一根骨头断了。润生把目光投向易蓉，昏迷中的易蓉似乎知道润生的到来，紧闭的双眼流出泪来，就好像那儿有一个泉眼，正冒出泉水。润生轻轻叫唤易蓉，易蓉一点反应也没有。润生对世平说，这一切像一场大梦，感觉不真实，即便此刻他还是不敢相信发生的事。世平没吭声。他能说什么呢？一会儿润生说，易蓉病房现在还住着别的病人，想办法弄间单人的吧。世平说，已同医院说了，眼下病房紧张，有了就办。

停好车，世平陪润生一起进了医院。到了易蓉的病房门口，世平就停步了。虽然润生没有阻止他一同前往，世平觉得自己还是不适合一起进去。世平坐在病房外的椅子上等候，他的脑子里满是躺在病床上的易蓉和躺在太平间的一铭与一贝。

　　易蓉依旧在昏睡中，润生没有久留。世平陪着润生从医院里出来时建议润生早点把孩子们火化。润生接受了。易蓉现在这个样子，恐怕一时半会儿参加不了葬礼。即便能参加，对于她也过于残忍。

　　葬礼一事是世平在打理。

　　润生的父亲曾是世平的老领导，待世平如己出。世平是听从润生父亲的劝导来杭州帮助润生的。当时润生的事业已经有了起色，父亲认为润生要是没有人帮衬，凭他的书生意气，很难做大。润生父亲原本也是学建筑的，由于在徽派建筑研究上的建树，在安徽的一所大学升至副校长。润生父亲当副校长期间，看中了世平，让世平做了他的秘书。世平的能干深得庄校长的赏识。庄校长退下来后同世平谈了一次心，认为世平只有本科文凭，待在大学并非最好的选择，提议世平做润生建筑设计事务所的合伙人，帮润生打理行政事务。世平听从老领导的提议，来到杭州。

　　很多人说润生和世平长得有点像，特别是眼睛和眉毛的部分颇有些神似，只是气质不同，润生天真而固执，世平则冷静且热情。润生一度怀疑世平是父亲的私生子，直到润生有一天去世平家玩，见到世平父母，才打消了这个念头。润生这么想是因为父亲是有前科的，在润生成长时期，父亲和一个女人发生了婚外情。这事让润生的性格变得内向。母亲也很伤心，只是母亲依旧忍辱维护父亲，容不得别人说父亲不好。后来母亲因病过世，父亲迅速和学院一位教师结了婚，她的年龄几乎和润生差不多。润生不能原谅父亲的行为，一度不太和父亲往来。但知子莫如父，父亲毕竟是爱他的，派了世平来协助他。这几年多亏了世平的打理，他才有所成就，在博采众长的基础上，形成了自己的建筑思想和特色。他对父亲和世平是感激的。他觉得父亲的这个安排中隐藏着对他才华的信任，不然父亲怎么可能让世平来帮助他呢。他和父亲的关系也因此得以改善。

葬礼非常简单。润生还没找好墓地，此事必须和易蓉商量。他决定等易蓉醒来后再议，先火化了再说。葬礼的参加者只有润生和世平，连事务所的同仁都没叫。世平问需不需要把一铭一贝的事告诉庄校长。润生想了想，说，缓一缓吧，他这几年身体状况一年不如一年，经受不起打击了。父亲一向严厉，润生青少年时期觉得父亲丧心病狂，对他严苛到不近人情。但父亲对孙子、孙女是真的欢喜，一见到他们便是一副慈眉善目的模样，像一尊弥勒佛。世平不再表示意见。

殡仪馆的车子来到医院，工作人员把两具尸体放到车子上。世平问润生要不要去看一眼？润生脸色苍白，摇了摇头，坐进自己的车里。车子还是世平开的，紧跟着殡仪馆那辆黑色的灵车。殡仪馆在城西，早晨的太阳挂在天边，像一道天堂之门。

润生独自去过出事的地点。他把车停在钱塘江大桥北塊上坡的口子上，他沿着上坡道向车祸发生地走去。坡道上没有人行道，上坡道是圆弧形，道上的汽车开得并不快。坡道的两边种着悬铃木以及香樟树，枝叶繁茂，这里还算是西湖景区，著名的六和塔就在西侧不远处。

易蓉撞断的那个钢质挡条还没修复，断开处像一张巨大的

狼口，好像随时会把什么吞噬掉。那断开处震惊了他，他迈不
开步子。他脑子里无数次想象过易蓉的汽车撞向围栏的那一刻，
钢条如何刺毁汽车。润生没见过那一幕，世平也没有具体向他
描述，可润生只要一闲下来脑中就会浮现那个场景，犹如电影
里的慢动作，一遍遍播放。汽车撞击时女儿的长发像水中漂浮
的草，迅速散开来。这种想象让他身心俱疲。

　　他想起山口洋子的话：真正的悲伤、那种撕心裂肺的磨难
对润生来说还没开始，还在他身体里沉睡，但它们会醒来。最
初的麻木过去后，他感到自己的身体变空了，五脏六腑不复存
在的那种空。他脑子里竟然想起建筑师安藤忠雄。山口洋子说，
安藤先生将会摘去胰脏和脾脏。失去器官的身体会变成另一个
意义上的身体吗？那个"自我"会因此改变或消失一部分吗？
润生觉得自己的"自我"被掏空了，完全死了。汽车陆续从润
生身边驶过，其中的一辆停了下来，车窗摇下，探出一个中年
男人的秃顶，男人目光凶悍，骂道，你想被撞死吗？

　　润生需要咬紧牙关才能靠近那个位置。仔细察看，还能看
到地上的血迹。围栏上残留的油漆应该是易蓉那辆红色宝马留
下的。他抚摸着铁围栏，好像在抚摸孩子们的身体。他探头看
了看坡道一侧的斜坡，那里长满了杂草。南方的土地，湿润而
肥沃的土地，有生命力的土地，什么植物都能茁壮生长。与杂
草比，人是多么脆弱，是因为人没有根须深入土地吗？他看到
不远处的草丛间有一颗琉璃珠子在闪亮，他怦然心跳，那是出
事时孩子们遗落的古罗马人面珠子吗？罗马珠子是那趟去多哈
领阿迦汗国际建筑奖时一位约旦建筑师女士送的。那天他们在

餐厅，玩着抽阿拉伯水烟，润生和女士交换了孩子们的照片，那位女士喜欢润生刚满一岁的女儿，她摘下手中的一串珠子，说要送给润生的女儿。罗马帝国曾统治过约旦所在的地区，约旦境内到处都是古罗马的遗迹。古罗马人面珠子色彩丰富，从青金石的底色中，渗出墨绿色的线条和色块，中间的人面天真如童画。润生不敢全要，只要了两颗带有黄色人面的，一颗女孩脸，一颗男孩脸。润生爬出围栏。现在他确认那确实是孩子们的遗物，由于激动，他抓到珠子后滑倒在斜坡上，身体翻滚。幸好一棵柏树挡住了他。他的手上沾满了杂草和泥土，他把罗马珠子紧紧握在手中，就好像握着孩子们的生命。

润生躺在杂草丛中，缓慢地摊开手，那是一颗有男孩人面的珠子。它是一贝的，名字叫哥哥。另一颗属于一铭的珠子叫妹妹。这是润生回来后让儿子和女儿自己挑的，命名也是兄妹俩自己想的。哥哥和妹妹，表明两个孩子的感情非常好。可能是他们的年龄存在差距，少年老成的一铭从小就知道严以律己，知道什么事都要让着一贝。一铭心里面是宠着妹妹的。

在一贝出生前两年，易蓉也曾怀过一个孩子。当时易蓉问润生意见，润生建议流产。这件事给润生和易蓉造成了巨大的阴影，流产后好长一段时间，他俩觉得自己像一个刽子手，亲手杀了自己的血脉。当易蓉再次怀孕后，两人几乎一致决定把这个孩子生下来，代价是易蓉因超生失去公职。

这么多年来润生一直有一个毫无来由的隐忧，女儿一贝会突然从他身边消失。他曾对易蓉说起过自己的念头。易蓉说，也许你是担心她有一天会嫁人，还早着呢。润生觉得这个时时生出的念头同易蓉那次流产有关。一个生命说消失就消失了，这事让润生生出无常感。

他对一贝特别疼爱。有一次下班回家，易蓉不在，可能是去学校接儿子了。润生叫一贝，屋子里悄无声息。润生被一直以来藏在心头的不祥之感控制，他疯了似的叫一贝。没有回音。他们安家在钱塘江边的一幢别墅里。别墅是早几年买的，当时这儿还挺偏僻的，楼盘几乎卖不出去，润生和易蓉一眼看中了这地方，开发商打折卖给了他们，非常便宜。如今这里的房价飞上了天。因为房子大，阁楼平时没人上去。润生蹿到阁楼，也没找到一贝。世平刚来杭州时，曾在阁楼临时住过一阵子，后来阁楼几乎废弃了。润生正要离去时，阁楼的烟道里传来一贝的笑声。装修房子时，润生做了一个欧式的壁炉，后来，因为环保问题（木头燃烧其实并无多大烟尘），其他业主有意见，壁炉没有用过，烟道也被废弃了。阁楼的烟道成了一贝的秘密领地。润生爬了进去，烟道内被整成了一个小洞穴，宛如一个微型的城堡，四周的弧形墙面装上了一些原木板，上面堆满了一贝喜欢的润生从世界各地带来的小物件。润生钻了进去，紧紧抱住女儿，好像害怕女儿会像一缕烟一样从烟道飘走。润生仰面朝天，看到一缕光从烟道的出口射入。烟道的出口装了被切割成四块的彩色玻璃，头上的光线顿时变得色彩斑斓，仿佛带着一种中世纪的气息，使得巨大的炭架显示出童话气质，好像这个洞穴成了一个被森林包围的孤独的城堡。是谁把这些彩色玻璃装上去的？润生平常不太操心家里的事，后来他才从易蓉口中得知是在一贝的要求下易蓉请师傅安装了这个小小的领地。

看到这一幕，润生想起建筑学界用"巢穴主义"命名他的建筑设计，他意识到人类对洞穴有着天生的亲近感，而光线就是人灵魂的形式，或说是神的形式。他想起自己童年时期也喜欢躲藏在防空洞里，有一天，防空洞被锁上了，他在里面待了一天一夜，他以为自己会饿死。

润生从钱塘江大桥回到家，径直来到一贝的洞穴中。他双手紧紧攥着那颗罗马珠子，缩成一团，无声抽泣起来。从烟道射下的光线打在他的头顶。一铭和一贝在光线里吗？是光线送来了一铭和一贝，还是他们被光线掳走了？他从这光线里得到的是安慰还是仇恨？他张开手，看了一眼珠子，好像儿子和女儿会从这珠子里走出来。

太阳被飘来的云层遮蔽，刚才洒在前面黑色灵车上的阳光迅速消失。润生的手机响了起来，是子珊来电。润生把电话掐了。驾驶室里的世平神色凝重。一会儿，子珊发来一条短信：

你还好吗？

润生还是没回，他索性关掉了手机。

他们来到了殡仪馆。润生一直坐在六号厅的台阶上。作为建筑师，他清楚台阶的意义。上升。天堂。他不禁向天空看了一眼，这会儿云层已经布满了天空，看起来冷漠而阴郁，早上的晴朗仿佛是梦境的一部分。这么低的云层对南方而言意味着一场暴雨即将来临。润生倒有些盼望一场暴雨。他注意到殡仪馆广场上的植物很少，几乎空无一物。

世平来到他身边，对他说，可以进去了。世平递给润生一朵花，是红玫瑰。润生想，是世平早就准备好的，世平总是这么细心。他走进六号厅，厅的正中放着一铭和一贝的照片。照片上的儿子和女儿是多么阳光，多么漂亮。他们都遗传了易蓉的相貌，既清朗又暗藏着激情。儿子的尸体躺在鲜花丛中。同他在太平间看到的完全不一样了，他们给儿子化了妆。儿子穿着西服，戴着领带。衣服的布料不好，好在是棉质的，应该舒适。他一直不敢看儿子的脸。太平间所见的一幕就是一个噩梦，他的脑子一刻不停地浮现儿子破裂的脑袋，儿子的脑袋肿成一个红色的圆球，五官难辨。他最终还是忍不住望向儿子，吓了一跳。那肿胀的巨型头颅已修补好了，儿子的五官显现其上，像戴着一个白色假面，完全看不出儿子原本清秀的模样。他们化妆技术的粗陋令他既悲痛又愤怒，他觉得自己快要对站在身边的年迈入殓师发火了。世平看出了他的心思，在他耳边说，这是殡仪馆里最好的入殓师，昨晚对着一铭的照片修了整整一夜，也只能这样了。润生听了这话，眼泪哗哗地流了下来。他来到儿子身边，在儿子的头发上吻了一下，然后颤抖着把手中的玫瑰放到儿子的胸口。

时间到了，年迈的入殓师和两个小伙子来到一铭的尸体边，一铭将被送入焚化炉。润生的手一直搭在车子的金属边上。入殓师对世平使了个眼色，世平过来抱住了润生。润生看到炉子张开，炉膛是黑暗的，在炉子合上的那一霎，蓝色的火苗从四边喷出。后来，世平告诉润生，要是没有他抱着，润生是会冲进去的。

润生晕倒在太平间后，医生给他打了一针，然后他进入了一个长长的梦境。在那个梦里，光芒也是蓝色的，儿子和女儿变成了两只鸟在他身边飞来飞去，只是他认不出那是什么鸟。润生意识到火化是葬礼的最重要的部分，一具肉体瞬间在世界消失，从此一铭和一贝只会出现在相片、记忆或梦境之中。

润生再次来到殡仪馆广场的台阶上。他没有了力气，好像刚才发生的那一幕已耗尽了他全部的能量。他想，晚上回医院，一定要让医生再给他打一针，他得好好睡一觉。世平再次来到润生面前，告诉他，可以去看一贝了。润生再也迈不开步子，摇了摇头，问，他们也给一贝化妆了吗？世平点点头。润生说，你让他们把一贝的脸蒙上吧。世平又转回去，去传达润生的意思。在这个空当，润生决定不再踏进六号厅。他无法面对。

他想象一只巨大的怪兽吞噬了女儿。他颤抖着从口袋里拿出打火机，火苗对准自己的手心。他听到手心的皮肤发出滋滋声，好像猪油落在不粘锅里发出的声音。他几乎没有感到疼痛。有一道光进入了他的脑子，好像他的头脑此刻正在燃烧，成了一台焚化炉。他看到了头脑中的光，以及光中孩子们的笑容。

润生设计的建筑中充满了光线。他赋予光线以意义。在润生这里，光线可以构成他想要的各种各样的隐喻：混乱的光线象征着生命潜在的本能；而单纯的光线象征着秩序和威严，是神启的时刻。光线可以构成这世上任何图案，光线是艺术家。光线和黑暗相生相伴。必须先有黑暗才有光线。巢穴。母亲的子宫。还有墓地。孩子们最后总归要进入墓地。一个小小的洞穴。没有光。是的，先要有黑暗，才有光。他们说灵魂害怕光线。润生想象着未来孩子们的墓地。他想起女儿阁楼里的洞穴。需要有一道光出现在墓穴里。现在不能埋葬。也不能同易蓉谈这事，得等易蓉醒过来。

润生看到自己的手心烧焦了，从手心传来烧焦了的肉腥味。润生的眼泪滴在其上，瞬间感到一阵钻心般的疼痛。他把手握成拳头。他抬头看见世平左手和右手各抱着一只骨灰盒。一只黑色，一只红色。这是世平精心挑选的，它们简洁的外形符合润生的审美。世平办事确实细致入微，体贴周全。润生不用问就知道，黑色的是哥哥，红色的是妹妹。

他再次想起山口洋子说的安藤忠雄将要摘去体内器脏的消息，他想象一铭和一贝就是他的内脏，是他的心和肺。也许是手心烫伤的疼痛消弭了别的感受，此刻他没有心痛或窒息的感觉，只觉得世界变得空空荡荡。原本一铭和一贝是他全部的世界，那是一个热烈且充满生机的世界，现在万物凋零了。

四

　　走进紫藤茶庄时，子珊已经在里面等着了。这个地方位于龙井村附近，茶室布置清雅，人流量少，非常清静。主人似乎并不在乎客流量，客人来了，泡最好的茶端上来，除了微笑以示问候，不声不响的。润生和子珊喜欢这里的气氛。子珊表情凝重，她看到润生进来，仔细打量，润生瘦了一点，但仪表还算整洁，得体地穿了一件黑色的休闲西服，衬衣是白色的。子珊听人说，润生这几天不像个人样，头发蓬乱，胡子也没刮。这几天润生没给子珊一点消息，子珊担心润生已被击溃了，她知道他不是个坚强的人。润生来之前大概洗过头，刮过胡子。他脸色惨白，嘴唇微微颤动。子珊知道润生在控制自己情感时经常会这样。

　　润生在子珊对面坐下。她注意到他的手，他的手心被烫伤了。怎么回事？是他自己伤自己吗？仿佛为了掩盖手心的伤疤，他的双手神经质地交缠在一起。在紧张的时候，在要做出选择的时候，他的思想都反映在他的手上。这双设计出无数让人脑洞大开的奇异建筑作品的手，相当大，超出了润生的身体比例。

子珊喜欢这双手上绽露着的弯曲的青筋，对它们有莫名的亲近感，老是有一种抚摸一下的冲动。

"我们不能继续了。"这是润生沉默许久后说出的第一句话。

润生没抬头，好像一抬头这句话就会失去力量。这是他的习惯性动作，子珊听事务所的人说，润生在最后确定方案时，他不看任何人，以表明他不想再倾听别人的意见。

"你还好吗？"子珊说。这几天她一直在说这句话，好像除了这句话，其他什么都说不出口。她面对的事太复杂了。

"你知道吗，她出事的时候，我们在一起。"润生说。

润生抬起头来，看着子珊。他眼中布满血丝。子珊早就猜到了，时间对得上，那天下午她和润生在刘庄缱绻缠绵，而易蓉出了车祸。她了解眼前这个男人，他是个善良的人，她清楚他不想辜负易蓉，同时也不想辜负她。这一度让子珊感到不快，她全心全意对他好，可他脑子里总装着另外一个女人，虽然那个女人是他的妻子。也许妻子身份的合法性令子珊内心涌出的小小不满得以缓解，毕竟她才是夺走一位妻子丈夫的人。她相信润生对她是好的。在他们享受亲密关系时，润生是静穆而耐心的，甚至是小心翼翼的，子珊心里充满感动并热烈地回应他。子珊是真的爱这个男人，她很想知道他和易蓉在一起时是什么样子，也是这样吗？有一天子珊忍不住问了这个问题。润生很少在子珊面前谈易蓉，在子珊面前谈易蓉令润生产生一种不正当的感觉，似乎只有暂时忘记易蓉的存在才令他安心。他望着天花板，目光突然变得忧伤。子珊说，你不想说就不说吧。润生想了想还是说了，有了一贝后，易蓉对性没了热情。这个回答既让子珊感到宽慰，表明润生和易蓉的婚姻生活存在问题，同时也让她有点感伤，她只是润生用来满足欲望的替代品吗？她迅速否定了自己的想法，润生和她在一起时虽然只说想她，但她能感受到他对她的爱。

要是在往日，子珊看到润生如此脆弱，会抱住并安慰他。但此刻润生身上好像穿着一件把人推至远处的盔甲，令子珊不能靠近。

"出事的时候，易蓉给我打过电话，那时候她还有意识，后来她昏过去了。可我关机了。"润生说。

润生和子珊约会时喜欢关机。润生的声音听上去有些尖厉和慌乱。子珊想，这些话润生一定在心里对自己说过无数遍，现在终于在她这儿说了出来。

凭子珊对润生的了解，她知道负罪感正折磨着润生。她看到润生虽然强忍着情感，但眼里还是泛出泪光，她也跟着流下泪水。她从润生的神情中知道了他没说出口的话。润生已做出了选择。这也是这几天反复在子珊心里盘旋的念头。发生这个事件后，她意识到她和他难以继续了，障碍是如此确定无疑，仿佛一座大山横亘在他和她之间。是的，他们的关系不再像从前那样单纯了，从前中间只有易蓉，他们可以假装忘记，现在完全不一样了，润生儿女的死亡令他们的关系沉重到难以承受。但子珊还是感到不舍，她难以割舍眼前这个男人，无法想象她再也见不到他，无法想象没有他的生活。她还是会想他，她会痛苦长长的一段日子。她到此刻都心存幻想，这一切只不过是一场梦，她和他真的就这样结束了吗？

　　润生什么也没有说出来。他提起过去他们欢爱时曾谈到过的一个想法,那次润生问子珊,最想做什么。子珊告诉润生,如果有机会,她想从事自己的专业,那才是她真正热爱的。润生希望子珊去完成自己的心愿,鼓励她出国深造。那时候,子珊调皮地问,你舍得我出国吗?那你可就见不到我了呀?润生后来确实没有再提起。他也舍不得她走吧?可今天他郑重提出来了,子珊什么都懂,含蓄的润生今天见她就是这个意思,他决定和她就此结束了。

　　她告诉他,他的提议她会好好考虑的,他不用为她担心。她说,你要照顾好自己。她还说,我听说易蓉伤得不轻,你的将来会很辛苦。润生,你要对易蓉好。润生突然泪流满面,他不想让子珊看到,转过身,把眼泪擦掉。当他转过头来时,目光破碎。

　　子珊是在他们告别后才号啕大哭的。她让润生先走,她呆坐在那儿,看着润生消瘦的背影渐行渐远。窗外有两只鸟儿飞过,它们亲密嬉戏,发出类似求爱的欢叫。紫藤茶庄的老板娘出来,什么话也没说,只递给子珊一盒店里定制的精致的餐巾纸,好像她此生见惯了这种场面。

　　哭泣终会停止。肆意的号哭令子珊感到片刻的放松,她抬头看了看茶室外的天空,傍晚将近,她得回去了。西湖景区,山脉延绵,可她觉得世界空旷,仿佛自己坠入宇宙洪荒。

　　她看了一眼自己的手机,希望会有润生的短信进来。没有。子珊忍不住给润生发了一条信息:

我心疼你，你一定要好好的。

没有回应。无声无息。

子珊想到今天就是他们的永诀，她不会再收到润生的任何回音。她这样确信着，同时也疑虑重重。润生就这样走了，消失了，不着痕迹，仿佛从来没有在她的生命里出现过。这种想象带出生命的空虚。子珊的心头像被一根针刺中，不由得抽搐了一下。她想起他烫伤的手心，这是一个隐喻吗？是他们关系的最后见证吗？他们的关系难道只剩下这么一点东西，那个丑陋的伤疤？子珊摇了摇头，心想，不是的。她的回忆绵长而深刻，她爱过这个男人，同时她相信他也爱过她。

出租车司机从后视镜中看到伤感的子珊，突然问：

"姑娘怎么啦？需要在路边停一会吗？"

子珊发现她还是在不自觉地流泪。她不习惯在陌生人前失态，她掏出纸巾，擦去泪水，冷冰冰地说：

"不需要，我没事。"

五

润生来到医院，医生说，易蓉已经醒了。

易蓉醒来后，问过医生，孩子怎样了。医生也没有告诉她详情。她知道孩子们走了。她在汽车内昏过去前，看到孩子们无声无息地躺在残破的车里，她想过去抱住他们，但她被卡住了，没法动弹，也没力气行动。

见到润生进来，易蓉又假装睡着了。刚才她看清了他的容颜，他变得清瘦了，深陷的眼眶四周浮着一个很深的黑圈，目光倒是特别明亮，眼神里有一种决绝而锐利的东西，好像他刚刚做了一个重大的决定，同时也带着软弱、矛盾和混乱。她看到他的左手掌缠着纱布，她不清楚出了什么事。她瞥了他一眼后迅速闭上眼睛。她不知道自己现在是什么样子，她整张脸都被包裹了起来。应该毁容了。医生没有告诉她。

润生坐在易蓉身边。易蓉一动不动，几乎没有呼吸，像断气了一般。她在憋气吗？有一刻他怀疑易蓉是不是会窒息而死。病房很安静，边上的心电图起伏不停，说明易蓉活着。润生脑子里残留着刚才见到子珊的一幕，他走出茶室的时候听到子珊号啕大哭，有一刻他想回转身去安慰子珊，不过他打消了这个念头。他想，也许她现在会恨他，但总有一天她会忘了他。他意识到此刻不应该想起子珊，在易蓉面前，这个念头就是一种罪过。

家中放着一黑一红两只骨灰盒。他不知道易蓉看到它们会是什么反应。两个孩子和易蓉相处的时间更长。一铭和易蓉更亲，一贝和润生更谈得来。女儿觉得妈妈有点重男轻女。也许是这个原因，润生把更多的爱给予了一贝。不过润生觉得这个原因是可疑的，爱这件事从来没有理由。

润生到主治医生办公室问医生，易蓉怎么又睡过去了？医生表情有些复杂，对润生说，她觉得是自己把儿女害死了，她在装睡，应该是不太敢面对你吧。润生点点头。润生这两天几乎没睡过觉，他问医生那天他晕过去后打的是什么针，有没有类似的口服药，他想好好睡上一觉。出事以来，他几乎没睡着过。医生没告诉他是什么药剂，只是说这种药日常不能用，有成瘾性，并且会致幻。润生大致了解了那药的性质，明白医生不会轻易开那药给他，就不再问下去。医生劝润生，如果真的睡不着，可以服用普通的舒乐安定。

润生回到病房。易蓉还睡着。润生决定默默坐在病房，等易蓉醒来。护工阿姨看了一眼静静滴入易蓉静脉的盐水，挂在病房墙壁钩子上的盐水袋还剩三分之二，护工阿姨出去了。

病房非常安静，能听到墙上的电子钟的秒针模拟着机械时钟发出咔嚓声。润生茫然地把目光投向窗外，蓝天像一块深不可测的玻璃，好像在玻璃后藏着天堂的秘密。润生在灵感枯竭的时候，喜欢凝视某个物件，一面墙、一块石头，或头上的天花板，好像这些事物里面藏着灵感这种东西。长久的凝视会带给人想象或幻觉，这是润生的经验。有一刻，他看到一铭和一贝从窗外的天空像一黑一红的两只风筝，飘向蓝天的深处。

易蓉暗哑的声音就是这个时候传来的："孩子们都已火化了吧？我曾发誓要好好照顾一铭和一贝，可我害死了他们。"

声音把润生的目光牵回到易蓉被纱布包裹的脸上。润生想，易蓉什么都清楚，他本来还想瞒着她一铭一贝离世的事。易蓉并没有睁开眼，但泪水从眼角流了下来。泪水从纱布渗入可能会刺痛伤口。润生来到易蓉的床边，拿起床头柜上的纸巾，替易蓉擦。易蓉的泪水源源不断地涌出。润生感受到易蓉的痛苦，这痛苦一下子唤醒了他自己压抑已久的情感。一铭和一贝出事以来，他只是默默流泪，他很想大哭一场，但一直压抑着。现在，他再也忍不住了，情不自禁地抱住易蓉，失声痛哭起来。易蓉却轻轻地推开了他，别过头去。

"你回去吧，不要再来看我。"易蓉说。

哭泣的欲望控制了润生。易蓉的冷淡让润生产生愿望被拒后的那种无所适从感。他仿佛被伤害到了，突然站了起来，抬头干吼了一声。

"你先不要来看我了，等我拆了线你再来吧。我没事。"易蓉的语调决绝。

润生再次坐了下来。他看着易蓉。他不清楚她在想什么，为何对他如此绝情。他觉得自己心里有无数话要同易蓉说，易蓉却不让他开口，这让他心里堵得发慌，同时他又感到自己舌头边并没有话，不知从何说起。润生把易蓉的冷淡理解为她洞悉了他的秘密，这让他感到心虚。

"润生，我不配你来看我。"易蓉说完，别过头去不再看润生。

这是一句悲伤至极的话。润生终于听到了易蓉的心声，她深陷于绝望和自责。这句话仿佛同时在提醒润生，他和易蓉在这一点上是一致的，他也觉得自己同样不配来看易蓉。

从医院里出来时，润生看了一下手表，他在病房里整整待了三个小时。其中有两个多小时，润生一直在耐心地等待易蓉"醒来"。这是子珊要求他的，子珊让润生一定要好好对待易蓉。回家的路上，天已经黑了。他一边开车，一边回想医生刚才说的话，易蓉的脸将会很可怕，现代整容术虽然已经非常高明，但恐怕很难让易蓉的脸复原。润生想起山口洋子照顾从原爆中幸存的父亲的故事。被原爆侵害的父亲的面容丑陋而陌生，她看着父亲的脾气慢慢变坏，身体日渐衰竭，直至父亲死去。"那是黑暗而残忍的经历，比被原爆瞬间毁灭还来得残忍。"山口洋子说。润生想象自己未来的生活，无论易蓉变成什么模样，他都将全盘接受。这是老天给他的报应，他必须领受老天赐予他的一切，光荣以及磨难。

润生回到家，天已经完全黑了。润生进屋后没有开灯。他的书房非常大，正对着钱塘江以及两岸的景物。润生刚入住时，喜欢坐在书房的沙发上看书。他用了整整一面墙摆放他的画册和其他书籍。画册以建筑为主，兼及各种艺术门类。建筑画册对润生来说相当有纪念意义，它们中的一部分购自某次出国旅行，一些著名建筑师的签名本大都得自某次国际建筑会议，由那些建筑师本人赠予。其他书籍的种类则相当庞杂，宗教、哲学、政治、社会、文化、文学，样样都有。当然，很多书润生并没有读过，有些之所以放在这儿，仅仅因为它们看起来漂亮而非有内涵。书房里放着一张红橡木工作台，润生所设计的建筑中，有部分作品的灵感诞生于这张工作台。不过润生很久没在这工作台前工作了。那一黑一红两只骨灰盒就放在书桌上。

睡意第一次降临到他的意识里。他这一天没进过食，却没有饥饿感。现在他唯一想的就是睡觉。他把手机掷到一边，打算在书房的沙发上睡一觉。他从茶室出来时就把手机关掉了，他害怕接到子珊任何信息。当他躺下后，感觉脑子一下子清醒了。他觉得脑子已不是他身体的一部分，疲劳的身体和兴奋的脑子彼此分裂。这会儿他觉得身体成了他的主体，而脑子已不属于他自己。睡不着的另一个原因是他突然想不起一铭和一贝的脸，他努力地想啊想，就是想不起来。这让他特别恐慌。他慌忙地从沙发上站起来，寻找他的手机。刚才把手机掷哪儿了？手机落在另一张沙发的缝隙里。他打开手机，在相册中找儿子和女儿的照片。子珊的短信就是这个时候蹿进来的，看时间是在四个小时之前发出，那会儿他从紫藤茶庄离开没多久。他犹豫了一会儿，像是为了证明自己的决心，他把短信删掉了。他终于找到一张一铭和一贝的合照。暑假，润生带着儿子和女儿去永城，为的是看一眼由他设计的永城历史博物馆。儿子早先已看过，女儿是第一次见。女儿表现出对这个积木一样的建筑的喜爱，令润生深受鼓舞。一铭很少表露出情感，吝于对父亲设计的宏伟建筑表达哪怕一丁点赞美。照片就是那天拍的，他们站在建筑物呈 15 度锐角倾斜的墙体两边，一铭在左，一贝在右，一铭依旧是一副不苟言笑的模样，而一贝的笑容灿烂如花。那次易蓉没有一起去，她独自一人在家里。中途，因为一铭和一贝想妈妈，想和易蓉说话，润生给易蓉打过电话。易蓉关机了。后来易蓉也没回电话过来。

他麻木的情感在慢慢恢复中。从他心里的某个缝隙钻出对易蓉的愤恨。他被自己的念头吓了一跳。这之前，他一直处在愧疚中，难道处理完和子珊的关系他就有了审判权？不，没有，他没有任何理由原谅自己。要是他没错过易蓉的求救电话，要是他及时赶到现场，也许一铭和一贝就不会死。他对一铭和一贝的死负有责任，推卸不了的。他觉得自己有这种想法是没有人性的，这对易蓉不公。易蓉爱孩子们，她把全部的心思放到了孩子们身上，为此失去了自己的事业。易蓉的悲伤不比他少一丝一毫。更可怕的是易蓉还目睹了儿女之死。他不允许自己恨易蓉。如今这个家庭的天已经塌了下来，在巨大的悲剧面前，一切都无足轻重。

窗外完全暗了。手机上，一铭和一贝在微笑。这是此刻屋子里唯一的光亮。几乎是一种本能，润生来到阁楼，钻进一贝的洞穴。洞穴里有一根绳子，他可以把手机吊在绳子上，这样就可以躺着看到孩子们。他专注于一个念头：梦见一铭和一贝，梦见他们在天堂的样子。有一些碎片在脑子里划过，亮晶晶的，像撒在地上发出锋利光芒的碎玻璃。后来，他终于沉沉地睡去了。

这天晚上，润生梦到了和易蓉在日本度蜜月时遇到地震的场景。他当时把地震当作是他和易蓉相依为命、相濡以沫的隐喻。现在他明白那些经历其实另有深意，预示着有一场地震似的灾难会降临到这个家庭头上。

六

易蓉一夜没合眼。她一直看着窗外。窗外黑暗一片，甚至零星的灯火也仿佛是黑暗的一部分，好像唯有光亮在显示黑暗的存在。黑暗有着空寂而宁静的气息。她注意到清晨是从天际线慢慢涌上来，而不是从天而降的，好像大地醒来后，使了力气把黑暗推开，推到天上去，同时也把寂静推到了天上。声音比光线要来得晚一些，从远处传来的声音透着黑夜残存的气息，易蓉听不清那些声音里偶然飘过的说话声。

易蓉在医院已经九天了，明天要拆线了。她想象自己站在镜子面前，想象一个骷髅一样的面容。昆剧院里有骷髅这种道具，易蓉小的时候每次到剧院，看到这种东西，她就会感到恐惧，一种见到鬼的恐惧。鬼是什么？在她的想象里，灵魂是优美的，可以飞升上天，而鬼是灵魂的残渣，是灵魂的不洁之物。她知道即便她破了相，还是能够活着。她今年40岁，如果上天想要无休止地折磨她，她与死亡的距离至少还有四十年，她还处在生与死的中点。在她的余生中，她的脸只能让人想起鬼。她相信灵魂有着优美的表情，假设失去了表情，自己还算是有灵魂的人吗？是不是灵魂在她破相的那一刻就从她身上飞离，只留下一堆残渣？

出事以来，除了亲爱的儿子一铭和女儿一贝，她想得最多的就是自己的脸。一铭和一贝的离去已把她打入地狱，如同她对润生说的，是她亲手害死了他们，她是个刽子手。她并没有对润生说出"刽子手"三个字，但在心里她这样对润生承认了无数遍。也许她只配拥有骷髅一般的鬼脸，像鬼一样在人间生活，不配再成为一个人。她还想，如果她死去，也只配下地狱。如果上天足够宽容，可以让她每年见一次天堂里的一铭和一贝，那么她即便在地狱也心满意足了。

她的脸比她想象的更为可怖。缠在头上的纱布被解下，镜子里的自己让她想起废墟这个词。和润生在日本度蜜月时，他们到过广岛，润生曾说过，毁坏有种意想不到的美，比如原爆废墟。当时易蓉说，你这么说可是反人类啊。现在易蓉认为，润生的想法不但反人类，而且是绝对错误的。也许物质世界的废墟有一种意外之美，但对于人脸，如果和废墟联系在一起，不会有任何美感。现在，尽管易蓉对这个结果早有心理准备，然而当她看着镜中的自己，还是被深深震撼到了。她这会儿看上去比一颗骷髅更为可怖。好在边上只有医生和护士。她把看护早早支走了。她想自己做得对，她警告过润生，她拆线时不允许他在边上。她说，等我接受了自己后，你再来看我吧。她这样说只不过是谎言，她心里早已另有盘算。

此刻她是冷静的。她意外于自己的冷静，没有表现出震惊的神情。她像一个陌生人一样打量自己。她想，人归根到底是一团肉体，容易受伤，却很难修复。好一会儿，她觉得自己想呕吐，好像镜中的脸是肮脏污秽之物，让她感到恶心。

人们对残疾有天生的抵触，对此易蓉深有感受。在人群中，如果看到有断肢的人，她会回避。有时候在车站或广场碰到那些靠乞讨度日的残疾人，她第一个念头就是逃离。人们说，这些人并非天生残疾，有些是假扮，有些是他们背后的组织把他们弄残疾的。她对他们的悲悯是天然的，无论他们出于何种缘故行乞，她都会施舍，然后迅速逃离。她反思过自己见到残疾人而引发的身体抵触是否存在歧视倾向。或许可以称得上歧视，或许仅仅出于一个健全的人的本能反应。她由此推演自己往后的日子，整形技术现在还没有发展到可以给她换一张脸的程度，她将终生以丑陋示人。

医生在她的脸上套了一个用来固定下巴的套子。医生说，你的下巴脱落了，骨头上打了钢条。说完，他在她的脸上套上套子，从病房出去了。他应该见惯了像她这样的病人。她的房间对着一道长长的走道，走道的尽头投来光芒，她觉得光线像是要把医生融化了，医生好像不是走在地面上，而是在缓缓飘移。有那么一刻，医生回头看她。他脸上的表情带着警觉，好像他知道有什么事将要发生。她站着，目送着他走远，然后她关上门，把床上的被子和自己的物品整理好。其实也没有多少物品，出事时的衣服她都让看护扔掉了，后来润生送过来一些她平时穿的衣物，包括裙子和围巾；出事当天戴在身上的首饰放在床边的柜子里：一只结婚戒指和一件翡翠平安扣。整理物品是她的拿手好戏，在做家庭主妇的这几年，她日复一日干着这些事。在没换衣服之前，她穿着病号服来到窗边，她觉得病号服带着天堂的气息。很奇怪，在她的想象里，天堂里的人们都穿着类似病号服的宽松衣服。没有比这种衣服更适合天堂的了，在天堂，人们无所事事，需要这种透着和平与放松状态的服饰。她缓慢地打开窗子，好像打开一扇天堂之门。

现在一切尘埃落定，一切就如她预料的，已经没有退路了。但是她需要给这个世界留下遗言。有一些人间事务她还没有完全放下，她必须这样做。这是她能为活着的人做的最后的事了，也许于事无补，或者徒增困扰。也许她真正应该做的是带着秘密去天堂或下地狱。她不知道，她看了看天空，好像在请求上天原谅她的鲁莽。

她戴上戒指和平安扣，然后换上了裙子，再用丝巾把自己的脸包得严严实实，只留出眼睛。这让她看上去像个穆斯林妇女。她需要回一趟家，把遗言以电子邮件的方式发给一个人。电脑在家里。她本来想让朋友送一台笔记本电脑过来，这些年她和往日的朋友疏远太久了，她竟想不起合适的人。刚辞去公职那会儿，她还去和同事聚会。有一次，董事长来了，酒后失言，讲起有一次特意带易蓉出差去法国，曾经半夜去敲过易蓉的门，没想到易蓉打电话给了总台。保安上来把董事长架走。董事长不会英语，更不会法语，结果被关了一整宿。第二天，易蓉同保安解释，才让董事长重获自由。那天董事长酒后伤感，对易蓉说，我没记你仇是因为你是我的女神，我把你供着。董事长还夸易蓉，嘴严，这事儿滴水不漏。易蓉早把这件事忘记了，这辈子她被男人骚扰的次数太多了。这之后，易蓉就不再去参加老同事们的聚会了。她也替董事长考虑，他不是个坏人，只是好酒，当然也好色——男人的通病，他对自己酒后失言应该后悔至极，在别处倒也罢了，在部下面前说这种事，总归有损形象。易蓉害怕是非。这一切润生都不知道。易蓉从来不同润生讲起这种事。

当然眼下更重要的原因是她不愿让朋友们看见她这张丑陋的脸。

她走出病房，走出医院。夏天的阳光慷慨地照耀着大地，光华一片。她在阴冷洁白的医院待了十天，双目已不适应强烈的阳光刺激，她怕自己晕眩过去，微闭眼睛。一会儿，她适应了。阳光下的景物散发着新鲜的生命活力，令她感到世间依旧美好如昨。

她打了一辆的士。司机一直在后视镜上看着她，目光警觉，好像在担心他载了一位恐怖分子，宽大的裙子里藏着炸弹，等他的车子开到人多的地方，后座的她就会引爆身上的炸弹，用血肉之躯送人们上西天。仿佛是为了安慰司机，也仿佛想做一个恶作剧，易蓉把丝巾揭开了一点，露出一张伤痕累累的可怕面容。虽然她戴着医生给她的固定下巴的护具，但露出的部分依旧骇人。司机一下子变得面色惨白。因为慌乱，出租车差点撞到迎面而来的车子上。易蓉重新包好脸孔，温和地对司机说，你放心开车，我只是一个病人。声音透过丝巾发出来，显得有些沉闷。司机再也不敢看她一眼。司机就是一面镜子，从这面镜子里她再次确认自己有多么可怕。

一会儿，司机把易蓉送到了家。

如易蓉所料，家里没有人。已经有十天没回家了。没有了一铭和一贝的家是如此冷清，熟悉的一切都变得陌生。屋子比她走的那天乱了些。这些天来，润生估计回到家也只是独自哀伤。她刚刚看过厨房，没有生过火的迹象。

她先来到一铭的房间。在飘窗的位置，整整齐齐地排列着许多人偶：各种颜色的奥特曼和变形金刚，还有伏在地上的蜘蛛侠、超人以及小丑。一个各种动漫人物混杂在一起的场景。它们本来生活在各自的世界里，一铭把他们召唤到一起，友好相处。这些动漫人物陪伴一铭经历了略显孤单的童年，陪伴他进入梦乡或打发看似用不完的长长时光。而一贝的房间则是另一番景象。一贝喜欢动物，她找来各种文鸟的图画贴在自己小小写字台的墙上，还在地板上放置了一个模型，那是一片绿草如茵的田地，上面有树枝做成的栏栅，一只雄鸡站在栏栅上，正引颈打鸣，几只小鸡三五成群地啄着地上的食物，母鸡正在下蛋，一只憨厚的猪在追逐一只小猫。易蓉拿起扣着的一个日记本，里面画满了符号，只有亲爱的一贝自己认得的符号——润生称之为一贝的绘画。她还不识字，她是在用这些符号记录自己的心情吗？有时候，易蓉会让一贝把记在本子上的内容说给她听，一贝便有些害羞地给易蓉讲一个小小的毫无逻辑的故事。如今一贝再也不会读给她听了。她感到自己软弱极了，软弱到不敢去触碰孩子们的物件，好像她一碰，这些事物就会跟着消失。

易蓉来到润生的书房，看见书桌上放着黑色和红色两只盒子。她明白那是一铭和一贝的骨灰盒。她的头脑中浮现车祸发生时的画面。两个鲜活的生命瞬间消失了。一铭在死去前一直看着她，带着对世界的重重疑问和惊诧。当时他的目光里没有恐惧，就好像仅仅是一个正在玩的游戏戛然而止。

她再也忍不住了，她终于伸出手去，把两只骨灰盒紧紧抱在怀里。她觉得这会儿自己的嘴仿佛被什么东西塞住了，不能呼吸。从书房的落地玻璃窗里，她看到自己脖子上的经脉由于窒息而绽开来，像一些青色的蚯蚓缠绕在脖颈上面，她听到心脏剧烈跳动的声音。她觉得自己要死了。她拼命拉扯缠在脸上的丝巾，好像是丝巾让她呼吸困难，可她就是拉不下来。直到她听到自己几乎是嘶吼的哭声从喉咙深处迸出，才顺过气来。这是这么多天来她第一次痛哭，由于情绪过分激动，她的心脏好像从身体里蹦了出来，在喃喃自语，对不起，对不起……然后她明白，语言是多么苍白，一切都已无济于事。

透过蒙眬的泪眼，她看到有两只鸟儿从窗外飞过。远处，小区花园里的喷水池突然涌出泉水，轻柔的音乐紧接着响起。一天中有一到两个小时，这处喷泉会在满眼绿色间绽放。有时候会播放歌剧《今夜无人入眠》或《费伽罗的婚礼》中的咏叹调。在她当家庭主妇的日子，她曾长久地凝望那泓高高喷出的泉水，水洒在四周伸展的树枝上，树枝轻轻摇晃，仿佛微风吹拂其上。这一景象既让她感到生命的坚韧，也让她莫名地感到生命的脆弱，因为有一天，一个孩子在那泓泉水里差点呛水而死。

后来，她累了，慢慢平息了哭泣。她把骨灰盒放到地板上，然后躺在它们身边。她想起一些遥远的往事。她想，兄妹俩就像他们各自房间里的玩具，性格迥异。

易蓉曾搞来两只宠物鸟，学名叫七彩文鸟，兄妹各一只，一铭的是黑头，一贝的是红头。有一阵子，一贝走到哪里都带着红头。一铭对鸟类没啥兴趣，所以两只鸟其实都由一贝照管着。一贝经常让两只文鸟在院子里飞，让它们在竹林里钻来钻去，院子顿时充满生趣。有一次润生和易蓉带一贝去南京玩，一贝走前，一定要一铭照顾好两只鸟。一铭满口答应。但每天给文鸟喂食并且要给文鸟倒粪令他不耐烦，一贝走后第三天，他就带着两只鸟去了北高峰，把两只鸟放走了。一贝回来后，一铭编织了一个美丽的谎言，说一天他在街上遛两只鸟，结果来了一位灵隐寺的和尚，和尚说这两只鸟是寺院的壁画里飞出来的，因为听了百年的经文成仙了。既然是仙鸟，不应该在普通人家养着。

可能是一铭觉得自己把一贝的心爱之物放走有些过分了，他特意买了一贝一直想要的一套哈利·波特全球限量版魔法纪念币送给她。一铭说，这是魔法币，你晚上只要许个愿，黑头和红头就会围着你飞啊飞，你还是能见到它们的。

一贝一路上都在叨念她的两只文鸟，回家后听到一铭说把文鸟放走了，自然是伤心不已。润生看穿了一铭，一铭是故意的，他是不耐烦照顾这两只文鸟，所谓的灵隐寺和尚只不过是一铭编的借口。

润生对一铭如此自私而生气，他怎么可以把一贝的心爱之物轻易丢掉呢。润生要一铭向一贝道歉。一铭是个倔强的人，不肯认错，他不以为然地看着润生，目光里充满了轻蔑。润生忍无可忍，抱起一铭，狠打一铭的屁股。易蓉扑了过来，用身体护住了一铭。你怎么可以这么对待孩子？易蓉对润生吼道。润生松了一口气，易蓉的吼叫让他找到了台阶下。他不想打一铭，可一铭太倔，不知妥协。

那天易蓉从南京带来了润生爱吃的盐水鸭，润生一口也没吃。易蓉想，他在生自己的气，在对自己刚才的粗暴感到不安吧。易蓉看到他站在书房的窗前，看着窗外。窗外植物的枝叶浓密得像一个个绿色的圆球。那泓泉水就在圆球的后面。一贝来到润生的书房，安慰他说，爸，没关系的，它们会回来的，不怪哥哥。

七彩文鸟再也没有回来，而一铭和一贝却走了。

灵魂会携带这些记忆吗？如果灵魂能带着这些记忆离开身体，该是一件多么好的事。

七

　　运河边那座老宅曲折幽深，它临河而筑，是这一带古旧建筑群中的一幢小楼。在上世纪八十年代初期，易蓉的养母买下了这幢宅子并做了修缮。它有一个巨大而幽谧的客厅，是母亲用来举办各种聚会的场所，客厅的墙上挂着易蓉母亲的各种演出服：明黄绸布上绣着龙身的黄蟒，蓝缎上用金线绣成的松鹤纹老旦帔，红底子上缀满海浪和旭日并插着旌旗的红靠，白底子上绣着牡丹或其他花卉的对帔……还有各种繁复的头饰，缀满了各种各样巨大的珠子和白色的金属花朵，千姿百态。中国的戏曲有着热烈又清冷的双重性格，既张扬又带着空白和隐晦，客厅里的戏服仿佛是中国戏剧的一个注释，天生与古旧的建筑应和，同房间里那把古琴弹出的雅韵合拍。母亲作为一位昆曲名伶，对中国古老的物件充满收藏的兴趣，最初倒不是因为钱，母亲对钱没有概念。后来收藏热开始在民间兴盛，母亲才知道这些东西的价值。母亲其余的各色收藏都放置在二楼的厅堂里。东边是母亲的房间，西边是易蓉曾经的闺房。

　　母亲十二年前离开了人世，走的时候她拉着易蓉的手，微笑着告诉易蓉，所有这一切都留给你了，我很遗憾你没有成为一位演员，不然你会热爱这些东西，即便你不喜欢屋子里的东西，也不要扔掉或随便送人，它们都是宝贝，你不想看到它们的话，你可以藏起来。把我的房间当作贮藏室吧，其他部分你想弄成什么样就什么样。母亲是了解易蓉的。在易蓉的亲人里，母亲比润生更了解她。母亲走后，她什么也没动。连母亲的房间也没动。母亲总是把房间整得干干净净，易蓉从母亲那里习得了这个习惯。母亲是死在医院里的，母亲的房间依旧是她离开时的模样，写字台上堆着画有她设计的舞台造型草图的散装笔记纸，还有一堆来自全国各地的新年贺卡和祝贺母亲演出成功的信件；她的丝质被子像极了一件巨大的戏服，蓝色的底子上面是由各色丝线绣成的龙和凤，让易蓉觉得母亲睡觉时恐怕也在演戏，演一出《牡丹亭》或《西厢记》，表达的都是中国式的曲折情感，既细腻又伤感，三生三世，因缘前定，然而天地不仁，悲剧注定。

　　而易蓉的闺房是一个特区，母亲在装修时充分尊重她的意见。那时候易蓉只有 8 岁。她在通向自己房间的走道的窗子上装了红色的毛玻璃，使得室外的光线射入走道时呈现令人晕眩的暗红色。她把这个元素引入自己的房间，房间窗子的每块玻璃都用了不同的颜色，橘红色、湖蓝色、暗黄色、咖啡色，由此构成更为复杂的光线。这些彩色玻璃的灵感来自教堂，在一个小女孩的想象里，城堡似的教堂似乎和一位白马王子相关。而房间的墙上则贴了橄榄色调的墙纸，墙纸上漂浮着一座一座的房子，是一些世界各地著名的建筑物。当室外的光线透过这些有色玻璃漫射到暗红色地板和布满建筑的墙上时，易蓉觉得自己进入了某个甜美的幻想：她的房间成了墙纸上的某个建筑，这会儿正漂浮在橄榄色的海上。母亲对易蓉的设计大加赞赏，她认为在色彩上，易蓉的房间依旧与这幢老宅的整体风格保持了统一。

现在，易蓉带着电脑，来到这幢老宅里。她仔细关好大门，来到自己的房间，然后把缠在脸上的丝巾轻轻摘去。脸上那个塑料固定件部分遮住了她的伤口，她看起来像戴了一具假面，仿佛身处某个舞台，出演一个身份隐秘的角色。她把电脑放在写字台上，她将在这儿写一个邮件。在这儿一时半会儿不会有人来打扰她。

易蓉8岁那年搬到这儿，直到嫁给润生才离开这幢宅子。易蓉不清楚自己的身世，自她记事起关于母亲的脸就是这幢宅子的主人——昆曲名伶。母亲非常坦率地告诉易蓉，她是领养的。有一天，易蓉问母亲，她是怎么领养了自己。母亲想了想说，雪地里捡回来的。易蓉明白这故事是母亲随口编的。以后易蓉再也没有问过类似的问题。

易蓉走出房间，来到二楼的酒柜前，那儿藏着好酒，都是母亲的朋友们送的。每次母亲搞派对，朋友们都会带珍藏的一两瓶好酒过来。母亲巨大的酒柜从来没有空过。易蓉拿了一只日式玻璃杯，拎着一瓶麦卡伦威士忌，回到房间。她从房间的小型冰箱里取出冰块，放到玻璃杯中，然后把酒倒入。她的脸上虽然套着护具，但依旧可以缓缓把酒倒入口中。浓烈的酒刺激到口腔中的伤口，令她疼痛不已。

她是在这幢宅子里认识润生的。那时候养母已年华老去，退休后几乎淡出舞台。可像母亲这样的人是不甘心就此被社会遗忘的，她多方奔走后，政府同意为她建一个昆曲剧场，既可以用来做戏剧教育、培养新秀，又可以用来演出，实践教育成果。场地不太大，仅一个小剧场的规模。母亲是有品位的，对美有着严苛的要求，她希望在城隍阁下建一个有现代造型的独特的建筑，那儿属于南宋御街区域，而当时南宋御街的改造工程也快要起动了。那时候润生在建筑界已小有名气，不过还在美术学院建筑设计系教书，成立建筑事务所是后来的事。润生受易蓉母亲之邀接受了这个项目。没想到润生在见到易蓉后，狂热地爱上了她。

那时候润生已 30 岁了，他当然懂得一个艺术家需要某种代表身份的符号，至少在衣着上能体现自己最基本的品位。当时他就喜欢黑色休闲西服，甚至连休闲西服里的高领羊毛衫也是黑色的，面料考究、裁剪精当，易蓉不由得感慨好的衣衫确实可以提升人的精神气质。

是润生主动追求易蓉的。最初易蓉一直没有答应。易蓉说，你不是我喜欢的那一款，我喜欢大男人，而你是个孩子。那时候易蓉真心觉得这个衣着讲究的男人身上有一种干净的童真气息，明亮的目光中既透着一种与生俱来的羞涩，又隐含一种内敛的热情。润生使出孩子般的固执劲儿，对易蓉穷追不舍。也许易蓉是为了吓唬润生，有一天，易蓉对润生说，我是个孤儿。开始润生以为易蓉开玩笑，易蓉看上去那么健康，为人处世大方得体，行为端庄，同"孤儿"这个词怎么都联系不上。易蓉讲了自己的身世，她不知道自己的父母是谁。据养母说她是在雪地里捡来的。作为名伶的养母这辈子没有婚姻，不知道怎么养育小孩。易蓉说，我在她那儿就相当于一只宠物，可能连宠物都不如，她太忙了，到处演出，到处应酬，常常忘了我的存在，好在物质上我没吃什么苦。易蓉说，自己小时候很丑，直到长成少女，母亲才发现她的美，想教她演戏。易蓉那时候在学校功课很好，心里面也瞧不上演戏这一行。易蓉说，不过我要说良心话，母亲没坏心眼，她大大咧咧的，她满足我物质上所有的要求，遗憾的是我和她之间情感交流很少。易蓉还说，自己不怎么信任搞艺术的人，童年的所见所闻让她觉得搞艺术的最不靠谱。

易蓉和养母的关系比她讲的要复杂。母亲一直单身，不断地换男人。易蓉经常听到东边房间传来母亲和别的男人的做爱声和打闹声。母亲的呻吟，旧宅床第因地板不稳而发出的吱吱嘎嘎声，男人最后刹那的低沉吼叫，以及某种易蓉不易理解的辱骂和粗语……这些声音构成一种奇怪而垂死的气息，充斥在这幢宅子里，而易蓉就是在这种气氛中成长的。

等她出落成一个大美人后，母亲的男人开始觊觎她，挑逗她，有时候在母亲外出演出的日子甚至来骚扰她。母亲是个敏感的女人，当她意识到她的男人被自己的养女吸引，便迁怒于易蓉。有一次，母亲骂易蓉别的没学会，勾引男人的本领倒是无师自通。这令易蓉起了报复之心。这些觊觎她的男人，大多风度翩翩；这些中年男人，穿着名牌风衣，戴着围巾，有一种既精心打扮又不修边幅的吉卜赛人气质，并且他们不乏幽默感，做派轻松随意，他们的挑逗往往不着痕迹，相当"艺术"，让人浮想联翩。也许是出于嫉妒，也许是一种潜藏的道德感作祟，她早已对母亲不知餍足地贪恋鱼水之欢看不惯了。

易蓉决定和母亲的情人上床。他是一位导演，和母亲相处得最久，母亲非常爱这个男人。易蓉是有把握的，她已练就了一种对男人的辨别能力，一种本能的嗅觉，只要一个男人看她一眼，她的身体就知道那目光中是不是带着肉欲。

这是她的第一次。她本来只想报复一下母亲，随后便就此收手。可是青春的情欲让她欲罢不能，深陷其中。她知道自己其实并不爱这个男人，但还是自愿委身于他。她因此对自己充满了鄙视，觉得自己甚至比母亲还不堪。她多次想过摆脱这个男人，可是男人很有一套，他牢牢地控制了她。她无意中听到这个男人的种种作为，作为戏剧导演，每每有剧团请他导戏，他必要睡一个女演员。在戏剧界他臭名昭著。易蓉因此对自己的轻佻感到恶心。她的内心充满了罪恶感，对这个男人的厌恶日增，曾动过念头杀掉他。念头总归只是念头，她不但没有杀了他，还变本加厉，频繁和他在一起。母亲最终发现了他们的秘密。有一天母亲撞见了他们的不伦之欢，由于太过投入，易蓉竟没有发现母亲回家了，就站在她和那个男人纠缠在一起的肉体面前。这令易蓉羞愧不已。这件事让她同母亲原本就相对疏离的关系雪上加霜。母亲难过了好一阵子，有相当长时间不同她说一句话。

她永远不会对润生说起这些事。

润生说，他不是搞艺术的。他是一名严谨的建筑师，易蓉完全可以把他当作一位稳重的工程师。易蓉笑了。在易蓉的追问下，润生坦白了自己有过几次短暂的恋爱，不过都是以精神恋为主，精神之恋带给润生丰沛的情感享受，肉体的欢悦却反而会减弱情感的强度，维持不了多久就分手了。很多人骂润生是个花花公子。倒是那些女生，并不怨恨润生，她们觉得润生就是个不太成熟的大男孩，没坏心眼。易蓉讥讽他，看来稳重的工程师谈感情不一定稳重嘛。

后来润生告诉易蓉第一次见到她的印象，让易蓉颇为吃惊。她没想到自己在别人的眼里会是这样一个形象。润生说，初次见到易蓉时，他觉得她身上充满母性。易蓉当然是漂亮的，润生一度认为易蓉可能也是一位演员。润生说，易蓉的母性气质令他难忘，他当时有一种让自己变小，投入到易蓉怀抱的愿望。

他们还是在一起了。易蓉嫁给润生的根本原因不是出于对润生的爱，她只是想逃离养母，逃离这幢旧宅，而润生刚好是一个适合结婚的人。润生对她表现出来的韧劲也感动了易蓉。在他们有了床第之欢后，润生曾向易蓉表达过，他第一次感受到肉体之爱并没有减弱精神的契合。他还说，他虽然不信教，不过他现在觉得《圣经》说的是有道理的，所谓爱就是一个原本合在一起的球，被分开后，终于又严丝合缝地结合在一起。易蓉发现润生在亲热时喜欢不停地表达，但易蓉无法回应。易蓉清楚地知道自己对润生没有深刻的爱。她当然是喜欢润生的，可那些肉麻的话易蓉说不出口。她只好沉默。后来，润生不再表达，习惯了在静默中做爱。

易蓉真正爱上润生是在日本度蜜月时，他们遇上了神户大地震。那天晚上，他们正住在大阪一间靠近海湾的酒店里。酒店在一个小山坡上，他们住在酒店的三层。日本酒店的房间虽然精致，但空间很小，好在可以从窗口望见海湾，望见一望无际的蓝天下，停泊在海湾里的游艇。白天润生陪着易蓉购物，吃过晚饭就回到酒店，易蓉一件一件试穿刚买来的衣服给润生看。那是一段难得的放松时光，他们早早地上床（是榻榻米），做爱，然后沉沉地睡去。到了凌晨五点多，房间突然摇晃起来，是易蓉先醒的，易蓉弄醒了润生，说地震了。易蓉感到整座房子在晃动，房间吱吱嘎嘎作响，好像房间里的每一块木头都随时会断裂。易蓉当时觉得自己像是处于绿皮火车车厢与车厢的衔接处，火车上那种摇晃和震动同此刻类似。易蓉在催润生快点起来，穿好衣服逃到室外。润生倒没怎么害怕，他发现走道里静悄悄的，没有任何类似亡命奔逃的脚步声，整个酒店好像什么事都没发生一样。窗外传来广播声，在整个城市回荡，讲的是日语，易蓉听不懂，但猜到那是关于地震的报告。易蓉从窗口望出去，酒店外空无一人。一会儿，晃动就结束了。易蓉想，看来处于多震地带的日本人早已习惯了频发的地震，练出了处变不惊的本领。易蓉再次回到被窝里，紧紧搂住了润生。那一刻，易蓉心中升起生死相依的感觉。在这种自我感动中，他们免不了鱼水交欢。余震过一阵子再次袭来，不过强度弱多了。大概是因为地震的刺激，易蓉含糊其词说了些莫名其妙的话。易蓉说，在养母家的生活对她来说是一个噩梦，尽管这样说很没良心，毕竟是养母把她养育大，可能是没有感受到更多的母爱吧。听到易蓉的喃喃自语，当时润生紧紧抱住了易蓉。

后来润生对易蓉说过，那是他第一次感受到易蓉对人是失望的，骨子里对这个世界是悲观的。润生说，他那会儿在心里发誓一定要好好对待易蓉。

易蓉对润生产生的爱意并没有维持多久，地震激发的情感并非常态，虽然她努力说服自己，让自己相信她是爱润生的，然而事实是，激情不是理性可以控制的。她接受了这个现实。当然她不会离开润生，润生是个善良的人，值得她一生相守。特别是有了孩子后，和润生白头偕老几乎是一个事实，而不再是选择。她因此扮演着润生想象中的那个女性形象：勤快、顾家、照顾孩子、热爱生活，更重要的是保持一种类似"母仪天下"的端庄，有时易蓉恍然间会把润生当成自己孩子中的一个。

母亲死后，她经常到这幢老宅来，润生并不知道。他出门上班的时候，易蓉在家里；等他回来时，易蓉做好了饭，等待着一家子用餐。恐怕润生从来没发现过她的这一秘密行为。在这幢老宅里，易蓉变回从前的自己，她把"端庄"的外衣脱掉，给自己倒一杯威士忌，享受真我时光。

八

现在需要写下对这个世界最后的遗言了。易蓉启动电脑，然后打开 Foxmail，这个邮箱是她做外贸时使用的，便于和老外通联。用国内的邮箱发邮件老外常常收不到，误事。她看了看窗外，运河浑浊的水面上一只船在航行，两岸被整改一新的人行道上这会儿行人稀少，岸边花卉盛开，柳树倒垂的枝头触到了水面，和水接触的部分变成了黄色或褐色。

写这封邮件对她而言是艰难的，但她必须写。

人间充满不幸，在医院里更是如此，只有在医院你才能发现疾病是如此普遍。苦难遍布人间，只有经历过才能体会到人生的残酷。躺在病床上的这几天，她想的最多的就是死亡。她害死了自己的儿女，已不配成为一个母亲，不配成为一个女人，甚至不配成为一个人。她不配活着，唯有死亡才能得以解脱。死亡是严重的事，但在医院，死亡稀松平常，她几乎抬头就能看到死亡，仿佛只是日常生活的一个场景。

易蓉写下了第一句话。她的脑子既清醒又混乱。语言就在思想里，但它涌出的速度过于快，像记忆之闸打开，水流磅礴。

她得精心选择自己想说的，她得小心对待每一句话，既要秉书直言，又要讲究策略，该清晰的地方要清晰，该含混的地方要语焉不详。她写下第一句后，停顿了好长时间，过于纷杂的思维让她无从下笔。得想些别的事，让自己的心绪平静一点。

刚拆完线那会儿，医生重复那句她听厌的话：无论怎样，要接受自己，一个既陌生又熟悉的自己。她都微笑应允。她想她的态度应该是令医生满意的。他们大概见过太多的悲剧，担心她会寻短见。他们的担心完全正确，只是她的态度把他们骗过了。也许没有骗过，意料之外的平静难道不是件奇怪的事吗？风暴来临之前不是最平静的时刻吗？也许他们这会儿已经在四处找她了。

她把目光移到窗外。靠近河岸的两棵悬铃木比从前长得更为肥大，枝叶铺展开来，膨胀成了从前的两倍。天空一直很蓝，蓝得好像要把她吸走。有时候她甚至怀疑这蓝色是从她头脑中生出来的。无论是幻觉还是真实所见，她确信此刻她的心是平静的。只有确认她书写时是平静的，才能确保她留下的言辞是可靠的、恰当的，是她弥留之际最想说的话。此刻，她在平静中看到了自己依旧有愤恨，它状似一团漆黑的云朵，既柔软又带着沉重的水汽。她需要克制自己，不能在信中有愤恨的痕迹，她需要把愤恨凉下来，只有这样，她才能看清自己的心，写下自己想说的话。

三个小时后，易蓉写完了这封信。她不能马上就发出这个邮件，现在还不是时候。她设置在一年后的今日发出。这个时间经过深思熟虑，一年后，人们或许都已平复了创伤，那时候收件人会知道怎么处理这个邮件，会做出判断把伤害减至最小。易蓉可不想伤害任何人。但如果马上发出，伤害是难免的。一年后情况会不一样，时间是治愈一切的良药，自以为多么重大的事情，难以扛过去的事情，随着时光流逝都会变得无足轻重。这也是人这种动物得以生存下去的秘密，人有一种自动过滤掉创伤的能力和机制，总会不自觉地期待未来能带给他们快乐和好运，使命运发生奇妙的改变。她设置完邮件发送时间后，退出页面，关上笔记本电脑，长长地松了一口气。

她去了一趟养母的房间。养母的房间里有大把的安眠药和其他精神类药品，她查过相关的资料，其中一种药吃下去二十颗，即会致幻而死。如果用威士忌服下，绝无生还可能。

玻璃杯子里重新倒满了酒，她小心地把药物一颗一颗放到桌子上，二十颗，白色药物在彩色玻璃映照下呈现珠子一样五彩的颜色，好像它们是无价之宝。现在一切都准备好了。她原本打算洗个澡，但一想到脸上的伤疤，她就放弃了。反正要下地狱，肮脏和丑陋不正是地狱的形象吗？

易蓉凝视着自己房间里的彩色玻璃，想起筑在阁楼上的一贝的洞穴。润生太忙了，他的脑子里全是建筑，各式各样的建筑。如果润生脑子里的建筑全部搬到现实世界，那这个世界看起来会很疯狂。幸好这不可能，只有一种趣味的世界是恐怖的。润生不太了解家里发生的事。他甚至不知道烟道上方的四块彩色玻璃是她特意放上去的，既是为了挡雨，也是对自己童年的祭奠。为了让色彩的搭配和老宅一模一样，她还跟安装师傅爬到了屋顶上指导师傅。那天还发生了一次事故，在安装时，一块玻璃碎了，其中细小的一片从烟道上掉了下来，落在一贝的手上。一贝的手被划伤，流出了血。鲜血落在她洁白的裙子上。不过一贝好像非常高兴，甚至喜欢白裙上的点点鲜血，花瓣状的血迹让裙子生动起来。易蓉想起自己的童年，有一次她想象自己是一只壁虎，然后站在窗台上，伸展四肢趴在彩色玻璃上。窗子没有闩实，突然洞开，易蓉重重落在窗外，磕破了自己的脑袋。她因此缝了三针。她一度以为自己完了，破相了，结果倒是没有落下任何伤疤。而现在她成了一个鬼。

关于一贝和自己童年的记忆光亮而斑驳，有着丝绸般绵长而温润的气息，带着过去时光特有的暖意，仿佛时光深处的人们正向她发出喃喃细语。老旧的巷子里的炸油条，菜市场里的鱼腥味，邻居家传来的钢琴声，街头那只总会跟着她走上一段路的流浪猫，一同组成她此刻回忆里最美好的部分。这人间有很多不堪和污秽，可终究是值得留恋的。

现在酒和药下肚了。她躺到自己的床上，一直没有闭上眼睛。她还想在死去前看一眼这个屋子，这个属于她的小小世界。这里存留着她全部的秘密，童年的魅影，少女的堕落，以及后来发生的诸多事情。这个房子容纳着她全部的人生。她的故事就这样仓促结束了。她现在明白她的世界很小，她的人生看起来既像是由荒唐堆积而成的挤满了这个房间的"积木"，也好似什么也不曾得到过的空无。也许所有的故事都是这样。她的故事以一种无情的方式结束了。

在她失去意识之前，某种她意想不到的后悔涌了上来。她后悔写下那些话。她也许不应该留下那些话，那些话又有什么意义呢？事情会如她所愿吗？她会因此得到解脱吗？也许只不过徒增生者的负担而已。干干净净地来，干干净净地去，多么好。但她已无能为力了，她已没有力气爬起来了。她也不能让时光倒流。一年后邮件会到达收件人的邮箱。一年后这个世界会是什么样？也许人们都不再使用邮件，有了新的交流工具。那么是不是将没有人看到她的信？也许还有另外一种情况，一年后收到邮件的人会认为这只不过是恶作剧。但愿如此。人死后会变成鬼吗？鬼可以把邮件撤回吗？她知道这是两个平行世界，鬼不能物理地改变世上的事。

在朦胧中，她听到一声巨响在身体里回荡，好像汽车猛烈撞击到围栏，那声音闷闷的，颤动着。在颤动的余波里，她听到金属的声音，像寺院里敲响的钟声，悦耳地振颤，然后声音在尖锐处消失。在天边，她看到一铭和一贝的召唤。他们在飞，一铭穿着黑衣服，一贝穿着红衣服，他们的脸上洋溢着天堂的气息。

易蓉失去意识前最后的念头是他们会不会在她灵魂出窍前找到她。不会的。那时候，她应该已经下了地狱。

九

漫长的沉睡。或者根本没睡着。

先是吃了两颗安眠药。又加了两颗。再加两颗。润生躺在书房的地板上，双眼一直睁着，或闭着。他看见对面的墙成了巨大的镜子。镜子里的事物一直在变幻。时间好像停止了。他的脑子无法停下来，如果可以，他愿意付出任何代价让自己的脑子停止转动，哪怕一秒钟。镜子里的事物是他看到的还是脑子里浮现的？天空的光线就像食甚前最后的光弧，优美而孤独。屋子里的书籍从书架上缓慢地移至镜子里。光线里的尘埃就好像宇宙中漫无边际的星辰，散发着美丽而幽微的光。一座巨大的佛像被从天而降的瀑布似的光线笼罩。是他曾经的设计还是幻觉？一群鸟（是七彩文鸟吗？）从镜子里飞过，一群向左，一群向右，好像镜子里出现了镜子，如此对称。飞鸟突然静止，变成一片一片巨大的落叶，黑色的，好像鸟被瞬间烧焦，然后缓缓地坠落，无数黑色的羽毛飞散。它们坠落在一片修剪整洁的青草之上。有一个女人从青草地的远处走来。是易蓉，抱着一铭和一贝。她的双腿陷入青草之中，青草底下是沼泽。青草之下的大地慢慢吞噬了易蓉。易蓉两手托举着一铭和一贝，张开嘴在惊恐尖叫，却发不出任何声音，好像寂静捂住了易蓉的嘴。成群的蝗虫在阳光下亮着翅膀，安静地上升，下降，像失去了重量的漂流物，翅膀闪闪发亮，犹如无数面碎了的镜片。易蓉的手变成了树根，不是伸向泥土，而是在向天空延伸。在另一个场景里，一铭拿着一把水果刀，正在削一只苹果。一贝惊恐地看着那把刀子，好像这刀子充满危险，随时会刺入她小小的心脏。镜子里突然漫出一泓清泉，是窗外小区的那泓清泉吗？怎么如此寂静，没有音乐？润生想象自己躺在泉水中，觉得自己像《哈姆雷特》中的奥菲利娅。"她的衣服四散展开，使她暂时像人鱼一样漂浮水上。她嘴里还断断续续地唱着古老的歌谣，好像一点儿都没感觉到她处境的险恶，又好像她本来就是生长在水中一般。"这些句子像咒语一样飘过润生的脑子。润生觉得自己随波漂浮，在慢慢地下沉。水中是另一番景象，好像镜子的另一面。大地上的事物都出现在水下。太阳和月亮在水下是两颗黑色的星球，威严、冰冷，像秩序的维护者。易蓉、一铭和一贝变成了水中的金鱼，是刚才飞过的七彩文鸟变的吗？他看见其中的三条金鱼，分别是灰头、黑头和红头，它们在他的身边游来游去。他伸出手，它们贴着他的手游动。当他想抓住它们，它们倏忽不见了。他又重新浮出水面。他从镜子里看着那个躺在书房地板上的男人。一具蜷缩着的软弱的躯体，睁着眼或闭着眼。精细的胡桃木书架，有着光滑如镜的细花纹理。胡桃木书架的某几个隔层镶嵌着几块白色的大理石，恰到好处的点缀让木质显示出活力，笨重的木头因此有了呼吸。他睡着了吗？他呼吸均匀，头枕着一块毛毯，鼻子呼出的气息令毛毯上的茸毛有轻微的晃动。书架上放着一张照片，是他们四人的合影。在哪里？在塘栖还是在乌镇？照片也是一面镜子？博尔赫斯说，镜子是为了让人心里明白，他自己不过是个反影，是个虚无。因此，镜子才那么使人害怕。你看那躺着的神志不清的人，长时间滴水不进的人，就是一个虚无之物，哪怕此刻，窗外的阳光正打在他的身上。

润生记得最后一次去医院看望易蓉。易蓉让润生不要在拆线前去看她，但润生还是去了。那天易蓉看起来心情平静。她的目光像装满了无垠的蔚蓝色的海水，里面的情绪不可名状。可以理解为哀伤吗？风平浪静的哀伤，或深不可测的哀伤。易蓉说话时声音沙哑，可能她的声带也被挤压变形了。易蓉说，你想过我未来的样子吗？润生想过，只是没往深里想。易蓉摇摇头说，你要做好准备，我将是你这辈子见过的最丑陋的东西。某种意义上，"美"是润生的职业追求。在建筑领域，润生认为美是无法定义的，有无比丰富的可能性。一切都可以相互转换。丑和美之间没有界线，有时候丑就是美，或者美就是丑。这些思绪润生无法言说。在一铭和一贝亡故后谈这个问题不合时宜。易蓉直愣愣地看着他，润生觉得这目光穿透了他，或正在解剖他。她知道一切了吗？她出事时他关机了。一个无可救药的错误。他怀疑她的目光里不仅仅是哀伤，还有对他的审判。易蓉说，以后你恐怕只能自己照顾自己了。

昨天，他和世平走进易蓉养母留给易蓉的老宅，看到易蓉已尸骨冰凉。润生没说一句话，流着眼泪回到了家里，把自己囚禁起来。

世平担心润生，昨晚后半夜，他到过润生所在的小区，只是没进润生的家门。润生的房间漆黑一片，世平伫立在润生家西边的林子里，观察着润生。屋里一直没有动静。后来有手机的亮光从书房里微弱地透出来。世平想这是润生在看手机，他本来想打个电话给润生，告诉润生他在楼下，转而又想，面对润生他又能劝慰什么呢？任何语言都是苍白的。

早上，世平驱车来看望润生。世平敲了很久的门。里面没有动静。世平拿出钥匙，开了锁。世平有润生家的钥匙，润生是知道的。事到如今，也顾不了那么多了。世平想，润生应该也不会在意他的闯入。他进入润生的家，叫了一声"润生"。屋子安静，如同这里好久没人住了。想起不久之前这屋子里还充斥着孩子们叽叽喳喳的欢声笑语，世平忽然悲伤起来，立在客厅里，几乎迈不开步子。

后来世平在书房找到了润生。润生躺在地板上，紧闭着双眼。世平轻轻叫唤了润生一声。润生睁开眼，又迅速眯上，看着世平，好像世平是一束光，刺痛了他的双眼，使他睁不开眼睛。他眯着眼看世平的样子，让世平感到陌生。世平看到润生的嘴唇干裂，猜想润生大约很久没进水进食了。这世上也许只有世平了解润生此时的感受，润生除了失去亲人的悲痛，还承受着无法自拔的愧疚感。世平是知道的，易蓉出事时，润生正和子珊在一起。

世平来到楼下，取了一罐可乐。可乐含有糖分，或许可以补充一下润生的体能。润生倒是没有拒绝，他接过可乐，往嘴里倒。喉结在不停地涌动。世平看到润生如此贪婪的模样，觉得润生至少还是有生之留恋的，心里的不安减少了一些。这些天来，他一直担心润生会就此毁掉。

"润生，你不能这样消极。"世平说。

"是的，我不能这样。"润生的回答像个弱智。

世平来到一楼餐厅，他从冰箱里拿了两只鸡蛋，煎了两只荷包蛋。又烤了两片面包，端到书房。润生正在看手机上的照片，屏幕上一铭和一贝在向他微笑；另一张照片是易蓉，相对严肃，仿佛一位法官。润生在两张照片之间翻来覆去地看。

"世平，我经常想不起一铭和一贝的样子。我想不起他们时，就打开手机，把他们的照片调出来。"润生说。

世平无言。他把两片夹着荷包蛋的面包递到润生手上。润生看来是真的饿了，他一边看着手机上的照片，一边吃面包。在国际上游走多年，润生身上或多或少浸润了一些西方绅士的气质，但这会儿全然不顾，吃相就像一位路边的民工。一会儿，面包就被润生解决了。

"世平，你没替我弄到药？"

世平摇摇头。他告诉润生，医生不建议服用这种药，会成瘾，并且医生一般也不会开这种药，只有在少数非常状态下才可以开处方。

润生的目光瞬间暗淡下来。他回到书房，躺在地板上，又闭上眼睛。

或许有一件事可以救润生，可以减缓润生的负疚感，就是告诉润生真相。世平昨晚想了整整一宿，纠结着是不是要把车祸当天的一切告诉润生。他不能让润生沉溺于舔舐自己的伤口而不能自拔。他下定决心，今天要和润生好好谈谈。

世平坐在润生对面，从口袋里拿出一张单子，那是一张交警提供的事故单，上面写着易蓉出事时喝醉了，血液中酒精度高达 120 mg/100 ml。易蓉的交通事故是世平处理的，所有的原始资料都在世平这里。润生看着这张单子，他一时没明白这是什么东西，世平为何给他看这张纸。

"易蓉出车祸那天是醉酒驾驶。警察说，这个酒精度算是酗酒了。"世平解释。

润生依旧没有任何反应。他感到不可思议。怎么可能，易蓉酗酒，他从来没见过易蓉喝酒，易蓉滴酒不沾啊。

"警察当场验了易蓉的酒精度，我当时在现场。"世平说。

润生疑惑地看着世平，他还是不敢相信。

世平态度严肃，说，易蓉酗酒是真的，有一阵子了。有一次受润生之托，他到润生书房取润生熬夜绘制的草图，曾碰到易蓉喝酒。孩子们都上学去了，她独自一人喝得醉卧在地板上，身边有两只空酒瓶。

润生惊诧不已，他愣愣地看着世平。世平从来没讲过这事，或许是因为世平不想介入到润生的私生活中。润生完全被眼前的事实弄蒙了。

易蓉是从什么时候开始喝酒的呢？她一直讨厌喝酒的啊，在她的片言只语中，她养母家的男人总是醉醺醺的，她讨厌醉醺醺的男人。这件事发生多久了？自己怎么对此一无所知？润生这才意识到自己对家庭以及对易蓉是多么不关心，至少他没有全心担负起家庭的责任。自从得了阿迦汗国际建筑奖，他成了一位名流，表面上全身心投入到事业之中，事实上他开始和子珊约会。

润生还是不能相信。也许世平只是出于好心，为了安慰他才编排出这样的场景。易蓉没有酗酒的恶习，车祸那天体内的酒精可能是一次偶然，或者事出有因。

夜晚，润生去了易蓉的房间。夜里润生和易蓉的作息时间不一样，有了一铭后，他们是分房睡的。易蓉是个整洁的人，她的房间即便近半个月没人打扫了，依旧一尘不染。所有的物件该放在哪里就在哪里。那束山茶花应该是随便从院子里采来的，放在一只玻璃瓶子里，水快干了，花也枯萎成黑褐色，插在花朵边的枝叶倒还呈绿色，不过已不再是油亮的绿，仿佛被夏日太阳暴晒过，失去了应有的润泽。这么干净的屋子里你找不到什么，哪怕是易蓉的片言只语的记录。现在都不用纸了，如果易蓉要记录，也只会记录在电脑里。桌子上那台电脑不见了，去哪儿了呢？每次进房间，润生都会注意桌上那台苹果笔记本电脑，那儿记录着易蓉的秘密？他知道电脑设有密码，不过即便他知道密码，他也不看。他认为一个人不应该侵入另一个人的思想。房间里没有任何酒精的痕迹。这让润生疑惑。

润生一直坐在地板上，没有点灯。他看到钱塘江两边的灯火在深夜变得越来越灿烂。或许是因为心境，或许是因为钱塘江太过辽阔，他感到那些灿烂的灯火是如此的寂寞，就像节日的烟花，在表面的热烈中总透着寥落和感伤。一个建筑师明白空间的意义，空间越广大，人就越渺小，这是宗教建筑祈祷用的空间之所以庞大的原因，庞大意味着天地间有一个主宰，意味着自己变得微不足道，如光中之尘。

润生想起易蓉在这幢房子的地下室隔了一个贮物间。贮物间的门一直是锁着的，只有一把钥匙，在易蓉手上。润生不管家务，从来没有怀疑过易蓉会瞒着他藏匿一些不想让他知道的东西。世平带来的消息让他开始怀疑这个贮物间。

半夜，润生下了楼梯，打开了地下室的门。地下室一样的干净整洁。润生一度想在地下室开辟一个制作建筑模型的工作区，润生甚至买来了各种工具，不过最终放弃了，因为制作模型不如想象的那么简单，任何一门手艺都需要长久的练习。后来建筑模型的制作委托给了一位木雕家，润生为此花了不少钱。润生当时的想法是他设计的每一件作品，即便这些设计最终没有建成，也要作为艺术品传下去。他希望在老去的时候拥有一个关于自己建筑作品的艺术博物馆，他要陈列最初的草图，构思的过程，以及最终的模型，当然还要陈列他设计的那些矗立在大地上的永恒建筑的照片。这些模型现在都置放在事务所里。此刻，润生看清了这个尚在头脑中的博物馆的本质，他的世俗欲望是多么强烈而可笑，而他把这种可笑当成了庄严，把这个欲望包装成一份献给人类的精神遗产。

润生无法打开贮物间的门。

第二天一早，润生找来锁匠。在锁匠设法开锁的这段时间，润生的心一直在猛烈地跳动，仿佛那门里面装着易蓉的灵魂，仿佛那里装着无边无际的黑暗。在润生的感觉里，即便是和易蓉亲热，也总能隐隐感到和平常不一样的易蓉，她不再是那位有着温暖母性的妻子，她高潮时紧绷的状态决绝而热烈，同时透出令人心痛的漫漫长夜的气息。

锁匠打开了那道门。润生开了灯。世平说的都是对的。那间不足五个平方的小屋里，装满了酒瓶。在三面靠墙的柜体上，放着各种各样的酒，有来自法国著名酒庄的酒，也有来自意大利和德国的红酒，还有一些酒精度极高的洋酒，其中有几瓶是产自波多黎各的 75.5 度的百加得 151 朗姆酒。易蓉是什么时候把这些酒搬到这儿的？地上还堆着一些空酒瓶，东倒西歪，和这个小间外面的整洁形成强烈的反差。润生第一次发现如此混乱的属于易蓉的房间。那是易蓉内心的另一面吗？

那一刻，强烈的愤怒从润生心中涌出，消解了出事以来充斥他心中的愧疚。原来如此。原来是易蓉害死了一铭和一贝。

十

　　子珊没想到润生会再次回来找她。她以为自己和润生结束了。她了解润生，这个外表温润的男子，一旦做出决定是不肯回头的。温和只是表面，他的内心比谁都固执。这是他成功的原因之一。在他的专业领域，他认定的"创意"，哪怕所有人反对，他都愿意一条道走到黑。最终他会证明他的想法是对的。这种固执如果出现在生活中，不是什么好事，他过分内省，对自己过于严苛，总是和自己较劲。子珊担忧润生的精神会出问题。

　　"我要见你一面，老地方。"润生没给她打电话，而是发了短信。

　　当时子珊正在火车站，准备回一趟老家，休息一段日子。火车东站人群拥挤，旅途中人的脸或多或少会浮现焦虑之色，无论是背着大包小包的农民工、做小生意的商贩，还是穿着讲究背着名包的时尚女性，此刻他们的脸上都好像浮着一种类似灵魂出窍般的恍惚，仿佛怕错过了什么，人生因此被改写。或者他们还有另一种担忧，他们的行程将会是一个未知的险象环生的陷阱。她刚才也应该是这副模样。

润生的短信令子珊陷入沉思。润生的行为完全在她的意料之外，她好不容易平静下来的心波澜骤生。

子珊坐出租车赶到了刘庄。这是建在杨公堤西侧的一家酒店，曾是一座私家园林，面对着苏堤。院子里满眼都是绿色。上世纪初刘学询建造这个庄园时，费尽心力，从南方运来很多名贵的植物，点缀在各园中。值得称道的是宾馆每一个房间所见景物各有不同，皆如一幅名画古卷。润生的建筑理念有一部分受此园启发。此园是他的心头大爱。

因为是从车站赶来，子珊带着行李，她的样子像一位来西湖游玩的旅客。和润生的相见，对子珊而言是个巨大的悬念，经过人间难以想象的变故，她不清楚他和她之间何以相处。她感到自己身体僵硬，好像即将面临一场刑罚。子珊朝"老地方"走去。她看到房间东侧那棵临水的樟树的枝干漫无边际地伸向水的中央，和房间平行地划出一道绿色屏障。

即使光线从树荫间射入，走道依旧有一种人为营造的昏暗感觉，明明有斑驳的光线落在地上，行走其上，却像穿过某个幽深的无限延长之所。在廊道尽头转弯，就到了"老地方"，他们固定的房间。

有一缕阳光，是红色的，从窗帘的缝隙射入，投射在润生的脸上，好像润生的额头被一把锋利的刀子切割，血色的光线使得润生的头部看起来像一朵盛开的硕大花朵。也许是由于光线的原因，他脸上的表情竟带着一种莫名的圣洁。她无法辨识他的灵魂，她觉得这会儿坐在房间里的是某种会开花的植物。

润生一直是温柔的人，做爱时无比有耐心，这是最令子珊着迷的地方。润生比子珊要大 15 岁，年龄的差距令子珊感到安全。在他们幽会时，子珊通常是主动的那一个。这一次完全不同，子珊刚进去，润生就抱住了她。润生一直沉默着，他甚至没有亲吻她，也没有任何前戏，就进入了她。子珊没有准备，她疼痛，不过她心头涌出的怜悯令她很快投入其中。她能体味润生的伤痛，她感到润生的伤痛正在从他身体和额头的汗水中洇出来。她吻到那汗水的滋味，试图从汗水中理解润生此刻的狂乱和沉默。献身的欲望和杂念同时降临到她的思想里，这令她有分裂之感。她感觉混乱，既感受到亮晶晶的快乐，也感受到亮晶晶的疼痛，就好像太阳穿过棱镜而变得杂乱不堪。她感受到润生不同寻常的气息，也许要等到一切归于平静，润生才会向她说出来。

时光在流动吗？那束红光这会儿移向床边的墙壁上，对面镶着海贝的檀木家具因为这道光而泛出幽微的色泽，那些白色的图案反射出云母一般的光芒。园子外的走道有人走过，可能是刚入住的客人。某一刻那道光像彩虹一样，呈现出多种颜色。是因为身体的愉悦而产生的幻觉吗？可是今天子珊并没有抵达顶峰。她分心了，她在捕捉润生每一个细微的动作，试图从他陌生的行为中找回熟悉的润生，然而润生好像变成了另外一个人。

他在最后流出了眼泪，可以说是泣不成声，仿佛为了掩饰自己的情感，他紧紧抱着她，把脸贴在她的胸口。他的身体因为要遏制自己的哭泣而抽搐，有点像高潮后自然生发的那种抽搐。但终究是不一样的，现在的抽搐要紧张得多，少了子珊熟悉的那种放松。往日润生高潮时的抽搐令子珊生出满心欢喜和满足感，好像润生的快乐就是她自己的快乐。

"你怎么啦？"子珊的手伸入润生的头发中，温柔地摩挲着。

"是易蓉害死了一铭和一贝。"传来润生低沉的声音。

子珊吓了一跳。她不清楚润生的心智是否正常，她认为这是不可能的，易蓉那么爱孩子们。她回想润生刚才的声音，那声音像是从深海之中浮上来的泡沫，也像一个快要溺毙的人发出的对人间最后的告白。子珊等着润生说下去，润生却不再开口。

要等很久，等墙上的那道红光消失，等天完全黑下来，等润生的脸像一块巧克力一样溶解在黑暗中，子珊才知道润生在说什么。子珊听了，感到不可思议。

"天哪，她体内的酒精度竟然高达 120 毫克，她怎么可以干出这种事，她简直把一铭和一贝的性命当成了儿戏。她难道不知道吗，这样会害死他们。"润生几乎在自言自语。

子珊无法回应。润生从来不在子珊面前说易蓉。有时候子珊实在憋不住会问起易蓉，得到的回答都是关于易蓉美好的部分，一个富有牺牲精神的贤妻良母的形象。

"她为什么要这样？她怎么可以做这种事？是我不够关心她吗？"润生说。

子珊抱着润生。润生蜷缩成一团。润生的话是跳跃的、不连贯的，不过她大致听明白了。易蓉自杀了。是因为害死自己的孩子而不堪重负吗？还是仅仅因为破相？也许两者都是。子珊为润生难受，也为自己难受。即便他一直在表露对易蓉的恨，子珊感到他在骨子里仍旧依恋着易蓉。以前她会嫉妒，现在用不着再嫉妒了。

她喜欢他的温柔和缓慢，她喜欢两人的亲热无限延长，喜欢沉溺在肉欲的氛围之中，喜欢欢爱时垂死的气息，这种气息把一切尘世的烦恼都终结了，让她感到自己像天国的孩子。他竟然可以如此不疾不徐，她觉得她和他至少在身体上是完全相融的，有着相同的节奏。但是今天，他不再是原来的模样，他甚至弄痛了她，好像他对她或对这个世界充满了仇恨。

十一

对易蓉的怨怼和某种程度上的仇恨缓释了润生的愧疚感，好像因此他终于找到一个可以生活下去的借口。虽然疼痛不会那么快退去，润生依旧随时随地会触景生情，想起一铭和一贝，但他觉得可以因此继续生活下去了。他重新投入到自己的工作中，只是身心不够敏锐，工作力不从心。

虚无会随时降临到他的思想里，来消解生活的意义。有一个东西可以让他抵抗虚无，那就是恨，一种广大的恨。这种恨最初同易蓉有关，慢慢变得越来越抽象，变成一种觉得世事不公而生发的恨意。为什么上天要对我如此残忍？我这辈子尽心尽力，做好自己能做的，也算是个对社会有用的人，可老天为什么要把我置于万劫不复的境地？这种恨意，转移了他对自己的追究，虽然在清醒的时刻他依旧明白自己是难辞其咎的。

润生经常出现幻觉，他独自坐在事务所的工作室里，看到天井里有三只文鸟在飞来飞去。可当他专注时，天井里空无所有，那些他精心设计的景观引不起他丝毫的情感反应，他甚至有点讨厌隐藏其中的装腔作势和自命不凡。

一天傍晚，父亲突然来了。是世平带着父亲来的。后来世平告诉润生，是润生的父亲让世平去车站接他的。世平给润生打过电话，没打通，就带着父亲来到润生家。世平打开润生家的门，带着父亲径自进来了。

看到父亲站在面前，润生露出惊骇的表情，好像自己丑陋的一面被父亲看见了。润生正躺在阁楼一贝的洞穴里，现在他只有在这里才能睡去。润生迅速地站了起来，不知所措地看着父亲。父亲抱住了润生。父亲很少有这种亲昵的行为，很少在人前流露私人情感。润生开始有些不适应，身体僵硬，随即他感到有一股暖流从身体里涌上来，让他软弱和放松。他感到自己要流泪了，他想控制，却怎么也控制不了。自童年以来，润生很少在父亲面前哭，哭在父亲这里是不被允许的，被视为一种无能和懦弱的行为。为了不让父亲看到夺眶而出的泪水，他侧脸望向窗外。世平已经走了，世平可能觉得应该让他们父子俩单独在一起。

一会儿，父子俩坐在润生的书房里，相对无言。三只骨灰盒放置在他们中间。润生仔细看了看父亲，父亲脸上的肉完全松弛了，退休后，早先的精神气迅速从父亲的身体里抽了去，人一下子变得苍老了。润生意识到父亲旅途劳顿，可能还没吃东西，他站起来，要给父亲泡一杯咖啡。父亲点了点头。

润生端着两杯咖啡进来时，父亲的眼睛通红。润生意识到父亲刚才应该哭过了。父亲是那么喜欢一铭和一贝，每次节假日，润生带着孩子们去老家，由于在官场沉浮多年，即便退休了，父亲的表情也带着官威，不苟言笑，但父亲一见到孩子们，脸上的表情顿时变得柔软，变成一个慈祥的老头。润生不由得感慨，千百年来，人类的行为模式真的是一成不变，隔了代际，可以瞬间脱去所有的伪装，流露真情。

润生把咖啡递给父亲。父亲可能真的渴了，一口气喝完了。润生问父亲还想要一杯吗，父亲摆了摆手。好像是这个动作带出了父亲的悲痛，父亲突然失声痛哭。润生感到无所适从。自懂事以来，他从来没有看见父亲哭过。一直以来润生觉得父亲情感内敛，甚至有些冷漠。这也塑造了他们父子之间的关系，他们很少有情感交流。润生从小怕父亲，而母亲是润生的保护伞。后来润生观察到，在中国家庭中，强势的父亲要么培养出叛逆的孩子，要么培养出像润生这样看起来安静的孩子。润生惧怕父亲，从小就觉得父亲瞧不上自己，好在母亲可以及时安抚他脆弱的心灵，给他足够多的关心和爱。母亲死于心肌梗死。润生竟不知道母亲有这病。那一年润生已在杭州落地生根，但还没遇见易晓蓉。在回忆里，母亲在某一刻会突然出现倦容，然后手抚着心脏。母亲大约是因为怕润生担心吧，一直隐瞒着这一疾病。

"润生，出这么大事，你应该早点告诉我。"父亲说。

这会儿父亲已经平静了。他双手颤抖，理了理柔软的银发，突然和润生说起了母亲。父亲说："你妈妈心脏病是先天的，她本来不应该有孩子的，医生告知她这样会危及生命，但她还是决定生下你。她临产前写好了遗书，如果有万一，让我此生一定要照顾好你。幸好，她命大，母子平安。可能你来得太艰难了，她一贯宠你，舍不得动你一根汗毛，把你宠坏了。我很担心你成不了男子汉，但我也没办法。好在你现在事业有成。"

说到这儿，父亲的眼圈再次潮红。他的左手颤抖地伸向西服的口袋，拿出一只信封，从里边抽出一张泛黄的纸，递给润生。是母亲临盆前留给父亲的遗言。润生接过来，看着母亲娟秀的字，眼泪哗哗落下。

父亲说："润生，人生无常，难免生离死别。你母亲走后，我有好长时期都睡不安稳，常常梦见你妈和你。你妈一直不看我，我知道她表面上维护我，其实心里面对我是不满的，她知道我对不起她，她只看着你，好像她早知道你会有不幸。润生，听好了，你不能让你妈有担忧，她在天上看着你，你是她的命。你来到世上后，对她来说我不再重要，她心里只惦着你。你得振作起来。"

润生再也控制不住，为了掩饰，他快步冲进了洗手间。他怕自己的泪水洇湿母亲的遗言，小心折好，放入口袋。

他想起母亲清秀而温柔的面容，母亲是多么富有牺牲精神。他一度以为易蓉同样具有牺牲精神，然而他看走了眼。腕表的秒钟在一针一针地转动，他看到母亲的脸隐藏在其中，好像母亲透过时空的鸿沟正悲悯地注视着他。

那天，父亲指了指面前的三只骨灰盒，建议买一块墓地，把三只骨灰盒安葬了。父亲说，沉溺于怀念只不过是自欺欺人的行为，属于自以为是的美德，实际上是软弱和逃避。父亲这会儿已恢复往常的严厉，说话毫不客气。父亲要润生从头开始。父亲说，你还年轻，有很多事等着你去做，你应该更积极地面对生活。

润生听从父亲的话，选了个日子，把易蓉、一铭和一贝的骨灰盒埋葬了。那天，父亲和世平也在。父亲年迈，身体日渐衰老，一路上需要世平照顾他。

从南山公墓下来，润生有一种奇怪的心理，好像他真的同过去一刀两断了。至少那一刻他的心情是这样的，一种重回生活轨道的热情充斥在他的身体里。坡道的两边是茂盛的树林，枝叶交叉在一起，形似穹顶。阳光很好，从树叶间射进来，那光耀打在绿叶上，让绿叶呈现出某种毛茸茸的犹如出壳小鸭毛的那种米黄色，光影投到路上，形成晃动的波纹。这时候，有两道彩虹在不远处的树丛之上展开，当润生仔细观察时，发现不是彩虹，而是两只七彩文鸟，一只黑头，一只红头。这次不是幻觉，他是真切地看见了，并且它们没有瞬间消失。润生不由得站住了。它们盘旋在润生的头顶，缠着润生不停地鸣叫。润生仔细辨认它们。它们是一铭放走的那两只文鸟吗？

这一景象让润生感到某种神启，好像这两只鸟就是一铭和一贝的化身，此刻正在和他嬉戏。在设计飞来寺禅院时，他阅读了大量的佛典，对他而言，那只是知识，没有进入信仰的层面。现在他感到神灵真的显现了。这个城市到处都是植物，这个有山有水的城市的植物比别的地方要蓬勃得多。光在润生的观念里一直是重要的，指向不明，却别有深意。现在他愿意相信光以及光哺育的万物里面住着神灵。

一只更大一些的七彩文鸟，头部是灰色的，它几乎是瞬间出现的，飞到黑头和红头两只七彩文鸟的边上。这两只文鸟对着刚飞来的灰头大鸟叽叽喳喳地鸣叫，它们在这只灰头大鸟身边嬉戏。润生长久地凝视着这一切，热泪盈眶。

十二

亚太国际会议将于两年后在杭州召开，届时亚太地区各国元首或政府首脑会莅临这座城市，国家领导人将主持盛会。

根据大会组委会的规划，参会的元首或政府首脑将下榻于西湖边的各家酒店，每一个国家元首或政府首脑及其代表单独住一家酒店。组委会在确定了元首或政府首脑们所住酒店后，计划修整酒店的相关设施，翻修计划需要优秀的设计师参与进来。参与的设计者大都来自官方机构，比如学院老师工作室或与城市建设相关的设计公司，像润生这样的私人设计事务所还是不多的。起初润生觉得翻修项目无法真正进行所谓的"设计"，对此并无多大兴趣。后来组委会有了新的创意，他们将在各个酒店的某处空地上设计一个最能代表参会国文化的装置；这些装置在大会结束后将永久存放在为纪念本次会议而造的一个博物馆中。润生这才觉得有点意思。

出于对刘庄的热爱，润生在众多酒店的翻修计划中选择了刘庄项目。特别是听到两年后，入住这家酒店的贵宾是卡塔尔的一位王子，润生更觉得自己的选择有先见之明。他所获得的阿迦汗国际建筑奖虽然面向的是世界各地的优秀建筑设计，但根本上需要作品具有伊斯兰文明的气质。当然，所谓的"伊斯兰文明的气质"只是阐释意义上的，对实物倒不做严格界定，不一定非得是伊斯兰风格建筑。这有点像诺贝尔文学奖，诺贝尔在遗嘱中所言的获奖作家的文学作品需要具有"理想主义倾向"的语义早已被评委会拓展，"理想主义"变成了一个宽泛的词，甚至把揭示人类的幽暗和卑微也视作"理想主义"。这也不是没有道理，在更高的层面，批判本身就是为了人类更美好的未来。不过在刘庄一众中式旧建筑中，把一座伊斯兰建筑和谐且自然地镶入其中，难度是非常大的。

不久，润生得到关于酒店花园空地处装置设计所需的相关细节。卡塔尔方面希望在酒店里有一个小型的祈祷室。组委会决定索性让润生设计一个微型清真寺，要求是既能容得下王子舒适地做祈祷，在未来还可以作为一件艺术品放入博物馆中。

听到这个消息润生非常兴奋。他获得阿迦汗国际建筑奖那年，作为奖项颁发地的伊斯兰艺术博物馆是贝聿铭先生设计的。那一次，出于对贝聿铭先生的敬仰，他还特地去了一趟给贝聿铭大师灵感的伊本·图伦清真寺，在里面想象着贝聿铭最初见到这座大清真寺的感觉。贝聿铭在伊斯兰艺术博物馆设计中很好地借用了图伦清真寺立面的堆积感，以及寺院白色和米黄色交错的色调——这两种颜色和沙漠是如此相衬。那一次，润生还去了突尼斯考察阿拉伯风格的建筑如何与地中海风格相融合。润生对事务所的设计师们说，我们可以参考阿拉伯元素和地中海元素混合的经验，在设计时适当用一些中国元素，也许能令人耳目一新。

　　夏天转眼就过去了。初秋，组委会邀请卡塔尔王子的代表一行来杭州考察王子未来的住所。这次考察主要倒不是关于设计方面的问题，而是为了听取对方在安全方面的要求。设计方面，中方可以不受所住客人喜好的影响，当然会充分尊重他们的宗教、传统和文化。国家安全部门有专员陪着，一同解决他们提出的安全要求。关于安全问题，各国的规则不尽相同，自成体系。中东国家的元首还经常有一些特殊的要求。当年卡扎菲访问中国，他不住酒店，而是在酒店空地上搭建一个自带的帐篷，住在里面。这可不是搭一个帐篷那么简单，要满足一个元首的生活起居，得供应水、电、通信以及相关的卫生设施，需要铺设大量的管线。为了维持一个看起来简朴的怪癖，需要花费昂贵的费用来成全所谓的"简朴"。可人家是这个做派，你也没有办法。两年前，当润生从电视上看到卡扎菲死于反政府武装的枪口之下时，他无端想起诗人艾伦·金斯堡的诗句："最杰出的头脑毁于疯狂。"

　　润生陪着国家安全部门的专员、王子的代表一行、市相关单位以及酒店经理等一同勘察有无安全方面的漏洞。王子的两位代表没穿阿拉伯服装，而是身穿笔挺西服，阿拉伯人特有的英俊面孔以及优越的出身让他们显得十分惹眼，身上有一种来自异域的单纯气息，尤其是他们的目光，幽深而天真，好像没有受到过尘世的污染。他们穿行在刘庄的小径上，欣赏着杭州初秋的美景。正是桂花盛开时，整个刘庄桂香熏人。同一望无际的沙漠比起来，面对这丰润妖娆的植物，卡塔尔人会不会想到他们经文里天堂的样子呢？润生脱口而出，杭州被中国人称为"人间天堂"，值得尊贵的客人各处走走。王子的代表来之前已得到消息，润生是得过阿迦汗国际建筑奖的大师，他们对润生态度友好。其中的一位从包里拿出一张登有当年润生得了阿迦汗国际建筑奖的照片和消息的旧报纸，送给润生做纪念。润生表示感谢。

这时，其中的一位突然站住。他看了看远处的监控摄像头，皱起眉头。他指着监控摄像头说，每一幢小楼都有监控？经理回答说，监控只及于楼道，房间没有。王子的代表商议了一下，决定去监控室看看。

监控室的墙上布满了监控显示器，每一个显示器都标注了幢号和楼层，由于显示器过多，堆积成一个巨大的四方形幕墙，给人一种天罗地网的感觉。有些显示器上有人匆匆走过，因为放松，他们的行为看上去有些滑稽。有人嘴巴一张一合，像在哼唱什么歌曲；有人模仿武打动作；有人在走道上亲吻；还有人则一脸木然，看着电梯的某处。连进入刘庄的入口处都有监控，有车子正从大门进入，闸杆上升时的动作在屏幕上显得特别迅速，好像设置了一个快进装置。润生看到这些画面，心里感到不安。一直以来他和子珊都是在这里幽会，没想到所有的进出都被记录下来了。王子的代表问，王子将住在哪座楼。经理指了指其中的一幢。那是面向西湖的最好的房子。王子的代表对我国的安全专家说，王子下车后的道路以及住所的一百米内不能有任何监控装置。我国专家点头表示同意。一会儿，王子的代表想起润生还将建造一座供王子祷告的面向麦加的小清真寺，补充说，庄先生设计的清真寺也要如此，从王子的住所通向清真寺的道路以及清真寺周围一百米也不能有监控。王子的核心安全由王子的贴身侍卫负责。

因为翻修设计关系到卡塔尔王子的安全，关于监控的问题需提前有所考虑。第二天，润生和刘庄经理约好，合适的时候再去监控室看看，宾馆方面最好能提供相关线路图，这样润生在设计时会最大限度替宾馆方面考虑成本以及日后的恢复问题。经理对润生表示感谢。

两天后，经理陪着润生再次进入监控室。监控室里没有一个人，经理解释，平时我们都不看的，尽可能保护客人的隐私。只有碰到案件，或者国家安全方面有需要，我们才会调出所录的影像，提供给相关部门。相关部门也不能把监控资料外泄。这些规定现在都做得相当规范。润生点头表示赞赏。虽然润生喜欢这家宾馆，但看过监控室后，他想他可能不会再和子珊来这里幽会了。

经理可能事儿太多，不停地在接各种电话。因为对方身份不同，他的态度有微妙的变化，口气或谄媚或生硬，让润生想起建筑的各个部分，建筑本质上是模拟人间秩序的，它是人类内心的外化。住什么样的房子是一个私密问题，就像书房是书房主人思想的私密处。经理刚才的行为就是人间秩序的外化，也是他内心秩序的外在表现。

经理并没有给润生准备好监控设备的路线图。他打电话到设备处，没人接听。他骂了一句娘，对润生说，他去拿来，让润生稍等。说完，经理带着一点点怒气，挺胸凸肚地走了。

整个监控室只留下润生一人。润生找到自己和子珊约会的那幢小楼的显示屏。这会儿这个显示屏上空无一人。润生看到其中一台设备是用来调看视频的，输入具体日期和时间，就会显示这个时间的影像。润生想起易蓉出车祸那天下午他和子珊就在这座小楼里，他想证实一下他和子珊进入房间的那一幕有没有被录到。日子他记得清清楚楚，不过具体钟点有点模糊了。那天上午他带着山口洋子看了飞来寺的禅院，在飞来寺用了素餐。用餐结束不久，他带着子珊来到这儿。他估计了一个时间。

屏幕上出现他握着子珊的手走在走道上的画面，由于监控在高处，他和子珊的身体变形，看上去像两个侏儒在移动。

他想看看他开车带着子珊进入刘庄入口的影像。他来到显示大门影像的那台屏幕前，大门处倒是经常有车辆和人员进出。他同样调到那一天，时间调到比刚才稍早一点。他先看到世平和一个女孩从大门口走着进来。一会儿，他看到自己开着黑色奔驰进了入口。他清晰地看到子珊坐在副驾驶上，正在看手机，大概在回复一个短信。

他刚想要离开，屏幕上出现一辆红色宝马车。他吓了一跳。这是易蓉的车。他暂停了画面，仔细看车牌号，确实是易蓉的车。他还看到易蓉忧戚的面容。副驾驶上坐着一贝，坐在后排的一铭目光警觉，好像正瞧着刚刚进入大门的润生的座驾。润生感到内心的震颤在身体里扩展，传遍全身，有足足五分多钟，润生毫无反应。

原来如此，那天他和子珊约会时，易蓉带着孩子们一直跟踪着他。易蓉一定亲眼看到他挽着子珊进入刘庄的某个房间。

孩子们一定也都看到了。

润生木然地望向监控室的门。监控室十分昏暗，几乎没有窗子，这是为了便于看清屏幕。监控室的门很窄，这符合建筑原理，秘密之所只需要小小的门。门外的光线分外明亮，此刻正像洪水一样涌入，好像要把木然站着的润生推倒。一会儿，润生适应了光线，门外的景物在光线里若隐若现，门正对着一丛紫藤，紫藤花期已过，不过它的叶子蓬勃，好像即便在秋天它依旧在成长，试图完全遮蔽这小小的门。润生觉得自己此刻的脸孔僵硬，像万能胶水粘在了脸上，没有任何表情。润生喜欢紫藤花的香气，他的头脑中不合时宜地出现李白的诗句："密叶隐歌鸟，香风留美人。"

是一贝在念这个句子吗？有一天，他找出这首李白的诗，念给一贝听。那天，润生家院子里的紫藤花开了，润生就把这首诗的意思讲给一贝听，并让一贝诵读。晚上一贝睡熟时，润生来到她的房间，他看到她的笔记本上画满了紫藤和小鸟，以及各种只有一贝才认得出来的符号。

这时，在光芒的深处，润生看到一个男人拿着一沓图纸正向他走来。他清醒过来，迅速把设备的时间调回到现在。他已无心要那套图纸了，独自溜出了监控室。

一切明明白白，最终的源头在他这儿。易蓉知道他和子珊的事。他想象易蓉发现他出轨后的心情。也许易蓉酗酒就是在她怀疑他出轨之后。她跟着他，她亲眼见到了一切。跑到宾馆捉奸不是易蓉的个性，她是个多么自尊的人。她受到巨大的打击，失望和愤怒让她失控，她飞快地开车，驰向钱塘江大桥，她失去了判断力，汽车不幸撞到钱塘江大桥北堍的铁围栏上。

至此，润生明白他是所有不幸的源头。他意识到自己罪孽深重，不可饶恕。

罪孽深重。不可饶恕。他脑子里的这八个字像一座巨型的建筑在不断膨胀，压迫着他，让他喘不过气来。

第二部

一

　　润生当时正在云南丽江一个白族山村里。云南的夜晚来得比较晚，吃过晚饭后，暮色还未降临，天空有一层近乎透明的蓝色光晕。正是冬天，虽然在南地，白天还好，到了傍晚，气温骤降，竟感觉有些寒意了。润生围着乡村小学走了一圈，乡村小学已变得空空荡荡，不过有一些孩子住在学校的宿舍里，几间教室亮起了灯，孩子们开始上晚自习了。一会儿，润生回到乡村小学简陋的宿舍。电视正在播放《新闻联播》，但他没有看具体内容，只把节目当成生活的某个背景，直到那条关于缅甸政府军和果敢同盟军爆发战争的消息在屏幕上出现。他记得这天是2015年2月9日。新闻说，炮弹落入中国境内，同时有大批缅甸难民涌入中国。

　　这次润生是一个人来的。润生发愿每年要来这座乡村小学上一堂课。乡村小学建于一年前，是润生捐赠的希望小学。润生为此花了不少心血，亲自设计了校舍。润生在世平的陪同下，考察了白族人的生活方式和传统民居。他吃惊于白族建筑的繁复和古旧，有一种类似魏晋时期的建筑风格。润生创造性地吸取了白族民居的传统元素，建筑材料最后以当地随处可见的石料为主。为了营造适度的年代感，润生购买了一些已被当地百姓废弃的石头房子，拆下被岁月风化的石料，随机分布在新的石料中间。润生喜欢的锐角造型，用石料打造后，出现意想不到的、既原始又现代的感觉，看上去像是随意摆放，实际上有着精心的布局。润生发现石头作为建筑材料有着丰富的表现力，石头就像水，有一种低调的"非主角"性和兼容性。润生保留了白族民居屋顶的样式，只是在线条上更多使用几何形状，把原本夸张的飞檐做成庄严的三角形。在三角形造型的立面处，润生的设计采用了白族民居的彩画元素，在云南美丽的蓝天和满眼茂盛的植物间，需要一些鲜亮的色彩，使建筑与环境更为和谐。这座希望小学建成后，被旅游者拍照后传到网上，媒体也做了图文报道，被誉为全国最美希望小学。

诚如两年前山口洋子所说的，当真正的伤痛从体内苏醒，那种撕心裂肺的磨难才开始，无助、悲伤、愤怒、孤寂以及仇恨将成为一个无底洞，不但如影随形，还会发酵和增长。他像一个溺水者，被灭顶的巨浪抛入深渊之中。这两年，润生老是想起山口洋子，山口洋子确实是他的一面镜子，照见了他这几年的感受，其中的解脱之道也和山口洋子所说的几乎类似。

这座希望小学被命名为"一贝小学"。不过，润生这次来后，发现当地人很少叫"一贝"这个名字，而是叫成"石头"小学。润生不计较当地人的这种叫法。他甚至觉得"石头"这个名字某种程度上更准确地概括了这所学校的特征。润生还无端想起一句诗，"有人想把名字刻在石头上不朽"，他看到了

"一贝"和"石头"之间构成一种只有他能理解的误读。他不是想让"一贝"不朽，对他来说，这个命名只不过是一种念想或安慰。他分别为一铭和一贝造了一座学校。一铭的建在安徽老家，一个偏远的乡村，那是一铭爷爷的出生地，不过如今那里已没了亲人。一贝的则建造在云南的这个白族村寨里，一个特别的机缘促成了这件事。

天暗下来的时候，冯臻臻来敲门。她是这所学校的支教者，上海人。她在复旦中文系毕业后来到这所边地小学支教。冯臻臻有一天在杂志上看到这座学校的介绍，被学校的建筑以及周边的风光迷住了，怀着某种浪漫主义以及朴素的人道情怀来到这儿。冯臻臻进来时，润生已经服了药，他打算早点睡，明天要给孩子们上一堂关于想象力的课。本来校长说要搞一个仪式，让润生讲大课，所有孩子都可以听，校长还想致个辞，表达对润生的敬意。润生拒绝了这个方案，他说，这一天他只是一个老师，一个志愿者，没有别的身份。这次他带来了一贝留下的日记本，里面有很多只有一贝认识的符号和涂鸦。在一贝离开人世的这两年间，他看过这些符号和涂鸦无数遍，反复思考这些涂鸦的意义，猜测一贝潜意识里的想法。在一幅画里，有三个人脸鸟身的小孩，张着翅膀，排列凌乱。整体看它们显得既惊恐又和谐，有一种浑然天成的"自然"感，飞向遥远的天边。在润生看来，这像某个隐喻。这个想法完全是个人的，他不会同孩子们讲他的私见，他需要用孩子们听得懂的方式启发他们的创造力。冯臻臻说，明天她为他领课。

边地乡村的夜非常安静。冯臻臻没有走的意思。透过窗户，一轮淡淡的下弦月挂在天边的植物之上。润生来之前，世平和冯臻臻联系过，冯臻臻建议这个时候来，因为这个时候孩子们都考完了试，可以放松听润生的美术课。后来，冯臻臻可能从世平那里知道了润生的手机，给润生发来过短信，告诉润生，白族过年前非常有意思，到时候她可以陪他到处走走。润生对白族过年的习俗没有兴趣，设计这所石头学校时，他已完全了解了此地的习俗。

"我看过关于你的故事。"冯臻臻说。

润生或多或少有些吃惊，甚至觉得这是对他的冒犯。他也算是个名人，出事后，有记者采访过他，他都断然拒绝。他怎么可以讲述一铭和一贝？怎么可以讲述易蓉？他知道没有不透风的墙，一次他上网，无意中搜到关于自己的故事，那是他不愿面对的悲剧。虽然网上赞美了他对希望工程的慷慨捐助，但他不高兴，他不想自己的个人悲剧成为一桩公众事件，并且他觉得自己这些微不足道的善举不配被宣扬出来。他非常生气，找来世平，问怎么回事。他以为是世平做的宣传。世平认为润生这两年所做的善行对公司来说是一笔巨大资产，曾提议为了事务所在社会上有更好的声誉，应该让大众知道。

善行可以变现，可以转换成被信赖感，转换成商业利益，润生明白这个秘密，很多人都在这么干，但润生讨厌这种庸俗的行为。他想，要是自己失去了才华，没有关于建筑的想象力，那么由这些善行带来的项目是有罪的。如果他的建筑不再是完美的，他觉得自己是在辜负大好河山，是在美好的大地上施暴。

"是世平告诉你的吗？"润生问。

冯臻臻说，不是。

想起世平，润生心怀感激。可以这么说，这两年全靠了世平，他才没有垮掉。

也许是因为在边地相对寂寞，冯臻臻见到润生显得很兴奋。虽然这所小学名声在外，偶尔会有城里的年轻人前来游访，不过对冯臻臻而言，乡村支教生活还是过分漫长与单调了。乡村小学的教师基本都是本地人，也有来自镇里的，不过教师们放学后大都回家了。润生建这所学校时向当地教育部门要求过，每年找一个来自大城市的支教者，可以让孩子们长些见识。冯臻臻应该就是这么被找来的。冯臻臻性情热烈，直言直语。她一直看着润生，双眼明亮，这种明亮是年轻而热情的女孩特有的，润生在生活中很少见到这么明亮的眼睛，这让润生对她略有好感。

"没想到你比照片还帅。"冯臻臻说，"照片里你是个帅大叔。"

被人夸当然是高兴的，但润生没有流露出来。要是以前，凭润生敏锐的直觉会觉得冯臻臻多少有点喜欢他，但现在他已无心往这方面想。润生公事公办，同冯臻臻交流了明天上课的想法。冯臻臻说，你是孩子们的恩人，讲啥孩子们都爱听。润生说，你明天领课时千万别说"恩人"这个词，我不配，我只想让孩子们有收获。

电视在重播新闻。缅甸政府军与果敢同盟军的战事再次被报道。润生一直看着画面，这次他看到中缅边境上一些难民的帐篷和临时搭建的简陋住所。冯臻臻注意到润生注视着电视屏幕，她说："有一阵子了，听说那儿好多孩子无家可归，有些孩子的父母都战死了。"屏幕上刚好出现一张孩子的脸，孩子皱着眉头看着镜头，背后另一个孩子推了那孩子一把，那孩子转身去追打另一个孩子。"我很想去看看哎。学校放假了，待在学校里也没事，正好趁这个空闲时间去那边看看，但是听说很难进去，到处都是岗哨。"冯臻臻说。

冯臻臻走后，润生便躺下了。他一直在想冯臻臻说的那句话，还有就是电视上看到的那两个晒成棕色的孩子的脸。润生的心动了一下。也许是因为药物的缘故，润生进入了梦境。在梦里，到处都是群山密林，河流狭窄，因而异常湍急，河岸陡峭险峻。光线在树丛中交叉纠缠，一个影子走在林子里，迷失了方向。他想看清那人的脸，但那人始终背对着他。

第二天，润生在教室里给孩子们讲课。讲课照润生原先设计的进行，他给孩子们看一贝的涂鸦，然后润生让孩子们随意画他们想画的，无须有章法，把念头画下来即可。这是发现孩子们天分的好办法。如果哪个孩子真的有天分，润生愿意出钱资助，让他有更好的发展。冯臻臻也在画。孩子们陆续上交了他们的画。润生一张一张翻阅，有些画令他吃惊，有着考古挖掘出来的原始壁画中那种古朴天真的韵味，一种未经知识污染的浑然天成。润生由此联想到艺术和本能，以及艺术和训练的关系。如果艺术可以直接看到灵魂的话，也许过度的训练会败坏艺术家的直觉。这些孩子的直觉是多么好。冯臻臻交给润生两张画，中文专业的冯臻臻并不擅长绘画，她的画几乎和孩子们一样稚拙。润生笑了。他开始仔细看她的画，还是希望从这些画里看出她的思想，他对她是有些好奇的。其中一张画的是昨晚在电视上看到的那两个孩子打闹的场景。冯臻臻的造型能力非常勉强，不过她画出了那个瞬间的印象，特别是孩子们的目光，无比复杂，既天真又警觉，同时还有些许兴奋。润生看到另一张画时，吃了一惊，冯臻臻画出的场景和润生昨晚的梦境是如此相似，当然不如润生梦中那么细腻，但基本元素如出一辙，原始森林、光线以及一个无名男人的背影。

中午，校长请润生吃饭。冯臻臻作陪。是学校食堂的师傅做的，除了常见的鱼肉，校长专门请村里的人从山上采了一些野生的食材，手指大的小黄瓜、野茄子、树番茄以及一些蘑菇。或许是因为食料新鲜，尽管做法并不是太讲究，但润生觉得特别入口。润生好久没吃到口味如此纯粹的美食了。校长拿出自家酿的烧酒，让润生尝尝，润生犹豫了一下，拒绝了。他说，我不喝酒。校长不勉强，自己倒了一碗。一股清冽的酒香让润生的肚子痉挛了一下。

"我想去边境看看。"润生突然说。

这两年，润生喜欢到处瞎转，尤其喜欢去人迹罕至的边地。有一次润生独自到了墨脱，那儿边境线模糊，润生不知不觉踏入印占藏南地区，如入无人之境地在那儿游玩了近一个月。这可吓坏了世平，他到处找润生，打不通润生的电话。那儿信号不好，不过即便有信号，润生也不会接世平的电话。直到润生再次出现在世平面前，世平才松了口气。润生说，你不用担心我会想死，要死老早就死了。

冯臻臻向他投来兴奋的目光，冯臻臻迫不及待地说："我跟你去。"

　　润生的这个念头昨晚就有了。他想见识一下战争，也想去看看那些无家可归的孩子。马上要春节了，虽然事务所还有一些事情要处理，但他相信世平以及事务所的设计师能够应付得来。

　　"听说很危险，炮弹可不长眼睛。"校长说。

　　"我知道，你只要给我弄一辆车就行。"润生想了想，又说，"最好是越野车，估计路不好走。"

　　校长把一碗酒倒到自己嘴中，发出一声舒坦的唤叫，然后意犹未尽地咂了咂嘴巴说："学校的那辆小货车可以吗？司机跟你一起去，这样安全一点。"

　　润生想起那辆小货车，一辆乳白色丰田货车，山区道路的尘埃蒙住了小车本来的颜色，乳白色车身上满是泥浆污迹。就是这辆车把他从丽江车站接到这所乡村小学的。当时润生在副驾驶位坐定，就知道车是新的，从发动机的声音中听得出来车况相当好。只是山路太曲折，司机开车很猛，小货车迅猛的转弯令润生感到头晕目眩。润生让司机开慢点，司机没有搭理，好像润生小看了他的车技，反倒开得更快了。润生不敢再提要求。那天，润生到达学校后，才长长地松了口气。

二

　　本来润生想自己驾驶小货车去边境的，但司机坚持要开车送润生和冯臻臻去。润生对于来乡村小学时一路上心惊肉跳的感受记忆犹新，表示不劳驾司机了。司机根本不理他，直接坐在了驾驶室里。小货车已洗得干干净净，和昨天判若两车。司机应该在昨天到达学校后用小学边上的溪水仔细擦洗过了。司机看到冯臻臻拿着一只行李箱，赶紧从车上跳下来，接过她的箱子，把箱子放在后面，用带子系紧，固定好。刚才润生把箱子放到车上时司机一点忙都没帮。润生本来以为司机和他们一起去可能是太爱这辆车，舍不得别人开，这会儿突然意识到司机应该是喜欢上了冯臻臻。润生不禁仔细打量起司机小哥，倒是生得相当周正，虽然带着土气，可看得出来，他很爱干净，也爱打扮，头发浓密卷曲，似乎表明他有着固执而火暴的脾气。考虑到冯臻臻是上海人，不会永远留在这个小山村，润生觉得司机小哥这份心思恐怕有些自作多情和自不量力了。不过谁知道呢。

　　润生意识到小皮卡货车只有一个副驾座位。他和冯臻臻需要有一个人坐在货车厢上。润生觉得应该女士优先，从副驾上下来，主动让座给冯臻臻。冯臻臻死活不肯，爬到皮卡车的后面，坐到被司机捆绑得结结实实的行李箱上。润生当然也不好意思让冯臻臻独自一人在后面，那显得他太没涵养了。润生也爬到车厢上。冯臻臻表面上让润生不要这么客气，说坐在车内舒服，外面阳光太强烈了，但看得出来因为润生的陪伴，她显得相当高兴。

车子被那小伙子开得没头没脑，时而凶猛，时而平稳。搞得冯臻臻不停地摇晃。润生觉得司机可能是出于醋意才把车开成这样的。从丽江把他接到乡村小学的那一次，司机虽然车开得很快，但还算平稳。冯臻臻到驾驶室顶上敲击，并高声对司机说，开稳一点，你什么车技啊。小伙子的头从左窗探出来，试图看到冯臻臻。那太危险了。前面是一个转弯的山道，眼看着车正在直线滑向坡道，润生闭上了眼睛。他听到体内的血液在缓缓流动。

等润生睁开眼，发现车已停了下来。他从车上跳下来，看到车的一只轮子已悬在山路右侧的峭壁处，看上去很吓人。冯臻臻正在骂司机："你是不是想送死啊。"司机没吭声，隐入远处的丛林。冯臻臻说："你去干吗？"润生意识到小伙子可能去小便，走到冯臻臻跟前，说："小伙子喜欢你。"冯臻臻不表示意见，好像她肯定或否定都会伤到别人。她确实是个善良的女孩。润生说："他这样开车肯定不行，我看出来了，他把车开成这样是因为我们在一起。我们得有一个人坐到副驾上。你要是不愿意坐副驾，那我就不同你客气了，我坐到小伙子边上。"冯臻臻说："你去吧。我坐车厢上挺好，可以看风景。"润生看了看阳光，说："太阳太毒，会把你晒黑。其实坐在他边上也没事，你们是同事嘛，车里面还是比较舒服。"冯臻臻不肯，润生不再强求。

皮卡货车一路向东北方向开进。润生坐到副驾驶位后，小伙子突然有了定心骨似的，车子开得平稳多了。润生想起建筑中的平衡受力柱，这会儿他就充当了这样的角色。润生看着窗外，这是一个多雨的湿润的地区，即便在冬日，也会时阴时晴。道路破败，有些地方因为积水，路面被车辆碾成淤泥。不过道路两边满目森林，林子里堆满了厚厚的腐烂的树叶和树枝，一些地方长满了杂草。润生知道瘴气就来自于这些腐烂物，据说有毒，在林子里穿行，有可能染上疟疾。风飘过来时，润生嗅到一股酒的气息。

自从认定自己是导致易蓉、一铭和一贝之死的根源后，润生大病了一场。不是那种非常突然的病，而是一点一滴生长、凭理智无法意识到和控制的病。表面上，润生一切如常，但他自己知道出了问题。所有的道理他都懂，他即便有罪，但生活还要继续，他得往前看，面对破碎的生活，面对无常，他需要有勇气。但这些明白无误的理性逻辑只不过是外在于他的一套体系，身体和脑子深处有另外的看法。他觉得脑子已不受他控制，悲伤和无助会突然袭击他，置他于崩溃的边缘。他和世平艰难地谈过自己的担心。他不是一个容易向人敞开心扉的人，实在是那种随时涌出的莫名的恐惧把他吓着了，他怕有一天会彻底失控。世平说了那套在他预料中的道理，问题是这些道理他都懂，没有一点用。润生自己知道他需要的是药物。

仿佛想要理解易蓉的想法，润生开始喝酒。易蓉存放在地下室的酒足够他喝一阵子了。他想象自己是易蓉。开始只是微醺，一段日子下来，酒量见长。他的脑子里常常出现这样的画面，孩子们不在的时候，在地下室，或者在孤独的客厅，易蓉在喝酒，只是他看不清易蓉的表情。他只能想象自己的身体变成了易蓉的。他微闭双眼，感受酒从口中温暖地缓缓滑向喉咙，然后向四周扩散。酒在喉管时有一种又麻又辣的感觉，到了胸腔则像风暴在身体里扫荡，他感到自己的身体像是被擦亮了一样，甚至看到自己血管里血液奔腾的样子。他的脑子从来没有这样清晰过，感觉脑回沟上一尘不染，各种神奇的念头奔涌而出。原本沉重的身心顿时变得无比的轻逸。

润生迷上了酒。他离不开酒了，酒量越来越大。酒比道理要有说服力得多。酒令他放松，令他回到无忧状态。有一次，他真的觉得自己就是易蓉的替身，他来到地下车库。他的奔驰车有着装甲的外壳。世平曾打趣润生竟喜欢这么威猛的车，说明他温和的外表下有颗狂野的心。润生开车出了车库。他诡异地朝后看，好像一铭和一贝正坐在后座。他说，你们系好安全带。他驾车向闻涛路奔驰，车过钱塘江大桥，拐进了虎跑路。某一刻，他觉得自己仿佛驾驶着飞机，在天上飞。不过此时，润生还是有现实感的，他看到前面一溜车亮着红灯，停在那儿，那一瞬，他有过撞上去的念头，不过他很快克制了。他有点醉，但毕竟不是个疯子。一会儿，他才知道前面在测酒驾，但他已无法掉转车头往回走。他清醒了一点，不过并没有意识到此事会有多严重。

是世平从交警那儿把他接出来的。他见到世平时感到非常羞愧。他依稀记得昨晚交警测出他酒精指标时自己吃惊的样子。他听到警察的训斥声，关键词是"危险"。他忘记自己是怎么到了看守所，他甚至不记得自己被铐上了手铐，他什么也想不起来。他意识到自己醉驾没闯祸事简直是奇迹。他想，看来至少他脑子里还有一根弦是清醒的。

在世平的建议下，润生私下见了一位医生。那是一个午后，他们在西湖边找了一家茶楼喝茶，聊一些网上正在流传的八卦。润生倒并不是对八卦不感兴趣，只是这段日子他完全沉溺于私人感受中。网上正流传一桩全家灭门案，那段视频中，那个唯一活着的男人面对镜头侃侃而谈，情绪是亢奋的，但情感十分麻木，好像那些死者同他无关。润生只看了一眼这个视频就不敢再看，他无法直视死亡。润生意识到医生其实在测试他。那天的谈话散漫无序，完全是意识流，事后回忆起来，没留下什么深刻印象。可能医生觉得那天他每个反应都意味深长，带着潜意识长长的影子。有一句话润生记住了，那医生评价视频上的男人时说，在面对悲伤的时候，每个人都有自我保护机制，使当事人暂时与不幸的感受隔绝，变得麻木，好像发生的一切与己无关。但这是阶段性的，心理学调查发现，有些人可以持续一年处在这种状态中，有些人则很短，但最终创伤的感觉还是会醒来的，除了个别特殊的人。人是软弱的，靠自己无法解决，医生说。润生觉得自己是创伤感来得较快的那类，他心存侥幸，觉得潮水一样淹没了他、让他窒息的那种无助和绝望将会很快过去。后来润生意识到自己当时的想法是过分乐观了。

那天，医生送给他一本心理学方面的书。润生接过书时，注意到医生脸上有一种难以捉摸的表情，医生看他时既带着怜悯，同时似乎又难掩隐隐的兴奋。他是断定润生不可救药了吗？还是因为轻易走入一个人的内心而沾沾自喜？润生回家后翻看了这本书，读到其中一个案例：一位狂躁症患者，被人押送着坐飞机回家，一路上，他都觉得是自己在驾驶飞机。润生觉得这和自己酒驾时的心理是多么相像。

小货车继续在崎岖的山路上行进。东北面出现一条河，河水把两边的山峦隔开了。从小货车上看下去，河就像一条细长的随风飘扬的青色带子。河边的植物疯长，林子密密麻麻，看起来像一道挡住行人的屏障，使人很难从林子里穿越。一会儿，前面出现一座大桥，桥前设一岗哨。岗哨在绵延的群山下一点也不起眼，就像林子里随处可见的一只鸟窝。有两个武警站在岗哨前。小货车慢了下来，好像司机在犹豫是不是要靠近岗哨。润生明白要去边境必须通过这座桥。武警站在路中央，举起了手，示意他们停车。润生摸了一下自己的口袋，身份证在的。润生想，在祖国的土地上，他们应该不至于不让过这个关卡吧？

润生想简单了。武警根本没有看他们的身份证，直接让他们回去。

"为什么？"冯臻臻问。

"前方在打仗，危险，任何人都不准靠近。"

"我们是志愿者。"冯臻臻有支教志愿者的证件，她希望这个证件能起作用。

武警拿过证件看了一眼，问："你啥意思？"

"新闻说边境有很多难民，我们想帮助他们。"

武警皱了一下眉头，有点不耐烦地说："政府有专人在那儿帮他们，不需要志愿者。炮弹可不长眼睛，你们别去添乱了，都回去吧。"

说完武警再也不理他们了。

润生看了看河流，水流湍急，轰轰作响，仿佛在说，一切落入水中的东西都会被席卷，然后被吞没。

三

　　武警没有任何通融的余地，他们只好掉转车头往回开。路上没有一辆车，可能很多人都知道通向边境小镇的道路已被封锁了。在岗哨看不见的地方，润生让司机停车。都走到这儿了，这么回去实在心有不甘。冯臻臻跳下来，说，那两个武警，一脸凶相，像寺院里的金刚，没任何商量的余地，我都同他们抛媚眼了，他们一点反应也没有。润生想不起来冯臻臻抛过媚眼，或许只是她夸张的说法。不过，润生确实也没注意刚才冯臻臻干了什么。这时候润生接到一个短信，世平发来的。这个短信应该发出很久了，山路上信号不好，所以才收到。接到短信后，润生瞬间做出一个决定，他不能就此罢休，他得去边境看看。他趁着这会儿信号不错，打开地图查了一下，边境已经很近了。不过，如果不是这时候穆少华出现，润生可能真的就没办法到边境，只得回去，那就不会有后面的故事了。

　　孤独的马路上突然出现一辆绿色的北京吉普。牌照是云A，应是从昆明开过来的。因为小货车正停在路中间，加上道路又窄，那辆车根本开不过去。北京吉普鸣笛要求让道，从那人鸣笛的频繁程度看，应该是个不好惹的人。小货车司机有着本地人的傲慢，假装没听见，根本不理那个家伙。那人从车上跳了下来，他理了个板寸头，上穿一件墨绿色的冲锋衣，下着一条牛仔裤，看上去颇有军人气质。看不出年纪。那人说，你们车抛锚了？这话刺激了小货车司机，他说，你哪里看出我的车有问题？那人愣了一下，递给润生一根烟。润生表示不抽。那人没给小货车司机烟，以此表示对小货车司机出言不逊的报复。两人交谈起来，一会儿，润生已知道了那人的名字，叫穆少华，也很快得知了他的来历。穆少华是北京人，也是要去边境做志愿者的。昨天飞到昆明，从朋友那儿弄了辆车就过来了。润生同穆少华讲了他们三个刚刚经历的那一幕。穆少华陷入深思。一会儿，穆少华带着润生向河边走。坡度很大，他们拉拽着植物，好不容易才下到河边。河水咆哮，湍急的程度比他们想象的要猛烈得多。偷渡过去是件非常困难的事。

开车过关是一定不可能了。但穆少华是决意要去的。润生打算和他做伴。没想到冯臻臻也想跟去。穆少华坚决不同意，带着一个女人还能冒什么险。冯臻臻见自己去不成了，也不让润生去。"你一个文弱书生，可不比他，你看看他的肌肉，多强壮。"冯臻臻指了指穆少华。穆少华问润生："你女朋友？""不是。"小货车司机说，不过他没看谁，好像谁都不在他眼里。小货车司机显然对自己的肌肉是满意的，他对着大山，握紧拳头，让手臂的肱二头肌暴出来。但众人看他是因为他替润生回答的那句"不是"过于突兀，对小伙子的肱二头肌并没有兴趣。

冯臻臻把润生拉到一边，说，河水这么急，你们也过不去啊。润生想穆少华会有办法的，他相信。不过他开玩笑说，你忘了我是一个建筑师，我会架桥啊。冯臻臻说，天哪，你不会真的打算架一座桥过去吧，等桥架好战争恐怕也结束了。

最终的结果是穆少华把自己的车丢给了冯臻臻，让冯臻臻开回小学里。小货车司机和冯臻臻只好各自开一辆走，踏上回程。出发前，润生让小货车司机车开慢一点，照顾好冯臻臻。小伙子白了润生一眼。润生和穆少华目送两辆车远去。小货车司机显得相当兴奋，故意同润生斗气似的，车开得飞快，好像离开这个地方是他求之不得的事。而冯臻臻把车开得十分缓慢，仿佛还在犹豫是不是要留下来。两辆车最终消失在远方的转角处，被满眼的植物吞噬了。

到边境小镇的一路上，润生一直紧紧跟着穆少华。与最初见到穆少华的印象完全不同，穆少华的话特别多，喋喋不休，问这问那。"那姑娘说你是位教授，并且是个好人，给这边白族人建了所学校？"润生不是教授，不过这样说也不算错，他在美术学院兼着客座教授的职位。他有点惊讶，眼前这家伙是什么时候打听到此事的？"有钱人呀，听说那座小学造得很漂亮，都成了网红打卡地了。"润生觉得眼前这个人不简单，就这么短的时间，他竟然从冯臻臻那儿得到如此多的信息。润生对冯臻臻透露他的私事儿有些不开心。"你这么个有钱人为什么既捐学校，又去边境做志愿者？是不是做过什么亏心事？"穆少华一脸讥讽。润生从这个话痨的表情里见到某种天真的东西。"你说对了，我是个罪人，犯过不可原谅的错。"润生认真地说。润生一般不会对一个陌生人讲这种话，也许是因为在荒郊野外，也许他们接下来的时间段需要"相依为命"，他就说出了这句话。"什么罪不罪的，你不会是个基督徒吧？"润生摇摇头。"不是？那就好，我怕跟着我的是个神棍，什么事儿，不管办成办不成，都归结于上帝，特别是办成了，就觉得完全是上帝的能耐。哪有什么上帝，《国际歌》唱得好，从来就没有什么救世主，也没有神仙皇帝，要创造人类的幸福，全靠我们自己。我信这个，我是个共产主义者。"穆少华说。说这些时，他们正穿行在林子里。林子里的路很难走，需要用刀子把一些荆棘都砍了去。润生觉得穆少华的动作是训练有素的样子，这让他对穆少华有莫名的信任感。

"你为什么不问问我是干什么的，不怕我把你卖了？"穆少华说。

没等润生问，穆少华自己回答了这个问题。那时候，他们正站在一片较为开阔的河道旁，水流平缓了不少。他们绕过桥头武警的岗哨，翻过一座山，沿着河流走到这里。穆少华准备从这里渡河。从这里往远处望，山峦挡住了那座桥和岗哨。在渡河前，穆少华说，我不会把你卖了，教授，跟着我算你有眼光，我会安全带你到边境的。知道我干什么的吗，特种兵知道吗？说到这儿，穆少华露出得意的笑容，使得这个家伙看上去没一点城府。

润生相信穆少华所说的一切。穆少华确实是特种兵，不过一个多月前退役了。他也是在《新闻联播》上看到缅甸政府军和果敢同盟军作战的消息，才决定到边境来的。

"妈的，军校毕业后，申请去当了八年特种兵，结果连战争的样子都没见过。每天练把式的时候，练到自我怀疑，练一身的功夫这辈子真的用得着吗？没想到还真有用得着的一天。"穆少华说。

穆少华从包里拿出一架专业相机，对着河水猛拍。润生一眼看出相机是徕卡 M，一百周年纪念版，雅致低调，两千四百万像素。看来这个前特种兵不光是一介武夫，也是个文艺爱好者，一个摄影发烧友，至少随身带的家伙是发烧级别的。难怪做出到边境来这种冲动的事，文艺爱好者比较容易冲动。润生自问，我是冲动吗？润生觉得不是。这是一种召唤。这几年润生的心里经常感受到某种"召唤"，他说不清这种"召唤"，"召唤"在他这儿已不是一个动词，而是一个名词。一个能够改变他的行为甚至是命运的某种感受或感应。他说不清楚。

一直没有渡河。难道这家伙是来玩的吗？穆少华好像知道润生在想什么，把相机收起来，说："妈的，太阳终于出来了。虽然是南方边陲之地，北纬 20 度的地方，不算太冷，只是这儿是雨林地带，特别阴湿，这儿的水还刺骨寒冷。不过太阳一照就暖和了。"

穆少华满嘴的地理知识让润生觉得自己很无知，心里面更信赖此人。穆少华早有准备，他从黑色双肩包里拿出一根绳子，吊到岸边的一棵树上，然后脱光自己身上的衣服，塞到包里面，他把双肩包穿到绳子上。穆少华要润生也这么做。润生原本要带一个大行李箱，被穆少华认为不合时宜而挡下。幸好润生行李箱里有一只红色双肩包，他把换洗的衣物和牙具毛巾之类塞到包里，行李箱让冯臻臻带走了。润生的双肩包是红色的，穆少华甚为挑剔，认为太显眼，容易暴露，不过眼下也没办法弄到不显眼的。这会儿润生要当着穆少华的面把自己脱个精光，感到非常不适。他转过身，脱到一丝不挂，把衣服塞到包里。他一手提着双肩包，一手遮住自己的下体。他把双肩包递给穆少华时，穆少华一脸坏笑。穆少华倒是显得大方，好像赤身裸体是他训练的一部分。润生瞥一眼穆少华的下身，那家伙像睡着的蛇，仿佛正等着一次冒险。

"怎么样，教授，我们不知道河水深浅，可能得游过去，你该不是不会游泳吧？"

润生说他会。穆少华松了一口气。他让润生先留在河这边，护好穿在绳子上的两只双肩包，他先过河，把绳子系到河对面。学建筑的润生当然马上知道其中的原理。他看着穆少华踏入河中，大呼小叫。穆少华回过头来问："我要是被水冲走，你有力气拉我上岸吗？"润生不觉得这是件困难的事，心里除了对穆少华的赞叹，不做他想。

穆少华渡河比润生想象的要顺利得多。一会儿，穆少华把他那头的绳子系在一棵树上，然后，又回到润生这边，推着绳子上的两只包，回到对岸。穆少华要润生把系在树上的绳子解开，系到自己身上，涉水过来。"万一突然来大水，把你冲走了，我好拉你上岸。"穆少华讥讽道。

一会儿，两人都过了河。润生做的第一件事就是把衣服穿好。一个多月后润生回想起这一幕，对自己当时的害羞感到不可思议。那时候他想，他对深不可测的命运的理解实在是肤浅至极。

他们到达边境小镇的时候是傍晚。在夕阳的余晖中，润生第一次看到真正的难民营，那一座座白色的帐篷和临时搭建的住所耸立在一块平地之上，垃圾遍地都是，塑料袋，食品纸，热带雨林的阔叶，被炸弹炸烂的破衣布片……它们随风飞扬。有一些野芭蕉树生长在难民营中，把难民营分割成几个区域，一条坑坑洼洼的石子路伸向难民营，在一座小桥边，有一个被炮弹炸出来的大坑，大坑里有一些金属残片。眼前这一幕润生虽然在电视里见过，但如今感觉完全不同。现实比电视里要严酷得多。

四

前来难民营的志愿者不止润生和穆少华，而是有几个团队。他们有些是专业的慈善机构，有些是自发的志愿团队（润生不知道他们是怎么闯关过来的），甚至有一个机构是来自台湾的某佛教团体。2015年大陆和台湾地区的关系相当好。只有润生和穆少华是单干的。他们发现要想在这儿帮到难民，就需要参与到这些机构之中。难民营太过简陋，也没有像样的卫生设施，虽然是冬季，但太阳一晒，还是会滋生出苍蝇等各种虫子，以及难民营特有的酸臭味，特别难闻。他们合计要改造难民营的简棚，同时改造卫生设施，最好有简易厕所，还有自来水也需要通到难民营的某个地方。

改造的材料倒不是问题。这儿到处都是森林，让难民中的劳动力或聘用小镇上的劳动力去山上伐些木头都不是问题。小镇也同意把自来水接到难民安置处。至于污水，就直接排到河里。小镇不反对这么做，这条河拐过一个弯就流向缅甸境内。难民营是暂时的，在人烟稀少森林密布的缅北，这点排污量对环境几无影响。

润生设计出了最省料又最实用的房舍结构。对他来说这实在是牛刀小用，但不知怎么的，他感到非常开心。后来难民营改造完后，他站在自己设计的房舍群前拍了一张照片，留作纪念。他发现照片里这个建筑群非常漂亮。任何东西，即便单调，只要成规模就会有意外的美感，单一事物也照样可以排列出美感来。难民营确实是润生这辈子设计过的最简陋的建筑了，没花几个钱，唯一花钱的是颜色，润生要求把墙体染成金黄色和红色。这是他想象里的缅甸，他认为色彩或许可以让这些难民有身在自己国家的感觉，从而忘记自己难民的身份。

当然这个想法只不过是润生一厢情愿而已。其实这些果敢难民在文化意义上并不属于缅甸。在果敢，他们说云南方言，日常使用的是人民币，连他们用的手机都是中国移动的信号。后来，润生上网查了一下，才知道果敢人的来历。他们生活的那块土地，那块正遭受战乱的土地，是英国殖民时期才归入到缅甸版图的。当然，在国籍的意义上，这些果敢人还是缅甸人。

润生和穆少华被安置在离难民营不远的一个小旅店。说安置不太准确，旅店的费用是需要自己出的，但住的地方确实是当地镇政府指定的，说是为了便于管理志愿者们。润生想，当地政府有这个措施大约也是考虑到了志愿者群体的复杂性。毕竟有些来自海外。这个旅店看起来像是民宿，分成几个院落，刚好可以分隔各志愿者群体，人数少者则合住在一个院落里。润生和穆少华被分在来自西南政法大学的几个学生所住的院子里。润生知道读政法的一般都心怀天下。院子里种植着亚热带雨林植物，植物知识是建筑学的一部分，所以润生基本能认出这些植物。这里大多种植的是望天树、高山榕和龟背竹，不过它们无一不寄生着各种藤本植物，寄生植物像丝线一样挂在树枝上，使得环境看上去带着一种未开化之地的感觉。这很奇怪，满眼绿色，却让人觉得荒凉。那些花卉则过于肥大，猪笼草的花朵像一只巨蟒张开了它血色的嘴巴；大王花更像是火星上的植物，中间那金棕色的圆圆一圈，像一枚巨大的戒指；蝎尾蕉的花序则像一只一只黄色蜻蜓，对称地立于枝叶两旁。植物被养护得很好，也许在这里，根本不需要养护就可以长势喜人。

缅甸境内战争爆发前，偶尔会有游客到这儿来玩。总有一些人喜欢探索人迹罕至之所。还会有一些边贸人员来此做生意。据说也有很多毒贩出没此地。润生想到自己一路过来看到的全副武装的武警，觉得他们可能就是电影或电视剧里英勇神武的缉毒人员。台湾佛教界的慈善团体里大都是女居士，身穿有着她们团体特色的灰色粗布面料的长袍，虽然并没有剃发，但穿上这身长袍后，有一种几近神圣的不可亵渎的气质。她们的表情忧戚，但目光平静，好像她们看多了人间的苦难，把人间的苦难当作一种日常。

志愿者的工作就是把难民的生活照顾好，除了一日三餐，还要让他们有事可做。至于孩子们，润生在改造难民营时，造了一间教室。西政的学子考虑得很周到，带来了一些国内的课本。润生的主要工作是参与孩子们的教育。春节快要到了，世平打来过电话。世平问润生，春节回不回来过？润生没有回去的意思。除了父亲，也没有特别需要看望的人，他托世平一定要去看望一下父亲。世平还是担心润生在边境的安全，想要过来。润生不同意。润生告诉世平，关卡都封了，现在进不来；他让世平放心，说管理事务所的事比来边境重要得多。润生听出世平语气中的担忧，他好像隔着手机看到了世平的脸。仿佛是为了安慰世平，润生说，他和一位刚退伍不久的特种兵在一起，他有人保护，非常安全。润生知道世平担心的并非是他的安全，而是怕他失控。润生想自己在世平那儿现在大概变成了怪物。

润生知道自己变得有些乖张。在另一个维度，有一个正常的、理性的自己在肉身的上空看着他，并对他的行为做出判断。那个理性的自己想纠正他，让他归于日常和人间。他也想听从那个自己发出的指令，可他做不到。因为肉身内部也在发出指令，那个混乱的内部让他生出难以把控的沮丧和软弱的情绪，同时发出关于意义的追问，他因此被弄得精疲力竭。润生感到这两个指令一直处在战争之中，胜负难定。

有位台湾女居士真的是有慧眼。一天，她来到润生身边，对润生说，我一看到你，就知道你是不同寻常的人，你很悲伤。他看着那位女居士，愣了半天。不知怎么的，他竟涌出被人理解的感动。他想，即便他表面平静，但依旧藏不住他的过往。

世平知道润生酗酒后，安排润生去了飞来寺，在润生自己设计的禅院里静修。世平让飞来寺的新方丈释慧泽开示润生。润生一直是个科学主义者，虽称不上是一位百分之百的唯物论者，可也谈不上信仰何种神祇。如果说存在形而上意义的神祇，那也只有润生的建筑设计。建筑是他唯一的神，他唯一的信仰。为设计这座佛教禅院，他读了不少佛教经典，但只能算是科学主义者意义上的研读。他由经文的自洽性及未来性（由那种模糊不明带来的对未来的预言性）而感受到古人的智慧以及想象的深邃，这种深邃某种程度上也动摇过他的"科学"观念。后来他找到了另一种解释，他认为人本身就相当于一个宇宙，对自我了解多深，就对宇宙以及神灵了解多深。不过这个思考并不足以解释经文的奇妙和深广。经文里有一种包容整个宇宙的气势，一种替整个宇宙建立了一套尺度和秩序的宏愿，一种完全超越现世的精神图景，仿佛真的存在一个至大的主宰，存在奇妙的生生不息的轮回。事实上，在精心设计和筑造完禅院后，他自以为的"科学"观念肯定是稀释了不少，在某种程度上他愿意相信有一个至高的存在物，并开始相信命运这种东西。

在禅院静修（其实是强制戒酒）的日子里，他和飞来寺的释慧泽方丈有过一次深入的交流。在替飞来寺设计及筑造禅院时，润生和释慧泽方丈有多次接触和交往，大多限于业务，偶尔论及佛理。释慧泽看起来有些瘦，但能够感受到他身上的热力和强悍，他的形象与润生想象里的寺院方丈相去甚远。飞来寺的好多僧侣都颇有佛相，面容方正，皮肤润泽，若有光芒，倒是他们比释慧泽更像方丈。润生发现这些僧侣都怕释慧泽。释慧泽目光锐利，他一般不看人，喜欢眯着眼睛，好像早已看厌或看透了这尘世；在他警觉的时刻，会把眼睛张开，露出慑人的精光，仿佛能穿透一切。他的反应十分机敏，在反复修改禅院设计的过程中，他经常用尘世的比喻来描述建筑。"你这儿的阴阳关系处理特别好，看上去就像一对男女在幽会，密宗佛教把这叫作阴阳双修。"有一天，他还说出惊人之语："性和死亡是一回事，它们都通往极乐世界。所以你可以理解，为什么密宗佛教里喜欢性。"凡此种种，常令润生不知道如何回应。释慧泽说润生是害羞之人，还说他和润生有缘，一个名字带润字，一个带泽字，都是需要贡献社会的人。当润生听到释慧泽说出"贡献社会"四个字时，一时有些恍惚，觉得这不像出家人之语。不过释慧泽也有另一面，润生能够感觉到他在世俗的表象之下深藏着一股静气，意志坚定，令人无端地会信任他。在交往过程中，润生了解到释慧泽并非不学无术之辈，对佛理造诣颇为高深，在润生钻研佛理遇到困难时，和他多有探讨，每每令润生有所顿悟。

在润生闭关期间，释慧泽来看过他。释慧泽洞幽烛微，早已看穿了润生，他谈的都是润生想不明白的。他是想让润生有某种程度上的解脱。

"我知道你是个科学主义者，我和你交流时感觉到了，那么我们今晚来谈科学。"释慧泽说。

"科学教给我们很多规律，让我们理解种种奇妙的现象，在佛经里，我们称宇宙为'恒河沙数三千大千世界'，但这恒河沙数，你觉得是偶然的吗？三千大千世界是偶然的吗？我们所居住的地球如此有秩序，宇宙不也是吗？地球在宇宙中飞，就好像有一个无比智慧的东西在控制它，让它在运行的轨道中避开所有的阻挡物。月球同生命的起源密切相关，甚至女人的生理周期都与其相关，可它为什么出现在地球边，它是怎么产生的？我听一个得过诺贝尔奖的物理学家说过，他说我们人类的肌肤是地球上唯一不能长久暴露在日光下的，而别的生物都可以，这又是为什么？是在说我们人类可能不是地球上的原生物种吗？现在的基因研究表明人类诞生于同一个女人，什么意思？所有这一切难道不是指向一种更强大的意志吗？这一切难道都是偶然的产物吗？如果没有那个意志，偶然会构成如此和谐如此庞大的秩序吗？"

在释慧泽滔滔不绝地说话时，润生觉得这个人智商过人。润生没问过他的来历，润生一直认为不好问出家人来历的。这人难道学过天体物理学吗？上过北大或者耶鲁？不讲佛经的释慧泽的这番话不仅令他惊讶，甚至令他受到某种程度的震动。

"你不觉得各类科学最终都指向同一件事吗？那是佛的所在。也许有人会说神。在我们佛经里，神只是佛的一种。佛包含一切，谓之三千大千世界。我说这话的意思是，如果你坚信生命有来处和归处，特别是归处，那么你会看开一切，因为有朝一日，我们都会走向那个尽头，我们会在那个尽头相遇。生或死只是这个秩序的一部分。永生或轮回，再次的相逢，无常和缘分，都非偶然。我们为什么要烦恼呢？症结在于怀疑那个世界的存在，以为科学可以解决所有、依仗科学就可以安顿自己。不可能的。恐惧不会因为科学而消失。因此我们佛教相信因果，接受无常，相信善果可以渡人脱离苦海，这样信众才有盼望。"

后来，润生多次想起释慧泽方丈的这番话。这番话确实让他平静。第二天，润生一觉醒来，感到自己宛如新生，他第一次走出禅院，在偌大的寺院内漫步。早晨，寺院里的和尚正在做早课，他们的诵经声从远方传来，发自胸腔的低沉的共鸣声仿佛带着来自另一个世界的信息。这会儿整个寺院几乎空无一人。润生走在放生池边上，莲花盛开着。润生第一次感到心里开出了莲花。他觉得自己的微笑也有了莲花的气息，好像他已经得道获修，已然从苦海中解脱了。他看到头上的蓝天，没有云彩，单调却深不可测，就好像人生，你以为了解，其实一无所知。润生第一次承认自己的无知，承认自己的限度，承认自己的卑微。他感到"无我"。而正是这种"无我"让他解脱。建造希望小学的念头就是那一刻升起的，他因此获得了自我感动，他都想流泪了。

然而，没有那么简单的。肉身的苦难比信念要有力得多，以为精神已经升华的平静并没有维持多久，身体里不断涌出某种类似饥渴的念头。他意识到这是身体对酒的记忆。这种渴望让他感到罪过。即便在寺院，在这个禅院他都会生出这样的念头，那么当他到了寺院外，他是不可能控制住这种欲望的。那天晚上，他坐在禅院内，看着天空投来的雪亮的光线，认识到信仰哪里会有那么简单，可以一个晚上种在人心里。

他想和释慧泽再次交谈。他希望真理之光再次安顿他沮丧且破败的灵魂。他从禅院出来。寺院在夜晚显得异常安谧，好像整座寺院建筑在某个人迹罕至的外星球上。僧侣们都睡得早，只有早睡早起，人才不会有烦恼。漫漫长夜是滋生烦恼的温床。因为当年设计禅院时，飞来寺也做了设计和改造，润生对这里非常熟识。他凭着对图纸的记忆，迅速地找到距飞来寺大殿千米之远的那个单独的小院。他希望释慧泽还没睡去。他看到小院那个禅室还亮着灯光。他靠近门，正打算敲门时，他闻到一股令他战栗的气味。他站在那里，鼻子像狗一样探向空中，他嗅到了酒味。他奇怪在寺院清静之地，怎么会闻到酒味。他慢慢向窗边移动，躲在暗处，向窗内张望。

后来润生回忆起，那晚上所见，像某个古怪的幻境，对润生产生了强大的冲击力。他看到在灯光下，释慧泽只穿着睡衣睡裤。脱下僧服的释慧泽更不像一位出家人了，只见他的手中握着一只高脚杯，里面装着半杯红酒，他站在室内，闭着眼睛，边上的音响播放着古典音乐，他的左手在比画，像是在指挥整个乐队。润生觉得那音乐十分熟悉，一会儿他想起来了，那是莫扎特的《圣母颂》。

润生回到了自己静修的禅院，回忆刚见到的那一幕，更深刻洞见了自己的欲望。润生意识到刚才所见可能也是他人生必修的一课。

在这个难民营，周围都是才认识不久的人。他何以到这儿来？是想见识一下人的不理性、彼此的争斗、相互的残杀，还是真的想帮助那些难民？他不清楚。他看到穆少华是开心的。穆少华是真心地感到充实。帮助难民之余，他拍照，他喜欢拍各种各样的事物，甚至被一阵风吹到天上的垃圾都被他拍了下来；他还想去战场，近距离拍摄战争场面。"妈的，我当了十多年兵，竟没有经历过真正的战场。"他说。他还告诉润生，退役后的那一个月，他感到迷茫，现在他活过来了，觉得自己是个有用之人，可以帮助别人。润生特别羡慕穆少华单纯的想法。

"果敢同盟军和缅甸政府军又开始火拼了，你们得小心一些，炮弹可不长眼睛。"那个台湾女居士说完这句话就走了。

这句话仿佛是咒语，几天之后，润生正在给孩子们上美术课，一颗炮弹落到其中一间难民房舍顶部。爆炸声在山谷间回荡，比雷霆更猛烈，屋子被炸成碎片，爆炸的冲击波夹带着房屋的碎片向教舍扑来，窗玻璃被震碎了。孩子们吓着了，纷纷逃向门口。润生倒是有一种置生死于度外的气概，他来到窗边，看到那所房舍起火了，火势冲天。他听到小镇的救火车开了进来。他不清楚屋子里有没有难民，这个时候，他们应该被安排去镇上的工厂制作水果罐头了。润生吃过西番莲，酸甜之中有一股奇怪的苦涩，但一会儿他就口舌生津。穆少华迷上了这里的生活，他对润生说，在热带要多吃水果，消火。

一会儿，消防队把火扑灭了。他看到，两具尸体被抬了出来，他们已被烧成小小的一团。远远看去，润生看到一些骨头从黑色的肉中露出来，显得特别白，在阳光下闪着瓷器一般耀眼的光。润生的头脑中浮现出初见一铭和一贝尸体的情形。他差点再次晕眩过去。他不停地喘息，感到自己在浑身颤抖。

五

那个孩子的目光充满了仇恨。所有人都知道他现在成了一个孤儿。他的父母死于这场横空而降的炮火。听说也有炮弹落在中国境内其他地方。中国政府向缅甸方面已提出严正抗议和交涉。

那个孩子喜欢坐在最后一排。他看起来有些格格不入，是因为懦弱吗？润生不记得他画的画了。润生想，应该没有什么天分，否则会记住他的。那孩子长着一张清秀的脸。在孩童时期，润生因为过分秀气，常被误认为南方人，这也不奇怪，因为润生母亲是南方人。润生找到那孩子交上来的画，发现他一直在画武器，各种各样的武器。润生很快知道了他的名字，叫彭小男。孩子性情孤单，不太和别的孩子交往。小时候润生也是这样，喜欢独来独往，常常可以看着天空出神半天。父亲为此忧心忡忡，强迫润生干一些有男子气概的事，比如让润生学武术。在安徽老家有不少习武之人，那时候市场经济刚开始，还没有收费的所谓习武馆，但私下里教武术的教练是有的。父亲通过关系，让润生学了一个学期。这一学期，润生和一起训练的人对练，经常被打得鼻青脸肿。母亲看到润生受伤的脸，和父亲狠狠吵了一架。半年后，父亲发现润生实在对练武之类不感兴趣，长进也不大，遂放过了润生。

润生把那孩子叫到跟前。孩子的反应有点迟钝，父母双亡这件事让他变得既麻木又敏感。润生把手放在孩子瘦削的肩膀上，孩子的身体颤抖了一下。

"你为什么画的都是武器？你觉得它们漂亮？"润生问。

孩子木然地看着润生。他穿着一件夹克，夹克上部是黄色，下部则是青色，夹克已破旧不堪，胸前的虎宝商标处在半脱落状态，口袋处已磨损，露出白色的棉布；裤子是牛仔布料，膝盖破损，是明显的破损，不是眼下那种故意把好好的牛仔裤磨出几个洞来的时尚式破损。润生想，恐怕他只有这身衣裤了，他家的东西都毁于那枚炮弹和由此引起的火灾。润生决定带彭小男去镇里的商场买些新衣服。

润生从来没有带一铭和一贝去商场买过衣服。这些事都是易蓉在做，她不让润生插手。润生有一次去国外，曾给一铭和一贝各买了一套 GUCCI 童装，男装带着英格兰格子，女装是绿底，上面画了一只可爱的卡通猫。回来后被易蓉狠狠嘲笑了一通，因为一铭的那套买小了，一铭根本穿不上，而一贝的是买大了（几年后一贝穿过一次，润生觉得好看，易蓉却认为不够素雅，把一贝搞得像洋娃娃）。易蓉当时说，你也不会打个电话问问我尺码。那次润生也给易蓉带了一套海蓝之谜化妆品，易蓉意味深长地问，你也知道女人的东西了？润生当时觉得易蓉是故意找碴。有了一贝后，易蓉的脾气变得不太好，润生因此小心翼翼的，尽可能讨好易蓉，易蓉却对此显得有些不耐烦。

在去商场前，润生把彭小男带到自己的住所，让他洗一个澡。彭小男不愿意，润生做了妥协，只让彭小男洗了一把脸，然后他们去商店。商店里都是廉价的商品，也有一些仿冒的名牌。2015 年，内地的仿冒品做工足以乱真了。润生给彭小男买了 H&M 的春秋装。在挑颜色时，彭小男有自己的主意，他刻意要了一件军绿色的衣服。想起这个孩子画了那么多武器，他选军绿色毫不意外。刚才试的枫红色和湖蓝色相间的夹克其实非常适合这孩子，穿上那衣服，这孩子身上的泥土味一下子脱去了大半。军绿色也不错，润生应允了孩子的选择。

润生问那位台湾居士有没有收养过孤儿。那女士说，收养过，不过手续非常复杂。如果要收养这些果敢人的孩子，需要得到缅甸政府的许可，否则是非法的。她意味深长地看了润生一眼，说，当然他们是果敢人，恐怕连户籍也没有，好心人想收留他们应该也没问题。润生严肃地点了点头。润生解释说，他只是随意问问。那女士说，到这里来的都是好心人，不是吗？

这个春节小镇比较冷清。镇政府规定，居民不能放炮，避免果敢同盟军或缅甸政府军误解，以为对方又开始轰炸了。春节期间，缅甸政府军承诺做短暂的休战。这段日子，边境倒是非常安宁，但还是有少量难民涌入。正月初五傍晚，穆少华对润生说："教授，去喝一杯？"润生这才想起来，他已经差不多有一个月没碰过酒了，他竟然做到了。是因为来到一个陌生的环境吗？是陌生环境让他忘掉了浸透肌骨的悲伤，还是难民营的工作令他充实？当穆少华说一起去喝一杯时，润生才感到身体里的酒精记忆突然被唤醒了。润生对此感到困惑，为何这段日子都没有对酒的需要？看来并不是身体真的需要，只是一个心魔，他其实有能力不碰那种东西的。

在飞来寺禅院静修的最后一星期，他的思想里灌满了酒。释慧泽喝着红酒听古典音乐的场景一直在刺激着他的欲望。他发现了欲望的秘密。他的酒量并不好，但欲望比酒量要大得多。他在想象中囤积美酒，默念那些美酒的名字。他决定从禅院出去后，地下室的酒窖要全部塞满酒。静修结束那天，释慧泽准备了素餐，庆祝他功德圆满地出关。那天是世平来接他的。世平说他的气色很好。他一直在微笑，他已学会了莲花似的微笑，这样笑已然成了他的一种本能。他想，这样的微笑应该很神秘吧——一种得道了的微笑。对世平的问话，润生一律微笑作答，好像千言万语尽在不言中。他微笑着进屋，好像来到一个新世界；世平端一杯咖啡给他，他犹豫了一下，思考了一下咖啡和信仰的关系，不过他还是微笑着接了过来；然后，他微笑着听世平说事务所的近况以及需要解决的问题；最后润生微笑着送世平出门。

他站在二楼的窗口看着世平远去。等到世平走远，他像饿鬼似的奔向地下室。打开酒窖的门，他深吸一口气，好像要把酒窖里弥散的酒精味全部吸入肚子里。他定了定神，打开一瓶两斤装的波尔多红酒，往自己的嘴中倒，直到醉得不省人事。

润生再次醉酒的事被世平发现了。这让润生感到羞愧和恼怒。他对世平发火了。他很少对世平发脾气的。他几乎是在攻击世平，动用了平常不可能说的粗话："你他妈想干什么？你在控制我吗？你他妈想控制我的人生吗？我的人生没有了你难道就完蛋了吗？"世平却并不生气，而是抱住了润生。润生发现世平含着眼泪。世平说："安静，安静……润生，我知道你心里苦，但你的人生还很长，你得好好活着。你那么有才华，你不应该这么自暴自弃。"润生好像对世平有着天大的怨气，他狠狠地推开世平。世平始料不及，差点跌倒在地。润生目露凶光，对世平说："你滚，滚得远远的，你他妈别管我，我能管好自己。"

润生平静下来后，对自己先前的态度感到惊讶，觉得自己太过分了。他给世平发过短信，对自己的失态表示歉意，并感激这些年来世平的悉心帮助。尽管世平回短信说他不介意，但润生明白，有了这一次，他和世平之间的间隙是不容易抹平的。伤痕已成，想恢复如初既要看受伤的程度，还要交给时间。这之后，世平虽然也关心润生，但不太闯入润生的私人生活了。润生虽然仍旧依赖世平，但在内心深处，他依旧觉得世平像是他人生的监管者，觉得世平的背后站着自己的父亲。虽然他断定世平不会把关于他的一切告诉父亲，但这个念头依旧令他不安。

润生和穆少华在小镇的一条主街上找了一家小酒馆。因为战争，几无游客和边贸人员来到小镇，重挫了小酒店、酒吧和咖啡馆的生意，润生和穆少华进入其中一家小酒馆时，老板娘竟一时没有反应过来有客人来了。小店里没有别的顾客，只在靠窗的地方亮了一盏灯，润生和穆少华就挑了靠窗的位置坐下。夜色中，窗外的热带植物近在眼前，在晚风中沙沙作响，触手可及。

　　这里有一种小酒馆自酿的米酒，本地人叫土烤酒，穆少华喝过，说味道不错，劲道很足。他们就点了这种酒，还点了一些本地特色的下酒菜。穆少华的脸上有一种少见的无忧无虑的充实感。润生刚见到穆少华时觉得他的眼神有些许的迷茫感，现在他满眼放光，好像一种叫希望的东西进入了他的身心。到这里的这段日子，除了帮助这些难民，穆少华到处拍摄，他还跨过边境去过一次果敢同盟军的阵地，拍了不少战地照片，给润生看。润生其实不想看到战争的残忍。被炸成碎片的尸体、缠着绑带的伤员、射向天空的炮弹、士兵紧张的表情，这些战地画面令润生生出虚无感，在这世上，生命是如此渺小和脆弱。

　　酒刚落肚，穆少华就兴奋起来。他说起西政的一个女生，问润生是不是特别性感。润生几乎想不起那女生的脸，但对她那对硕大的乳房有印象。润生年轻时在学校宿舍里也是如此粗俗地谈论女生的，不过现在这般年纪，已不适应这样谈论了。他倒是不反感穆少华的粗鲁，这没什么，人都有这一面。润生还由此想到自己或多或少是虚伪的，他不太愿意在这方面暴露自己。

　　"你这表情，我就奇怪，你难道不想女人吗？"穆少华对润生的矜持表示不满，没有润生的热烈回应，这酒喝得不免寡淡。

　　润生笑了笑，说："你倒是对世界充满爱啊。"

　　穆少华没有这么总结过自己，相反他觉得自己甚至不敢用"爱"这个词，认为自己纯粹是本能；在难民营获得的放松和满足，也全然不是出于"爱"，而是出于自我，那个"我"需要在他人生迷茫的时刻自我放逐。他觉得润生才是有"大爱"的人，润生某些时刻看起来像个苦行僧。穆少华觉得润生需要酒放松一下，人生在世，没必要对自己过于严苛。

"你是不是想收养那个果敢孩子？"穆少华突然问。

润生很吃惊。他或许动过这个念头，但他从来没有深究过这事。想起他问过那位台湾居士关于收养方面的问题，料想是她传出来的，心里面骂了一句"八婆"。润生摇了摇头。

"那就好，喝酒喝酒。老实说，你要是真想收养一个孩子，也得是还不懂事的那种，那孩子太大了，有了自己的习惯和个性，会很麻烦。"穆少华说。

润生把杯中的酒一口喝完。穆少华高兴起来，连连叫好，还说，这才像个样子嘛。中途男店家又搬来一坛米酒。男店家说，这酒散得快，但还是得小心，好不容易有生意，要是你们喝醉，把我这店砸了，我就亏大了。穆少华当店家说玩笑话，润生倒是一下子警觉了，他感到自己已经有点醉意了，某种伤感而脆弱的情绪开始在他体内弥漫开来。酒会催生这种情感，酒还会让他流泪。流泪是一种非常畅快的体验。润生告诉自己，无论如何不能在穆少华面前流泪，他得控制好。

"教授，你是基督徒吗？像你这样年纪的，只有佛教徒和基督徒才做志愿者。"穆少华说。

润生摇摇头。

"那你为什么说自己是个罪人？"

润生愣了一下。他觉得自己眼泪要流出来了。他把头转向小店的收银台，那个男人瘫坐在椅子上，握着手机在玩游戏。游戏的音效夸张，像某个怪物吃着一只只鲜美的虫子，心满意足地打着古怪的饱嗝。

"你为什么不说话?"穆少华追问道。

润生又喝下一大杯。他的思维慢慢涣散了,心里出现另一个自己,想要击溃眼下这个正常的他。他开始感到不安,他需用尽所有的力气才能把另一个自己从脑子里赶出去。他控制不住傻笑了一下,含混地说:

"我不是基督徒。"

他都不知道自己在说什么。

好像穆少华就等着这句话,他豪爽地拍了拍润生的肩,说:

"教授,现在我放心了,看来你真的不是基督徒,一个基督徒是不会否认自己是基督徒的,相反,他们很愿意亮出自己的身份,并总想让别人也成为一个信徒。教授,我知道你心里一定有事,但不是基督徒就好,让一个基督徒喝醉我会不安的。"

穆少华一直在滔滔不绝地说话。润生迷迷糊糊间觉得穆少华亢奋的声音像是被小镇夜晚的寂静吸走了似的。边境另一边的战事暂时停息下来了,世界一片宁静祥和。他好像听到来自童年的歌谣,感到自己又变成了歌谣里的那片浮萍。后来润生觉得自己失去了意识。

是穆少华背着润生回到住地的。润生的身子软软的,他的脸贴着穆少华的脖子。穆少华感到有一种湿滑的东西从润生的脸颊上流了下来。现在穆少华已经知道润生的家庭变故了。穆少华想,要是他经历了润生的事会怎样?他觉得自己可能会自杀。他认为润生这样着实是在折磨自己。这样下去日子还怎么过?和自己没完没了,日子还怎么过?穆少华对润生的遭遇充满怜悯之心。

六

是冬天。火最初是从地下室开始的。易蓉忘了关掉取暖器。取暖器圆圆的，像一团向日葵，火光猩红，如巨蟒吐着信子（润生一直害怕蛇这类动物，他在热带雨林行进时最怕的就是见到传说中的巨蟒），有几只纸箱放在电暖器的一边，那是易蓉来不及扔掉的酒盒。火苗随时都会像舌头一样舔到纸箱。

地下室充满了酒精，让火势更为旺盛而野蛮，从内部的楼道迅猛蹿向楼上的卧室和孩子们的房间。装修房子的时候，易蓉也参与其中。易蓉最关心的一件事是门的坚固，她担心外人侵入。润生用了最轻的钛合金板材做房门。润生家因此有一种超现实的未来风格，一种极简的、几何的、异质的、外太空式的风格。为了在这种冷调中融入人间烟火气，润生只能同时选用纯木质材料，有一种昂贵的木材坚硬犹如金属，俗称铁桦，它独特的颜色和整体环境形成一个反差，点缀于这静谧的空间，更衬出木头温暖的质地。他用这种材料做了楼梯、书架以及板桌。润生一度想漆上颜色，使木头成为这屋子里的艺术品，由于易蓉的反对，他才作罢。

火就是沿着木头悄无声息地往上蹿的，等到易蓉和孩子们醒来，已是满屋子的火光和浓烟。易蓉带着孩子们穿过大火向门口冲去，易蓉试图把门打开，钛合金门的温度迅速升高，一碰就可以把人的皮肤灼伤。

外面响起了消防车的警笛声，可他们难以进入屋子。屋子像一座封闭的堡垒，任何一个战士都无法攻克这座堡垒。

一铭和一贝被大火吞噬了。他们的稚嫩的面容像被泼上了硫酸，肌肤瞬间消融，露出刺眼的白骨。另一个场景中，易蓉半边的脸在燃烧，她正在给润生打电话。润生正睡在某个小岛上，茫茫的海水包围着这个小岛，让小岛看起来犹如一叶扁舟。他的身边躺着一个女人，而他关掉了手机。此刻他正做着一个关于火灾的梦，他梦见大火烧焦了一铭和一贝，而毁容的易蓉正在打他的电话。他挣扎着想让自己醒过来，但好像有什么东西捆住了他的双手和双脚，他就是醒不过来。

他终于从床上坐了起来。他一时不知身在何处。窗帘没有挂好，他看到窗帘外的热带植物才意识到自己正在中缅边境。他已经忘记自己是怎么回房间的，他记得傍晚和穆少华在小镇的一家小酒馆喝土烤酒来着。润生在小酒馆喝到断片了，只记得开头和穆少华说的话，后面说了什么一概不记得了。应该是穆少华把他弄回住地的。

刚才那个梦太清晰了。儿子和女儿被大火吞噬，易蓉毁掉了容颜，此刻这些画面还在他脑海里回放，好像此刻他的脑子变成了一台放映机。他在想刚才这个梦的意义。为什么会做一个关于火灾的梦？这是润生第一次做这样的梦。在易蓉刚出事那会儿，他做的都是同交通工具有关的梦：飞机坠落、火车出轨、汽车相撞，有一次他还梦见一艘巨轮撞向雪白的冰山。在那些梦里，易蓉和孩子们都有幸脱离了险境，有些梦里易蓉、一铭和一贝则像天使一样在天上飞，快活地看着这些毁坏的交通工具。现在，他第一次在梦里看到易蓉毁容的脸以及他在太平间所见的孩子们的模样。

梦里出现的室内设计风格和润生家完全两样，那个发生火灾的房子更像某个飞行器。奇怪的是在梦里他竟然还和易蓉装修了这个房子。怎么会梦见钛合金的门呢？那是制造航空器才需要的金属。

从梦中醒来后，润生再也无法入睡，他索性从床上起来，打算泡一杯咖啡醒醒酒。有一个黑影从窗外跑过，看上去像极了彭小男。润生感到奇怪，这么晚了他在干什么呢？在偷看他吗？

几天后，润生注意到彭小男在讨好他，是那种近乎谄媚的讨好，这种表情在彭小男原本麻木的脸上显得相当突兀。润生想，也许那天穆少华讲给润生的传言也传到了彭小男的耳中。

彭小男不时到润生的宿舍来讨教一些润生从来没思考过的问题。有一次彭小男问润生，果敢人说的是中国话，手机用的是中国移动的信号，穿的吃的都是中国生产的，为什么他们不是中国人？他操着奇怪的云南边地方言，需要竖起耳朵，仔细聆听才能完全理解他的意思。润生无法回答这个问题，或者他即便回答了，对方也听不懂。润生以前听说过"金三角"，关于果敢族他是来到边地后查了互联网才有所了解。现在的边界是二战后的产物，中国非常尊重战后的国际秩序，哪怕这块地是被英国殖民者从清政府手中强划到缅甸的，如今的中华人民共和国政府对此不存异议。润生在网上看到过一位去过果敢的旅游者拍的一个视频，在果敢首府老街市的广场中央赫然挂着"热烈庆祝中国共产党十六大胜利召开"的横幅。润生明白果敢人应该在精神上还是认同中国的，这个孩子大概也不例外。

彭小男后来说起自己的爷爷。"特别特别勇敢。"他强调，"他被军政府抓起来，关到牢里。后来，他逃出来时，杀了五个警察。"润生问："你爷爷还活着？"他想，要是活着就太好了，至少彭小男不是个孤儿。彭小男摇摇头，说："被杀了。"说这话时，彭小男的脸上没有表情。一会儿，他又说："我爷爷可不像他们一样是胆小鬼。"润生听出来了，彭小男在说自己被炸死的父母。是他的父母从战乱中带他来到边境难民营避难的。润生不知道该说什么。

彭小男还是很乖的。他似乎认准润生对他是友好的，经常到润生房间来。有一次，润生觉得彭小男实在有点脏，一定要他在自己的房间里洗一个热水澡。洗完澡，彭小男干净多了。润生喜欢身体干净，不过他不太会整理房子，他的房间很乱。估计易蓉太爱整洁，使他这方面的能力退化了。有一天他对子珊说起自己的工作室一团乱，子珊感到惊讶，从外表看，润生应该是整洁的、按部就班的人才对。彭小男对润生如此亲近，还是让润生有些惶恐，但孩子要到他这里来聊天，他难以拒绝。润生不免想，那位台湾女居士散布的消息或许是其中的关键因素。润生到现在为止并无此意，不过这事已造成润生某种程度的心理负担。要是所有人都觉得润生要收养这孩子，润生能拒绝吗？

有一天，孩子问润生，有没有八千块人民币。润生吓了一跳，这孩子什么意思？八千块人民币对润生来说没什么，但对一个果敢人来说是一笔巨款，需要巨大的想象力。润生说，你要八千块干什么？想要一台 iPhone？那孩子并没回答他。润生去过小镇的手机店，想了想，认为不应该买，这不是孩子最需要的。如果彭小男拿着一台他送的 iPhone，大概所有人都会认为他要收养这个孩子了，可他又对这个孩子了解多少呢？

自从穆少华在润生酒后得知了他的故事，倒是一厢情愿地理解润生对彭小男的照顾。他认为这也是补偿之一种。他好像早已忘记对润生的那番劝告，拿着徕卡相机，要润生搂着彭小男合照。润生的手搭在彭小男肩膀上时，他感到彭小男身体里透出一种本能的提防。润生想，这孩子时刻在警觉之中，是很久没和人有过身体接触了吗？润生听说难民营一群孩子看到彭小男穿着润生给他买的新衣服，很是看不惯，还揍过彭小男。不过彭小男并没有他们想的那么好欺负，其中一个孩子差点被他咬断手指，彭小男的脸上也留下了一个包。

在他们拍好照后，彭小男突然说，这是一台徕卡相机。穆少华和润生吃了一惊。果敢在如此偏远之地，几乎整个世界都把这个地方遗忘了，可这孩子竟然知道徕卡相机。要么是这孩子对这世界有某种奇怪的求知欲，要么是徕卡相机本身知名度太大。穆少华来了兴趣，他热爱这台相机，希望人人都知道这不但是一台徕卡相机，而且是发烧级的徕卡相机。他问孩子是怎么认出来的。彭小男说，是在一本叫《经济学人》的英文杂志上看到过这种相机的广告。那期杂志里刚好有关于所谓"金三角"地区毒品买卖的报道。润生想，这不奇怪，缅甸是英国曾经的殖民地，缅甸人大都会一点英语，至于统治阶层，英语沟通更不是问题。润生想，这个不起眼的孩子大概会说一点英语。

春节过后，润生着手修葺被炸弹以及大火毁掉的难民营房舍。那天，他和穆少华又出去喝了一点酒，穆少华还邀请了西政的几位志愿者，那位大胸姑娘也在。润生吸取了上次的教训，没多喝（事实上穆少华也一直管着他，不让他多喝）。润生发现那大胸女孩非常豪放，土烤酒一杯杯往口中倒，反而让穆少华招架不住，没占到啥便宜。后来，穆少华说，那天那女孩真他妈性感，好想把她搂在怀里。润生说，那你为什么不？我觉得她对你是有意思的。穆少华相信了，看到润生的坏笑，才说，你少来，她一位男同学也喜欢她，看我的眼睛里藏着一把刀子，恨不得杀了我。润生大笑起来。这是他两年多来最畅快的一次笑了。润生刚笑完，穆少华不无骄傲地说，那女孩有一天找我拍照来着。润生说，看你得意的样子，好像你拍到了她的裸照似的。穆少华说，还真说不定。说完拍拍屁股走了。

那天润生快十一点回到住地，打开灯，竟发现彭小男和衣睡在自己床上。自从这男孩家的难民房舍被炸，他被安排住在另一户难民家里。可能男孩太不合群了，除了睡觉，不愿意待在那户人家里，而是更愿意待在润生这儿。润生猜想大约是男孩白天玩得太累，一直在等着他聊天，久等不来就不知不觉睡着了。润生不忍心叫醒他。润生小的时候，也是个孤单的孩子。严厉的父亲希望润生独立，因此不允许他和家长睡在一起。在某些时候，比如生病，润生可以睡到母亲的床上。那是他无比幸福的时光，他被呵护，被温暖所包围，感受到来自父母的爱意。润生因此有一种奇怪的盼望，希望自己得病。成年后，润生回忆小时候所经历的事，觉得真是这种孤单的童年塑造了他，让他学会了冥想，也让他因此充满创造力。后来润生在一铭身上看到那种冷静的领袖气质，有那么多孩子服膺于一铭让润生吃惊。润生意识到一铭应该是同艺术无缘了，大概只能去做一个行政干部，或者可以做个运动员，一铭打乒乓球很有天赋。润生或多或少对一铭有些失望，他原本是希望一铭能子承父业，将来能从事同艺术相关的工作。润生的心里一直有一个价值判断，认为只有艺术才是永恒的，才是有价值的，这种观念根深蒂固。

润生把床上的薄被盖到彭小男身上，自己准备穿夹克睡在简陋的沙发上，好在身处热带雨林，比内地要热得多。后来，润生在旅店的柜子里找到一条备用的薄被。他洗了个澡后，睡下。备用的被子大约许久不用，有一股霉气。润生面对着彭小男，一直没有入睡，想到对面床上还有另外一个小生命，他有一种怪异感。他好久没有这样和另外一个人同处一室睡觉了。夜晚的小镇寂静无比，天上挂着一轮半月。在难民营里流传一则消息，说过了初十，战争又会开打，那么到时候夜晚就不会这么安静了，随时可能有枪炮声响起。枪炮声虽然听起来声音喑哑，仿佛战争距小镇相当遥远，然而那种无处不在的恐惧会从这些声音里散布开来，弥漫在小镇上空。这是润生的感受，也许小镇居民习惯了，他们继续过着日常的生活。看他们的神态，仿佛边境另一边的战争与他们毫无关系。

润生看着那个孩子，孩子睡容安详。如果这孩子没晒得那么黑，如果他的头发剪得讲究一些，这孩子其实相当漂亮，甚至比云南当地人都漂亮。果敢有一些人实际上是国民党军队的后裔，在一九四九年政权更迭时退守到了缅甸，他们同台湾也失去了联系，于是脱下军装在这块土地上繁衍生息，成了平民。润生怀疑彭小男可能是这些人的后代，这孩子虽然孤僻，但目光里还是有军人的英气。这一点和穆少华倒有点相像。润生看了一下腕表，时间已过了午夜一点，他一点睡意也没有。

润生的睡眠以前就不太好。家里出事后，更加不好。也许是身边睡着一个孩子，润生不由得想起一铭和一贝。润生反思自己对这两个孩子的态度，应该说，他更喜欢一贝。一贝是他的心头肉。他深刻体会到人心的微妙，即便是自己亲生的两个孩子，在心里的分量也是有差别的。爱从来是不公平的。人的爱就只有那么一点，给这位多了，给另一位就少了。

都说没有无缘无故的爱。这句话即便在亲子关系中也完全适用。对一贝的更多喜爱也是互动的结果。在有了一铭后，润生和易蓉就分床睡了（对此润生没有任何异议，因为他小时候父母也是如此，夫妻分床而睡仿佛是天经地义的），润生的卧室在书房对面。一贝经常偷偷跑到润生的卧室，钻进润生的被窝。这是润生工作之余轻松的时光。一贝身上有一股奇异的体香，那种芬芳在一贝睡熟时会更浓烈地释放，一贝离去时，被窝里的香气久久不散。后来，一贝偷偷溜到润生卧室睡觉的行为被易蓉发现了，易蓉认为这样不好，特别是整晚都睡在润生那儿，会影响一贝的身心健康。易蓉总是能说出一套似是而非的科学道理。一贝不理易蓉，还是会偷偷跑到润生床上来，和润生打闹一会儿。润生有一天说，一贝，你这么香，哪一天有一个小子娶了你，老爸会嫉妒死的。一贝说，我不出嫁，我就和爸爸过。这话让润生激动得搂住一贝紧紧不放，一贝几乎要喘不过气来。一贝摸着润生的头发，让润生安静。一贝有一种罕见的高情商，容易夺走别人的爱。润生由此想到，以后一贝的男友大概也会被一贝哄得团团转。

一铭完全是另外一种性情。他对人永远保持距离，即便对润生也是如此。有一次，一家四口去三亚玩。虽然易蓉事先选定了酒店，并且订了三个房间，但由于那天航班延误，他们到时，酒店只留了两个房间。酒店的说法一是联系不上他们，无法同他们商量；二是临时入住的是个大人物，他们没办法不安排。两个房间的分配是一铭和一贝住一起，润生和易蓉住一起。一铭坚决不同意，他不愿和一贝睡同一个房间。易蓉做了妥协，对一铭说，要不你和你爸睡，我和一贝睡。一铭还是不同意。他一定要单独睡一间。润生见一铭固执到不讲理了，当场发火，训斥起一铭来。一铭冷静地反唇相讥，他让润生有点修养，不要高声喧哗，这儿是五星级酒店，大堂里都是国际友人。一铭这么一刺激，润生霎时涌上一股无名之火，失去了理智，他揪住一铭，给了一铭狠狠一耳光。易蓉都惊呆了。一些外国人围了过来，对润生的动粗行为表示不能原谅。润生此时也清醒了，这是他有生以来对一铭最粗暴的一次，他感到非常不安。他意识到他发这么大火的真正原因是易蓉。自他和易蓉分床睡后，他们的性生活变得很少。润生本来希望这次度假和易蓉睡同一个房间，一路上润生都在幻想着和易蓉的床笫之欢，哪知遇到一铭这一出。润生对自己的失控感到很内疚，别人是利欲熏心，他则是色欲熏心。他看着自己这只曾狠狠落在一铭脸颊上的肮脏的手，恨不得把它剁下来。

在那次度假中，润生在愧意的驱使下，多次讨好一铭。但一铭没有任何情感回应。润生多么想一铭把姿态放软，可以有一个让他表示歉意的机会。但一铭装作什么也没发生过。这把润生度假的心情完全搞糟了，他甚至认为这是一铭故意不轻饶他。这孩子小小年纪就知道如何用冷暴力惩罚别人，他对人性的洞悉能力是天生的吗？

在日常的家庭生活中，润生偶尔会感受到一铭对他言语的冒犯，也许是润生敏感，一铭其实并无此意，但还是影响了润生对一铭的态度，令润生在内心深处对儿子有些排斥，有时候甚至故意冷落一铭。不过三亚那次以后，润生再没对一铭动过粗。有一次，润生和易蓉去看了一场一铭的乒乓球比赛，一铭有运动天赋，是小学乒乓球队主力。那天是一场冠亚军单打决赛，一铭赢得了比赛。比赛的过程相当激烈，赛况起伏，比分追得相当紧，润生观看时，一直揪着心，高兴和失望都溢于言表，自然流露。夺冠后的一铭也比往日更敞开自己，不排斥来自润生的拥抱和祝贺。为庆祝胜利，润生提议去撮一顿，那天润生甚至让一铭喝了一点啤酒。那天早晨，润生醒来的时候，发现一铭躺在自己的边上，搂着他的脖子。是因为那点啤酒在起作用吗？一铭睡着了，润生的脖子上有潮湿的一片。是一铭的泪水吗？润生的心被重重地敲击了一下，某种温柔的情感迅速在身体里泛滥，泪水奔涌而出。他紧紧抱着一铭。润生以为自己和一铭从此以后可以变成彼此接纳、相亲相爱的父子，而不是像自己和父亲这样，这辈子都有着父子间不可逾越的界线。但后来一铭对润生的态度还是回归到了往常，表现得像是什么也没发生过一样。

现在一铭离开了这世界，润生自己知道对一铭的爱有多深，作为父亲，他再也没有机会表达这种爱了，由此而来的那种愧疚感越来越强烈。是的，在一铭活着的时候，他没有对一铭足够好。他看到人性的弱点，即便作为一个父亲，也还是有"我"，无法克服这个自私的"我"，会因为私欲而对一个孩子动粗。如果时光重来，如果上天再给他一个做父亲的机会，他发誓会做得更好。然而他明白这"如果"也只不过是"如果"而已。后来润生沉沉地睡去了。

早上醒来的时候，润生发现彭小男已经不在了。昨天盖在孩子身上的薄被折叠得整整齐齐，棱角分明。一个念头从润生的脑子中生了出来，是不是要收养这个孩子？润生愣了一下，这个念头还是令他陌生。他摇了摇头，试图打消这个想法。那个台湾女居士说的对，这涉及缅甸政府的法律文件，恐怕也需要中国政府的法律文件。不是那么简单的事。

七

有几天，彭小男没来润生的宿舍。这令润生无端惦念起这个孩子来。润生打听到彭小男没睡在那户果敢难民家里，没人知道他晚上睡在什么地方。难道他睡在小镇公园的长凳上，某家堆放热带水果的仓库里，或是居民的地下室？想象着彭小男居无定所的模样，润生有些牵挂。

一天早上，润生醒来的时候发现有人睡在他身边。他吓了一跳，猛地坐了起来，一看是彭小男。虽已六点，由于在边地的缘故，天色还将亮未亮，灰蒙蒙的，从窗口透进来的薄光照着熟睡中的彭小男的脸，他熟睡中的表情看上去十分软弱和无助。润生无端想起一铭，心不由得抽搐了一下，一股暖流传遍全身。

台湾来的佛教慈善团体会在周三或周六晨间诵经。有时候在某个佛或菩萨的生日也会诵经祈福。她们常诵的经是《大悲咒》或《金刚经》。这些经文润生在设计飞来寺禅院时都研习过，熟悉里面的句子。虽然她们大约担心会影响别人的晨睡，诵经声低沉，但润生还是听出今天她们在诵念《金刚经》。润生当年读《金刚经》时，惊叹经文的漂亮。他甚至怀疑这不是翻译的，怀疑这经文是否是梵文本来的含义。汉语实在是太伟大了，这么漂亮的经文应该是原创才对。当然这只是一个念头，这些佛经确实是翻译的，译者的名字都写在那儿。鸠摩罗什还是一位祖籍天竺的望族子弟，他的译文是如此美好，字字句句，仿佛天启。而现在那些做翻译的，真的是过分潦草了。过去的人，他们一辈子干一件事。现代人，他们的欲望大，能力小，如鼹鼠想饮干河水，一天想干完一辈子的事。此刻诵经声缥缈，犹如边地难得的轻风吹过，让人沉静。

元宵节那天，穆少华的徕卡相机丢了。穆少华说是被人偷的。"昨天睡觉前我藏在双肩包里的，准备一早去拍日出。"穆少华对润生说。穆少华一直在抱怨这"该死的"热带雨林气候，到了早上"妖"雾弥漫，要拍到太阳太不容易了，他早起过几次，都没拍到日出。

开始，穆少华怀疑是那大胸姑娘的男同学搞的鬼。"为什么？"润生问。"我给她拍了好多照片啊。"穆少华说。"你真替她拍裸照了？""没有，想哪里去了。""没拍裸照你为什么怀疑是她男同学偷的？"润生不以为然。"你不懂。"穆少华说。穆少华让润生别把这事嚷嚷出去，他要在暗地里侦查究竟是谁顺走了他的相机。

后来穆少华认定相机是彭小男偷的。当时润生正在给孩子们播放关于世界各地建筑的幻灯片。投影仪是润生向镇政府借的。有一天，润生走过镇政府，发现镇政府的会议室有一台投影仪。润生的手机里有一个文件夹是关于世界各地的建筑的，以西方和日本建筑为主。西方建筑的发展和西方思想史的演进是一致的：在古典时期，西方建筑都有着一个尖顶，通向上帝，建筑显得庄严肃穆，沉闷而有规则；在"上帝死了"后，西方建筑开始变得丰富起来，诞生了所谓的现代建筑，相对于古典建筑要活泼得多了。润生当然不会讲得如此深奥，他只是想让孩子们开开眼界，让他们知道除了常见的积木一样单调的方形房舍，这世上还有很多好看的房子供人类居住。看到孩子们充满好奇地看着幻灯片上那些穷尽人类想象力的建筑，润生感到满足。

穆少华就是这个时候来到润生所在的教室的。穆少华是如此粗野，他进来时脸上的表情已像一名特种兵队员了，好像他面对的是战场上的敌人。他毕竟没上过战场，真正上过战场的人碰到这种事才不会这样，他的对手只是一个孩子。他先是试图揪住彭小男的耳朵，彭小男非常灵活地扭头避开了。穆少华二话不说，一把揪住彭小男凌乱的头发，把他拉向教室外。从彭小男硬直的脖子可以观察到彭小男的执拗劲。穆少华揪着彭小男的头发，疾步离开。润生有点蒙了，他担心穆少华把彭小男的头发揪下来。润生几乎没多想，向穆少华冲过去，他责问，你这是干什么？你怎么这样对待他？穆少华白了润生一眼，冷笑了一句，我他妈的难道会冤枉一个好人？你他妈还真想收养这个小偷不成？穆少华以极快的速度用绳子绑住彭小男的手和脚，并把彭小男吊在一棵高山榕树上。彭小男悬在半空，手脚没法动弹，他试图挣扎，但只能像一条搁浅在沙滩上的鱼，扑腾了几下就不动弹了。穆少华认定彭小男是小偷，并要他交出徕卡 M 相机。润生注意到彭小男看穆少华的目光是茫然的。彭小男显然不打算承认是他偷了徕卡 M 相机。穆少华威胁彭小男说如果他不交出相机就要把他一直吊在树上折磨他。润生觉得穆少华这是刑讯逼供，他让穆少华把孩子交给自己，如果查出确实是彭小男偷的，他会让孩子交出相机。

润生把彭小男带到自己的房间。房间的北面靠近山体的岩石，即便在白天也显得有些昏暗。岩体上垂挂着一些藤蔓，从窗口看出去，像一幅装入画框里的小品画。据说，那些来边地冒险的游客喜欢住在这样的房间里。润生看到，有一个老太太佝偻着背，从窗下经过，好像在捡拾垃圾，或整理无序生长的植物。窗外昏暗的光线打在孩子脸上，孩子茫然地看着他，一副无辜的模样。

润生问孩子是不是拿了穆少华的徕卡相机，孩子摇了摇头。润生觉得孩子摇头并不坚决，实际上在穆少华揪着孩子的头发把他拖出教室时，润生已相信就是这个孩子偷了穆少华的相机。孩子曾问起过这相机，但这还不是怀疑他的最主要依据，更直接的依据是几天前，润生看到孩子手里拿着一只指南针。他一眼认出是穆少华的装备。穆少华这次来边地，带了不少这样那样的工具。

"我看到你偷过一只指南针。"润生说。

孩子沉默了。一会儿，润生从孩子口中知道确实是他偷了那台发烧级徕卡 M 相机，并且把这台相机卖给了在缅甸边境打游击的果敢同盟军的一位军官。

"换了多少钱？"润生问。

孩子不再回答润生任何问题。

八

　　穆少华想去果敢同盟军阵地要回徕卡相机，润生不同意，和穆少华起了争执。润生打算自己出钱，赔偿穆少华的损失。穆少华坚决拒绝，执意去要回相机。"我不需要钱，"他说，"我要的是那台徕卡相机。那里面有我这段日子拍的照片，这些照片对我很重要，其中有些是我这辈子拍得最好的作品。"他强调。"你能拍什么好照片，除了拍了很多那大胸姑娘的照片，我也没见到你拍过什么啊。"润生讥讽道。穆少华定定地看着润生，说："你看上去一本正经的，没想到满脑子下流想法。"润生被穆少华的话噎住了，他知道穆少华这会儿是认真的。"不行，我必须去一趟果敢。"穆少华说。润生想了想："你没护照，你这是非法越境，很危险。"穆少华指了指边境的方向，说："这里有国界？你哪里看出这儿有国界？"润生虽然嘴上劝阻穆少华，气还是虚的。当年，他也没任何证件，还不是照样去了印占藏南地区？让润生的话没有说服力的另一个原因是这之前穆少华曾去边境另一边的战场拍过照。不过这次他们要去的是另一个方向的果敢人游击队阵地，那个地方离缅甸政府军更近。

润生争不过穆少华，他怕穆少华和果敢人闹出事来，决定一起去。穆少华的脾气是很可能会激怒果敢军人的，润生觉得同去的话，万一有冲突，他至少可以做个缓冲。穆少华开始不同意润生前往，嫌弃润生跟去纯粹是个累赘。不过穆少华也不是一个决绝的人，想了想还是同意了。"妈的，难得来一次边境，带你去看看战争也好。"穆少华说这话时，好像他身经百战。其实真正的战争穆少华同样屁也没经历过。

他们背着来时的双肩包上路了。润生还特意去小镇仅有的一家工商银行取了两万块现金，虽然那台徕卡相机售价不菲，但对缺钱的果敢人来说，两万块也算是一笔巨款了，想要换回一台相机应该没问题。润生没对穆少华说自己带钱的事。穆少华天真地以为那照相机是他的，可以轻易要回来。除了钱，润生还从小镇超市买了牛肉干、鸡爪等既轻便又有营养的高蛋白食品，以备不时之需。

一路上都是穆少华在主导。他骂骂咧咧地说，藏在双肩包里的指南针也丢了。他想下载一个指南针 APP，但手机信号太差了，半天也没有完成。润生倒是早已下好了软件，不过他担心一旦进入热带雨林区，手机根本不会有信号，下了软件也没用。他们估计已经进入了缅甸地界，穆少华让润生把手机上所有信息都删除。润生不知何意，他把脸凑过去，看到穆少华真的拿着手机在删各种聊天记录、手机上的照片，以及使用过的微博账号等。见润生不动，穆少华说，快删啊，要是被果敢人抓了还好，万一被政府军抓了，我们就说不清了。润生有些恼火。来之前，他警告过穆少华的，他们这可是非法越境，穆少华却不以为意，现在进来了，又开始吓唬起人来了。

他们远离了那条一直伴着他们的河流，从密密麻麻的林子里挤过去。树叶肥大饱满，在光线中闪闪发亮。穆少华很多时候都是一副成竹在胸的样子，好像他八年的特种兵生涯足以让他抵达他想去的任何地方，哪怕是要穿越可能瘴气弥漫的雨林地带。穆少华其实没看指南针，好像他就是指南针本身，穿行在小路上。

"你确定走对了路？"润生问。

穆少华没理润生，仰起脸，鼻子对着林子，猛吸一口气，然后说，没有瘴气。润生觉得要是真有瘴气，他这么一吸怕是马上会晕眩过去吧。润生读过几本关于二战期间滇缅公路的书，书中描述了雨林里可怕的景象：猛兽出没，毒蛇挂在枝头，更骇人的是森林里的瘴气，人只要吸入这种有毒气体，轻则中毒，重则窒息而亡。

他们在林子里穿行，润生双肩包里的两罐可乐在袋子里相互碰撞，发出沉闷的声音。润生很想喝一罐镇静一下，不过他忍住了。林子里出现一条小道，并且是石子路。这儿应该经常有人出没。边境上的所谓贸易，多数实为走私。很多来自缅甸的玉石没有经过海关就被带入到了国内。石子路让润生安心，至少这里不是人迹罕至之所，通过这条路，如果运气好，他们也许会碰到一个小村子，最好是果敢人的村庄。

润生放松了一些，开始有闲心观察热带雨林植物的形状。在雨林里，经常可以见到一些鲜艳的花朵，以及他认不出来的色泽艳丽的果实。阳光从林子间隙射入，有一阵雾一般的岚气弥漫其中，让润生觉得自己正处于海底深处。润生曾经在三亚、巴厘岛等地潜过水，潜得很深。在海水中，他看到从海平面上投来的光线，有一种玻璃般晶亮的感觉。海底生物同林子里的花朵和果实一样，斑斓异常。没受到人类生活影响的地方，总会有奇异之美。润生觉得这些植物如果移植到某些宗教建筑中，会产生神秘的效果，仿佛神就在其中。

果然有一个村子在林子的尽头。村子的房舍和润生在云南一带贫穷山区所见的样式没太大差别。要说有差别就是建筑上的图饰稍有不同，果敢人的村舍看起来甚至更像汉族人的。一般是用黄泥筑就，考究一点便是水泥建筑了。在小山村里，水泥建筑显得坚硬而唐突（每次见到此类建筑润生都会为如此美好的河山心疼几分钟）。有一些衣物晒在屋子外，其中有女人的内衣。

果敢人的村庄里都是老人、妇女和孩子。青壮男人大概都去打仗了。一位很有权威的老头出现在润生和穆少华面前，用警惕的目光打量着他们。不过听说他们来自中国，果敢老头就放松了，脸上原本严厉的皱纹像水波似的荡漾开来，汇聚成忠厚的笑容。老人热情地请两人进屋，四五个果敢孩子围过来看热闹。这个村庄太小了，看起来大约只有十几户人家。穆少华恨自己此刻手中没有徕卡相机，不能拍下这稀见的一幕。老人一定要请他们吃饭，还特意宰了一只鸡。战争期间，他们也没有啥好吃的。他们怕政府军突然闯入村庄把鸡抓了去，所以鸡养在地下室，掩蔽得很好；另外还有一些做走私生意的汉人（有些是毒贩子），见到鸡也想吃，说好给钱的，结果常常是吃完了就拍拍屁股走人。

穆少华已打听到他们要找的那支果敢同盟军就在不远处的山里。老人在一张纸上画了去同盟军驻地的路线。润生看不懂，不过穆少华一下子懂了。"老街市已被政府军占领了，他们只好上山打游击。"老人说。本来穆少华只想喝口水，接着赶路，但闻到鸡肉的香味就迈不开步子。穆少华知道果敢人这是把他们当作贵客了。中午老人拿出了土烤酒，味道竟然和边境小镇的酒没啥差别。穆少华喝了好几杯，润生没碰酒。远处突然传来一阵大炮轰鸣的声音。老人说，经常这样，政府军有装备优势，经常向他们认为的同盟军阵地胡乱开炮。"会打到这里吗？"穆少华问。"老天保佑，目前还没有。"老人向客人敬了一杯酒。

他们继续赶路。中途他们碰到政府军的飞机向他们所在的区域扫射。子弹落入山地时，声音沉闷，泥土被拱起来，像土地上突然钻出竹笋。穆少华把润生拖到一条沟渠里，用自己的身体压着润生。润生听到子弹从空气中划过，发出尖锐的哨音，落在周边。还好，他们两个都毫发无损。润生对穆少华为他以身挡弹相当感激。"要是你被击中，我都不知道如何带你回去。"润生说。穆少华对润生的话不以为然，他应该没有想过自己会被子弹击中。一会儿，飞机不见了，天空了无痕迹，好像刚才并没有飞机来过。他们看到远处出现熊熊大火。润生猜想那儿可能有个小村庄。

折腾了一天，到了傍晚时分，穆少华和润生才到达果敢同盟军的一个驻地。

驻地的一个头领——士兵们都叫那人杨旅长——仿佛早已知道他们为何而来。他们已被绑押起来。那个杨旅长一手摆弄着那台徕卡 M，一边问他们是哪里来的奸细。一个士兵在杨旅长耳边说了几句，杨旅长有些惊讶。润生猜想，那士兵一定查看了润生的包，发现了两万元人民币。一会儿，杨旅长把润生单独带到另外一间阴暗的房间里（这里的房间都阴暗，润生弄不明白是因为习惯还是军事需要），问润生是不是毒贩子。润生说，不是，他们只是想来要回徕卡相机，希望这些钱可以赎回这台相机。杨旅长吹了一下口哨。他在掩饰因为润生这么有钱而引发的嫉妒和惊讶吗？

　　杨旅长和润生很快达成了交易。他愉快地收了两万元人民币，把一百周年纪念版徕卡 M 交到润生手里。在那个黑暗的房间里，那位军官告诉润生，那男孩用这台相机换了一支苏联托卡列夫手枪。孩子说，他要去替爷爷和爸爸妈妈报仇。润生心里涌出一种令他自己都震惊的情感。前天晚上，润生做过一个梦，在梦里孩子拿着一把枪对准润生的脑袋。那天早晨他醒来的时候，这个梦依旧清晰地留在记忆里。他试图探寻其中的意义。他对彭小男的情感和一铭有关吗？如果有关，那么枪口对着自己表示一铭对自己的审判吗？他一直以为是个梦境，现在看来是真实的。彭小男真的有一把枪，一把苏联托卡列夫手枪。彭小男真的是用枪对着他的脑袋，试图解决他。可彭小男为什么要这么做呢？润生对这个男孩这么好，几乎动了要收养他的念头。如果这一切不是梦境，是真实发生的，孩子又为什么不开枪？

　　或者那就是一个梦境。这个深不可测的梦是出于他的潜意识吗？也许在他的潜意识里，他希望有一把枪对着他的脑袋把他彻底解决掉，就像佛经里说的，让他"超脱苦海"。

九

在润生和穆少华从果敢同盟军阵地回来的路上，他们被缅甸政府军抓获了。

穆少华因为徕卡相机失而复得，并且相机里他拍的照片都还在而感到非常高兴，刚才被审问的不快早已忘了。一路上，他拿着相机，对着天空拍，对着山峦拍，对着河流拍，同时对着润生拍。润生都被他拍烦了，用手挡着他。穆少华不以为意，说："你知道吗，你现在的表情非常有意思，忧郁、深沉，你像个先知。对，就是这个表情。"穆少华按下快门。听到先知这个词，润生笑了。"这就对了，现在你笑得像个孩子。你应该这样，出来了高兴点，从我见了你，你都没这样笑过。"穆少华把相机拿到润生边上，让润生看刚拍的照片。"拍得不错吧。"润生觉得穆少华真会自我表扬。

后来他们迷路了。手机没有一点信号。这天是阴天，太阳在厚厚的云层里，穆少华辨认不出方向。他们在林子里穿行时，穆少华认为前面可能有一条河流，他们只要找到河流，就可以找到方向。"这里的河流都朝南流。"穆少华说得相当权威。穆少华的权威感让润生安心。前方林子尽头明亮的光线也让润生安心。但远方的光线好像在无尽的远方，他们走了很长时间也没有走出林子。润生担忧起来，他意识到自己的命维系在了穆少华身上。这个念头让他吃了一惊。他知道生命脆弱，命运无常，也想过无数死亡的可能性，但从来没想过可能会因为走不出这片林子而丧命。

他们坐下来，润生从包里拿出牛肉干和一罐可乐递给穆少华。穆少华此刻脸色严峻，好像某种不祥的预感已萦绕在他心里，挥之不去。穆少华让润生放心，他学过野外生存，即便干粮耗尽，也能找到吃的。穆少华看上去很焦虑，他的口气更像是在自我安慰。润生看过一部关于特种兵野外生存的纪录片，那些人甚至用老鼠肉充饥。想起这一幕，润生心里一阵恶心。像是为了抹去这个想象，润生又开始思索彭小男拿枪对着他脑袋这事。

然后真的有一支枪抵住了他的后脑勺。这时他们发现自己已被一群士兵包围了。那些士兵在说缅语。他们把他俩的眼睛用黑布蒙起来前，润生看到他们穿着绿色迷彩军服，由于他们个头矮小，军服显得特别肥大。穆少华没做任何反抗。润生觉得穆少华怎么着也应该比画一下再束手就擒的。他虽不指望穆少华像好莱坞电影《第一滴血》里的兰博那样以一当十，但穆少华这样毫无抵抗地乖乖就范还是让他感到隐隐失望。

虽然润生和穆少华被黑布蒙着双眼，不过蒙得并不严实，某些视角还可以观察到一些情况。穆少华认出他们是缅甸政府军，并小声告诉了润生。润生这会儿倒是很镇静，也许是穆少华的紧张让他反而镇静了。一会儿，他们来到一条公路（他们刚才休息的地方离公路其实不远了），公路上停着一辆皮卡车，润生和穆少华被押上这辆车。

皮卡车行进在缅北破败的沿山公路上。透过蒙着双眼的黑布的缝隙，他们看到越往深处开，森林越是茂盛，周围的山峦并不高，连绵不绝。润生记得来到边境时，一路上已感受到植被的肥厚以及灌木的高大。这确实是打游击战的好地方。战场已经在后方，枪炮声再也听不见了。看着眼前的山川，润生感到一种永恒的和平，好像战争从来也没有发生过。

押着他们的军人全副武装，个个头戴钢盔，把钢盔压得很低，军服的左臂上有一个大大的徽章，由缅甸国旗中的黄、蓝、红颜色构成，中间一颗白色的星，整个徽章像一片叶子；军服的右手臂上挂着的徽章应该是部队的番号，红底上面有几个缅文字母，润生认不出来。这些军人脸上没有表情。没人告诉润生他们要去哪儿。润生在恍惚中有一个念头闪过，缅甸军人这么严肃，会不会是把他俩当成间谍了？这个想法让润生傻笑起来，他觉得自己的形象无论如何都同间谍搭不上关系。他和穆少华没做过任何事，虽然他们确实非法越境了，不过这地方连边境在哪里都不知道，缅甸军方应该会理解的，应该会放了他们。

穆少华一声不吭，也很严肃。润生试图和穆少华说话，他刚开口，就被穆少华狠狠踢了一脚。这一脚相当痛，也相当令人疑惑，蒙着双眼的穆少华是怎么知道润生要开口说话的？好久，润生听穆少华嘟囔了一句："我的身份谁问都不得说。"这句话含混不清,仿佛穆少华只不过是叹了口气,但穆少华从蒙着的黑布缝隙投向润生的目光是锐利的,带着不容置疑的权威感。这时候,润生才意识到问题的严重。

　　穆少华是对的。后来发生的事完全超出润生的想象,润生要到那时候才知道皮卡车把他和穆少华带入了万劫不复之地。

十

　　他们双眼上的黑布被揭开时，发现自己正身处某个城镇的一间相对考究的屋子里。这间屋子残留着英式建筑风格，不过经年修葺，变得越来越像缅甸的房子，只是墙边的壁炉、护壁上的英式镶边条，以及巴洛克式的吊灯显示这房子应为英国人所造，是殖民时代的遗物。由此润生判断，这里应该是军队的某个机关或一个指挥所。从窗口望出去，到处都是残垣断壁，表明这里曾有过一次惨烈的战争。润生不能确定是政府军赢了，赶走了果敢人，还是这里原本就是政府军的驻地，果敢人进攻了这里。一个士兵站在屋子里，口中突然说出一句中文："什么也不要交代。"两人听了吓了一跳。那人头朝天，不看他们一眼。润生想，这人应该也是果敢人。原来在缅甸政府军里，也有果敢人，并不是所有的果敢人都是反政府的。现实总是比想象要复杂得多，人世间从来都不是铁板一块。不过也不奇怪，果敢人也是缅甸国民，参加政府军再正常不过。

　　军人们只对穆少华感兴趣。穆少华被带走了。润生独自留在屋子里。他的双肩包进来时在门卫处被收走了。想起刚进入缅甸时，穆少华让他删信息的事，润生这才意识到穆少华的先见之明。润生想，可能不久以后，他们会审讯他，他得想好怎么对付他们。有人进来，窗帘被拉上，房间一下子黑了下来，仿佛又被黑布蒙上了双眼。只是现在的处境比被蒙上双眼时更令他不安。蒙上双眼时他还是可以通过某些角度看得见外面的世界，现在房间里黑暗一片。他没想到这间破旧的屋子，遮光的效果这么好。他们这样做是为什么？是想让他恐惧？让他在没有审问时自行崩溃？润生决定如果他们审问他，他会遵守刚才那果敢人给的警告，什么也不交代，当然更不能说出穆少华退役军人的背景。他隐隐感到穆少华的军旅生涯在此刻不是一种生存保证，反倒是一种负累。凭润生仅有的一点点国际常识，缅甸政府和我国非常友好，照周恩来总理的说法，两国有"胞波"①之谊。但因为果敢人的民族问题，他们自然会怀疑中国军方是不是会以某种方式参与其中。虽然穆少华退役了，但站在缅甸政府军一边思考就没有退役不退役的问题，哪怕自称是民兵，他们也会怀疑你和中国军方有联系。搞政治的普遍相信国际政治表面和内里的不一致，一艘渔船闯入领海，船上的人看上去像普通渔民，但有可能是军方在收集情报。

　　穆少华长久没有回来。润生在黑暗中仿佛进入某个飘移的时空。在几天前，他不会想到自己会出这种事，这事完全在他的人生经验之外。后来，他被投入到缅北的监狱，他开始相信这是他的命运之一，是他应得的惩罚，或者是他一直在寻找的

①　胞波，由缅语音译而来，意为"同胞"。

果。他在刘庄知道真相后，有一度，他觉得自己被打入了地狱，一些可怕的景象老是出现在他脑子里，让他分不清现实和幻觉。

他的身体里有一条黑犬，一有机会就想吞噬他，吞噬他感知现实的能力，甚至感知快乐的能力。他体验过精神坍塌，那感觉就像冰块砌成的墙突然崩裂成碎片，那种密集的碎片以及如碎片一般密集的恐惧会突然压迫过来。不过现在他已经能提前收到身体发出的指令，知道现实感消退前的状况，他需要提前将其控制，否则他会不知道什么是实有，什么是幻想。他想他得吃一颗药了。幸好药一直藏在裤袋里。没有水，他干咽了下去。他感到药在喉咙里滑动，感到药在体内扩散时瞬间的快感，就好像神又住在他的身体里，让他安心，他又可以驾驭他的思想了。

他看到墙上挂着一幅画。他看出来了，那是一位将军的画像。画面的色调是缅甸人喜欢的金色。因此在黑暗中，好像唯有这幅画在发出金子一般的暗光。他的脑子里再次浮现彭小男拿枪对着自己脑袋的情形，彭小男的脸模糊不清，却让他感到惊心动魄。好在药物起了作用，他变得镇静了些。他有些担心那个男孩，他知道那个男孩真的会拿枪进入缅甸。他要对付的应该是政府军或警察，或某个他认为有仇的官员。他有点后悔发现彭小男偷了穆少华的指南针后替彭小男隐瞒了这事。他当时隐约预感到彭小男在偷偷准备着什么，要是他让彭小男把指南针还给穆少华，或许就没有后来偷徕卡 M 换枪这事，他和穆少华也不会踏入缅甸的土地被抓了。如果那个男孩真的拿着那把苏联托卡列夫手枪杀人……他不敢想，他希望男孩不要这么冒险，并且希望政府军早点放走他们，这样也许来得及去阻止那个孩子的行动。

　　有人进入黑屋。他以为是穆少华。不是，是一个缅甸士兵。士兵说的英语很蹩脚，润生好一会儿才听明白对方在说英语。润生被带到一间审讯室。他才知道他刚才所准备的答词一点用也没有。审讯他的军人肩上有一杠一星，润生猜测此人应是一名少尉。润生刚坐下，一只大灯开启，灯光打在他脸上，他的眼前一片白光，让他睁不开眼睛，好不容易睁开，什么也看不见。他只看到灯光背后有人在晃动。那人开口就问，你是中国哪个部队的？老实交代。润生吃了一惊，这是怎么回事？难道穆少华交代了自己的身份？他这么容易招供吗？润生有点不相信。虽然润生对穆少华了解不算多，关于他曾在特种部队服役也只是听他说说，穆少华也没有凭据给润生看过，不过润生相信穆少华是不会这么轻易交代的。润生不响。那个人来到润生跟前，抓住润生的右手仔细观察。润生有一双修长的手，上面绽露的青筋让他的手看上去有些神经质，很多人说这只手用来弹钢琴更合适。可这只手长年握笔，画各种各样的建筑草图，他来一贝小学讲课前还完成了一套动画短片（为制作这套动画短片，他去朋友的动漫工作室学习了两个月，当时朋友正在制做后来轰动一时的动漫电影《麦兜·我和我妈妈》）。他的食指和中指之间因握笔过久，都起了茧。那少尉摸了一下老茧，问，经常握枪？润生这辈子没握过枪。润生这么回答了。少尉问，为什么来缅甸？润生如实回答，说自己是难民营志愿者，误入了缅甸地界迷路了，他们也辨不清国界。少尉明显不相信。灯一直打在润生的脸上。虽然是冬天，但白天室内相当闷热，特别是大灯散发的热量，令润生的脸一会儿就冒出汗来。这汗看上去形迹可疑，好像是因为撒谎和惊恐才使他汗流浃背的。那人隐在暗处在观察他。润生在想是不是要讲出自己真正的身份，转眼一想，在这个地方，他们大约只会认为所谓的建筑师就是造房子的吧，和一位木匠差不多，如果他说自己得过国际奖项，他们或许还会笑话他。一位木匠怎么可能得国际奖项呢，是榫卯结构做得好吗？

半夜时分，缅甸士兵把润生送回那间黑屋子。屋里没开灯，润生什么也看不见。等他们走后，穆少华摸到润生身边。润生吓了一跳，这才知道穆少华回来了。润生和穆少华交流了一下审讯情况。穆少华被审讯的阵势和润生所遇差不多，也是一盏大灯直射。穆少华讲了自己这二十几个小时的遭遇。开始还好，后来来了一个军官，非常懂得审讯的技巧。他戴着类似美式的皮军帽，肩上佩一杠三星，表明他是个上校。军帽上有一颗金色徽章，徽章的外围由金色的叶子和稻穗包围，上端一颗五角星，中间红色背景映衬着一只像是正在鸣叫的雄鸡，其嘴上叼着一件长条形器物（穆少华辨认不出那是什么东西）。军官说他去过中国，听说穆少华是北京人，就问北京在哪个省？穆少华说，北京是直辖市。穆少华说这是在试探他究竟是不是中国人。如果是果敢人，也许面对这问题会愣住。他们现在已确定穆少华和润生是中国人。对中国人，他们会显得小心些，毕竟中国和缅甸一直是友好邻邦。但考虑到边境以及历史的复杂性，他们现在对穆少华和润生十分怀疑。以前也有中国人越境来帮果敢人打仗的，这次因为双方冲突特别大，并且是由缅甸政府方面发动的，他们对来自中国的人员警觉性更高。那上校只是瞥了穆少华一眼，就知道穆少华是军人。他的手指上留有长期射击枪支的痕迹。穆少华退役才一月，这些痕迹暂时没有退去。"你告诉他们你是军人了吗？"润生问。"没有。"穆少华说，"要是他们知道我是军人，哪怕是个退役军人，我们就走不了啦。""他们不怀疑你？"润生问。"他们应该认定我是个军人。我得想出应付他们的办法。"穆少华说。

润生听了穆少华的话，意识到他们一时半会儿可能回不了中国了。房间里没有床，好在有几张沙发和一张大的板桌，他们各自躺下。穆少华发扬风格让润生睡沙发。夜深人静，室外非常安静，偶尔传来飞机划过天际的声音和零零星星的炮声，不成规模。这些声音越发加深了这个破败小城的安谧气氛，好像废墟本身就代表安谧或人迹罕至。人的想象力和感受容易被格式化，我们想象外星球，脑子里就出现满眼荒芜的死绝场面，令人想起人间的废墟。润生是废墟的审美者，这是一个预示吗？难道他的内心一直知道他的生活最终会成为一片废墟？

关于废墟的观念得自和易蓉的广岛之旅——润生后来是这么认为的。也许在那次之前，润生的思想里早怀着对废墟的热爱。当润生意识到自己这种奇怪的审美时，他已和易蓉结婚很久并在建筑领域声名鹊起。

"穆少华，你一直单身吗？"润生的声音从黑暗中升起来。他睡不着，他不知穆少华是不是睡着了。

"想女人了？"穆少华好久才回话。

润生没想女人，他已经有很久没想女人了，除非在他失控的时候，不过世平一直把他照顾得很好。这种好也给润生带来不安，一方面他感激世平的体恤，另一方面他又为人生被别人掌控而沮丧。

"想女人是件好事，说明我们还有盼头，想办法活着出去吧。"穆少华在安慰润生。润生是因为穆少华的一百周年纪念版徕卡 M 才跟着他一起来的，现在在异国他乡被抓，也许穆少华觉得有些内疚吧。后来，穆少华确实当面表达过这层意思。

"我爱上过好多人，我无法让自己固定爱一个人。"穆少华说。

穆少华可以轻易爱上一个人，然后又像浪荡子一样去追逐下一个。润生的疑问是他在特种部队服役，根本没机会接触女人啊。穆少华笑了，他们那儿有医院，有很多漂亮护士。"我讨女人喜欢。"他说这话时有点恬不知耻。他讲起有一次同时喜欢上两位护士，那两位护士还是闺密。其中一位性格刚烈，差点把他的命根子剪去。黑暗中，穆少华不由自主地抚摸了一下自己的下体。穆少华的描述和润生想象中整齐划一的部队生活相去甚远，润生有些怀疑穆少华的话。或许他在吹牛，他此时需要吹牛壮胆，或者用吹牛填充生命的虚空。

润生在听穆少华诉说自己夸张的情史时老是走神。他想起自己和易蓉，想起对易蓉几乎一见钟情的迷恋。知道真相后，他对易蓉的情感是复杂的，他不得不建立起一种心理规避机制，不再让自己想起易蓉。只有在梦里，在各种奇怪的梦里，他才会见到她。在梦里她的形象也是多变的，像水一样，是流动的，一会儿像天使，一会儿像巫婆。但在异国他乡，在他身陷囹圄的时候，易蓉竟然出现了，就站在他前面，在他伸手可及的地方，在黑暗中对他露出神秘而悲悯的微笑。

想起当年已有隔世之感，那么遥远。那时润生希望为昆剧名伶设计的剧场能有昆曲般悠长的调性。"良辰美景奈何天，赏心乐事谁家院"，润生一度迷恋这种华美到糜烂的音调。这种调性是润生想要赋予未来的剧院的灵魂。因为替名伶设计剧院，润生认识了易蓉，就像上辈子欠着易蓉似的，他还没有来得及深思就爱上了易蓉。易蓉最初却是一副懒洋洋的瞧不上润生的样子。

和易蓉上床倒并不困难。第一次看到易蓉的身体，润生为易蓉的美而战栗。那次易蓉告诉润生，他的身体是偏凉的。润生有些疑惑，以前的女孩从没对他这么评价过。易蓉的身体却相当热烈。大概是被易蓉的美吓着了，那次润生显得仓促而笨拙，事后他只留下这样一个印象，自己仿佛是冰块，在易蓉那儿迅速融化了。后来润生从容多了，但这冰与火的意象反而加深了。"庄润生，你是个冷血动物，我得提防着你。"易蓉说。这话像是抱怨，但在润生听来更像是某种肯定。在这句话里，润生听出自己在易蓉那里不是毫无价值。"提防"在润生的理解里就是当心不要被伤害。润生会伤害易蓉吗？润生不会。易蓉已经彻底地征服了他，他把易蓉当成了神，他由衷崇拜易蓉。他想起一句诗，"永恒的女性，引领我们上升。"他觉得这句诗仿佛为他而写，因为易蓉，他在上升，变成一个纯洁的人，一个愿意让自己和世界变得更好的人。但当他念出这句诗时，易蓉狠狠嘲笑了他一通。易蓉说，我不会一直和你在一起的，你不是我喜欢的类型。不过你像一支冰棍，外表冷，上嘴是甜的。易蓉的话刺痛了润生，润生委屈得流泪了。他发现自己流泪时易蓉脸上露出某种厌恶的表情，润生马上止住泪水。那天离开易蓉后，在回去的路上，他十分难过，他觉得易蓉不该这么对待他，然而他确信自己离不开易蓉了，他为自己涌出的对易蓉饱满的爱而感动。

易蓉说，你的体温和你的心是相反的，你的心很热。我和你是完全不同的两种人。润生并不明白易蓉的意思。那时候润生只想和易蓉一辈子在一起。

他们结婚了。婚后，在家庭生活里，虽然两人不乏亲昵互动，可是不知道为什么，润生常常感到自己并没有完全拥有易蓉，他总觉得易蓉的某个部分不在他身边，而是从他的怀抱里隐逸了。一开始他把这归结为易蓉的理性，易蓉似乎不爱听他的甜言蜜语，或者她根本不相信甜言蜜语这种东西。润生对此有些不安并有小小的挫败感。也许正是这种轻微的挫败感反倒使润生更迷恋易蓉。润生回忆在日本度蜜月时，他和易蓉是体验过灵肉结合的，可是那种感觉回国后便消失了。他一度怀疑那只不过是人在异国而产生的一厢情愿的幻觉。润生当时想，可能婚姻就是这样吧，日常生活总是要消磨掉精神性的东西的。如今回想起来，他所有的感觉都是对的，他确实没有完全拥有过易蓉，甚至都来不及真正了解易蓉。

"你把女朋友送到纽约后没再联系了？"穆少华突然问。大概是润生没有回应他的话，他觉得没趣，于是把话题转到润生这儿。

润生吓了一跳。他不记得说过子珊的事。他想了想，最大的可能是那天他喝醉酒胡说了。润生讨厌自己酒后失言。

"联系过。"润生说，"她告诉我她的生活。她说，她又恋爱了，和一个犹太人。"

"噢，"穆少华说，"那太遗憾了，替你可惜，那是个好姑娘。你可能记不得了，你说起你那女朋友来，哭得那叫个伤心。"

润生感到吃惊。某些时刻他确实会感到对不起子珊，但应该不至于像穆少华说的那么夸张。难道是因为醉酒？不过润生承认，子珊告诉他有新男友的消息时，他的心被刺了一下，一种像是心脏病前兆的硌痛感久久留在身体里。在这之前他和子珊的关系是不平等的，现在子珊终于扳回一局。

十一

穆少华的判断是对的。润生再一次被审问后，他已经清楚，他们遇到的困难比他想象的要复杂，他们可能一时半会儿回不去了。

润生和穆少华被囚的地方，水龙头坏了。在缅甸，大便没有纸，需要用水洗。军官对他们还算客气，他们大号时通常去那个少尉的办公室，那儿有一个上好的厕所，有足够洗屁股的水。润生每次进去都看到自己的包，他的手机就在包里面。前几天，缅甸军官来问手机充电线藏在包的哪个夹层里。润生不清楚他们是不是打开过自己的手机，如果他们打开了，不知他们能不能看得懂汉字。润生有一天突然想起手机里有他和穆少华跟果敢同盟军的合照，如果缅甸军方发现，那可是罪证。他们已经在怀疑穆少华是军人了，如果他们看到润生和穆少华还和果敢同盟军有联系，也许会怀疑他们是中国军方派来指导果敢同盟军的顾问。这件事像一枚不知什么时候会引爆的炸弹，令润生忧心。一次，润生去少尉办公室时，办公室空无一人，他涌出一个念头，也许还来得及把那些照片删除。他这么做了。

在他的人生中，那虽然只有短短一分多钟，在感觉里却是无比漫长，好像耗掉了他长长的一生。他把手机从双肩包里取出来，他不知道手机还有没有电，苹果白色的 logo 亮了起来，他松了一口气。开机后，他迅速把相册上所有信息删除。在删照片时，他没动那个家庭相册，留下了易蓉和孩子们的照片。他几乎是一气呵成，然后关机，把手机放回原处。

　　一天，他们拿着润生的手机审问润生，问他是不是心里有鬼，为何删除手机里的照片。当他们展示打印好的穆少华、润生和果敢同盟军的合照时，润生才知道自己弄巧成拙了。在他们给润生看的照片里，还有一张照片是润生和穆少华为了绕过边境武警而偷偷过河的照片。那是润生第一次见识所谓特种兵的野外生存技能，才用手机拍下来的。润生意识到他们早已看过他手机里所有的照片，他们应该已经确定此前的判断，这两个人中至少有一个是中国军人。两个审问他的士兵被长官招呼出去了。润生的手机搁在桌上。润生此时已意识到事态严重，也许他永远回不了国了。他几乎是本能地扑向自己的手机，像一个见到食物的饿鬼。很好，他的手机有信号，并且是中国移动的信号，他猜想此地离国境应该不远。他迅速给世平发了一条短信：

　　　　我家工作台上有一本画稿，你快递给子珊，地址在我办公室通讯录上。

　　润生正犹豫着要不要接着告诉世平自己在危险中，这时，刚才审问他的那两个士兵回来了。润生马上把刚才写的内容发出去，然后迅速删掉这条短信并关机。

世平收到这条短信会是什么反应？他会奇怪润生的行为吗？会奇怪润生和子珊之间还有联系吗？他能不能从这条信息中嗅到某种危险的气息？他会想办法来救自己吗？

对于最后一个疑问，润生摇了摇头，给了自己一个否定的答案。这两年来，世平已习惯了他的奇怪行为。特别是经历过那次墨脱失联的惊扰后，世平对联系不上润生应该不再感到过度担忧。

不过润生还是盼望这条不同寻常的短信引起世平的警觉。世平是个聪明的家伙，他或许会有所领悟的。

他们再次上了一辆皮卡车。这一次，他们没被蒙上黑布。他们还给了润生双肩包，不过手机和钱包都不见了。钱包里几乎没什么现金，银行卡倒是有，不过他们应该无法提取卡里的现金。润生想，穆少华大概也是如此。"妈的，他们顺走了我的徕卡。"穆少华说。在皮卡车快要开的时候，那个曾用汉语悄声告诫他们什么都不要说的士兵偷偷塞给润生一沓钱，润生来不及推拒，车就起动了。皮卡车先去了城里的一家商店，给润生和穆少华每人买了一双人字拖以及缅甸人穿的"笼基"，让他们换上。穿上簇新的鞋和笼基，他们感到不适，好像自己的身份就此改变了。皮卡车开出小镇。对如此残破的山地公路来说车子开得相当快，有三个士兵押送他们，荷枪实弹，坐在皮卡车厢靠近驾驶室处。驾驶室除了驾驶员还有一位军官。五个人送他们两个，令人产生一种戒备森严的感觉。一会儿车慢了下来，润生看到前面是一个向下延伸的山坡，路好像断了。穆少华突然紧张起来，他紧紧攥住润生的手，几乎带着哭腔说："他们为什么要停下来？他们是不是打算在这儿毙了我们，然后把我们的尸体扔到山谷里？他们给我们买新衣服是不是为了让我们死得体面一些？"穆少华的反应令润生惊讶，这完全在润生的想象之外，在润生的观念里，一个特种兵不应该如此失态啊。润生倒是镇定的。那三个士兵被穆少华突然的高叫声惊扰，其中一个端起手中的步枪，咔嚓一声上了膛，瞄准穆少华。

汽车没停下来，只不过需要转一个几乎 270 度的弯。转弯后，汽车开足马力又飞驰起来。穆少华长长地嘘了一口气，脸上呈现一种窘迫的神情，刚才的失态无论如何是一件丢脸的事。润生想，大概只要是血肉之躯，都会怕死的，谁都不是钢铁战士。

不知绕了多少森林密布的山路，傍晚时分他们到达目的地。汽车停在一堵高墙前，两扇铁门正对着他们，润生抬头看到高墙上面安装着带箭头的钢条和带刺的铁丝笼，在高墙的间隙处还设有岗哨。润生听到穆少华嘀咕了一句：

"是监狱。"

穆少华显然不甘心，开始用他在特种部队学来的蹩脚的英语和那个军官交涉。

"为什么把我们送到这儿？有法律文件吗？我们得关多久？"穆少华脸上露出狰狞的表情，好像他认定只要踏入这座建筑就永远没有出来的日子。

那军官没有说话，他示意两个士兵把润生和穆少华铐起来，以此杀杀穆少华虚弱的气焰。大门打开了，出来三个狱警。军官和其中一个狱警低语了几句，然后军官拿出文件，让狱警签了字，还递给狱警一包东西（后来润生才知道缅甸人还是守规矩的，他们的手机和徕卡相机就在那包东西里面）。那些军人跳上车扬长而去。车轮扬起满天的尘埃，遮蔽了远去的汽车，好像那汽车是一只海洋中的乌贼，喷了一团墨水，然后逃走了。他们的离去让润生心情沉重，好像他们真的就此与世界彻底隔绝了，他们从此将过上暗无天日的日子。

三个狱警带他们穿过那巨大的铁门。

他们在监狱的农场穿行，他们看到里面的囚犯都穿着蓝色的囚服，不过下装也是裙子一般的笼基。虽然是冬天，一些囚犯们上身却穿着背心，也许劳作可以让他们的身体保持热量。重型犯戴着镣铐干活，后来润生了解到这些人大都有命案。润生和穆少华被送到其中的一个小院。这里有两排监室，里面关押的都是年纪比较大的犯人，每个小间只有五六平方米，正常的话要关七八个人。其中的一间监室空着，润生和穆少华暂时可以两人住一室。也许狱方认为他们身份特殊，对他们存有某种程度上的优待。他们已办完了交接手续，手铐在办手续时已解开了，也各自得到了一套同里面犯人一样的囚服，笼基以及背心。到了吃饭的时间，干活的犯人都回来了，他们冷漠地对待润生和穆少华这两位新人。接着送饭的来了，他两只手各提着一只塑料桶，其中一只装米饭，另一只装咖喱豆。润生看了看米饭，颗粒十分粗糙，其中夹杂着一些小小的黑点，不知是老鼠屎还是石子。那所谓的咖喱豆糊糊的一片，应该是老黄豆烧煳了后再加上咖喱做成，这土黄色容易让人想起粪便。润生怎么也吃不下去，这时候，他竟听到一个人说中国话：

"出门在外，保命要紧，赶紧吃吧。"

润生抬头看那人。那人显得有些苍老，门牙掉了一颗，看上去50多岁的样子。那人没有看他，脸上一副轻慢的表情，像一只老鸟对待雏儿一样不屑。后来润生了解到此人的身世，他是河南人，监狱里的人都叫他老任，是个毒贩。他做过十几次毒品走私，过关时都藏在别人的行李里，所以没被中国边警抓住。他是在缅甸被抓的，被抓时身上有三公斤海洛因。本来要枪毙的，但缅甸的法律很宽松，也不太讲规则，后来他托人找到国内的家人，花了二十万人民币打点才保了命，在判决书上被定为贩卖三克海洛因，才免于死罪。至于要关几年，缅甸方面没给他一个说法。润生想到他们也不给他和穆少华一个说法，心里越发沉重。

老任的话非常管用，润生强迫自己，忍住恶心，把饭和咖喱豆都吃下去了。

在决定要进入缅北前，润生在网上找了一些视频来了解关于缅北的一切。他看过一部关于缅北监狱的纪录片，在那部纪录片里，缅北监狱是一个混乱之所，简直像人间地狱，充满了无序的权力和狂乱的暴力。从前润生工作之余喜欢看一些关于人口贩卖、黑死病与巫蛊恐慌等内容的动画片，大都是和一铭一起看的。看缅北监狱纪录片时，润生自然而然地想起动画片上的恐怖场景。润生在监狱待了几天后发现这里和纪录片所描述的完全不同，这所监狱管理非常宽松并且秩序井然。犯人们每天有劳动时间，就在监舍附近种菜，过有规律的生活。劳动的时候禁止闲聊。如果有钱的话，犯人们甚至可以让看守替他们在外面采购各种物品。但是润生和穆少华没有钱。那个果敢人塞给润生的四万元缅币，在换上笼基时，润生差点遗忘在脱下的裤子里。还是穆少华提醒，润生才从裤袋里取回了钱，藏在笼基的腰带里。厚厚的一叠钱，一打听才值200元人民币。

润生和穆少华所住的监室里有一盏二十四小时不熄灭的日光灯。缅甸气候潮湿，灯光吸引了无数的爬虫和飞蛾往监室里冲，爬到他们身上。蚊子特别多，又毒又大，咬得他们全身发痒。最初的一个星期，润生根本睡不着，他环顾四周，墙上留着先前住在这里的囚犯画的各种各样的涂鸦：有太极八卦；有英文至理名言，其中一句很励志，来自《肖申克的救赎》，"希望是美好的，也许是人间至善"；也有一些涂鸦是色情的，无非是男女生殖器之类。最醒目的是拍在墙上的蚊子血，其中鲜红的是润生和穆少华最近才留下的，像一朵一朵绽开的梅花。有一天晚上，穆少华对润生说："妈的，都是徕卡相机惹的祸，害到你了，大教授。"起先润生以为穆少华是在为起兴去找果敢同盟军要回徕卡相机道歉，后来才弄明白穆少华是在为没有删除相机里的照片道歉。穆少华删除了手机里所有信息，却舍不得删除相机里的"摄影作品"。穆少华说："他们已确定我和你是军人，但他们不想审判我们，因为太敏感，怕影响中缅关系。"润生倒没有自大到把自己的境遇同中缅关系相联系。他松了一口气，他一直以为是自己手机上的照片出卖了穆少华，从而招致牢狱之灾，因而对穆少华或多或少怀有愧疚。原来是穆少华的徕卡相机出卖了他自己。

润生把目光停留在墙上的"hope"这个单词上。他正面临一个棘手的问题，这次进入缅北他没多带药，随身带的药物快用完了，他担心停药后体内的黑犬会跑出来干扰他的心智，令他失控。进监狱时，他很怕药物被没收，幸好监狱的管理比较松懈。

他没同穆少华讲过自己服药一事。他思考着是不是要同穆少华说一下，这样在他失控时穆少华可以制服他或保护他。

每天有两次一共四个小时的放风时间，一次是在早上，一次是在傍晚，各个监舍的人都会来到监狱中间的草坪上，这让润生有机会认识关押在这里的犯人。他和老任的交流更多一些。老任问了润生和穆少华的情况，内行地说："如果他们认为你们介入到反政府武装中，恐怕会判三十年。"

一星期后，润生对这所监狱有了更深入的了解。这里关押的大都是毒贩，有的本身也吸毒；甚至有妇女毒贩子，有的还带着孩子，连孩子也染上了毒瘾。有些人手上有缅币，他们能够通过狱警弄到海洛因，使他们不至于毒瘾发作。另外一个惊人的消息是这所监狱里有很多人患有艾滋病，问题是你又没法知道究竟是谁，没法提防。穆少华建议润生每天健身。穆少华开始想教润生他从特种部队习得的格斗术，但这里是监狱，这样做可能让狱警怀疑他们的动机，只好改作跑步以及适合于局促场所锻炼的活动，比如做俯卧撑之类。

偶尔润生会想起彭小男。他现在出不去了，他无法阻止彭小男实施他的报复计划，只希望彭小男最终没有行动，依旧待在边境的难民营里。如果润生能出去，他会去看彭小男，或者就像那个台湾女人在传的，润生会收养这个孤儿。至少他现在是这么想的。

牢饭太差了。一段日子下来，润生开始想念食物，各种各样的食物。润生对植物有研究，但并不热衷于美食，他当然吃过各种山珍海味，不过他从来不记菜单，吃过就忘了，他连鱼和虾的具体品种都分不太清楚。在饥饿之中，他无比想念曾经吃过的各种食物。牢里的人大都没啥钱，有些人采购了一些方便面和饼干，有人采购牛奶加强营养，有人偶尔会买来一瓶土烤酒和卤肉。他们采购来的商品除了酒和肉，基本上都是中国生产的。一次有人竟采购了速溶咖啡来喝（有如此雅好的人在监狱里实属罕见），也是中国生产的。那一次，咖啡的香味在破败的监舍里窜来窜去，令润生横生口水，他才理解"馋"这个字的真正含义。当时他脑子里的念头是，如果他能出去，一定要买无数的咖啡，不停地喝不停地喝；他想象自己有一个水库一样的肚子，可以吞噬世上所有的咖啡。那个喝咖啡的人好像是在有意炫耀或诱惑他们似的，在喝完咖啡后，伸出舌头，捧着那只搪瓷碗舔。润生从口袋里拿出四万缅币，问穆少华能买到什么。穆少华说，多少能买一点。他们当即决定把这钱用完，饱食一顿。他们除了买想念已久的卤肉，也买了咖啡。他们喝咖啡的方法比那个人还贪婪，他们只用半包咖啡粉，却泡了满满的一杯，另半包放到第二天才喝，他们连沾在包装袋上的咖啡粉也舔得一干二净。

润生幻想缅甸军方能够审问或审判他。如果他们再次审问或审判他，他会说出自己建筑师的身份，一位得过国际建筑奖的建筑师的身份。缅甸人懂英文，他们应该马上能通过谷歌查到相关新闻。那样他们也许就会放了他。可是缅甸军方似乎把润生和穆少华遗忘了，没人想起来提审或审判他们。有一次，润生找到一位看守，用英文告诉那人自己是谁。那人毫无反应。在缅甸，不是每一个低下阶层的人都能听懂或说英语的。有时候他会想到世平，他想世平一定给他打过电话，打不通的话也许会想办法找到他。但他明白由于种种原因，这不会成为一个必然发生的结果。他放弃了指望。希望会让人更加痛苦。

药终于吃完了。也许是饥饿分散了他的注意力，也许是因为每天跟着穆少华健身，他竟然没有完全失控。情绪是受影响的，他对黑暗的感知力在加强，黑暗正在像潮水一样扑向他，试图把他淹没，他不时会有窒息感，不得不大口大口地喘气。

到了三月，热带的气温陡然升高。他们在阳光下开始种植甘蔗。润生听说缅甸的甘蔗又大又粗，他想着甘蔗，仿佛有一股甘甜的汁水进入口腔。监狱单调的牢饭已令润生对食物充满想象，满脑子都是可以吃的东西，即便叫不出那些食物的名字，它们在脑子里却会活灵活现地呈现。他叫不出石斑鱼的名字，但如果给他一支笔和一张纸，他可以把鱼栩栩如生地画出来。甘蔗的种子和松子的形状差不多，润生第一次接触到它。他看到穆少华抓了一把塞在笼基里，穆少华示意润生也顺一点。润生看了看高墙上警察的哨所，有人站在望远镜后观察劳作的犯人。润生不敢贸然行动。

润生看到有摄像机正在拍他们劳作的画面。他看到摄像机边上的标识，是英国广播公司（BBC）的一个摄制组，正在拍摄《探索与发现》节目。这个节目润生以前经常看，内容包罗万象，既有关于宇宙天体的，也有关于人文历史的，还有一些反映当今社会现实的。润生此刻对摄制组一点兴趣也没有。

炽烈的阳光照进了润生的身体里，润生感到自己的肚子在燃烧。一方面，他的思想正进入无比的黑暗，另一方面他又感到自己在燃烧。好像火焰是黑暗中突然绽放的，因而分外耀眼。在飞来寺静修的时候，他阅读过《瑜伽师地论》《法华经玄赞》等佛经，其中有关于地狱的描述。此刻也许是因为身体燃烧般的感觉，他想到了根本地狱，那是一个由酷刑构成的世界。在静修的时候，他遵照佛经的描述绘制过关于地狱的画，根本地狱、近边地狱、孤独地狱，他分别画过长卷。他当时觉得自己正在地狱中，绘画只是把身处地狱的感受表达出来。他仔细描绘了根本地狱的一个场景：那儿都是火，每一个地狱小鬼都是燃烧的火人，他们手中的刀、铁锤、油钵、铁索、鞭子等都燃烧着熊熊之火，巨大的乌鸦和黑狗或在天空飞舞或到处窜来窜去，口中都喷着火焰，有一根巨大的燃烧着的钢柱，一个被小鬼捉拿而来的男人（自我的影子）被捆在钢柱之上接受刑罚……他把这种表达当作是自我疗愈的一部分。很多时候是艺术拯救了艺术家，艺术家通过艺术创作，把心中的块垒清除掉。

穆少华看到润生脸色苍白，问他出了什么问题。润生犹豫要不要告诉他，最后决定不告诉他关于药物的事。润生想自己来承担地狱之火。

停药一个星期后，他没失控。他想他终于撑过来了。是因为自己的注意力专注于"馋"吗？还是因为健身？人们说健身会让身体分泌出多巴胺，这种物质会激发人的生命感觉。这让他获得意外的喜悦。他想，如果他从此变得更好，哪怕遭受这地狱般的罪，也是值得的。也许这是命运的安排，不光在精神上让他下地狱，在肉体上也让他体验一次，从而可以放过他并治愈他。

　　放风的时候，穆少华和老任聊天。老任说起根据缅甸法律，像他这种年纪的人，会提前假释，他可能关十年就可以出狱了。老任真是个缅甸通，好像缅甸的什么事情他都知道。穆少华问老任，出去后还贩毒吗？老任认真想了想，说，不了，不再到缅甸搞海洛因了，不值当。他说，他打算出去后制作冰毒，他已学会了怎么制作冰毒，并知道从哪里搞到原料。穆少华叹了一口气，对润生说，这老贼真是贼心不死。又说，这牢里有会制冰毒的师傅？老任不再理穆少华。老任讥讽道，你不是特种部队的吗？你瞧这儿，管得这么松，你不是一身本事吗？干吗不想办法逃出去？穆少华似乎被说动心了，他皱着眉，看了看监狱四周的高墙以及高墙上的铁丝笼，还有那些俯瞰整个监狱的高墙上的岗哨。这会儿，有一个岗哨拿着一支枪，正瞄准这边。穆少华知道那岗哨或许是无聊了，只是在做瞄准这个动作玩而已。穆少华刚当兵时喜欢这么干，喜欢把目标锁定在十字星中，这样很有成就感。穆少华对老任说，也许有一天我在这监狱消失了，像鸟儿一样飞走了，那时候你可得晚点报告狱警。老任脸上露出不以为然的神色。

十二

到了四月，天气越来越炎热了，根本没法在屋子里待下去。但是放风时间一过，他们就又被关回小监舍里。

两个人睡不着，就闲聊起来。头上那只二十四小时都亮着的灯发着昏暗的光，有一群飞蛾在灯上打转。爬虫倒是少了不少。穆少华想了个办法，他在给甘蔗施农药时偷了一点农药，涂在门边和墙上，这样爬虫就不敢再进来了。有一天晚上，穆少华突然说：

"我曾想过把你掐死。"

润生吓了一跳。

"想知道为什么吗？"穆少华停了一下，继续说，"上次我说的关于徕卡相机上照片的事，是骗你的，照片我都删了。他们是看到你手机上的照片才怀疑我们的身份。你没听我的话把照片都删掉，他们给我看了你手机上的照片，问我是不是军人。我当时真是气极了，恨不得杀死你。"

润生的心沉了一下，问："你承认了？"

穆少华说："我怎么会承认！但他们不是傻子，认定我是个军人。他们看到了我们和果敢同盟军在一起的照片，不把我们送到这里来才怪。"

润生不知道怎么回话，后来轻轻说了声对不起。

穆少华挥了挥手，表示算了。他说："看你也是一介书生，舍不得删掉你孩子和老婆的照片也是正常的，你也不是特意害我，同意让你跟着到缅甸来也是我的错，说起来还是我让你受累了。你是个好人，如果我们能出去的话，你得好好生活，没必要这样折磨自己。"

润生听了有点感动，穆少华总归是个善良的人，否则也不会来边境的难民营做志愿者了。

"我本来要升职的，但他们让我退伍了，他们把我分配到街道办做主任。我不想干，我怎么能干这么婆婆妈妈的事。虽然我做志愿者干的事也差不多，但感觉完全不同，知道吗？我前途迷茫的时候在电视上看到这边的难民营，我就赶来了。我到难民营不是因为善念，我就想看看战争。不过那段日子确实是很快乐，我感到自己有用，别人那么需要我，感到活着他妈有意义。"

润生说："我也是，那段日子特别充实。有一件事我没告诉你，彭小男拿你的相机换了一支苏联托卡列夫手枪，我担心他出什么事。"

"那孩子不是个善茬。"穆少华倒一点也不担心。

4月18日晚上，狱方突然召集囚犯看电视。润生所在的两排监舍的囚犯被安排在平日放风的草坪上观看。原来电视将要直播远在中国的一场国际会议。因为缅甸是东盟成员国，政府首脑参加了盛会，因此缅甸国家电视台将直播这次会议。润生这才记起来这场在杭州召开的他曾参与筹备的会议。

电视画面上出现他熟悉的城市夜景。航拍的镜头把钱塘江两岸拍得美妙绝伦。高耸于江边的高楼展示着灯光秀：一幅幅古雅的西湖美景在一幢幢高楼的玻璃幕墙上展现，音乐是江南丝竹，融合了现代的配器，既宁静沉着，又气度雍容。镜头俯瞰着钱塘江南岸的莲花碗体育场，莲花碗体育场的莲花瓣发着幽蓝的光。在莲花瓣内，中国的国家领导人正在依次接见来访的亚太地区领导人，过一会儿，他们将去西湖看一个实景演出，是由张艺谋团队打造的《最忆是杭州》大型歌舞晚会。润生是外围的专家委员会成员，因此参加过两次与此演出相关的筹备会。

在西湖的演出相当精彩。湖面的芭蕾带着东方特有的神秘感，西湖的山水在灯光的点缀下更具人间天堂气质。润生专注地看着演出，他离开杭州已经 71 天了，在感觉里他好像离开了一个世纪，好像在杭州曾有过的生活就是他的前世。他熟悉那儿的一草一木，西湖边的每一处风景。他记得湖边的风，风里带着莲花或桂花的香气，记得孤山边上的天鹅以及山上的梅花。一切历历在目，但在感觉里却像天堂那样遥远。他不免有点伤感，那个欢乐的盛会在他的感觉里像是对他前世的一次凭吊。也许他此生再无缘踏入那块土地。

中国的节目让囚犯们高兴。但盛会终是要结束的。演出结束，西湖上空布满了烟花，声音在润生耳边消失，那无声而落寞的烟花好像在隐喻他的人生，他终将归于毁灭。

烟花湮灭许久，囚犯们不肯散去。狱警也没有关掉电视机。他们或许也想延续这个美好的夜晚。

电视上播放起新闻。润生看到第二则新闻时惊呆了，他看到一个少年拿着一把苏联托卡列夫手枪对准一个军官的脑袋开了一枪，军官的脑浆四射，接着少年向周围的士兵开枪，直到子弹打完。然后少年也中弹了，子弹击中他的颊部，瞬间炸裂，露出白白的骨头。润生认出他就是彭小男。这一幕把刚才盛大辉煌的印象彻底击溃了。穆少华正坐在他身边，润生紧张地抓住穆少华的手。穆少华也认出刚才新闻里的那个少年。润生说出的第一句话是：

"我在太平间见到我儿子时，他脸颊上都是白骨。"

那天晚上穆少华感到润生不对头。润生不停地转动脖子，好像脖子上有一个异物把他卡住了。晚上睡觉的时候，穆少华看到润生一直在傻笑。穆少华问润生在笑什么。润生说，他正在驾驶一艘飞船，飞回中国。

"飞船？哪里来的飞船？"穆少华问。

"你没感觉到吗？这座监狱飞起来了。你知道为什么吗？是我让它飞起来的。我正驾驶着它。"润生说。他的脸上有一种异样的兴奋。

穆少华想润生可能是看到彭小男那一幕受到了刺激，睡一觉就会好的。他转了个身，不再理睬润生，独自睡去。虽然这儿条件简陋，还不如一个牛棚宽敞，奇怪的是穆少华的睡眠却特别好。

火是半夜着起来的，是从润生他们的监舍开始燃起来的。

润生有一把打火机，是他上次用那四万缅币买食物时顺便买来的。他们在晚上可以捉到飞蛾，用打火机把飞蛾烤熟了吃，味道竟然十分鲜美。润生用这把打火机点燃了窗帘，火势迅速蹿到这座不规范的监舍的木头屋顶。

监舍的火势很快被高墙上的哨兵发现了。一辆像拖拉机一样的灭火车开到这里。还好火很快就扑灭了。穆少华一直在摇着监舍的铁门，他已经绝望地认为他们将死于这场人为的火灾。如果真的要死，穆少华打算在死前把润生先掐死。这个疯子，竟干出这种事。

门打开了，穆少华和润生得救了。狱警们把挂着一脸神秘笑容的润生抓了起来，决定把他送进禁闭室，关上半个月。

禁闭室只有两平方，刚能容下一个人的身体。里面黑暗一片，只有头顶有一个破损的孔射进一束光线。润生什么也不想看，闭眼躺在禁闭室里，脑子里是一铭那张露着白骨的脸。

有一阵子，他和易蓉出了问题。他不清楚为什么易蓉生下一贝后变成了性冷淡。易蓉以前不是这样的，他们的身体一直很合得来。易蓉长时间拒绝和他上床让他感到奇怪。他喜欢易蓉的身体，他被欲望折磨，想要得到易蓉。其间，润生创造机会向易蓉求欢，都被易蓉拒绝了。夫妻之间的性变得如此困难令润生沮丧和恼火。有一天，润生几乎是强暴了易蓉。他感到易蓉在他的身下挣扎，她在拼命地推他，打他，踢他。他听到易蓉的喊声，他听到易蓉在说："你同他们一样，就是禽兽。"他根本就不顾，进入了易蓉，并迅速地结束。易蓉离开人世后，润生从未想起过这一幕，这事几乎被他遗忘了，好像从未发生过。

　　他那天从易蓉的房间出来，一铭正站在门口。润生这才知道一铭在家里。一铭严肃地质问润生，你打妈妈了？当时润生正处于发泄后的沮丧和空虚之中，他没看一铭一眼，没想到一铭追上来在他手腕上咬了一口。

　　他蜷缩在禁闭室，脑子里黑暗弥漫。他感到黑暗在侵蚀他的身体，让他的身体越来越小。禁闭室非常热，但他感到寒冷。他感到现在他成了黑暗本身，脑子里没有任何东西。他不知道自己是不是睡着了。一会儿，他看到在黑暗中，在脑子的深处，出现一个亮点，像漆黑的天空打开了一扇窗，光芒从窗那边投来。他听到脚步声，然后出现一个人影。他慢慢认出那人是子珊。子珊的头上带着一片光晕，像一尊佛像。

第三部

一

虽然过了春节，纽约依旧刺骨寒冷。子珊从西 42 街租住的公寓楼出来，看到纽约的天空灰蒙蒙的。纽约的楼太高了，天空被割成一长条一长条的，令人感到像行走在某个深沟或迷宫之中。今天北美作家协会在侨报大楼有一个小聚会，欢迎一位来自中国的作家，听说他是以 EB1 签证到美国的。子珊之前并没有听说过这位作家，据说是苏州人，因为地理上的亲切感，子珊虽然不是作家，也欣然前往。

纽约侨报大楼在东 40 街，与子珊的住处相距不远，子珊决定步行过去。街上积着厚厚的雪，街边的植物光秃秃的，没有生机。不过，沿途还是能看出中国新年留下的喜庆的残痕。2015 年中国农历新年，中华人民共和国文化部和中央美术学院在纽约搞了一系列中国文化活动，帝国大厦照例点亮了中国红灯光，林肯艺术中心和纽约博物馆也都举办了具有中国气派的综合艺术活动，哈德逊河两岸的烟花也是今年活动的一部分。子珊所住的公寓在 28 层，当天晚上她看到河两岸升腾而起的烟花，看到不远处 84 号码头点起了中国灯笼，两年来第一次有一种过年的感觉。

两年一转眼就过去了。初到纽约的日子，子珊情绪坏到极点。事实很清楚，易蓉出事同她有关，在世俗的眼里是她以不光彩的身份插足到润生的生活中，她逃不了罪责。她记得他们最后一次谈话，他们面对面坐着，她感到而不是看到他那精疲力竭的决绝。正是这种决绝的态度深深伤害了她。她理解润生的不幸，润生的不幸就是她的不幸，她愿意以自己的温存之心安慰他。他却不领情。她已不止一次感到他的冷漠，在她与他的关系里，他牢牢控制着主导权，而她却像一个招之即来挥之即去的应召女郎。她爱他，他却总是辜负她的爱。也许到了地球的这一边，距离可以让她忘掉他，疗愈她的伤痛。

她是以投资移民的方式获得签证的，是润生亲自替她办好的。这一次润生没托甘世平，他应该不想让甘世平知道他和她的关系。润生的一个朋友在纽约开发房地产项目，只要投入适当的资金，就会获得办理投资移民的机会。事实上，这位朋友的本业是律师，主要是做投资移民生意，投资房地产只是为生意服务。他精通美国法律，能以最快的速度获取签证。润生是以子珊的名义投资了该纽约房产项目。子珊到美国后，并没有找这位律师。她那时候不想同润生的朋友有任何交集。她明白她和润生是不合世俗常理的，而润生又是个如此爱惜自己羽毛的人。

开始她住在宾馆里。但她不可能一直住宾馆，需要租一间可以容身的公寓。润生给了她一笔钱，她不打算动它。这些年她也有点积蓄，她想靠自己在纽约这个大都会生存下来。公寓不容易租到，她刚到纽约，没有什么可做信用担保，房东对她保持美国人特有的那种警觉。中介告诉她，她看中的几处公寓，房东都不愿意租给她。她感到沮丧极了，难道还是要打电话去求助润生吗？后来她看中了曼哈顿西42街的那幢公寓，她同中介说，我要亲自见见房东。

事实再次证明见面是有力量的。房东是位中年白人男子，当他见到子珊时，当即答应租给她。男人夸张地说，像你这么高贵的一位小姐，我没有理由不租给你。男人特别交代了房内的设施，并一一做了记录，希望子珊有一天搬走时，这些设施都完好无损。他扬了扬手上的本子，表示一切都是有所本的。子珊当时心里想，资本主义男人心口不一，处处计较。

到纽约的两个月后，子珊终于从酒店搬进这间公寓。那时候，她还没有从伤痛中缓过劲来，脑子整日晕晕乎乎的，一个人突然到了异国他乡，简直像梦游一般。她住在哈德逊河边，但很少关心那条宽阔的河以及河面上的船只。对她来说纽约的一切皆是幻影。

她想改变自己的心境。在纽约安顿下来后，她去的第一个地方是时代广场。沿着西45街一直向东走就可以走到时代广场。她惊讶于如此大名鼎鼎的"广场"竟然是如此狭小的一个三角地带，高楼俯瞰着这片三角地带，玻璃幕墙上安装着巨大的广告屏，几乎被中国元素所占据，连时代广场上的游客也大都是中国人。这几年中国游客满世界跑，购物欲之旺盛令全世界惊叹；中国游客购物的风格简直就像扫街，所到之处，柜上的商品可谓"片甲不留"。时代广场的大屏上是优雅的中国，长城、中国结、中国画一样的江南山水、粽子、美女，看到这些熟悉的事物，对一个身处异国的年轻女性来说，带来的不是喜庆，而是无限的落寞。

后来她想，她可能需要肉体的痛楚来缓解心里的痛。有一天，公寓的电梯坏了，子珊等了半天电梯不见动静，就想从楼道走下去。也许是恍惚，她一脚踩空，滑倒了，身子重重摔在楼梯上，她感到自己的腰部以下失去了知觉。她担心自己的脊椎是不是被撞断了。她没有一点力气，躺在那儿不敢动。她开始担忧，一个人在异国他乡，在纽约这个无亲无故的地方，要是真的下肢瘫痪，她将如何应对？这个想象令她万念俱灰，直到有一个老妇人的声音在她耳边响起：

"姑娘，你没事吧？"

她睁开眼，同时试图动了一下自己的脚。她发现自己的脑子还是能指挥得动脚，应该没事。不过身体非常疼痛。她试图对那个陌生的白人老妇人微笑。她想她的微笑一定非常凄惨。

后来子珊才知道这个白人老妇人就住在她对面。也许是因为她来到纽约后一直处在梦游状态中，她不知自己还有这么一个邻居。老妇人说：

"你能站起来吗？"

子珊点点头。她觉得自己应该没问题，但还是困难的，白人老太太帮助了她。子珊没想到这个瘦弱的老太太这么有劲。子珊艰难地站立起来，一股刺骨的痛向全身传导。老太太建议去她的屋里坐会儿，观察一下，看看需不需要就医。子珊点点头。我注意你好久了，你一个美人儿，独自在纽约，独来独往，想必有伤心事。老太太说。

老太太身材瘦小，背有点佝偻了，一头银发，脸上倒是光洁的，只是眼角以及嘴角有一些皱纹，她目光和善，但极幽深，幽深到望不见底，好像里面什么也没有，令子珊无端想起猫的眼睛。老太太观察子珊的目光是冷静的，同时也是关心的。老太太倒了一杯冷水给子珊喝。

后来，子珊和老太太成了朋友。子珊慢慢了解到老太太的经历。老太太随夫姓，叫梅修尔，79 岁了，是一位犹太人，丈夫也是犹太人，不过三年前亡故了。梅修尔女士出生于 1936 年的波兰集中营，战后随父母来到了美国。"你没有孩子吗?"有次子珊问。"有，我都有孙子了。不过我忙得很，我只有在我想他们的时候或节日里才和家人们见面。"梅修尔微笑着说。子珊了解了老太太后，对老太太非常敬佩。老太太都 79 岁了，还在附近的哥伦比亚大学学习语言，她已掌握了六种语言，现在正在学波斯语，居然还是注册学生。"一种古老的语言。"老太太说，"有幸认识了你，子珊，我也许会学习汉语。"老太太的疯狂劲儿感染了子珊，她们后来成了很好的朋友。老太太有惊人的洞察力，她不打听子珊何以独自来到纽约。她阅尽世事，智慧而敏感，总是无意中说出一些"金玉良言"，令子珊有豁然开朗之感。

那天子珊并无大碍，只是走路时尾骨有刺痛感。她回出租屋后，躺了两天。其间梅修尔女士来看望过几次，还带来了鲜花。梅修尔女士严肃地说，你真的比鲜花还美。还说，我喜欢你的黑发，你知道我们犹太人都是黑发，我年轻时的头发和你的一样美。子珊说，你现在也很美。梅修尔女士说，你哄我老太太开心。

身体的痛似乎缓解了子珊原本失落的情绪。她变得可以慢慢和这个陌生的世界交流了。最初是梅修尔女士，后来她陆续认识了纽约城的华人。当然，彻底治愈伤痛用了相当长的时间。

北美作家协会和侨报同国内联系密切，他们经常接待来纽约的国内各界人士，一般来说都是各个领域的专家级人物，有些还相当知名。子珊有一种滑稽感，她在纽约见名人的频率远比国内高。

据说东 40 街这幢大楼的产权是属于侨报的，北美作家协会设在这幢楼里。活动是在北美作协的会议室举办，因为是文学界的活动，来的大都是和文学相关的人士，子珊在其中是一个异类。作协的一位女士说，你来吧，你一来这里的中年大叔就会活跃起来。很奇怪，在纽约她经常听到这种赞美，不像在国内，人们开口美女，闭口美女，任何女人都是美女，"美女"成了一个只关乎性别的词。在纽约，子珊感到关于她的"美"是及物的，可以落到实处的。开始她有些不适应，不过慢慢觉得虽然大家都是华人，但毕竟在美国嘛，赞美人是一种社交方式，完全可以将其视为一种礼貌，这样一想也就"顺耳"了。

这是春节后作协及侨报搞的第一场活动，虽过了正月十五，但节日的气氛仿佛还存留在空气中。到会的有十五位华人，大家相见，说着各种吉祥话。子珊最初认识的是一位叫韩于棋的慈祥老人。在侨界的一次聚会上，韩于棋老人从众多人群中认定了子珊，那姿态是一位年长绅士保护年轻女士不受别的男人哪怕是年轻人骚扰的样子。韩于棋老人天上地下无所不知，对纽约也相当了解，纽约的什么事问他，他都了如指掌，如一张活地图。后来，子珊听人说，韩于棋老人早年在国内是个风云人物，是个黑社会要人，年纪大了金盆洗手隐居纽约。说是隐居，他倒是交游甚广，三教九流，无论什么人最后都变成了他的朋友。韩于棋老人虽不是北美作家协会的会员，却是活动的热心人士。就是因为韩于棋老人，子珊参加过作协和侨报的几次活动。这个圈子里的人都喜欢子珊。

在子珊年轻的经验里，对于男女关系，她时有困惑，那些年长者似乎总是对她表现出异乎寻常的热情。在北京读大学期间，一位老教授特别喜欢她，其实她只听过他一次大课，而她刚好坐在最前排，那位教授要了她的电话，后来还约她一起喝茶，再后来还带她去家里见师母。见师母这件事让她松了口气，这之前教授在私下约她，她无论如何是紧张的，也是不安的。老人家看来并没有别的心思。这种事经常在她的生活中出现，自然会引起议论，一些暧昧的八卦经常跟着她。有一次她无意中听到她在同学心里的形象，一个像邓文迪那样的野心勃勃的女人，一心想攀附上流人物，以提升自己的阶层。她听了想笑，自己哪里有这样的雄心，还邓文迪，她连邓文迪一根毛都算不上。她只不过是个平庸的甚至缺乏自信的小女人。她这种对中老年男人的吸引力，在她工作后依然如故。工作后，那些嫉妒她的人说话更刻薄了，说她天生是做小三的，是个小三的命。其实她喜欢有孩子气的男人，一个男人刹那间的腼腆会令她瞬间产生好感。和她有深刻关系的男人都有这种气质。润生是。舍尔曼也是。那句关于"小三"的话，像一个魔咒，她最后真的成了润生的"小三"。虽然在她的认知和感受里，她和润生的关系要复杂得多，无论如何她不能接受"小三"这个恶俗的称谓。幸好舍尔曼不是已婚男人，否则她会怀疑自己的命运的。

他们已经介绍子珊和刚拿到绿卡的男作家认识。现在子珊知道了男作家的本名，只是出于礼貌大家都叫他笔名：周凯。周凯没一句拜年的话，不过倒是显得意气风发，眼神里有一种目空一切的派头，后来子珊发现这可能同这位作家的眼珠有关，这位作家的左眼在看人的时候是偏向左上角的，右眼倒是正常的。除了眼睛问题，男作家应该说长相不错，身上有一股风流劲儿。子珊凭直觉感到男作家在国内应该有不少遗情吧。她想起早些年木子美以亲身经历写的《遗情书》，笑了。关于木子美，子珊是相当佩服的，如此赤裸，如此坦白，倒是这些男作家，哪一个敢写这种文字呢。

周凯先介绍了自己的书在国内的反响，列举各种学术杂志以及媒体的评价，显得尽量客观和科学，但归根结底是各种表扬与自我表扬。虚荣心每个人都有，子珊觉得自己也有。当子珊和润生在一起时，她内心有一种骄傲感，润生像一面镜子一样矗立在子珊面前，从这面镜子里，子珊照见了完美的自我，犹如一位优雅的公主一样的自我。"公主"这个词几乎是和子珊因被爱而获得的满足感一起诞生的。那时候她多么想同人说她的爱人是谁，虚荣心折磨着她，让她想同人说出自己的秘密爱人。不过她最终还是忍住了，润生是有妇之夫，一位被人关注的名流，她不可以损害他的声誉。

像接待国内来的名人一样，这里的华人照例对男作家的作品一片赞颂。这部叫《苏州河》的作品子珊还没来得及看，不

过她曾听纽约的朋友们聊起过，大致知道故事的内容。有一部
电影叫《苏州河》，是周迅和贾宏声演的，子珊喜欢那部电影，
两位演员都好，周迅表现出一种内在的爆发力，迅速走红，而
贾宏声仅在这部戏里昙花一现，后来毒品毁掉了他的演艺事业，
令人感慨。男作家的《苏州河》是另外一个故事，一个寓言故
事，充满未来感。他写了苏州河突然干枯，巨蟒统治了苏州河
两岸的百姓。巨蟒有着非凡的智慧，随着故事的进展，读者知
道巨蟒被植入了人工智能芯片。由于它公正的统治，苏州河两
岸的人把它奉为神明。有一天，巨蟒突然消失，原本和谐相处
的两岸的市民却陷入仇杀之中。子珊在听他们阐释，从人性的
角度，从社会学的角度，从权力关系的角度，从心理学的角度，
从象征主义的角度，大家说着漂亮话，一致赞美这本叫《苏州
河》的书，仿佛他们面对的是一部旷世名著。那位男作家也没
有表现出害羞的表情，好像这些赞美是他应得的。轮到子珊分
享时，子珊谦虚地说还没来得及看老师的大作，待看完了再私
下和老师交流。周凯一脸严肃，瞅了子珊一眼，让子珊有点心
虚。她怕自己的话冒犯到了作家先生，只好再多说几句。她认
为这部作品极具幻想性，可以改编成动漫，动漫天生具有表现
超现实场景的能力。作家的脸更黑了，好像动漫这种低幼的艺
术是对他作品的侮辱。

　　接下来照例是一起吃饭。吃饭的时候大家就放松了，刚才
一本正经的学术话语迅速转换成轻松的闲聊，完全是两种画风。
几杯酒下肚后，饭局开始乱糟糟的，有人抢着说话，话题变幻
不定，各种街巷见闻、娱乐八卦、纽约华人圈秘辛。当然也免

不了谈国内政治。华人都喜欢谈政治。

来纽约两年后，子珊对纽约华人的心态有了切身的理解，那就是不管对中国的立场是什么，他们都十分关注国内发生的事。没出国前，子珊虽在媒体工作，但不太关心政治。她做的人文类节目可以最大程度去政治化。当然政治是无处不在的东西，可谓润物细无声，去政治化只能是相对的。到了纽约后，子珊觉得普通美国人根本不关心美国以外的事，美国人对中国真是一无所知，都是精英在玩政治，大众传媒笼罩着一种无处不在的政治正确，那是另一种意识形态，新闻里出现的有关中国的消息大都是负面的。子珊认为以这种意识形态看生动而复杂的中国，大致来说都相当表面和片面，如果美国的精英也这样肤浅地看待中国，那会严重误判中国。反倒是中国人，以子珊在媒体的经历，对美国能有比较正面而客观的认知，有些人甚至对美国相当崇拜。子珊在反思这些问题时意识到，她比自己认为的要更认同中国。

"以现在中国 GDP 的增长速度，十五年后中国经济就可以赶上美国了。"子珊听到有人发出感叹。她听出这感叹中透出某种骄傲的舒坦，一种酒足饭饱似的舒坦。

"你说什么？十五年？十五年后中国还存在吗？"周凯发出断然而尖厉的声音。

饭局一下子沉默了。大家都看着周凯，好像他说出的话足以毁掉一个国家。

"你这么认为？所以你来美国逃难？"韩于棋老人回怼道。

"难道你们这些人不是来美国逃难的吗？"周凯一脸不屑。

刚才那个赞颂中国 GDP 的人开始从中调和。"不谈政治，不谈政治。"那人站起来，晃着身子说。但饭吃成这样注定是不欢而散了。

如今这年头，千万别贸然在不知对方立场的情况下就同他谈政治，到头来一言不合便结下梁子。对于中国人来说，日常生活活色生香，人间烟火其乐无穷，本来可以消弭很多事情，但政治一搅进来，马上就可能六亲不认。

这时，子珊的手机震动了一下，她看到一条短信窜了进来，是舍尔曼发来的。他开车来接她了。舍尔曼刚从东京出差回来，在机场时给子珊打过电话，子珊告诉他有饭局，要他不用管她，回家好好休息。他还是特意来接她了。子珊有些不开心，她有某种奇怪的感觉，舍尔曼表面上如此体贴，本质上其实是不太信任她的。

从窗口往外望，远处的帝国大厦赫然在目。子珊去帝国大厦游玩时是一个阴雨天，游客排队依次进入，再坐电梯到顶楼。子珊去帝国大厦是受《西雅图夜未眠》这部电影的影响。那是一个美好的爱情故事。子珊的心里藏着一个关于爱情的童话，和润生的恋爱其实和她的童话不完全一致。那天她站在帝国大厦的顶楼，外面下着雨，透过落在玻璃上的雨滴，她拍下了挂在帝国大厦上的美国星条旗。玻璃上的雨滴使星条旗看上去显得苍茫而落寞，就像某个帝国的黄昏。这一幕很符合子珊刚来美国时的心境，总是凭吊往事，试图摆脱痛苦，希望有一个模模糊糊的开始。

大约九点半饭局就结束了。还好，没让舍尔曼等很久。

二

告别了朋友们，子珊坐上舍尔曼的车。舍尔曼想亲吻子珊，被子珊推开了。子珊说，刚吃了鱼和大蒜。舍尔曼耸了耸肩。他一边开车，一边说东京的见闻。子珊没有听进去，脑子里想着那位作家。她对此人产生一种本能的排斥感。早先在电视台工作时，同行也会谈到这种问题，说话的尺度可能更大，她都见怪不怪，倒是到了美国，变得敏感了。她认为她不可能成为一个美国人，她永远只能做一个中国人，这是她的宿命。如果她以后有孩子，孩子会成为一个地道的美国人，成为一个在文化上与她完全不同的另一类人，她甚至极端地认为养这样一个孩子没有意义。

是的，在这个国家，她时常有一种感觉，自己是一个格格不入的人。她同梅修尔女士谈起过这个问题，梅修尔说，亲爱的，你没必要改变。我们犹太人三千多年来都保持我们的特性，我们受到排挤，但我们不改变。

无论是融入这个国家，或是保持自己的独特性，对子珊来说都不是最重要的，重要的是她来到纽约得把硕士读出来。她和润生在一起的某个日子，在刘庄，在她最甜蜜的时刻，她突然说出自己曾经的梦想，她说，她其实不想做一个专题片的采访记者，她想做一个动漫电影编导。她原本在中国传媒大学动画系学的就是编导，分到电视台没得选择，只好做人物专访记者。好在专题片有叙事性，她的专业还用得上。当时润生目光幽深地看着子珊，子珊以为润生是在嘲笑她的自不量力，不料润生说，你完全可以去实现你的梦想。她以为润生当时只是随便一说，哪知润生一直记着。他们最后的那次谈话，润生提出她可以去纽约大学学电影，子珊发出了冷笑。"多么漂亮的借口，他就是想打发我离开这个城市，所以才给我画一个漂亮的饼。"子珊当时这么想。面对一个如此绝情的男人，子珊也不能不这么想。

她来到了纽约，几乎已经忘记读硕士这件事，但润生一直记着，不时会发短信问她申请学校的进展，她这才承认润生是认真的。隔着一个太平洋，她想起润生所遭受的磨难，发现自己心底里对润生依旧怀有温柔。她曾在来美国时发誓不再原谅润生，他配不上她的温存。这样的誓言有什么用呢！实际上，她依旧会想念他。也许不能称之为想念，更多的是担心，像担心一位亲人一样担心润生。有一次，她发短信问润生，你真的觉得我可以做这一行？润生说，不试试你怎么知道？

纽约大学 Tisch 艺术学院是一个美梦，她很快发现要想得到录取通知书极其困难。她退而求其次，申请了帕森斯设计学院的动漫专业。这所学院就在纽约大学边上，如果想蹭 Tisch 艺术学院的课也很方便。更重要的是就读帕森斯设计学院相对容易。她语言一直不错，在国内抱着玩一把的心态去考了雅思，

竟然考了 8 分。并且，她中国传媒大学的文凭也足够让她获得
帕森斯设计学院的认可。润生还是想让她去纽大，润生说他在
领阿迦汗国际建筑奖时认识的一位音乐家就是纽约大学音乐学
院毕业的，曾在学校毕业典礼上作为杰出校友做过演讲，可以
找他做子珊的推荐人，或许会有希望。子珊认为没有必要这样
折腾。她是个很有定见且不想麻烦别人的人。她得到帕森斯设
计学院的录取通知书后，把自己的决定告诉了润生。

　　一会儿，到了位于 Borough Park 附近的舍尔曼的家。舍尔
曼是个码农，一个看上去深沉、实际上充满孩子气的人，他和
几个朋友合伙开了一家软件公司。具体什么软件子珊听不太懂，
好像和生物医药相关，是关于基因分析的基础软件，有点人工
智能的意思。子珊也没兴趣弄懂，只知道他平时工作很忙，在
全世界基因实验室到处跑。他的房子在第 50 街的一间公寓楼
里，面积不大，但客厅宽畅明亮，卧室小巧，还有一个厨房和
一个卫生间。这个房子给人印象最为深刻的是有一幅凡·高模
仿日本浮世绘的油画作品，这是子珊看过的凡·高最幼稚的作
品。大约是为了映衬这幅油画，在油画的下方摆放了一件日式
旧家具——茶棚，相当于中国放置茶叶的柜子，是舍尔曼去东
京出差时购得的。日本茶道因为源于中国，茶棚上面的浮雕及
整体风格带有浓厚的中国味，只是茶棚的造型很日式，其桌面
两端稍稍向上弯曲，犹如长了一对翅膀，仿佛随时会从这屋里
飞走，透着一种日本式的空寂感。为了更显出日本味，舍尔曼
还在茶棚上放置了一把日本武士刀，据说也是古物；底座上的
图案是金丝嵌雕，三个僧人坐在奇石和古松下论道，置于上面

的刀柄处缠绕着的墨绿色柄绳，透着一种高雅的东方意蕴，把剑镡处的几颗暗色的夜明珠映衬得更为醒目。子珊第一次到舍尔曼家时，舍尔曼讲出它的来处，是从一位日本收藏家那里买的，出自日本战国时代的武士上杉谦信之手。子珊当时想，看来舍尔曼确实有东方情结，怪不得自见到她后，一直像一位东方君子，小心翼翼地追求她。舍尔曼是梅修尔女士的外孙，有一次梅修尔女士有一个家庭聚会，邀请子珊一起去。子珊第一次见识了犹太大家庭是什么样子。二十多个人济济一堂，还不是全部的家庭成员。子珊有点难以想象，他们怎么生那么多孩子。在中国实施独生子女政策后，很难见到这样的大家庭了。那次聚会，子珊认识了舍尔曼。舍尔曼后来对子珊说，他对她是一见钟情。不过一开始子珊还没有从润生带给她的伤痛和阴影中走出来，舍尔曼很有耐心，追了她近半年，她才和他走到一起。

刚认识的那位男作家周凯突然发来短信。到家了吗？一句平常的暧昧的问候。子珊觉得很无聊，不准备回话。那边一直不停地在发。周凯说今天有幸见到子珊，他说在电视上看过子珊采访的节目，印象很深，那些节目颇为人文，而周凯曾梦想有朝一日能接受子珊的采访，不料在纽约相见。这几句话很快把子珊内心建立起来的对作家的反感打消了。子珊再次体会到人性的弱点。好感和恶感之间的界线是多么脆弱啊，如果一个人了解你，你对那人就没那么苛求了。

子珊愉快地回了一句，你竟然看过我的节目，看来我的那点老底都被你掌握了。对方马上回道，你是名人啊。这句话也让子珊开心，在纽约终于有一个人知道她曾经的身份，虽然只是个电视台记者，但毕竟也是露脸的行业。她发现这会儿对周凯已没有抵触了。

更令子珊惊讶的是周凯竟然提起了润生。作家说他喜欢杭州，也喜欢杭州的建筑师庄润生的作品，曾到杭州拜访过庄润生。一开始，子珊以为男作家知道她同润生的关系，随着聊天的深入，子珊断定不是那样的。男作家是真的喜欢润生的作品。他描述了润生设计的飞来寺禅院，说他太喜欢了，到了那里，整个人顿时平静下来，像身处另一个世界，感觉和整个宇宙息息相通了。作家说他在那儿住过一段日子，《苏州河》最关键的章节就是在那里完成的。"真是可惜，庄润生家里出了那么可怕的事，他这两年几乎没作品了，听说他到处行善。"收到周凯这条短信，子珊心绪迷乱了，往事瞬间向她汹涌而来，她觉得自己要流泪了，但舍尔曼在，她得忍住。她不知道该怎么回周凯，为了掩饰自己的情绪，子珊低着头假装在回短信。

今天是周五，犹太人的安息日从傍晚就开始了。舍尔曼是个遵守原教旨意义上安息日教义的人，比如不工作、不购物、不旅行、不生火，但舍尔曼认为可以开车、可以开灯（他的安息日蜡烛就是用电的），也可以用电热咖啡（但不能磨咖啡，他认为那是劳作）。总之，舍尔曼的安息日律法是对凡属于新生事物且没有在教义中明列的事持开放态度，但已明确的诫命他严格遵守。

舍尔曼给子珊热了一杯早已磨好了的咖啡，他坐在沙发上，双眼盯着美国有线电视新闻网（CNN）的报道，实际上注意力都在子珊身上。子珊一直头也不抬地在用手机聊天，他有点被冷落的感觉。舍尔曼提醒子珊说，咖啡要凉了。子珊深吸一口气，露出惯常的温和的微笑，说，刚刚认识了一位从中国来的作家，他竟然认识我的一位好友。

也许是子珊此刻眼眶有些潮湿，敏感的舍尔曼没再问下去。他站起来，亲吻了一下子珊的脸颊（这是安息日律法允许的），温存地说，你聊天吧，我去卧室了。

舍尔曼进入卧室后，子珊决定终止和周凯的短信聊天。一会儿，她推门进入房间，房间是暗的，不过舍尔曼没把窗帘拉起来，远处曼哈顿的霓虹透着热烈而寂寞的光亮，舍尔曼已躺在床上了。子珊想，这是安息日的正确姿势，在这个神圣的日子，要把一切活动都停下来体验上帝的存在，从而可以全身心敬拜上帝。

子珊洗漱后钻入被子。室内供暖充足，被子很薄，子珊靠向舍尔曼。子珊和舍尔曼在一起不久，子珊就知道安息日他是禁欲的。这一点子珊感到不能理解，觉得他们的上帝简直太不人道，怎么可以剥夺原本不多的人间快乐。子珊还去网上查了犹太人安息日的禁忌，并没有查到有关性的内容，只在中世纪时期犹太教在安息日有性禁忌。难道舍尔曼的这个保守的律法来自中世纪吗？但在别的方面舍尔曼看起来像个新派人物，比如律法规定安息日不能用车，他自动地把汽车排除在律法中的"车"之外，因为汽车用油，而不是用马或别的动物。有一次安息日，子珊见舍尔曼这么一本正经，突然想恶作剧一下。"不能做爱？"子珊问。舍尔曼害羞地点点头。"可以抚摸吗？"舍尔曼想了一下，说："应该可以。"子珊就握住他的下体。舍尔曼自然有反应。子珊一直在观察舍尔曼，舍尔曼闭着眼睛，一脸平静，好像他就是安息日本身。

子珊今晚情绪或多或少有些波动，仿佛需要舍尔曼的安慰，她把手伸向舍尔曼，慢慢从胸口向下移。他一如既往地反应。之前子珊是怀着逗舍尔曼的心情，今晚，她感到身体的欲望，但她知道身边的男人不会逾越他的律法。

子珊看着平静的舍尔曼，想，对这个异族男人，她究竟有多了解呢？她连他遵循的教义都无法理解，那么她和他究竟是什么样的关系？他说，他爱她。她相信。他认识她后，他的目光再没离开过她，那么明亮和单纯。子珊作为一个女人非常容易体会到其中的一往情深。但这种一往情深的实质是什么呢？是出于对她的灵魂的了解吗？可他对她又了解多少呢？他知道她又在遵循怎样的传统、有着何种为人处世之道吗？虽然有种种疑惑，不过子珊明白她喜欢和他在一起，在他面前她甚至感到某种程度上的新奇和放松，一种全新的体验。但她同时意识到她对舍尔曼的情感类似一个孩子得到新玩具时的那种感觉，既新奇又开心。可这是爱吗？这表明她也爱这个男人吗？对此她是疑惑的。有时候子珊觉得和舍尔曼的性生活只不过是好玩。子珊的性偏好充满了东方想象，她喜欢那种温存的、窒息的、充满糜烂气息的、一点点变态的性。以子珊的经验，她觉得性的本质是想象，由此子珊意识到性和种族以及文化有着极为深远的关系。

子珊不由得想起润生。在刘庄，在那遍地都是精致绿植的酒店，在那些偷得浮生半日闲的日子里，她也喜欢这样，在润生做爱后沉沉睡去时，把手伸向润生的下体。润生是个经不起挑逗的人，他的不应期时间相当短，他很快又会要她。他说，你不能仗着年轻这么欺负我。她听了咯咯咯地笑出声来，那一刻她是骄傲和得意的。她迅速投入其中，为他敞开。有一天他们一连做了四次。润生说，他从来没有这么疯过。子珊问，和她也没过？润生说，她没这么热衷。子珊说，你是什么意思？说我对这事乐此不疲？子珊这么说内心是有委屈的，哪个女人会为性而性，只有男人才那样。子珊在读大学时有过性经验，那也是一个害羞的男孩，是子珊主动约了他，他们在一起看了电影，然后去三里屯酒吧喝酒，两人都喝得很嗨，然后就在一起了。也许是那时候年轻吧，那个男孩要起来没完没了，子珊实在受不了，就分手了。子珊和那个男孩在一起本来就想体验一下男女的那点事（她在女生宿舍里作为一个处女备受嘲笑），那个男孩看起来顺眼，是她喜欢的款，可子珊对他终究缺乏爱，他要得如此频繁让子珊不胜其烦。刚才润生一直闭着眼睛在说话，现在可能缓过劲来了，他搂住子珊的身体说，挺好的，我喜欢。子珊说，那再来一次？子珊觉得自己疯了，并且确定女人只有在爱中才会这样渴望着自己的身体和男人永远黏在一起。她凭女性的敏感断定润生和她的肉身交欢中是有爱的。虽然他从来没有说过"爱"这个词。在她动情的时刻，她问过他，爱不爱我。润生点点头，没有说出来。

激烈的欢愉带来身心安宁，好像万物初生，世间只存在她和润生。子珊享受这样的时光。

舍尔曼突然伸出手制止了子珊的抚摸。

"怎么了。"

"你再玩我要出来了。"

子珊感受到自己身体被欲念控制，说："破一个戒？"

好半天，舍尔曼坚定地说："亲爱的，睡吧。"

子珊感到非常失望，舍尔曼的吻也令她反感。这些西方人，甚至对自己的爱人也这么礼貌。她宁可他即便不破律法，也能表现得更粗暴一些，那样至少带着生命内部的东西。在两性关系上，所谓的"文明"是多么虚伪。

三

半夜的时候，舍尔曼沉沉睡去。子珊因为睡不着索性起来了。

子珊来到客厅，那杯咖啡刚才忘了喝，她去厨房的微波炉热了一下，端在手上喝了一口。沉思了一会儿，子珊决定打车回西42街公寓。

现在是子夜时分，纽约街头的积雪在夜幕下显得更为醒目。白天染在积雪上的污泥被黑夜掩盖了起来，这个城市透出少见的纯洁气息，一种只有在圣诞夜才能感受到的纯洁氛围。从某个角度看，或想象一下，街头彻夜不灭的霓虹灯就像一棵一棵发光的圣诞树。

在帕森斯设计学院，她认识了新的朋友。在教授的指导下，他们开始创作各自的动漫作品，绘图然后在电脑上合成。动漫专业分工实在太细了，一位动漫编导想要实现自己的想法，光有一个好故事、好的造型设计远远不够，还需要诸如动画设计（好在子珊从小学过绘画）、动作分解、制作合成等很多方面的配合。虽然绘画对子珊来说不是问题，但即便十分钟的动漫片，绘画的工作量也是相当大的，每一秒需要 24 帧画面。如果只是作业的话，每一秒放 8 张画也勉强可以达到效果。帕森斯动漫专业拥有一流的制作工具，有好莱坞级的动作捕捉系统、三维扫描仪、Illusion 非线性编辑系统以及大量动画软件，还专门设有可同时供四十人使用的图形工作室。学生们随时可以动用这些设备制作自己的作品。子珊更多地把精力放在作品风格的塑造上，她想寻找一种属于自己的美学风格，就像润生的建筑，一眼就可以从众多建筑中被辨识出来。她同润生说起过这个想法，润生说，你的优势在于东方背景，你站在西方的角度重新想象东方，会激活已被我们忽略或几近疲劳的东方审美。润生还以《功夫熊猫》为例加以说明。她觉得润生所言不无道理，虽然可能带有西方中心主义目光，有后殖民主义思想之嫌。在纽约读研究生以来，子珊发现自己的理论水平见长，什么主义都可以信手拈来，她不清楚这对更多靠直觉的艺术创作来说是好还是不好。

学生们经常被导师召集在一起就某个议题进行讨论。有一次，他们讨论爱这个主题，爱究竟是观念的产物还是来自我们的本能。讨论的前提是人都是观念动物。假设一个人来到世上，不给他任何教化，让他与世隔绝，独自一人成长，他会知道爱是什么吗？

这是一个故事。每一位学生都可以在这个基础上根据自己对爱的理解制作一则动画电影。但在制作前，大家需要讨论一下。子珊一直在安静地听着来自世界各国的同学讨论这一主题。子珊的同学大都有宗教背景，这个话题对他们来说几乎就是常识。大多数同学都遵循《圣经》的语言，所以子珊的耳边仿佛一直回荡着《圣经》里的话语，虽然他们并没有具体提到这些句子："爱是恒久忍耐，又有恩慈；爱是不嫉妒，爱是不自夸，不张狂，不做害羞的事，不求自己的益处，不轻易发怒，不计算人的恶，不喜欢不义，只喜欢真理；凡事包容，凡事相信，凡事盼望，凡事忍耐；爱是永不止息。"她的同学中，大多数人认为爱是天赐。有一个同学有非常极端的看法，他认为爱是观念，是文明的产物，如果我们的文明改变样貌，那么残酷也完全可以被命名为"爱"。这位同学的话，子珊虽不完全赞同，但还是受到了启发。是的，爱很复杂，既不是天赐，也非观念，是所有一切的混合物，是宗教、习俗、生命、个性的混合物。子珊思考这个问题时脑子里出现了润生。

　　子珊和润生之所以度过了那段最好的时光，在子珊看来是因为她激发了润生的嫉妒心。那时候，有一位归国博士喜欢上了子珊，这位博士有着蓬勃的热情，交游甚广，好像什么好玩的地方都有他的朋友。他多次带子珊出席各种聚会。子珊随便拍了一些和这位博士在一起的照片传给润生。子珊认为是自己这一举动刺激了润生，润生虽然并没有反对她的这种交往，不过润生和子珊的约会明显比之前频繁。在刘庄那些琴瑟和鸣之夜，子珊感到精神和肉体的双重满足。月光从窗口透入，她能看到他匀称而结实的身体。她知道他不健身，可能建筑本身需要大量的体力，不但画图纸需要，在画图纸前的实地勘察也是动辄数月，每天要走无数的路，有些还是山路，或许是这些活动塑造了润生的体格。她知道他不会回答他爱不爱她这个问题，她就转弯抹角，回忆和润生的初识。

"知道我是什么时候喜欢上你的吗？"

"你回忆过很多次了。"润生拍了拍子珊的脸。

"我就想再说一遍。"子珊觉得自己这语气一定像撒娇。她不喜欢撒娇，但某些时刻一种不知道是源于规训还是本能，总之属于女性才有的方式会不自觉地表现出来。

子珊不止一次对润生讲过他令她怦然心动的时刻。在他设计的佛教禅院内，斑驳的光线打在他身上，平面摄影师和专题片记者跟在他身后。子珊看到一个消瘦的背影，好像光线此刻融化了他，他身体黑暗的部分变成一个一个发光体，仿佛禅院里的光线是从他身上发出来的，子珊觉得此刻他就像神一样。正是他回头一笑把子珊迷住了，那笑被光线笼罩，有点羞涩，好像这么多人为他服务令他不安，但同时这笑极其神秘，仿佛某种神启通过这笑容传到人间。当时润生刚得了阿迦汗国际建筑奖，子珊受命给润生做一个专题。那个镜头，后来子珊在剪辑时看了无数遍，每一次看，都有一股暖流在身体里瞬间涌出，像被电击了一样。她后来把这回头一笑当成了专题片的封面。

还不止这些。做专题片自然会有对话。他看上去不太爱说话，和摄制组说话很少，他耐心地听摄制组摆布。有些他认为不妥的，他会当即表达。子珊开始采访润生。润生一旦开口说话，就不再是那个沉默的人，他的神态依旧是沉静的，语气缓慢因而显得很有权威。声音有些喑哑，不过气息饱满，在嗓子的某处摩擦出几个特殊的音韵，正是这几个音节，使他的声音变得瓷实好听。他说得好极了，每句话都能准确表达他的思想，他讲得最多的是秩序。建筑就是秩序。现代建筑是打破秩序后的秩序。后来，因为好奇，问题从建筑引向生活，从秩序引向对生活的理解。她当时问了一个今天教授问的问题：爱的本质是什么？润生当时是这么答的：爱来自秩序，幸福也是。我们的内心有一种与生俱来的秩序感，爱如果和这个秩序共鸣，那就是幸福。幸福和快乐是两回事。幸福是秩序，而快乐可能是本能，是黑暗的产物。他似乎不想多谈生活，又回到了建筑。他说，他的建筑里有一个主题是黑暗，但这个深不可测的黑暗只表明我们在人间受苦，那光才是希望所在。在他的建筑里，黑暗是为光而存在的。

现在，在帕森斯学院，同学们在讨论几乎相同的话题。子珊回忆润生说的这些话，她觉得润生像先知一样道出了她内心的秘密。

"爱出于崇拜。爱是嫉妒。爱是征服。"轮到子珊发言时，子珊脱口说出这几句话。

这些句子引发哄堂大笑。子珊知道他们何以发笑，"崇拜"一说，在纽约这座城市简直太不女权、太不政治正确了。而关于嫉妒和征服在如今西方的理论体系里，简直陈腐不堪。

"崇拜是秩序，是光，而嫉妒是黑暗，为光而生，是能量。"子珊继续说。她没有阐释，几乎全是断语。子珊认为一个艺术家的思想不需要阐释。

那部《建筑是爱和秩序》的专题片后来得了一个奖，子珊获奖时特别感谢了专题片的主角庄润生先生。这部专题片，子珊看过无数遍。在获奖之前一遍一遍的观看中，她发现他已牢牢占据了她的心，已经成为她内心柔软的存在。他成了她的神，

她在心里膜拜他，甚至愿意跪倒在这个人的面前。可是这个人
并不知道。在得奖的那晚，她忍不住给润生发了一段她刚才致
辞的影像。她觉得他应该能感到她在致辞里隐藏的对他的热情。
他迅速回了一个短信：恭喜。恭喜我们。我很高兴。

她当时一定是被获奖冲昏了头，她眼里只有"恭喜我们"
这个句子，这个句子令她幸福。在剧烈的心跳下，子珊发过去
一个令她将近半年后悔不迭的表达：

庄润生，我爱上你了。

时间一下子停止了，不再转动。仿佛过了一个世纪，子珊
没有得到润生的回应，好像刚才发的那个短信消失在黑暗深处，
消失在茫茫宇宙中。

半年后，子珊虽然不能忘记润生，但差不多不再存有奢望，
她只是默默地把他当成神供在心里。她从另一个方向试图理解
他，他是一位名流，他是不自由的，但至少他是喜欢她的，谁
都看得出来"恭喜我们"这个句子是暧昧的。她没想到润生有
一天会突然脸色苍白地找到她。那天他们几乎迅速在一起了。
做爱后，润生还哭泣了。是喜极而泣吗？

后来她对润生有了更多的了解，想起那天他脸色苍白眼神
落寞的样子，意识到润生当时一定发生过什么事。她问过他，
为何突然想起来找她。他不响。为何他认定她半年后还会继续
想念他。他不响。为何他认定她一定会和他上床。他还是不响。

在子珊之后，另一位同学正在发表他的高见。子珊已经不

在听他们讲什么了，她已经确定了动漫创作的主题，她得好好想想如何用动漫的方式表达她的经验和感受。

关于黑暗与光明，关于爱与嫉妒，这是润生留给子珊不多的生命课题。

润生终于说起易蓉以及孩子们，是因为子珊的死缠烂打，当然也因为身体纠缠后的放松。同子珊的愿望相反，在润生的嘴里，易蓉是个完美的女人。他讲了他们如何相识以及他们的家庭生活，他多次赞美易蓉的牺牲精神。子珊听了内心泛满醋意。她感到润生似乎深爱着那个女人。如果润生爱易蓉，那她又算什么呢？这个问题需要很多借口才能解释，并且如果要过得开心，子珊必须说服自己尽量忽略这个问题。但这个问题不时会涌上心头，就好像她的心头种上了一种叫龙葵的植物，铲除了又会长出来。

子珊在远处见到过易蓉，觉得她并不好。易蓉高挑漂亮，一头精心烫过的长发，穿着白色麻布长裙，脸上有一股子高傲劲头。子珊讨厌她的骄傲劲头，是因为她嫁了个了不起的男人吗？她知道她的这位了不起的男人现在正和另外一个女人上床吗？假设子珊告诉她这一点，她会发疯吗？子珊甚至有过这样的冲动，她想毁掉这个女人的傲气，不过她担心易蓉会把她撕碎。润生说，易蓉现在除了孩子，对什么都不感兴趣，她把自己完全奉献给了家庭（子珊能感到润生说到这里时语气里的愧疚）。润生还说，易蓉看起来是一个温和的家庭主妇，但只有润生知道她深藏着的个性，一种强有力的能够豁得出去的个性。"她有时候让人捉摸不透，你不知道她会干出什么事来，就像一个藏在深宫的皇帝，不知什么时候龙颜大怒。"润生说这句话时像是在抱怨，但他的口气是轻快的，一副开玩笑的样子。子珊敏感地捕捉到这个比喻里的真正含义，它暗示着易蓉在家庭里的地位。也许也表明了易蓉在润生心目中的地位——这一点让子珊感到自卑。

润生是不自由的，等待的那方永远是子珊。子珊还没从润生嘴里听到过一句关于"爱"的表达。他只说喜欢她。她原谅他的羞怯，却又不满足。子珊不期待润生离婚，可不知为什么，一种不甘的情绪还是在心底里生长并且泛滥，她明明白白感受到自己的嫉妒，同时伴随而来的是不满。为了消化这些负面情绪，她决定有自己的生活，她不能这样以等待的姿态投入到这段情感中，好像她是一位随时等候皇上宠幸的妃子。

子珊这是在向润生示威吗？还是她只是想向润生表明她生活得很开心？她频繁出席各种社交活动。在电视台，只要她愿意，她随时都可以在各种各样以艺术之名相聚的场合或一些官员、名流出席的饭局中出现并广受欢迎。她命中注定一直受中老年男人喜欢，她不时会收到一些暧昧的短信。她和他们虚与委蛇，他们都得罪不起。那位海归博士就是这个时候认识子珊的。最初他带着子珊是和他的朋友们在一起，不久这家伙动真格了，他开始约子珊单独吃饭。他姓郭，在高新区有自己的科技公司。因为是单独和郭先生见面，子珊并没有告诉润生，她还是担心润生会因此不高兴。

那些一直以来跟随着她的流言又开始在她的圈子里流传。大概是因为她总有绯闻吧，她的一位闺密冷冷地说，谁叫你长得这么好看。子珊都不知道这是夸赞还是讥讽。有时候子珊想，她真的是辜负了他们嘴里的那些桃色传闻，除了大学时代的那个男孩，她在认识润生前，没有碰过第二个男人，她哪里有他们说的那么风流。她有时候甚至想，自己是不是应该去泡几个，让这些传言成真。流言多了，子珊也会自我反省，自己行为是否有不得体的地方，为什么"是非"会一直跟着她？

一定有传言进入到润生的耳朵，润生被伤害到并被激怒了。后来子珊才知道在一次建筑师的会议上，一个正在给那位海归博士设计私人会所的建筑师添油加醋地讲了他的客户和子珊之间的风流韵事，言之凿凿。而当天子珊确实和这位郭先生以及他的朋友在龙井喝茶，碰巧那天她的手机没电了，润生无法打通她的电话。

他们在刘庄见面。子珊发现，润生内心剧烈波动时，通常会面色苍白，好像他身上的血液此刻集聚于某个点，变成了核能，等待着按下某个按钮，然后瞬间爆发。那种能量是惊人的。他在控制自己的情绪，他在努力地保持绅士风度，装作对一切云淡风轻。子珊知道他心里在想什么，她看到绅士风度后面的虚伪。昨天子珊回到家，充电后，手机上跳进来无数个润生的电话。她马上打过去，问润生有什么事吗。润生问，你到哪儿去了？子珊说，和一帮朋友去玩了。

子珊走过去，试图安抚润生。她张开手臂想要拥抱润生。好像是子珊的亲密举动激怒了润生，润生推开了她。安静的核真的聚变了，润生质问：

"你和别人上床了？"

"我没有。"子珊坚定地说。

"那你为何一天关机?"

子珊感觉自己受到了天大的委屈,她高叫起来:"庄润生,告诉你,我没有。即便有,我也没错。你有易蓉和我,为什么我不能有别人?你又没有娶我,你凭什么管我?"

说出这句话子珊吓了一跳,她没想到自己会说"娶"这个词。她从来没有想过这个词,这是她的潜意识吗?她因为没有名分而感到委屈吗?

润生觉得自己的猜想完全落实了。子珊这话等于承认。润生拿起宾馆的一只青花瓷砸向墙壁。子珊开始以为润生是来砸她的。润生毕竟是君子,他不会打女人。子珊看到那只青花瓷在墙上碎裂时的模样,就好像大地突然塌陷了下去,那只瓶子的碎片先是扑向墙壁,然后反弹落地。子珊突然抱住失控中的润生,热烈地亲吻润生。她说,亲爱的,安静,安静。那一刻,她确认了润生是爱她的,她因此高兴。她等待着润生怒气的消失,然后让他跌入她的温柔之乡。

在温存之后,子珊对润生发誓:"润生,我真的什么也没有,你以后不能这样冤枉我。"

润生愣愣地看着子珊,说出一句恶狠狠的话:"我就不许你和别的男人乱来。"

子珊竟然对润生如此腐朽的、充满男权思想的话生出欢喜心。此刻她的内心涌出的是自己的卑贱和对润生莫名的崇拜。没有任何理由,只是一个女人的本能。

一会儿,子珊忧心地问:"润生,那青花瓷是古董吗?"

润生再一次压到她身上。

四

　　子珊回到住所。不能再喝咖啡了，再喝就睡不着了。今晚她一点睡意也没有，她看到窗外的哈德逊河，河上已没有船只，两岸的灯光把河水衬托成一条黑色飘带，看上去仿佛浮在纽约城的上空。纽约城此刻已安静下来，和白天的喧哗判若两城，展露她静若处子的一面。人是奇怪的动物，容易在黑夜里兴奋，又容易被黑夜降伏，成为睡眠的俘虏。也许这个城市正在悄悄上演一些喜剧或悲剧，也许有很多人今夜难以入眠，不过床总是他们一天中最后的归宿。

　　来纽约一晃快两年了。两年前，她不会想过要来这个陌生的城市生活；五年前她也不会想过和润生会有这种深刻的关系；在他们相亲相爱或吵吵闹闹的日子，她同样没有想过会和润生最终成为路人。

　　她能够体会他的不幸，感同身受。可是在纽约，子珊在和润生的短信或电话往来中，她再也听不到润生内心的消息，润生的心向她关闭了。每次子珊问润生，都还好吗？润生要么沉默，要么生硬地说，我一切都好。然后是长长的沉默。敏感的子珊能够感受到润生还在痛苦中，她希望他早点解脱。逝者已逝，对活着的人来说，无休止的自我惩罚又有什么意义呢？但她没有资格劝慰润生。她是参与者，一个不体面的小三，同样是一个罪人。

子珊想过问问甘世平关于润生的近况。甘世平她是认识的，当年替润生拍摄《建筑是爱和秩序》时，她最先联系的是甘世平，和他通过多次邮件，安排采访时间以及相关事项。但她不能问甘世平，她猜想润生一定不想别人知道有另外一个女人关心着他。她有时候会从中文互联网中寻找关于润生的信息。好长一段日子了，网上没有关于润生的任何消息。这不应该啊，润生难道不再做建筑设计了？这么有才华的建筑师难道就此毁掉了？如果他就此放弃事业，那该多么可惜，夸张一点说甚至是人类的损失，从此大地上会少很多诗意的栖居之所。

在子珊心里，她和润生之间没有结束，她和他只是暂时分别，总有一天，她会回到他的身边。她希望这样，她也因此一直拒绝舍尔曼的追求。舍尔曼是个大忙人，需要奔走于世界各地，为他的客户服务。有一天他对子珊说，他想把公司的股份转卖掉，这样可以有更多的时间和子珊相处。子珊当时想，他是个多么天真的人，她都没有同意和他在一起，他就愿意为她牺牲，好像认定了子珊最终一定会嫁给他。

有一天，子珊在网上搜到一则润生的消息，润生捐助了两所希望小学，它们被命名为一铭小学和一贝小学。报道点不是慈善（当然文中也有提及），而是关于这两所小学的建筑之美。两所小学都由润生亲自设计，被网友称为最美希望小学。网页摘自一本杂志，网页上有这两所小学的照片。子珊更喜欢一贝小学。那所由石头垒成的、汲取了白族传统建筑元素的建筑，在群山之中，在满山茂盛的植物之中，像是天然应该长成那样的，仿佛已存在了千万年。子珊看到文章说，这是云南白族的某个村子。

他们好像约好了似的，每月通几分钟话。别的时候，如果有事情就发短信交流一下。都是些不咸不淡的话。子珊问，你怎样？润生说，我很好。你呢？子珊说，刚刚制作完一部动画短片，当然只能算是作业。子珊多么想润生问是什么内容，这样子珊就可以把主题讲给他听，这样也许他会和她共同回忆过往的点滴。他没问是什么内容，他只问，教授有何看法？他的问话就好像他是子珊的家长，令子珊十分气馁。子珊说，教授认为很东方。润生说，那你走对了路。子珊和润生之间的交流是谨慎而困难的。她有满肚子的话要对润生讲，她觉得这些话几乎随时都会倾泻而出。她得忍住，怕这些话伤到润生，或重新揭开润生的伤痛。她每次和他说话都小心翼翼。子珊想，他一定也是如此。

看到这个网页，子珊是高兴的。这么说来润生还在干事，至少这两个作品是润生设计的，这说明他已经走出来了。是为了刺激润生吗？或是想以此使他们的话题中有情感元素？那天，子珊一时冲动给润生发了一条短信：润生，我看到你的消息了，你设计的希望小学很美，我很高兴。润生，告诉你一件事，有一个叫舍尔曼的犹太人正在追求我。

很久，子珊才收到润生的短信：

祝你幸福。

看到这条短信，子珊感觉像是被润生扇了一记耳光。润生已不是从前的润生，另一个男人对子珊的关心再也激不起他的嫉妒了，她因此看清了润生和自己的未来。在这之前，在她的想象里，她的未来依旧和润生是相关的，现在也许可以放下了。她想象了一下没有润生的未来。未来很长，长到令子珊感到恐慌。这一直是她独自一人在纽约生活的感受。身处这个热闹而陌生的城市，子珊总有一种无所依归的孤独感。子珊想起了舍尔曼。得承认，舍尔曼给她带来快乐，和他在一起时，子珊会暂时忘记润生带给她的挫败感，她好像又在另外一面镜子里看到一个完美的自己。难道女人一定需要男人的认可吗？就在这天晚上，子珊主动约了舍尔曼，她喝醉了，舍尔曼把子珊送回她的公寓。舍尔曼没有乘人之危，他独自睡在沙发上。一股柔情从子珊的心里涌出来，子珊第一次亲吻了舍尔曼。

梅修尔太太对自己的外孙和子珊在一起非常开心。她喜欢子珊，对中国和中国人一直有好感，她觉得舍尔曼找一位华人小姐好极了。梅修尔太太有一天认真地对子珊说，以后你们要是有孩子，一定让他学会中文，照我看，未来中国会了不得，中国人这么聪明，又这么勤劳，没出息才奇怪。对梅修尔太太想得这么远，子珊也很无语，但她不想扫老太太的兴，和老太太津津有味地谈起未来孩子的模样。"一定要像你，有张东方人的脸，东方人的脸多精致。"梅修尔太太说。

日子就这样不紧不慢地过着，异国的日子总体来说是寂寞的，虽然舍尔曼让这种孤寂感稍有缓解，可他又对她了解多少呢？他是个贴心的男人，恨不得为子珊做任何事。可她又想，这个白人男子大概会对他所爱的任何女人都如此体贴吧。他不会明白一个中国人曲折幽深的心思的。是的，她还是会想起润生，甚至因为和舍尔曼在一起，她有一种对不起润生的感觉。她觉得这是荒唐的，明明是润生如此决绝地对待她，她为什么还要对润生保留这份情意呢？她认为这不正常，这相当于自虐，她决定把和舍尔曼在一起的事情如实告诉润生。

和润生说了后，子珊感到和润生的关系彻底改变了。润生对她的态度变化是明显的，也是微妙的。润生虽然依旧客气而有礼貌，可润生和她的联系频率明显少了，一个月一次通话不再是一个惯例。

在很多个夜晚，子珊独自躺在纽约西 42 街的公寓里，想起自己的前尘往事，恍然如梦。虽然有了舍尔曼，她依旧觉得自己只不过是这座城市的浮萍，是一种无根的存在，心中时时涌出一种飘零天涯的苍茫感。纽约是座美丽的大都会，但对子珊而言如同海市蜃楼，她无法真正触及它的深处。那是别人的城市，也许也不是舍尔曼的城市。不过犹太人好像在哪里都能扎下根来。中国人也能在哪儿都扎下根来，只是他们总觉得自己最终的根在遥远的东方。她想起和润生的那段恋情，这是她此生第一次真心投入热情的恋情。也许有人会因为这段恋情不"合法"而取笑她，但这段恋情对她来说无疑是一次深刻的生命重击，那种喜悦和悲伤，甜蜜和痛苦，都连着她的血肉和筋脉。这段恋情终于远去了，润生在她的生活中退场，他不再带给她关于他的消息，他们的联系日渐稀少。她认为此时此刻对润生来说她是不重要的，他正被另一种使命（摆脱负罪感）控制，他有另一条道路要走。她记得他们分手时润生的表情，面色苍白，目光忧惧，好像世界末日即将到来。此刻子珊像是站在彼岸看前世的生活，那么真切，却遥不可及。

子珊到纽约的第二年，一个平常的日子，纽约的天空布满了暗红色的雾状的云彩。从哈德逊河畔的公寓楼往北瞭望，可以看到位于纽约东北方向的中央公园，那长方形的绿地像上天盖在纽约城的一个巨大的封印，一个绿色的祝福，仿佛象征着这块土地真的就像美国人脑袋里坚固的信念一样是上帝的眷顾之地。但对子珊来说，那只不过是一个远在异乡的受伤者的呼吸以及疗愈之所。她经常去中央公园，在那里她可以一个人独自思念江南的绿植，比中央公园的植物要茂盛得多的江南的绿植。她拿着书本，坐在公园的长椅上，久久凝望着眼前的草木，仿佛试图看清自己过往的本质。如果心情好，她会转到中央公园附近的大都会艺术博物馆看看展览。

这天，子珊没去帕森斯设计学院上课，她独自泡了一杯咖啡，坐在书桌前，打开电脑，准备修改一个新的动漫设计样稿。这次教授出的主题是遗忘。教授问同学们，人的记忆是可靠的吗？人为什么最终留下深刻印象的大多是关于创伤的记忆，而关于快乐和幸福的记忆却是既稀少又不强烈，这是为什么？他进而做了一个假设，如果人没有了记忆，那么人又是什么？如果人类没有了历史，那么人类会变成什么？现存的所有意义都会丧失吗？

电脑主页突然显示收到一封新邮件。这是一封中文邮件，她有点奇怪，很久没有收到中文邮件了。用手机软件与人联络太方便了，平时基本上都是短信联系。有时候她会感慨时代变化之迅捷，写电子邮件快要从中国人的生活中消失了，如同过去通过邮局寄送的手写信件，已然成为一个古老的遗存。倒是在国外，在美国，人们还是保持着邮件联络的习惯。子珊怀着好奇，进入自己的电子信箱。她一边喝着咖啡，一边瞄着邮件。当她看到这封邮件是易蓉发来的，吓了一跳。这是怎么回事？一封易蓉的来信，易蓉不是一年多前死了吗？怎么还可能给她发邮件？

看完信她才知道，今天是易蓉的忌日。一年前，易蓉自杀于她养母留给她的运河边的那幢阴暗的老宅，而这封邮件真是写于易蓉死亡之前的几个小时。她开始有点不敢相信这是来自易蓉的邮件，以为是一个骗局。邮件上的落款是一年前的今天，那怎么今天才收到呢？没错，发件人是易蓉，那应该是易蓉的邮箱。她不知道易蓉为什么会有自己的邮箱。在邮件中易蓉似乎早已料到子珊会有这个疑惑，解释邮箱来自子珊和润生的QQ聊天记录。她是有一天无意中看到的，由此知道了润生和子珊的关系。现在，子珊相信这个邮件是真实的，是出自易蓉之手。邮件上的内容太令人震惊了，易蓉在邮件里坦陈了一切，写下了所有的秘密。看完邮件，子珊震惊了差不多十分钟，然后放声大哭。她不能承受其中的真相，她想起润生，替润生感到难过，他本来不应该背负如此重负的。

子珊的第一个冲动就是把邮件转给润生，润生应该知道这一切。她忍住了，她觉得也许自己暂时不应该这么做。一年了，润生应该平复了吧，时间会愈合所有的伤痛，子珊自己不也从当初的尖锐的绝望里恢复过来了？当初润生用平静的口吻说出和她分手的决定，她感到自己像是脱掉了一件连着自己肌肤和血肉的衣服，这件衣服她曾一厢情愿地命名为爱。她不能确定润生的近况，在她和他偶尔的联络中，润生看起来一切如常，可究竟没有见面，仅凭电话和短信是无法获得更多的信息的。即便润生的心绪已平复了，她还是担心润生的心会再起波澜，怕他承受不起，担心他从一种受难转换成另一种指向完全不同的受难，他会因此被撕裂和击溃的。她想她应该在适当的时候，在未来的某一天，如果润生依旧没有从笼罩他内心的阴影中走出来，她或许会当着润生的面告诉他。她，子珊，站在润生面前，把易蓉邮件里说的所有的事原原本本地告诉他。如果润生承受不了，她可以抱住他，安慰他。

她觉得还是不能把这件事拖到将来。后来她想到了甘世平，他在润生身边，是最了解润生的人，或许他知道是否应该给润生看这封信。虽然这封信中涉及她和润生的隐私，但她顾不得那么多了，她现在有什么不可以袒露的呢。她了解甘世平是能干的人，他应该能够掌握分寸，知道怎么去做。她决定给甘世平写一封邮件，同时把易蓉的邮件转给甘世平。她叮嘱他，在给润生看这信前，要务必先听听医生的建议。

发完邮件的很长一段时间，子珊的脑袋空空如也，一些念头涌出，又如碎片一样消失。其中一个念头是关于舍尔曼的，子珊有点后悔和舍尔曼在一起。不过她马上否定了这个想法。

不，不能这样想，舍尔曼很好，至少对她很好，同她比，在他们的关系中舍尔曼付出得更多。她不能轻慢这个全心全意对待她的异族男子。子珊后悔的是把她和舍尔曼在一起的事告诉润生。

她的脑海里浮现一个被抛入深渊的无辜者的形象，润生孤独地走在黑暗之中，没有任何光亮。她还想起最初对润生起心动念的那一幕，他站在禅院里，从彩色玻璃外投来彩色诡谲的光线融化了他身体的黑暗部位。而现在，黑暗将他完全吞噬了。他自认为罪有应得，实际看来他或许有错，但不应该领受如此巨大的磨难。润生是多么可怜。

已经到了凌晨三点，子珊还是没有睡意。舍尔曼大概中途醒来发现她走了，发短信来问，怎么走了？她没回。她打开电视，CNN 正重播一则新闻，缅甸政府军占领了果敢同盟军的阵地，政府军正在全面取得胜利。电视还报道缅甸难民涌入中国，在中国边境安营扎寨的情况，还算井然有序。子珊对战争没啥兴趣，她换了几个台，都是无聊的深夜节目。

五

半个月后的一个傍晚，子珊收到从国内寄来的快递盒。子珊拆开快递，吃惊地发现，里面是一叠动画设计稿，还附有一个涂得乱七八糟的脚本。子珊之前看过很多润生画的建筑设计图，一眼辨认出这些画稿出自润生之手。子珊感到非常疑惑，润生可从来没说起过他在做动画啊。他不好好干他的建筑，干吗不务正业做起动画来。子珊先大致翻了一下画稿，得出结论，虽然她还不太明白这个故事讲什么，但画面透出的讯息是关于平行世界、赛博格以及佛教阿卡西图书馆的，整本画稿应该是这些概念的混合体。

就像润生的建筑总有出其不意的洞见，他的动画在子珊看来也是新鲜的，并且是深思熟虑的，既包含中国画的线条，又有着西方立体主义笨拙的风格，他把两者结合得很好，看起来非常中式，但又很现代。子珊看出中国书法的线条给了润生灵感。子珊甚至都有些嫉妒，她以为自己在这一领域走得很远了，不料润生随便涂抹就把她超越了。

子珊发现快递是甘世平寄来的。子珊倒没有感到十分奇怪，自从发给甘世平那封电子邮件后，甘世平应该知道她和润生的关系了。但子珊还是有点疑惑的，为什么这个快递润生让甘世平发来？是甘世平把易蓉电子邮件的内容告诉了润生吗？好像不可能，在近一年中，润生并没有表现出知道邮件内容的样子，他们之间偶尔的联系也没有流露出这方面的信息。那么问题来了，为什么润生让甘世平发快递给她，依润生的个性，他不太容易能够坦陈他和她的一切。这让子珊有些不好的念头，难道润生出了什么事？子珊春节时给润生发过拜年的短信。润生行礼如仪地回了一条同样拜年的短信，没有任何多余的话。过了元宵节，子珊给润生留过言，说自己的作品《爱与死》已被选送到圣地亚哥国际动漫展参赛。以润生的个性，也一定会礼貌地道个贺的。元宵节子珊是有点不安的，不过她也没有细想，觉得也许润生正忙着自己的事呢，以他们现在的关系，她的短信被润生忽略也属正常。

子珊坐下来，开始读画稿。画稿本身是有叙事性的。第一个场景是一辆锈迹斑斑的汽车，汽车占满了半个画面。汽车边上是一个骷髅。有一只蚂蚁正向那骷髅爬去。按动画制作的规矩来说，润生的画稿不太符合要求，仍需用大量的数字技术去完善并呈现这个短片。这需要大量的工作。

接下来是一个迷宫。那只蚂蚁爬入骷髅后，骷髅变成了一个巨大的迷宫。是在隐喻死亡是一个巨大的迷宫吗？是在表达对死亡的恐惧和疑问吗？或许是。润生的迷宫大部分是黑暗的，黑暗代表着无助和恐怖。但一会儿，迷宫的某个区域亮了起来，迷宫的边上出现玻璃做的小窗子，此刻润生的画稿中光线提亮成令人晕眩的刺眼的高光。子珊凝视着画稿，那白色高光处，隐约出现一些色彩，就像整个宇宙藏于其中。那是天堂吗？天堂一无所有吗？或者天堂就是无中生有？子珊明白在润生的概念里，天堂和斑驳的光联结在一起。果然，斑驳的光影在后面的画稿中出现了。窗外出现一个一个的发光体，带着无比鲜亮的色彩，它们像海底的微生物，亮晶晶的，在外面漂浮着。子珊意识到润生这是在隐喻一个水的世界。这是润生想要的视觉效果，海底世界斑斓的色彩对于 3D 动画制作来说是最称手的题材，总能带来辉煌的视觉盛宴。一会儿，子珊理解了润生描摹的不是海底世界，更像是天堂在海中的倒影。事实上海水并不存在，迷宫之外是一个梦一般的世界，宁静、和谐、安详的世界。先看到一根巨大的彩色羽毛飘浮在迷宫的窗外，然后，看到一海市蜃楼处，有三只七彩文鸟向迷宫这边飞来，其中一只较大，两只较小，它们越飞越近，从迷宫的玻璃窗边掠过，巨大的影子投射到迷宫里。润生把背景中的海市蜃楼刻画得无比抽象，感觉那海市蜃楼会随时扭曲变形，好像它是一个宇宙的微缩模型。

　　现在画稿中再次出现开头那只蚂蚁的特写。润生仔细刻画蚂蚁的眼睛。子珊一下子认出了那是润生的眼睛。蚁眼向外突出，充满悲伤，通过光线形塑的几笔抓住了润生眼睛的特征。现在清楚了，润生这是在书写他自己，这是一则关于润生内心的故事，也是关于润生迷失的故事。蚂蚁是润生的替身。为什么润生要把自己的形象定义为蚂蚁，有什么深意吗？而那三只文鸟代表着易蓉、一铭和一贝吗？刚才透过玻璃刻画的海市蜃楼应是天堂无疑，这是一个关于地狱和天堂的故事吗？

子珊继续往下翻画稿。在迷宫的黑暗中，出现了另一只蚂蚁，这只蚂蚁和黑暗融为一体，面目不详，只能看到一个剪影。悲伤的润生蚂蚁跪着，请求那只黑暗中的蚂蚁杀死自己。一把雪亮的刀子递到黑暗蚂蚁手中，黑暗蚂蚁迟迟不肯动手。润生蚂蚁捧着黑暗蚂蚁握刀的前足，把刀子刺入自己的胸膛。此处是拟人的，血喷涌而出，红色的血，润生画得无比华美，它犹如西湖上的音乐喷泉，有着激越而忧伤的美感。

此处应该有对话。此处还应该有那只黑暗蚂蚁的身份。这会表明在润生的意念里是谁杀死了他。子珊想到的是自己。子珊感到一阵心痛。难道在润生的心目中，她是这样一个形象，一个家庭的刽子手？那只黑暗蚂蚁也可能另有所指，指向润生生命中一位至关重要的人。也许从润生的脚本中能够找到答案。

润生的脚本混乱极了。脚本涂涂改改，显得杂乱无章，只是记录了润生设计画稿时的思路，甚至时间线也是颠倒的，好多地方语焉不详，就像润生描绘的迷宫本身。子珊艰难地根据画稿辨认脚本中的内容。令她吃惊的是，在脚本中，是那只孤独而忧伤的润生蚂蚁杀死了黑暗中的那只，润生蚂蚁在走出迷宫时，把面目不详的黑暗蚂蚁当作献给文鸟天使的祭品。脚本中这只润生蚂蚁所做的一切就是想抵达天堂，想从迷宫中解脱。人生的迷宫？这和画稿中的情节完全相反。

子珊的心里颤抖了一下。在脚本中的这只黑暗蚂蚁如果是她，那又表明什么？润生这是在忏悔他和她之间的恋情吗？为什么他非得杀了她才能升入天堂？另一种解释是，他本身就是罪恶,他虽然没有亲手杀死子珊,但他的所作所为对子珊来说就相当于一次祭杀,为了祭奠他不安的良心,他把她杀死了。

"只有死亡,才能获得新生。也许有一天我会和你再见。"脚本里,润生蚂蚁对黑暗蚂蚁说。

子珊再也读不下去了。两个版本的故事让她无法继续。她要弄明白哪一个才是润生的真意。如果脚本中的故事才是润生真正想表达的,那么祭杀这一行为象征着什么,也还是一个谜。无论两个版本真意如何,其中的区别相当大,这里包含着润生最想表达的东西,对子珊来说还是一个"迷宫",或者说是一份需要子珊悉心解读的关于润生的"心电图"。

子珊感到十分疲劳,她放下脚本,想休息一下。不管哪一个版本代表着润生的真实意图,两个版本都一致指向润生这两年来所受的磨难,那挥之不去的悔恨和绝望以及在色彩中透出的希望。而这希望却是死亡带来的,色彩表示了死亡的诱惑吗?她需要真正理解了画稿和脚本的意思才能完成润生的工作。也许她需要和润生通一个电话,直接询问润生。但润生自己也未必完全了解画稿中透出的丰富信息,或者润生也未必愿意把心思和盘托出。她得自己先理解一遍再说。

今天到此为止吧。

子珊躺下后做了一个长长的梦。迷宫。纽约本身就是一个巨大的迷宫。她和舍尔曼走在一起。她挽着舍尔曼的手臂。她辨不清方向。舍尔曼也许有他坚定的信仰,走路的姿势毫无畏惧。子珊变成了一只蚂蚁。舍尔曼看不出来她是一只蚂蚁。她问舍尔曼,要是她是一只蚂蚁,你是不是会踩死它。舍尔曼吻了她，舍尔曼说，我们犹太人有一个寓言，有一个人想知道天空是从哪里开始的，他遇到一只蚂蚁，他问蚂蚁，天空是从哪里开始的？蚂蚁说，天空是从你鞋子那么高的地方开始的。子珊问，什么意思？舍尔曼笑了，说，天空是我们的未来，得一步一步走，脚踏实地。亲爱的，你现在的问题是关于我们未来的，你问这个问题我很开心……有一样东西从高空坠下，把纽约上空狭长的天空完全遮蔽，那东西砸在子珊蚂蚁身上，舍尔曼却完好无损，冷静地看着这一幕。血就像润生画稿中那样喷涌，那只蚂蚁从一堆血肉中爬出来，看到那是一具尸体，已摔成碎片，她认出这具尸体是易蓉。一会儿，易蓉的血肉在空气中消失了，只留下一具骷髅，变成了一只蚂蚁的子珊向那具骷髅爬去。蚂蚁再也找不到出口，蚂蚁感到窒息，叫喊出来。子珊醒了过来，才知道刚才只不过是个梦。

子珊迅速从床上起来，扑到工作台前。她翻到那个对白处，直愣愣地对着那句话，不知所以，梦里的一切令她更为不安。她看到其中一页的背面用浅黄色铅笔写下了一个句子："题目拟为《致世间的遗书》？"句末是一个问号，表明润生并不确定最后是否用这个题目，但这个题目本身透露出关键的信息，"遗书"意味着将告别人世。

子珊确信润生把画稿寄给她是在暗示什么，她越来越倾向于认为润生是在向她告别，他或许真的已经不在人世了。她想起刚才梦中的一幕，难道跳楼自杀的不是易蓉而是润生吗？如果润生出了什么事应该有消息啊，他是个名人啊。至少甘世平应该会告诉她一声，可以给她发一个邮件之类。子珊输入润生的名字，查了一下网上的消息，没有关于润生死亡的报道。她松了一口气。

现在是纽约的午夜，在国内是中午。子珊忍不住给润生打电话。她必须听到他的声音。但是没有打通，电话不在服务区。是润生关机了？这是最好的解释，也是最好安慰自己的理由。可是子珊想起元宵节那天润生一直没回她短信，断然否定了"关机"这种可能。她想即便润生没有失踪或死亡，也一定遇到了一些事情。

子珊决定打电话给甘世平。给甘世平发了那个电子邮件后，甘世平并没有回她片言只语。子珊认为可能事涉她和润生的关系，他不便多嘴。他一直是个谨守分际的人。但她已经可以坦荡地面对一切。她告诉甘世平，她收到了润生的画稿，这是什么意思？润生怎么啦？她坦陈刚刚给润生打过电话，她找不到他。甘世平倒是很平静，什么事也没发生似的说，他也找不到润生，他收到润生这条让他把画稿寄给她的短信后，再也联系不上润生了。子珊问，他会自杀吗？甘世平说，不会。他很确信，又说，如果刚出事那会儿倒是有可能的，现在他好多了。甘世平告诉子珊，润生这两年喜欢漫游，他已经习惯了润生的失踪，这次润生跑去中缅边境的难民营做志愿者，那儿信号很差。春节时他和润生通过话，他问润生需不需要去看望他，润生拒绝了，说一切都好。甘世平说到这儿叹了口气。子珊想问那个邮件为什么没给润生看，但又不知从何问起，就挂了电话。

甘世平提供的信息暂时缓解了子珊的焦虑。不管怎样，有一点她很清楚，润生之所以寄给她，是想让她完成后期制作，

其中包括电脑合成、调色、细部刻画、字幕以及配乐等。假设
润生如她担忧的那样已不在人世，那么他把这事托付给她说明
润生看重这件作品，如题目所言，是"留给世间的遗言"，那
一定是他最想对这个世界说的话。好在甘世平打消了她的这一
担忧。

过了几天，甘世平的话不再给子珊带来安慰。润生为什么
要在这个时候把画稿寄给她呢？仅仅是因为他在中缅边境吗？
难道他不再回去了吗？他没必要这么着急处理他的画稿啊。以
润生的个性，只要是自己能解决的事，一定不会让甘世平寄给
子珊的，也不会让子珊对着未完成的稿子独自苦思冥想。润生
让子珊做后期那完全有可能，毕竟子珊学的就是这个，但应该
是在润生解决了这个作品所有问题之后才会交给她。子珊越想
越感到不安。

子珊对着画稿，觉得润生描绘的这个巨大的迷宫里面隐藏
着润生的安危。

六

周凯一直不断地在给子珊发信息。由于一头扎入到润生的画稿和脚本里，子珊通常不能及时回复他。到了空下来，才回复几个字。反正也没正经事，对方表面上在请教她如何处理纽约生活中的一些琐事，实际上是在套近乎。周凯显然对子珊有好感。

有一天，周凯给子珊发来一条短信：总算安定下来了，谢谢你的指点，可以约个饭吗？

子珊想，不出所料，这位叫周凯的作家终于不能免俗，约她了（应该起心动念有一阵子了）。开始子珊没理会，后来，子珊突然想起作家写的《苏州河》，想起书里那条突然消失的巨蟒，又想起作家说书稿的重要章节是在润生设计的那个禅院完成的，无端觉得这本书和润生有关联。难道当时润生也在吗？难道润生正在创作的画稿对作家有所透露吗？为什么那条巨蟒会突然消失呢？作家是不是从润生身上得到了某种灵感？

子珊知道这些想法毫无根据，纯粹出于自己的主观臆测。但她还是决定和周凯见一面，一起喝一杯咖啡，或许能从他那里得到关于润生更多的信息。也许作家会奇怪她对润生的兴趣，那么她会同他讲述她和润生之间的故事。事到如今，有什么不可以讲的呢？

子珊给周凯发了一条短信，说，好啊，我请客。

考虑到周凯暂时租住在皇后区西部靠近曼哈顿的地方，子珊选择了第五大道和西 27 街交汇处的一家屋顶酒吧餐厅。子珊并不喜欢这家酒吧，但请一个刚到纽约的人吃饭，这里最合适不过，它是纽约生活的一个入口。酒吧在酒店的 20 层，正对着帝国大厦。子珊到纽约不久认识了韩于棋，韩于棋第一次带她来的就是这个地方。那是夏季，露天酒吧到处都是绿植和花朵。后来子珊发现纽约有很多这样的屋顶酒吧，各种各样的风格都有，有些比较闹，有乐队，有各种奇怪的表演，也有相对安静的。这家酒吧的好处是，想热闹的人可以去下面一层，那儿有劲爆的乐队，可以跳舞。在上面这一层还是相对安静的。纽约的大厦太高了，在这儿子珊才找到一种俯瞰纽约的感觉。韩于棋说，这个城市伟大到你会非常自觉地感到卑微，到了屋顶酒吧，喝上一杯，这种卑微感便会慢慢退去。"屋顶之上，是不是有城市主人的感觉？"韩于棋脸上涌出笑意，一种恰当的自我调侃。但他是清醒的，他继续说："当然对我们身处异乡的人来说，这只不过是自欺欺人，毕竟这是别人的城市。"子珊完全同意，她把自己定位为这个城市的过客。在纽约，她从来没有像在杭州时那样把杭州指认为"我的城市"，也因此没有住在杭州的那种妥帖感和安稳感。

夜幕降临了，四周的灯光亮了起来。如果在半个多月前的元宵节到这里，帝国大厦的灯光是中国红。在纽约，中国红特别好看，仿佛透着一种沉着的古韵，一种与"革命"无关的东方情调，帝国大厦于是变成了一座仿佛矗立了千年之久的东方古塔。现在中国年过完了，帝国大厦露出真容，在黑色天幕的映衬下，帝国大厦最高层收缩处两侧发出蓝宝石般的光芒，似乎在昭示这个城市的本质：一个一切都可以用金钱去度量的资本主义的大都会。

子珊提前到了，她看到周凯兴冲冲地从走道上经过，然后转入酒吧，站在那儿观察着露天酒吧。像所有初到纽约的国人一样，周凯此刻显得底气不足，怕自己不小心走错了地方而被人耻笑。子珊举手向周凯招手，周凯脸上露出笑容，因为一心看着子珊的方向，差点和服务生撞在一起。他一边说着"sorry"，一边朝子珊这边走。

"这地方不错。"周凯说，"人倒是不多。"

"纽约人都是夜猫子，现在还早呢。"

"那是什么？"周凯透过巨大的玻璃墙指了指露天吧台。

因为是冬天，室外有十多间气泡一样的彩色玻璃屋，纽约人把它叫成"泡泡包厢"，里面比较暖和，可用来抵挡室外冬天的寒冷。听了子珊的解释，周凯来劲了，提议去玻璃屋。子珊觉得那太像情侣幽会了，再说那是老外的玩意儿，透着一种既天真又纸醉金迷的气息，子珊不太适应。子珊说还是在里面吧。他们的卡座在玻璃墙边，一样看得到纽约的夜景。周凯要了一扎啤酒，子珊要了一杯鸡尾酒。他们还点了主食，是西餐。周凯点的是煎牛排，子珊则点了羊肉三明治。

先是拉家常。子珊问周凯，为什么移居纽约，你又不是英文写作者，用母语写作在国内不是更接地气？子珊在电视台做纪录片时，采访过一些著名作家，她曾和其中一位作家谈起过这个问题。那位作家成名后在美国住了一段日子，什么也没写出来，就归国了。"水土不服。"他说，"人像悬浮在空中一样，一个字也写不出来。"

周凯愣了一下，然后长长地叹了一口气。子珊意识到接下来会有一个故事，会是一个受迫害者的故事吗？在纽约不长的这段时间，子珊见识过一些在国内名不见经传的作家和艺术家，他们喜欢对媒体虚构一些政治事件，从而把自己包装成异见人士，被当成政治流亡者。更离谱的是西方媒体。最初，他们报道这些来自中国的异见作家、艺术家，会用类似诺贝尔奖的颂词称赞他们的伟大成就。不过媒体的热情不会持续多久，也就几天，最多一个星期，从此再也无人想起或提及他们。开始子珊有些疑惑，"伟大"这个词在汉语里几乎是神圣的，不久后她便明白在英语里这个词一钱不值，"伟大"几乎就像"shit"一样是可以随口而出的，它只不过是加强某种语气的一个助词。

还好，周凯没聊到政治，他说起了自己和前女友的故事。男人们都喜欢讲自己的情史吗？这个开始很不好，如果等会儿子珊也讲起自己的情史，是不是显得像在和周凯攀比呢？这会使这次会面显得相当滑稽。

在周凯讲述时，子珊有点心不在焉。她只想知道关于润生的消息。她甚至希望他早点中断他的故事，她可以找到一个切口转到润生那儿。比如他为什么想到去飞来寺的禅院写作？是从哪个途径了解的？是因为那是庄润生设计的才去的吗？但没多久，子珊竟然听进去了，并和周凯的故事产生了共情。

周凯描述他和女友的初见，是在朋友的一个饭局上。周凯喜欢细节（一个小说家容易染上的毛病，相信细节的说服力，但过分强调细节极有可能是为了掩饰其中的谎言），他描述喝酒的人，四位男士和两位女士，包厢的灯光（他称之为有一种暧昧的昏暗），他们的装扮（每个人都身着华服，好像他们即将出席一个颁奖仪式），以及一张张因为喝酒而油光光的脸，其中一位女孩有一种摄人心魄的美。他们当时在谈一个项目，有一个家伙在舟山嵊泗列岛买了一块地，打算在那儿投资开发一个度假别墅区，希望大家成为合伙人。"都是好朋友，以后一起去玩也有一个地方。"大家你一言我一语，在酒后的兴奋中，把那个地方描述成了人间天堂。事后大家才知那只是天上掉的一个馅饼。天上会掉馅饼吗？

周凯说他对这个项目毫无兴趣。买了那块地的是他的发小，发小的父亲曾从苏州调任到上海黄浦区当区长，后来官途不顺，因贪污坐牢去了。但发小的那副腔调仿佛其父亲不但没有去坐牢，而是统治着整个上海。

"我的发小一直在画饼。我这些年见过他画了无数的饼，他用这种方法敛财。他承诺会回报投资人高额的利息，但我清楚，你看中他的利息，他要的是你的本金。天知道嵊泗列岛上的那块地是不是存在，我们确实去岛上看过，他指着其中风景最漂亮的一块地说，就在那儿。"周凯说。

周凯当时不做他想，眼里只有那位震撼他的美女。那次饭局上他要了她的联系方式。她非常冷淡，瞥了周凯一眼，那眼神周凯一辈子记得，那眼神让人感到极度卑微，低到尘埃里的那种卑微。

子珊听到这儿控制不住地笑了，张爱玲害人，现在人们都只会引用她的话表达情感了。

后来周凯知道那位美女是一个诗人。"你可能不知道诗人的思维方式，都很怪，她有时候显得特别成熟，有时候又极不靠谱。"周凯说。

周凯后来自然和她好上了。他一改刚才的风格，叙述几无细节。只是脸上的表情没了刚才的严肃，露出孩子气式的心满意足的笑容，好像无意之中捡到了一块金子。这是子珊第一次仔细观察周凯，自从上次见他到现在，她对他一直无感，要不是因为她想知道润生的消息，周凯就是路人甲。不过这会儿，周凯的笑容吸引了她。她喜欢有少年气质的男人，她发现周凯在某些时候，即便有些表述稍显无耻，但脸上会不时流露出孩子般的羞涩。

爱就是这回事。太阳之下无新事。就像子珊在帕森斯学院的课堂上讨论爱这一概念时所说的那些断语，当人们谈论爱时，那些断语依旧是有效的。爱是崇拜。爱是嫉妒。爱是征服。现在周凯的故事在印证她说过的话。

在周凯的叙述中，他的女友具有戏剧性的人格。"这同她是个诗人有关。"他说。她总是考验周凯，开始还好，后来几乎用"生"和"死"这样的本质行为考验周凯，悲剧就这样发生了。

他们吵架，周凯被气得离家出走，三天不回。其实他在朋友家喝酒。一天晚上，周凯突然收到一条彩信。那是一条相当诡异的彩信，照片里的人显然是他女友，她坐在一张黑色餐桌前，脸上贴着白色面膜，穿着红色的和服，上面绣着凤凰和牡丹。一根白色的丝带放在黑色餐桌上，分外刺眼。然后是一条文字短信：如果你在一个小时内没有赶回来，你就再也见不到我了，因为我已不在人世。

周凯当然马上赶回了家。他推门进去时，白丝带套住女友的脖子，她整个人挂在房间的吊灯上，身上穿着刚才照片上的红色和服。周凯不知道如何处理，他站到凳子上，试图救女友下来，但他根本解不开丝带的结。他想到口袋里的打火机，打算把白丝带点着，白丝带烧断了，女友自然就能放下来了。谁能料到呢，白丝带点着的瞬间，火势迅速地蔓延到了女友的头发。女友脸上的皮肤毁掉了。

毁容的情节震惊了子珊。子珊不由得想起了易蓉。这个故事像极了易蓉故事的翻版。这时子珊已完全被吸引，并感同身受。

周凯感到自己有罪，他唯一能做的就是治好她。他知道韩国整容术高明，就带她去了韩国。他当时有一家文化公司，为了凑够足够的钱，他把公司转卖给了朋友。他们在韩国待了整整两年，其间女友做了七次手术。终于女友又成了一位美人。

"她的美依旧是令人震撼的，但不是我熟悉的美，她的容貌完全变了，成了另外一个人。"周凯说。

子珊听到这儿，很快猜出，下面的戏份应该是分手了。就像润生和她的故事，似乎出路也只能是分手。好在眼前的这个男人还算有良心，他至少让他的女友美貌依旧。这让子珊对周凯有了些好感。

"我不知道她哪根神经搭错了，回国后不久，她失踪了。她甚至没同我告别。我到处找她。后来遇见她的闺密，才知道她去了清迈。我想起邓丽君死于清迈，据说也是上吊自尽。我不知道她去清迈出于何种想法，我去找过她，我几乎走遍了那个小城，没见到她的影子。她好像人间蒸发了。"周凯说。

周凯抬起头来看着子珊，目光深沉，带着真挚和一定程度的羞怯，好像子珊就是他一直在找的女友，他们终于在纽约久别重逢了。子珊想起润生，一样杳无音讯。润生一直是一个秩序井然的人，但命运把他击碎了，让他跌入人生的迷局之中。她在润生的画稿中读到他试图重整破碎心灵的努力，子珊心一酸，双眼不由得朦胧起来。

周凯以为子珊是被他的故事感动，喝了一大口啤酒，轻柔地问，你怎么了？

往事就在眼前，历历在目：她和润生在刘庄；易蓉出了车祸；一铭和一贝死了；易蓉自杀了；可怜的润生以为这一切都是他的罪过，其实他根本不了解真相，他像一个瞎子一样在人世间走来走去，见不到光。往事像飓风一样裹挟了她，出于对润生的担忧和怜悯，她控制不住哭出声来。来到纽约，她有很多糟糕的时刻，她忍住了没有哭，纽约不相信眼泪，她的眼泪对纽约来说一钱不值。她觉得自己的心变得日益坚硬。有时候，韩于棋这个温暖的老头可以稍稍软化她的灵魂。其余的时光，她的灵魂仿佛安放在坚果壳之中，连舍尔曼也无法软化。她不知道今晚怎么了，竟然在周凯面前失态了。她第一次坦白了和润生的一切，将内心袒露给一个刚认识不久的人。她甚至没有和舍尔曼说起过这些。

周凯站了起来，来到她身边。她依旧坐着，周凯从后面搂住她的脖子，试图安慰她。"别哭，别哭，我们都不容易，不是吗？"周凯说。子珊根本控制不住哭泣，一边哭，一边说："对不起，我怀疑他自杀了，已不在人世。"作家开始抚摸她的头发，并试图用拥抱的方式安慰她，有一刻她觉得是润生活着来到她身边。

子珊看到舍尔曼从酒吧狭小的门进来。子珊一下子冷静下来。她看到舍尔曼站在那里，在酒吧里寻找子珊。

和周凯吃饭的事子珊同舍尔曼讲过，时间和地点都告诉过他。子珊没想到舍尔曼会过来。有时候子珊觉得舍尔曼虽然爱她，但似乎一直对她放心不下，好像她随时可能会背叛他。难道这是文化差异吗？

也许舍尔曼只是在担心会弄丢了她，担心有一天她突然消失，像周凯的那位女友。

七

　　子珊开始了润生动画作品的制作，有些工作必须去学院才能完成。CG 技术如今已经相当完善，可以达到以假乱真的程度，尽管润生的作品不需要这么精细，但还是需要去学院的图形工作室才能处理。

　　对润生的画稿子珊已经很熟悉了。脚本中的对白除了几处子珊还未参透润生的真意，别的地方她都根据润生的意思做了重新修订和补充。润生显然对动画制作不甚了解，只描绘了故事的主线，其中需要呈现的一部分过渡情节需要子珊补全。

　　润生蚂蚁出了迷宫后的故事，子珊做了以下处理：那只带着两只小七彩文鸟的大鸟是双头的，一面是易蓉，另一面是子珊。子珊第一次看到自己的形象出现在那只七彩文鸟身上时，突然泪流满面，好像两年以来的种种委屈在那一刻被释放了，并且心里面涌出一种奇异的幸福感。"是的，润生，原谅我这样任性一次，我改了你的故事，希望你以后看到时不会生气，要是你还在人世的话。"子珊在心里说。

　　纽约的春天来得很晚，雪虽然融化得差不多了，树叶依旧光秃秃的，毫无生气；气温极低，寒流吹在脸上硬得像芒刺。这里和杭州完全不一样，杭州的冬天也冷，是那种阴湿的寒冷，但植物是绿色的，满眼都是四季常绿植物，间或有一些柳树、银杏、法国梧桐等落叶植物点缀其间，约略透出一丝冬日的肃杀，但依旧可以感到万物蓬勃的生命意志。在杭州，一年四季都有一种如画一般的美感，属于东方的那种细小而亲切，同时也是阔大而骄傲的美感。来纽约快两年了，子珊对纽约漫长的冬天还是不适应。冬天过于漫长无论如何都会给人以压抑感。

在春天到来时，绿色从树枝上冒出来，如果天气晴好，子珊喜欢走路去学院。从西 42 街到帕森斯设计学院，需要走差不多四公里半的路，如果早上有课，子珊得一早起来，这样才能保证准时到校。要是觉得会迟到，她可以在半途随便跳上一辆公交车。她喜欢走路的一大原因是走路让她感到自由并带给她灵感。这也是润生的秘密。润生有一次对她说，他很多设计灵感都来自散步，散步时一些独特的视觉语言会不期而至。确实是这样的，她在创作那部关于《爱与死》的动画短片时，很多灵感都来自走路时刻。自由是她走路时经常思考的问题，自由就是孤独，就是和自己相处。和舍尔曼在一起确实让她的生活踏实起来，但同时她必须牺牲掉自己的一部分自由。比如和周凯在一起时，舍尔曼会突然出现。

今天子珊从温暖的公寓大楼里出来，一股寒风迅速包裹了她，意外地让她感到振奋，于是她决定走路去学校。

整个曼哈顿的街区，就像一片高楼的丛林。这些标志着工业世纪来临的摩天大厦，曾经是人类的骄傲，它们似乎在向上帝示威，人可以用这种方式建筑巴别塔，它们是人类自我膨胀的产物。子珊想象从天空看曼哈顿，建筑霸占着整个空间，而行人如蚁。子珊想，在上帝视角里，这更像是对人类行为的一个讥讽，一个他们以为的真实和现实之间的悖论。

　　帕森斯设计学院在曼哈顿最繁华的地区，附近布满了商店、餐厅、画廊和剧院。纽约的规划还是相当伟大而超前的，在逼仄处时常保留着令人惊喜的开阔地，比如街角公园、艺术馆广场、露天酒吧等。纽约的好处是可以见到全世界最前卫最具活力的文艺。子珊最喜欢的地方是乔伊斯剧院，那是一个以演出舞蹈为主的剧场，在得闲的时光，她会来这儿看一场演出。小时候子珊的父母希望她成为一个舞者，子珊也因此有些童子功，但舞蹈是残酷的艺术，要想成为千万人中的一个哪有那么容易。在乔伊斯剧院，她观赏过来自台湾的舞者许芳宜的演出，黑色的舞台上，旧照片似的浅咖啡光线打在舞者的身体上，使她的身体看起来好像成了消逝的时光本身，她手腕上佩戴着两只带光的镯子，舞蹈时在黑暗中拉出长长的光带，好像是光之舞。那次演出时，子珊还在前排看到前来捧场的大导演李安。子珊喜欢这个剧场的另一个原因是不远处有一家中国面馆。在看完演出后，吃一碗热腾腾的中国面，聊解思乡之苦。一会儿，子珊到了麦迪逊广场公园，可能因为这段时间太投入于润生的画稿，睡眠也一般，她感到有点走不动了。她在单车租用站租了一辆脚踏车，准备骑车去学院。学院已经很近了。

　　在她骑上车的一瞬间，一个念头突然降临到她的意识里，她打算把那只黑暗中的蚂蚁的形象画出来，为此她需要改变原来的想法，取消七彩文鸟上的双面形象，将文鸟恢复成易蓉的形象，而把黑暗蚂蚁画成自己的形象，一只子珊蚂蚁。也许这更符合事实，也更符合遗言之意。这个念头犹如灵光一闪，把她照亮了，那只蚂蚁从黑暗中爬出来，来到光之中，有着子珊的眼珠。她打算让润生蚂蚁杀死子珊蚂蚁。难道不是如此吗？润生献祭的不正是子珊吗？

子珊停好单车，进入帕森斯设计学院，学院的英文名字由白色有机玻璃制作而成，是屋檐的一部分，它高高在上，好像俯视着自己的学生，仿佛在告诉学子们，帕森斯将以上帝之姿看着自己的学生走向更广阔的人生，为这个学校带来荣耀。

这天，子珊一直忙到傍晚，她连中饭也忘记吃了。她拿起手机，想看一下时间，看到手机上有好几个短信。因为子珊工作时手机在静音状态，她没看到。是韩于棋发来的。韩于棋问她在哪儿，他想请她吃个晚饭。

子珊喜欢这个轻松的、精力旺盛的老头。子珊认定此人的经历应是曾经沧海难为水了，他已没有什么攻击性。子珊的直觉通常是非常好的。子珊倒是经常体会到韩老头身上父亲般的暖意，所以有一天有人告诉子珊韩于棋曾经的叱咤风云，她还是相当吃惊的。干了一天的活，正好想放松一下，她愉快地答应了。她告诉韩于棋自己在学院，并说想吃日料。韩于棋似乎知道所有纽约好吃的地方，他说，在第六大道和西 13 街交叉口有一家日本料理店，味道不错，他东部时间六点在那儿等她。子珊看了下手机，已经是五点十分了，她整理一下也得出发了。

子珊到日本料理店，看到韩于棋独自坐着在看书。韩于棋的博闻强记常令子珊感到惊讶，她有时候认为韩老头的身份应该是大学教授才对；她怀疑坊间关于他的那些八卦传言，他真的是一个黑道人物吗？他身上没有一点点黑道的影子啊。

韩于棋一直看着子珊，子珊以为自己穿着有什么不得体，不由得打量了一下自己。并没有。纽约的冬天刚过去，她来时穿了一件厚风衣，进入餐厅后服务生很殷勤地帮她脱掉风衣，露出里面穿的紧身高领浅灰色羊毛衫。毕竟在电视台做过出镜记者，衣着她还是讲究的。

"你瘦了，出了什么事吗？"韩于棋说。

子珊吓了一跳。最近除了研究润生的画稿，睡眠也不太好，老是做噩梦，惊醒后再也睡不回去，心里担忧的是下落不明的润生。她后来又给润生打过两次电话，都没通。润生也没回她，哪怕是一个短信。不过，子珊不想同韩于棋谈自己的个人生活。

"这段时间在制作一个动画短片呢，天天啃面包，今天要敲你一笔，好好撮一顿，把身体补回来。"子珊说。

韩于棋温和地笑了笑，开始点菜，他说这家店的烤马肉不错，来一点？

她确实想念日料了。在杭州到处都是日料店，子珊喜欢去中山路上的居酒屋，但不是和润生，而是和电视台的一位闺密。润生是个谨慎的人，不肯带她在公众场合出现。子珊回忆起来，她和润生除了在床上享受亲密时刻，在现实生活中，竟然很少有二人共度的温馨时光。

但是等到菜上桌，子珊却突然没了胃口。

韩于棋喝了一口清酒，把烤好的马肉放到子珊的盘子里。

盘子里堆满了各种食物。

"没胃口？"韩于棋问。

子珊担心自己的身体真的出了问题，是这段日子太专注于制作润生的动画的缘故吗？子珊看着盘子里的秋刀鱼，胃里涌出恶心感。为了不使韩老头失望，她吃了一口，恶心感直往上冲。子珊赶紧喝了一口清酒，想借此把恶心感压下去。清酒清新的果味以及轻微的苦涩味是子珊喜欢的。清酒滑过咽喉，如水流过一般，没有黏着感。

韩于棋脸上布满了长者的微笑。现在的男人身上少见这种慈祥温敦的笑容了。但子珊觉得今天的韩于棋有点特别，他的小眼睛平常眯成一条线，你几乎看不到他的眼神，刚才子珊却看到他向她投来亮晶晶的一瞥，十分锐利。子珊意识到韩于棋在观察她，子珊还意识到韩于棋今天请她吃饭是有事要同她说。他表面上的若无其事只不过是在暖场，他迟早会切入正题。他想同她谈什么呢？难道他听到了对她不利的消息？比如润生的消息。不过子珊马上否定了自己的想法。润生又不混黑社会，韩于棋怎么可能会关心润生，再说，韩于棋也不知道她和润生的关系。

子珊去了一趟洗手间。她需要稳定一下情绪。她从洗手间的镜子里看自己的脸。她皮肤好，平时几乎不用化妆，今天从学校里出来，连口红都没涂，这使她看上去确实有点病恹恹的。

子珊回到座位上，韩于棋正在打电话。他示意子珊多吃一点。子珊于是不再管他，她打算不管吃得下吃不下，得把盘子里的食物吃光。日料都是货真价实的，浪费了可惜。

韩于棋打完了电话，回到座位上。

"纽约华人圈就这么大，屁大的一点事到处传。"韩于棋说。

子珊愣愣地看着韩于棋，不知道接下来他想说什么。

"他们在传你正和那位作家在谈恋爱，他叫什么来着，对，周凯。有这事吗？"韩于棋问。

原来今天的饭局韩于棋关心的是这件事，子珊一下子放松下来。她其实还是有点担心会听到关于润生不好的消息。子珊想，她只和周凯去了一趟酒吧就传成这样了，人的嘴啊，真不靠谱。

"怎么可能，他们乱说，原来纽约比国内还八卦。"子珊说。

子珊觉得自己胃口都变好了，她用筷子夹了一片马肉，送进嘴里。她的这个动作是不是有点夸张？或许韩于棋会认为她在刻意掩饰什么。

"真没谈？"

子珊认真地点点头，说："怎么了？他有什么问题吗？"

"是那位作家自己在传你们的事。"

"他怎么可以这样，我和他没任何事。"子珊表现出恼怒。不过她那天晚上确实也有点失态，事后作家也经常发她一些暧昧的短信。

"没有就好。"韩于棋说，"我了解了一下此人的底细，人品极差。我必须告诉你，我不想你交友不慎。"

"他怎么了？"

韩于棋把一小杯清酒倒入嘴里，咂了咂味，然后微张开嘴巴，好像被清酒的涩味刺激到了一般。

韩于棋给子珊讲了一个和周凯自己讲述的完全不同的故事。

在韩于棋的故事里，周凯变成了一个金融骗子。舟山嵊泗列岛上的地根本就不存在，是他虚构出来的项目。他通过朋友认识了一些手头有钱，但不知道如何理财的人。"钱要是放在银行里，随着货币贬值等于在缩水。"这是他的口头禅。他的前任女友就是这么认识的。他骗财骗色。他女友父亲开了一家造纸厂，这些年政府抓环保，对污染严重的工厂进行整治。处理污水需要投入一大笔资金，这让一家小型企业不堪重负，所以造纸厂一直处在关停状态。但毕竟这工厂已开了十余年了，女友家还是有积蓄的。既然女儿和此人恋爱了，并且此人看起来人脉极广，排面也大，女友父亲信任了他，把钱都投到他的项目上。高利的回馈颇丰，让女友一家高兴了整整一年，这可比造纸厂利润要高多了啊。但是一年后，嵊泗列岛度假项目没有任何进展，女友的父亲起了疑心，让女儿快点要回本金。

"怎么还能要得回呢？本来就是个骗局。"韩于棋不屑地说。

那家伙的女友是个死心眼，以为作家爱她，以死相逼。她说如果不还回本金，她就上吊。作家根本无所谓，索性玩失踪，不再出现。一天，女人在他们的出租屋穿戴打扮好，打算用一根白丝带上吊。女人在上吊前发一条短信给作家，说要是作家一个小时内再不出现，她就死给他看。作家怕要是真弄出人命，事儿闹大，对他极为不利，可能所有被他骗的人都会找上门来。

作家赶回出租屋，见女人的脖子上缠着一根白丝带，挂在一盏吊灯上。这家伙弄不开丝带结，就拿出打火机，点燃了丝带，谁知丝带一下子爆燃，烧着了姑娘的头发，姑娘的脸都烧焦了，破了相。

听到这儿，子珊惊呆了，一时反应不过来。

"那女人后来治好了吗？"

"治个屁。出这么大事，这个骗子知道国内再也混不下去了。其实他早已准备了绿卡，资产也转出了国，当天就买了机票，溜之大吉。"韩于棋说。

子珊一时迷惑了，她不能接受周凯是如此可怕的人。就在一个星期前，她还同周凯讲述了她和润生的故事，她从来没对任何其他人讲起过这个故事，周凯是迄今为止唯一的一个。那天以后，在子珊这边，虽然对周凯没有男女情爱上的想法，但她确实把此人当成了朋友。可是真相是如此残酷，这世上人说的话还可以相信吗？子珊感到胸闷气短。

"你那么神通广大吗？什么事都能打听到？"子珊说。

"你不相信我？"韩于棋有点愠怒。

"相信啦。"子珊试图像往常一样在韩老先生面前撒一下娇，但她知道这一次显得极不自然。

子珊当然相信韩于棋，他没必要对她编这么一个复杂的故事。她已经从刚才的震惊中平静下来。她想到润生，韩于棋这么神通广大，也许他能打探到润生的下落。不过子珊一时不知从何说起，忍住了。

韩于棋后面是一台电视机，电视机这会儿正在播放一则纪录片，从其拍摄风格的沉稳与严肃，子珊判断应该是BBC制作的《探索与发现》栏目。作为曾经的纪录片编导，子珊来纽约后自然还是会关注这个专业的相关动态，了解一些前卫的拍摄理念。她对讲述人类绝境的纪录片尤其感兴趣，经常在课余打开 BBC 网页看一些相关的影片作为消遣。正在播出的节目讲的是缅北监狱那些毒贩们的故事。子珊听世平说润生就在中缅边境，不由得注视着韩于棋背后的电视里正在播出的节目，好像润生就藏在电视屏幕的背后。好一会儿，屏幕上出现一个神情茫然的男人，镜头给了这个男人一个特写。子珊的心一下子提了起来。那是润生。这个镜头很快就过去了。子珊还不能确认是不是润生。电视机不能回放，她拿出手机，打开 BBC 的主页，搜索正在播放的这个节目。子珊搜到了。她拉动进度条，找到了刚才的那个镜头。定格。截屏。然后放大看。那个人就是润生。在润生的特写之前，还有一些其他镜头，润生在人群中，那张英俊的脸是如此特别，忧郁而黯淡，好像希望之火正在他心里一点点熄灭。甘世平说过，润生去了中缅边境的难民营。这就对了，她确定他就是润生。她松了一口气，强烈的欣喜涌上心头，润生没有像她想象的那样不在人世了，润生还活着。紧接着她忧虑了，润生怎么会在这个地方？润生也在贩毒吗？子珊马上否认了自己的想法，润生不可能做这种事。但他为什么会出现在镜头里呢？

"你怎么了？"韩于棋问。

她知道自己刚才失态了。她想起这些日子来做过的关于润生的噩梦，她以为同润生的动画有关，看来不是的，一定是某种暗示，表明润生还活着，正处于危险中。

"我的一位朋友在缅北的监狱里。"子珊拿起手机给韩于棋看。

子珊感到脸上痒痒的，发现自己在流泪。肮脏的缅北监狱，BBC 所描述的充满了贩毒者和艾滋病患者的缅北监狱，润生被囚禁在那儿，正在那儿受难。

韩于棋接过她的手机，眯着眼睛仔细看。

"你的朋友是个毒贩吗？"

"不是，他是一位建筑师，得过阿迦汗国际建筑奖。"

"你想怎么办？"韩于棋看着子珊。

此时韩于棋的表情同平常判若两人，好像有另一个灵魂钻入了他的身体，目光变得极其幽深，脸上瞬间布满一种令人生畏的权力感。

是啊，她该怎么办？子珊毫无头绪。

八

一星期后，子珊从纽约坐飞机来到内比都。从机场出来，内比都的炎热令子珊有点难以忍受，她身上的衣服太厚了。幸好她带了夏装，她躲进机场的厕所，换上一件相对正式的休闲西服。她需要在这个国家办正事，穿着要得体，穿得越中性越好。

子珊来之前把自己要做的事告诉了舍尔曼，并告诉舍尔曼润生的身份，用西方的话说，润生是一位"伟大的建筑师"，也是她的前男友。她觉得应该对舍尔曼坦诚相告。舍尔曼表示理解，并要子珊保重。"说不定我哪天会来缅甸看你。"舍尔曼说。子珊拥抱了一下舍尔曼，开玩笑说："千万别来，你们俩要是打起来我怎么办？"

从机场出来，有一位矮小黧黑的缅甸司机等着她。这是韩于棋替她安排好的，韩于棋真的是神通广大，好像哪里都有认识的人。车停在机场的停车坪内，一辆白色别克车，车身上沾满了泥浆，可以想见即便在内比都，缅甸的路况也一定不太好。司机问需不需要吃点东西再走。子珊刚才在机场超市买了蛋糕、饼干等一堆食物和矿泉水，以备不时之需。子珊说，直接去目的地吧。

一路上，子珊一直在想一个问题，润生为什么会在缅北的一所监狱里？他真的把自己当成画稿中的那只蚂蚁了吗？是他所谓的巢穴主义带着他迈向黑暗的地狱吗？是他对自己的变相惩罚吗？

子珊来过缅甸。有一次，电视台派摄制组到仰光拍一则纪录片，采访的是一位暂住在仰光的浙江收藏家。子珊当时拍摄的这台节目不光是要呈现受访者的成就，还包括成就背后的故事，因此需要不断对话、问询、诱导，尽可能打开受访者的内心世界。收藏家是位神人，极富传奇性。收藏家年少时家境窘困，一次台风把他们家的茅草屋毁掉了，全家搬到村子附近一个破败的寺庙里暂住。当时寺院已无僧人，被用作贮藏生产队粮食的仓库。粮食藏在木头谷柜里，少年在谷柜上钻了个洞，每天掏点谷出来充饥。时间一久，胆子就大了，他从小洞中偷出谷来换钱。有一次他正偷谷时，被抓了个正着。但村里人打开谷柜，奇迹发生了，谷柜竟然满满的，丝毫没有被盗的迹象。那天晚上，少年躺在寺院的地上，看到头上一尊小佛像发出光芒，他吓得连忙跪下不住磕头，并断定是小佛像显灵才救了他。"文革"时，村里人要把寺庙的菩萨砸掉，少年偷偷把小佛像藏了起来。上世纪七十年代的某一天，他发现佛像后背有一块破损了，破损处，他看到宝石的光芒。小佛像的肚子里竟然藏着宝藏。大约是因为从小住在寺院，他竟无师自通识古，他就此踏上收藏之路，成为一位大收藏家。

这个故事的一些细节不可能在最后播出的影片中出现。在播出的那个版本中，更多呈现的是收藏家所做的公益事业，其中的传奇内容子珊忍痛剪掉了。当然，小佛像还是出现在了纪录片中，子珊还跟着收藏家去看了仰光的大金塔，影片在收藏家双手合十对着大金塔时结束。镜头拉远，在黄昏彩霞密布的天幕下，这座由黄金铸就的巨大的寺庙呈现出一种既耀眼又谦卑的美感，寺院的金衣由于经年风吹日晒已起了包浆，尽显沧桑之美，看上去像是这个尘世的一根支柱。

子珊让润生看的是完整版的片子（子珊自己偷偷剪了一版）。在某个午后，润生带了工作室的投影仪，两人在刘庄看完了这部片子。那是她和润生关系最好的时候。子珊记得在仰光采访时，她不时把看到的风景发彩信给润生，其中很大一部分是自己的照片。那时候，子珊无论走到哪儿，脑子里都是润生。后来子珊换了手机，不过她的手机里依旧保留着那些信息。她猜想润生一定早已删得一干二净。当年润生面无表情地让她来美国时，他的目光里写着一个成语：一刀两断。子珊知道这个男人处理事情的方式，他言语不多，说出的只是他情感极小的一部分。他就像一座冰山，有很大一部分被埋在水下，她只能猜测那巨大冰山底部的情感，猜不透，却是越发沉溺其中。爱就是尊严的丧失，带着某种程度的卑贱。子珊有时候想，假设是润生主动，假设润生总是对她表达爱意，她会狂喜吗？她意识到不会，即便有狂喜也不会延续太久。爱其实是一个人的戏剧，就像子珊在冰山之上看到润生内心的一点点风吹草动，就可以想象冰山下涌动的地震般的激情，其实很可能是虚妄。子珊可以理性地看清这一切，却依旧难以摆脱自投罗网式的情感。

那天看完名叫《仰光的收藏家》的纪录片，子珊问润生，是不是很神奇？润生说，片子很好看，因为人们愿意相信奇迹，奇迹是这个平庸世界里的人们内心的渴望，但归根到底，一切都是叙事。子珊问，什么意思？你不相信他所说的？润生想了想说，也不是不相信，也许收藏家没有说谎，这些奇迹他自己是相信的，这是他此生的信念。但是不是真的发生过，我不能断定。也许此人只不过是用奇迹洗白他致富的原罪。子珊听了虽然刺耳，倒也有茅塞顿开之感，外表单纯的润生思考时会变得相当尖锐甚至世故，这令她感到不可思议，好像这些思想不该出现在他的脑子里。子珊问，那你为什么说只是叙事呢？润生说，这世界的一切都只不过是一种叙事，佛经是叙事，《新约》和《旧约》是叙事，连《论语》都是叙事。神都不是自己写下文字，神只活在语言中。子珊问，那么建筑呢？建筑也是一种叙事吗？润生说，建筑是叙事的外化，是神的显影。当润生一本正经说起某个观念时，常有意想不到的言辞，子珊也因此愿意在这类问题上刺激他。她崇拜他脑子里的念头，觉得她对润生的爱很大程度上源于对他思想的崇拜，程度甚于对他肉体的迷恋。但她这么认为也不完全正确，在仰光采访时，每次想起润生，她的身体都会充满了欲念。

那天，润生对大金塔不吝赞美，她的宏大以及某种简朴的庄严征服了他，他对子珊说，他想去仰光膜拜一次。润生很少用"膜拜"这个词。润生说，单一的材料（金片）有着不可一世的坚定性，仿佛创世。子珊一厢情愿地认为这句话藏着另一层含义，她认为润生想让她陪他一起去。子珊说，好啊，但你要带上我。润生依旧看着被他定格了的投影在墙上的大金塔，说，好，我要在那儿许个愿。子珊看着润生的侧面，她多想润生这会儿能转过头来看她一眼，他知道她正看着他。润生的侧面很好看。

白色别克车司机熟悉道路，车开了五个小时，他们到了曼德勒城。天已经黑了，子珊提议休息一会儿。有些路段路况极差，子珊怕司机太疲劳。司机在加油站灌满了油后，不做任何说明就离开了。子珊有点心慌，在这个陌生的地方，要是司机不告而别，她该怎么办？想到可以打电话给韩于棋，她马上放松了。半个小时后，司机回来了，一扫刚才的疲态，一副满血复活的模样，好像一个电池耗完的机器人重新注入了新的能源。司机提议继续赶路。一会儿，汽车奔驰在昔卜-腊戌公路。一路基本上都是山路了，海拔也高了起来，应该已经进入缅北地区了。植物一下子变得茂盛起来，车窗外变得越来越黑，不过今晚月光很好，依稀可以辨认植物的样貌，路边的山坡上，生长着柚木、美登木、美抱木，远处是松林和竹海。晚上，道路上车辆不是很多。司机打开了汽车音响，播放的是刘德华的《忘情水》。子珊并不感到奇怪，一路上司机言语不多，说的是一种类似云南官话的语言，子珊猜想他应该是所谓的果敢人。子珊也不敢贸然问询他的情况，怕犯风俗之类的忌讳。

他们到了那座山谷中的监狱已是第二天清晨。中途，子珊实在太困了，睡了过去。从大洋彼岸的纽约到内比都需要差不多十二个小时，因为担忧和某种莫名的亢奋，在飞机上子珊几

乎没睡着。和润生杭州一别已有两年，她还没有准备好和润生
见面。她甚至不清楚见到润生会涌出何种情感，或者说润生会
用什么态度对待她。子珊醒来的时候，天已经亮了，汽车在一
条沿河的山路上行驶，远处的山谷云雾缭绕，颇有中国山水画
之意境。车内空气混浊，子珊打开了车窗，清晨的森林里传来
一股浓重的腐烂味。

　　天彻底亮了，汽车在转了一个几乎 270 度的大弯后，来到
一幢巨大但并不高耸的建筑前面，戛然停住。建筑四周的高墙
拉着带刺的铁丝网，墙上的岗哨静悄悄的，好像无人在那儿把
守着。子珊在 BBC 节目中看过这座建筑，并不陌生。她知道目
的地到了，从汽车上下来。汽车停在一个小小的广场上，也许
太早，广场上空无一人，四周堆满了生活垃圾，发出一股臭味。
也许要等一会儿，才会有人把这些生活垃圾清理掉。

　　子珊站在这座建筑前，有些恍惚。她无法想象润生关在里
面，她也猜不出润生何以会在这个鬼地方，也许一会儿就知道
了，润生总得告诉她原委吧。

九

　　那个矮小的黑脸司机进入了监狱。一会儿，他在一位狱警的带领下，向子珊招手。子珊跟着他们来到一间比较考究的办公室。子珊猜想那应该是监狱长之类的长官的办公室。里面坐着一个神气的胖男人，上身穿着制服，下身却系着咖啡色白格子笼基。胖男人讲着蹩脚的英文，有一半子珊听不懂。子珊在解释她想见谁，她甚至向那位胖长官讲了庄润生是一位了不起的建筑师，得过阿迦汗国际建筑奖之类。不知那位长官有没有听懂，黑脸上皱纹越来越深。这么胖的脸也能出现这么深的皱纹令子珊暗自吃惊，作为一名了解人体结构的动漫编导，她觉得这不科学。

　　那个矮小的黑脸司机拖着子珊往回走。子珊不明白为什么，只好跟着司机出来。司机的脸变得阴沉，一改接子珊时的客气，好像子珊刚才做错了什么。

　　回到车上，司机说："你没带钱吗？"

　　子珊愣了一下，她回忆和胖长官的对话，没有出现 money 这个词啊。子珊想了想，问："需要多少钱？"

"想见一面100美金，想弄出来看长官高兴。"司机说。

子珊听了有一种司机和长官是同伙的感觉，合伙在骗她。不过她马上打消了这个念头，应该是自己见识太少，现在的重点是把润生弄出来，其他的都是小事。

"我没有这么多现钱，这儿有取现金的地方吗？"

"那得去腊戌，那儿有银行。"

司机的脸更黑了。他发动了车，倒车的速度快得惊人，好像在用横冲直撞表达对子珊不懂规矩的蔑视。子珊想起来自己都没给过司机小费，是不是这也是原因。她打算等会儿取了钱，给司机20美金。

子珊的电话响了，是韩于棋来电。子珊算了一下时差，美国现在应该刚刚进入夜晚。子珊接听电话。韩于棋问了一下情况，子珊如实回话，说自己正去腊戌取钱，得打点狱方长官。韩于棋沉默了一会儿，说，你别急，我等会儿发你一个地址，你速去找地址上的人，他会把事儿搞定的，他就在腊戌。子珊听了差点儿想哭。此行她感到自己特别脆弱，特别无能。无论在国内还是在纽约，她并不算太笨的人，但现在她觉得自己是如此无能，连司机都瞧不上她。

一会儿，子珊就收到了韩于棋的短信：

彭友国

腊戌锡尼路瑞拉旺餐馆后院

电话：09523868

子珊看短信时第一次发现自己的手机信号竟然是中国移动的。她想这监狱离中缅边境应该不远。她此前也听说过，果敢地区的人们都用中国移动信号。

子珊给司机看了这则短信，让司机先去这儿。司机露出既震惊又恐慌的表情，因为慌乱，别克车差点儿开出山路，冲到河里。幸好司机反应及时。子珊也出了一身冷汗。一路上司机再没吭声，面部表情变得犹疑不定，心事重重。

三个多小时后，车子来到韩于棋发来的地址处。车子在瑞拉旺餐馆不远处停了下来，司机向她指点怎么去后院，自己则留在车边不动了。周围的环境倒不让子珊感到陌生，街上的招牌除了缅文便是中文，建筑类似中国二十世纪八十年代时期的风格，不过或多或少有所改良，用缅甸建筑那种火形门窗以及屋檐加以装饰，成了中缅杂交的生硬的混血建筑。在来腊戍的路上，子珊在网上查了这座城市的相关介绍，知道这里果敢人占总人口约百分之七十，云南官话是通用语。果敢人有顽强的保留自己文化的意识，汉语学校遍地都是。语言会带来最彻底的认同感，让人不觉得自己是在异邦。

子珊感到司机似乎惧怕这个叫彭友国的人，她只能靠自己找到餐馆的后院。

那是一个汽车修理厂，不大，修理厂里停了五六辆汽车。场地相当整洁，甚至比外面的街道还要干净。子珊看到停放的车子中，有一辆是出产于上世纪初的美国奥兹莫比尔牌汽车，有一次她在美国的一家老爷车博物馆看到过此种型号的轿车。有一个精瘦的老头穿着蓝布工装在修其中的一辆，子珊来到老头前面，问，您是彭友国先生吗？

汽车的前盖打开着，老人的头伸入车头，在拧一枚螺丝，神情专注。老人没有抬头，也没回话，好像他是个聋子。子珊疑惑自己是不是找错了地方，脸上不由得浮现出疑惑来。她又用英文问了一遍同样的问题。

好久，从车头深处传来汽车发动的声音，声音沉稳，听得出来发动机性能相当优良。老人满意地钻出来，站在车头前，看着转动着的发动机，不过脸上还是没有表情。子珊认定找错人了，准备去前边饭馆打听一下那个叫彭友国的人在什么地方。

"你是他什么人？没见他对谁这么好过，韩老板变活菩萨了？他可是金盆洗手的人，怎么又来管江湖的事，犯禁了。"

声音从子珊的后背传来，凶巴巴的，一点也不友好。子珊愣了一下，不过心里还是涌上终于找到人的欣喜，就是那老头儿，没错的，他就是彭友国，不然没人能问出这样的话。

"听说韩老头在美国变成文化人了？还和莎朗·斯通交上了朋友？一个过气娘们值得交吗？要交也交个当红娘们。"老头儿一脸不屑，一直在挖苦韩于棋。

子珊有点疑惑，她没听说韩于棋和莎朗·斯通有什么交往。不过谁知道呢，说到底她对韩于棋的世界并不了解。要是这位叫彭友国的老头说的是真的，子珊还是相当吃惊，彭友国远在南亚一隅，竟然对远在纽约的韩于棋了如指掌。

老头儿一直在极尽嘲讽之能事，好像子珊就是韩于棋本尊，而他和韩老头有着深仇大恨。这让子珊感到紧张，她怕老头儿不肯出手相援。

担心是多余的。老头儿把汽车前盖轰然合上,写了一张纸条,让子珊回去接人。子珊不敢相信凭这纸条就可以把润生接出来。这么简单?彭友国不再理她。子珊看着彭友国向修理厂厂房暗处走,一会儿彭友国在一个阴暗的通道消失不见。院子里布满了热带灼人的阳光,靠墙的地方种植着几棵高大的芭蕉和古茶树,生机盎然。

十

　　他们把润生放在担架上，抬着出了禁闭室。润生昏迷着。子珊凑近他，他在喃喃自语。润生还活着。子珊看到润生瘦了一圈，脸上的皮肤失去光泽，一脸污泥，好像他刚从一场鏖战中归来。他的胡子约有一厘米长，看来至少有一周没剃了。子珊第一次发现他的两颊也有胡子，不杂乱，整整齐齐和头发的鬓角连成一条带状；胡子在他上唇形成一个好看的弧形，下巴处特别浓密。他的嘴唇由于失水而变得干瘪，上面生出一片一片快要脱落的坏皮肤。看到润生的面容变得如此可怕，子珊不忍目睹。她试着叫唤润生，润生毫无反应，他对外界已经失去感知能力。

　　还是那辆别克车，需要送润生去腊戌总医院，据说那儿医疗条件尚可。抬担架的两个狱警把润生塞进汽车的后座。润生整个身体软塌塌的，好像骨头已经不长在他身上。润生躺在后座上，已经很挤了，但子珊还是钻进了后座，她怕他在路上死去，她得时刻看着他；另外，她得给他喂水喝，他干瘪的嘴唇证明他体内严重缺水。

润生不算高，一米七二，但在后座也是难以躺平的。子珊让润生头枕在自己的腿上，让他的腿屈膝置于座位上。子珊摸了一下润生的额头，吓了一跳，润生发着高烧。子珊拧开一瓶矿泉水，浇到一块随身带的小毛巾上，敷到润生的额头上。她试图让润生喝一点水。润生的嘴闭着，矿泉水一滴一滴落在润生的嘴唇上时，他的嘴唇动了一下，水顺势流入到口中。这时候，润生又发出声音，这次子珊听清楚了，润生在念叨的是"子珊"，后面那个平声听起来含糊不清，好像这个字说出口就融化在了空气里。润生闭着眼睛，他一直紧闭着眼，他应该没有认出子珊。就在那一刻，所有过往的委屈一下子涌上子珊心头，眼泪汹涌而出，她竟然放声大哭起来。司机回头看了一眼，继续不声不响地开车。

子珊意识到此刻她的哭不是为润生，而是为自己。她第一次发现内心对润生的不满是如此强烈。那些付出和不甘，不平和怨怼，在她的情感深处突然发酵，完全出乎预料。这些负面情感，她平时不曾想，也不愿意去想，但它们一直都在，在她意识不能抵达的深处，乔装打扮，隐藏着，现在它们像军队一样从森林中钻出来，队伍整齐而野蛮，给子珊猝然一击。昏迷中的润生在喊着她的名字。是的，不是易蓉，而是她，子珊。子珊竟然有一种苦尽甘来的自我怜悯，这个男人，他的脑子里究竟还是装着她。对于这个晚到的安慰，她唯有痛哭。

车在中午到达腊戌总医院，润生被送到急诊室。医院的人已经知道润生要来，连住院的房间都留好了。子珊想了想，应该是那个一脸不耐烦的彭友国命他手下办的。医生告诉子珊，润生没有大问题，他昏迷是由于高烧引起的。"他会好起来的，不过脑子有没有烧坏就不知道了。"医生说完笑了，好像他说了一个笑话。

得在这个医院过一阵子了。子珊请了一个护工，在腊戌，护理费用便宜到令子珊惊讶，也让子珊感到对不起护工的劳动，子珊决定多付给她一点工钱。在司机的推荐下，子珊在腊戌总医院不远处的双象酒店住下。酒店不高，白色墙体，白色窗框，四周那道蓝色玻璃装饰墙让酒店显得特别醒目。酒店条件不错。子珊从酒店的房间里望见博焦克路边有一家小店，她打算去买一只能熬粥的电锅，同时也带点小米或大米回来。昏迷中的润生不能只靠盐水，他空荡荡的胃需要一些食物。

从小店回来，子珊把大米倒入电锅（没买到小米），插上电，设置好煮粥的模式。子珊打算先洗个澡，自纽约到现在，她没洗过澡，除了在汽车上那一觉，再没睡过，她洗澡时在温热的浴缸里竟睡过去了一会。她猛然醒来时，房间里充满了粥香。窗外，黄昏已临，双象酒店入口处的热带植物在阳光退去后显出幽深的绿意。子珊决定带着刚煮好的粥去医院。

润生依旧昏睡着，不过呼吸已显得平稳而均匀，面部的表情松弛了下来，婴儿般安详。护工已经替润生刮了胡子，加上输了盐水，体内有了水分，润生的气色好了很多。医生说，过了今晚，他应该会醒过来。润生可能好多天没睡觉了，他太累了，需要沉睡。护工见子珊带粥来，要帮着喂给润生吃。子珊说，她自己来。昏睡中的润生嘴一直抿着，温热的粥落在他嘴上，他的嘴一动不动。

子珊让护工去休息一会儿，说，润生她会照顾的。护工很懂事地走了。子珊见润生连嘴巴都不动一下，眼看着粥要凉了，有点生气。她说，你不吃是吧？那我吃掉了。子珊自己吃起粥来，粥真的很香，好久没有吃过这么好吃的粥了。子珊还是不甘心，她起身把病房的门关了，然后用嘴对着润生的嘴，试图把嚼烂的粥用舌头推入润生的嘴里。润生的嘴张了一下，竟然吃了进去，并且下咽了。子珊刚想再次用嘴喂润生时，她的手机铃声响了，子珊吓了一跳，像被人撞破她暧昧的勾当。

是舍尔曼发来视频请求，子珊很快地按掉了。子珊知道舍尔曼不会问她为什么挂掉电话，也不会再次打给她。舍尔曼这方面做得特别好，即便心有疑问，也总是保持风度。

润生在慢慢恢复，子珊放下心来。这一晚，子珊回到双象酒店，狠狠睡了一觉，中途她在一个噩梦里逃亡，好几次挣扎着想醒过来，以摆脱梦魇，但就是醒不过来，好像她也像润生一样，沉入深长的睡眠之中。

第二天早上，子珊来到医院病房，润生已经醒来了。但令子珊担心的是，润生的记忆没有恢复，没认出子珊。子珊担心润生在狱中头部受过重击，造成了损伤，她要求医生给润生做了脑部 CT，结果没有任何受过损伤的迹象。医生也感到很奇怪，医生说，或许他只是像那些喝醉酒的人一样暂时断了片，或许他曾受过什么创伤，刻意回避记起过往，通常服用抗抑郁类药物的人偶尔会出现这种症状。医生说他曾经收治过创伤回避症病人，真的可以把过去完全遗忘。不过医生说，润生应该没有这么严重，他的失忆和智力下降可以很快恢复。子珊愿意相信医生没在骗她，是实事求是的。润生醒来第一件事是翻看他的包（子珊带他出来时，狱方把润生寄存的物件还给了子珊），掏出手机，然后像一个孩子似的笑了，好像得到了一件失而复得的玩具。有几个短信窜入，其中几个应该是子珊发的，但润生好像什么也看不懂，没任何反应。

润生的智力确实在恢复，不过恢复得十分缓慢，眼下他变得像一个孩子。润生特别贪吃，对食物毫无节制。子珊想，润生大概是在监狱里面饿坏了。有一天，子珊从外面买回一堆食物，润生贪婪地在东翻西翻，寻找什么东西。一会儿他愤怒地看着子珊，突然发火了："为什么没有咖啡？"子珊吓了一跳，这不是她熟悉的温文尔雅的润生，润生有固执的一面，但从来不是这样任性，这样蛮不讲理的。

这之后，每次子珊都会买咖啡。令子珊担忧的是润生进食愈发放纵，他不停地吃，不停地吃，他这样下去会成为一个胖子。

"润生，你为什么这么喜欢吃啊，从前你不是这样的。"子珊说。

"你怎么知道我从前？"润生警觉地问。

子珊不吭声。

"那个地方没东西吃，每天吃咖喱豆，米饭里都是石子，还吃不饱。"润生说。

子珊的心怦然跳动，润生记起他在监狱中的事了吗？

"你说的那地方是什么地方？"

"没东西吃的地方。那地方可怕极了，有一回我买了一小袋咖啡，我舍不得一次喝完，喝了整整两天，喝完后还把杯子舔得一干二净。咖啡那个香啊，太香了。"润生仿佛在自言自语。

子珊想，怪不得他一直让她给他买咖啡喝。子珊试图引导他回忆过去的事，但他不再说话，眼神迷茫地看着子珊，好像他脑子里的记忆这会儿像空气一样消散了。

润生刚才的话激起了子珊的希望，子珊认定润生正在好转。

一天，子珊来医院，润生正在病房的卫生间洗澡。子珊见润生不在病房，叫了几声，没有回应。她推开卫生间的门，把润生吓着了，他正赤身裸体着，赶紧护住自己的下体，然后转过身去，虽然背对着子珊，但整个身子缩成一团，好像因为有人看到他的身体而惊恐。子珊想，也许在监狱里他们曾这么折磨过他。

子珊退了出来。她感到自己竟然有点脸红心跳，一种熟悉的感觉从心头流过，唤醒了她的身体记忆。子珊深吸一口气，让自己恢复如常。想起润生刚才的反应，她感到心痛。

一会儿，润生穿好衣服出来了。他脸色有点不太好，好像刚才大病了一场。

"润生，你记得子珊吗？"子珊问。

润生直愣愣地看着她，眼中有一层雾一样的东西生成，好像悲伤突然击中了他。一会儿润生摇了摇头，然后小心地问："你是子珊？"

子珊使劲点头，好像唯此才能打消润生的疑虑。

"我以前有个女朋友叫子珊，我对不起她。"润生说。

"为什么？"

"我把她赶跑了，她是个好女孩，现在我见不到她了，都是我不好。"润生皱着眉头，很伤感。他闭上眼，好像正试图把子珊从黑暗中找回来。

"你很爱她？"子珊问。

润生郑重地点了点头。子珊都要喜极而泣了，可是润生为什么没有认出她来？子珊心有不甘，说："润生，我就是子珊啊。"

润生的思维很跳跃，他看着墙边的那堆食物，迅速转移到另一个话题："我那时唯一想的就是出去后要把各种食物都买回来。"

她知道他脑子里这会儿出现了监狱的场面。也是因为润生的要求，子珊买了无数的方便面、牛肉干、鸡爪、饼干、榨菜、速溶咖啡等堆放在病房里。润生恐怕在住院期间都吃不完了。润生喜欢看着它们堆得高高的置于病房的墙边。

虽然面对的是一个陌生的润生，一个孩子般的润生，但是子珊开始学会享受这种关系。子珊的心里从来没有涌现出这么强烈的母性，以前她甚至想象不出自己会扮演一个母亲的角色，现在她觉得润生像是自己的孩子。

一天，司机把一个本子递给子珊，竟然是润生的护照。这些事完全超出了子珊的想象，难道那个叫彭友国的老头什么都搞得掂吗？当然这一切的背后还有一个韩于棋。想起那个和善的韩于棋，子珊感到不可思议，没想到这样一个老头有这么大的能量。这世上真是奇妙，人的能量可以触及地球的任何角落。韩老爹身上的过往又是什么样的呢？她见过他手臂上的伤，当时没太在意，现在子珊想，那里藏着他曾经的刀光剑影。舍尔曼经常短信问候子珊，子珊说一切顺利，但还须耽搁一段时间；她让舍尔曼放心。

为了让润生更快恢复，在医生的建议下，子珊会带润生走出医院去街头散步。子珊会很自然地挽住润生,润生态度坦然。子珊想起在杭州时他们很少有这样的时光,心里便涌出一丝伤感。

有一次,子珊傍晚时分挽着润生在街头漫步,走远了,一时认不清回医院的路。腊戌的街头到处都是树,街边的房舍分散,给人一种身处荒郊野岭之感。这时三个小伙子向他们走来。那天子珊穿了一件低胸连衣裙,润生也被子珊打扮得像个绅士。这是子珊刻意为之,以此补偿从前的缺憾。或许是子珊的打扮引起三个小伙子的邪念,他们围着子珊,试图调戏子珊。

润生不声不响地离开了。一会儿,他拎着一块砖,来到围着子珊的三个小年轻身边,猛地向其中的一个砸去。血从那人的头皮上涌出,流到他的脸上,惨状令人惊骇。另外两个小青年揪住润生,对润生拳打脚踢。子珊冲过去,哭着想拉开他们,可她哪里是他们的对手。不知道哪里来的灵感,子珊突然高喊道:

"我们是彭友国先生的客人。"

那三个人一下子愣住了。他们看着子珊,脸上的表情依旧是凶狠的,目光带着疑惑。他们观察了子珊一会儿,低声议论了几句,然后离去了。

润生双手抱着头,头部几乎缩在胸口,浑身在颤抖。他是不是在狱中经常遇到这种事?子珊抱住润生,说:"润生,对不起,没事。你别担心啊,没事了,我们回去吧。"

润生的头慢慢转过来,他看着子珊,突然一声尖叫,然后说:"子珊,你怎么在这儿?我怎么了?"

十一

在病房敞亮的灯光下，润生的情绪非常复杂。他很快意识到发生的一切，然后掩面哭泣。子珊看到润生如此崩溃，内心柔软，来到他边上，试图抚慰润生。润生还处在软弱中，他回过头来一把抱住子珊。子珊听到润生在她的怀里呜咽。

子珊想起润生的动画短片里，润生变成一只蚂蚁，在黑暗的迷宫里爬动，他终于看到前面的光亮；在他钻出迷宫的那一霎，有一尊佛在等着他；他捧着祭品，爬到佛的脚下，仰面看着佛。那佛像的脸润生画成了一张模糊的女性的脸，有点像子珊。她一直不敢确信画的就是自己，她不能理解佛和祭品怎么会来自同一个形象。此刻她愿意相信那个形象就是自己。想起那个画面，子珊泪流满面。

医生和护士听说了润生恢复的消息，来到病房。病房一下子热闹起来。他们的脸上布满了一种见证奇迹的开心，特别真诚，并带着作为医生的骄傲感。他们还拿出手机和润生照相留念。子珊只好站在一边，看着润生强颜欢笑。但你不得不佩服润生应付得挺好的，落落大方。子珊很遗憾他们的到来，喧闹把她和润生之间那种相依相惜的情绪冲得七零八落。

当他们离去时，润生完全平静了。润生的脸上流露出一种子珊熟悉的羞涩，表明他处在某种不安之中。润生说："没吓着你吧？"

子珊摇摇头。她明显感到润生换了一个人，醒来后一刹那的软弱不见了，他用某种坚硬的壳把这种软弱保护了起来。

"怎么会，你终于醒来了，不过你失忆的样子很可爱。"子珊说。

润生目光幽深地看了子珊一眼，喉结上下涌动了一下。她弄不清他在想什么，是想对子珊表达什么？或是不愿听到关于他失忆的描述？

润生不再说话，他低着头。子珊感到那个熟悉的润生回来了。此刻润生身上有一种拒人千里的东西，好像他身上有一双看不见的手，可以把人从他身边推离。

"他叫什么来着？"润生问。

"什么？"一会儿，子珊才反应过来，润生在问舍尔曼，"他叫舍尔曼。"

"对，舍尔曼，你告诉过我他的名字。舍尔曼先生对你好吗？"

舍尔曼"先生"，这么正式，好像这会儿，他们在谈判桌上。子珊突然感到无趣，这段日子以来在心里涌出的柔情，一下子变得陌生。

"很好，他很温柔。"子珊如实回答。

润生头朝向窗外，不再开口。他现在是什么表情，在悲伤或者吃醋？子珊宁愿润生不要掩饰他的情感。嫉妒曾经让他对她充满激情。

好像是这个问题迅速拉远了他们之间的距离。润生说："这就好。谢谢你，大老远赶来，辛苦你了。"

多么客气，这不是子珊想要的，子珊突然觉得这么多天来的担忧、照顾以及不时涌现的甜蜜看起来像一个笑话。她现在已经洞察到自己的情感是如此不被珍惜，眼前这个男人总是用这种方式令她自卑。她感到某种愤恨情绪在滋长。

"你的画稿我收到了。"

"我以为我会死在那儿。"

"你倒还想起我。"子珊自己听着都感到自己正在失去风度。

润生不说话，他是个敏感的人，他不想引发冲突。

润生的态度越发刺激子珊的情绪，子珊不打算放过润生："我仔细读了画稿，我不明白，为什么那只可怜的蚂蚁从迷宫里出来见到的佛像要画成我的脸？"

好像是下了天大的决心，润生说："那不是你的脸，那是佛的脸。"

"为什么那个骷髅头是个迷宫，那是易蓉吗？你迷失在易蓉的情感中？表示你一直深爱易蓉？"

"你可以这么理解。"润生叹了一口气，轻声回答。看得出来往事中某些沉重的负担又回到他身上。

子珊想她的判断是对的，甘世平没给润生看过易蓉的邮件，润生还被蒙在鼓里，不然润生不会这么说。她此刻觉得自己很可笑。在制作润生的画稿时，她喜欢朝有利于慰藉自己情感的方向理解，试图以此证明润生对她的爱。但眼前润生毁坏了她的想象，他画中的意思和子珊的想法根本不一致。毫无疑问，这个男人一直深爱着易蓉。如果这样的话，那么子珊算什么呢？子珊一直以来深藏着的对易蓉的恨意爆发了。她突然想砸烂一切。

在愤懑和失控情绪的支配下，子珊对润生道出了真相，来自易蓉在邮件里说出的真相。

然后是润生长久的惊愕。这种惊愕让润生看起来完全处在迷茫和困惑之中，他的眼珠在不停转动着，好像林子里一只被猎人追踪的豹子，竖着耳朵分辨着危险的方向。

润生的惊愕令子珊心痛不已。她理解刚才说出的话对润生意味着什么。她不可以在润生如此脆弱的时刻说出这件事。她看到自己内心的恶。在她的想象里，她一直以为自己是个善良的人，但事实上恶一直在她的体内，伺机吞噬她自以为是的善。

子珊说："对不起，润生，对不起，我多嘴了，易蓉的邮件不能全信。"

润生对子珊挥了挥手，说："你先回酒店去吧，今晚我在这儿再睡一晚。"

子珊回到房间，扑倒在床上，抱住枕头，让脸掩埋在枕头中，尽可能不哭出声来。她后悔极了，告诉了他那个真相。他受过那么多苦，刚刚从一场梦魇中醒来，嫉妒让她丧心病狂，她为什么如此残忍？

一夜未眠。腊戌的晚上非常安静，有一种夜鸟一直叫个不停。子珊中途起来，把窗帘打开了。天空竟然是明亮的，那种靛蓝的明亮，看得见远处黑黝黝的群山。腊戌城建在群山包围的一块平原上，城市并不大，周边的植物在晚风的吹拂下发出轻微的响声。某一刻，子珊仿佛看到润生画稿中的七彩文鸟从天空倏忽而过，消失在夜空中。难道鸟叫声出自七彩文鸟？

第二天，子珊一早来到医院。子珊想了一夜，已打定主意，润生已经完全正常了，她可以回纽约了。待在这里，带给她的也只是伤情而已，告别是最好的方式。至于润生，他可以从云南边境口岸回国，也可以跟着子珊一起从内比都坐飞机回国。

润生已经穿戴得整整齐齐。他在等待子珊吗？子珊看到他双眼通红，想，他一定也是一夜未眠。不过她不想再提起昨天的事了，她决定让一切过去，从此一别两宽。

"愿意同我一起去一趟仰光，看一下大金塔吗？"润生突然问。

子珊愣住了。两年前，在杭州某个午后，在看完《仰光的收藏家》后，他们曾经有过这个计划。世间无常，这两年多来发生了太多的事，子珊以为此生再也不可能践这个约了，但人生总是这样，你以为最不可能的事却峰回路转，陡然变成一个事实。

子珊意识到这个请求的含义。

子珊点点头。一股热流从心头掠过，直冲脑门，但子珊不想再在润生面前表现得脆弱，她得挺住，要表现得有尊严，和润生平等相待。

十二

子珊和润生到了仰光已是傍晚，他们在网上预订了位于仰光茵雅湖的塞多纳酒店。是子珊在网上订的房间，订了两间。这是一个敏感的时刻，她想过是不是只订一间，她马上打消了这个念头。从酒店可以看到位于南边一块高地上的大金塔，在仰光低密的晚霞下，那金色的由27吨金箔铸成的金塔发出火红与焦橙交织的庄严光芒。

他们各自住下。润生说六点半去楼下用餐。吃的是缅餐。缅餐并不难吃，也许这里中国游客多，子珊觉得这酒店的缅餐竟然很像中国菜。用餐时，舍尔曼打来电话。子珊有些慌张，离开座位去一边接听。舍尔曼问子珊到仰光没有。子珊说，刚到不久，正在吃晚餐。舍尔曼问住哪个酒店。子珊想，舍尔曼也太好奇了，这几天一直在问她的行踪，连所住的酒店也想知道。

子珊打完电话，润生正埋头吃着，子珊刚想问明天打算什么时候去看大金塔，润生没头没脑问了一句："舍尔曼先生？"

子珊说是的。

润生说："他知道你是来救我的？"

子珊说是的，她不想对舍尔曼撒谎。

"你怎么向他介绍我的？"

子珊听了有点刺耳，她甚至觉得这个时候润生纠缠这件事非常无聊。

"你觉得呢？"

润生不再说话。子珊知道润生是敏感的人，她伸手握住对面润生的手，几乎用开玩笑的话说："我们都猜不出你为什么会被关在缅北的监狱，那儿关的都是毒贩，我怀疑你是不是因为吸毒被抓，舍尔曼不同意我的猜想，说为什么要这么想。他不知道你受的苦。"

"在你们眼里，我很像一个笑话是不是？"

"庄润生。"子珊提高了嗓门。

润生看了她一眼，他单纯的目光里一些破碎的光亮在闪动。子珊的心抽搐了一下，想，润生依旧没有从易蓉的那个邮件中解脱出来。人生真是难以捉摸，失败感和虚无感像某种隐疾，会反复发作，然后把人击倒。昨天或许只是开始，随着时光的流逝，这个新伤口溃烂化脓，越长越大，直到有一天结出厚厚的痂。

润生紧握了一下子珊的手，好像在表达某种温情，又好像下了一个决定。他悄然从子珊的手中抽出手，问："吃完了吗？"

子珊点点头。

"我们休息吧。"

子珊向服务生招了招手，在菜单上签了字。润生身无分文，所有的花销都由子珊出。这一点润生倒没有任何不安。

他们坐电梯上了 6 楼，他们的房间紧挨在一起。他们各自道了晚安。

子珊长久地站在房间的窗口，折腾了一天，她其实相当疲劳了，但她一点睡意也没有。她看着窗外的景物，茵雅湖湖面宽阔，湖岸上满是植物，高大的棕榈树在夜色中依稀可辨。子珊思绪纷乱。隔壁润生房间里悄无声息。

以润生的性格，他是不会主动的。子珊打定主意，明晚她要和润生在一起。从最后一次谈话到子珊离开杭州，子珊曾经认为的最亲密的关系戛然终结，甚至在办理出国手续期间他们也再无肉体关系。一场无疾而终的爱情。子珊需要一个告别，一个真正意义上的告别。她需要一个告别的仪式。

她自己都不知道站了多久。晚上十点半，子珊想了想，拨通了舍尔曼的 FaceTime，舍尔曼正在公司的办公室里，穿着合体的高级西装，打着领带。舍尔曼对子珊和他视频有点吃惊，第一句话是："子珊，出了什么事吗？"

子珊有点悲伤，她是不是对温柔的舍尔曼过于冷落了。子珊说："没事，只是想看看你。"

"子珊，你瘦了？怎么回事？"舍尔曼嚷道。

"没事，我后天就回纽约了，不过在缅甸吃得不错，中餐比纽约地道。"

"听你口气，是不是不想回纽约了？"

子珊只是笑。舍尔曼拿出一只毛绒鲸鱼玩偶，说："上次听你说起鲸鱼啥的，我昨天在一家商店里看到，就买了。"

子珊想不起自己说起过鲸鱼。后来才意识到可能同舍尔曼说起过周凯的小说《苏州河》，但《苏州河》里写的是一条巨蟒啊。也许舍尔曼听错了。不过鲸鱼玩偶很好看，子珊觉得舍尔曼还把她当作一位小姑娘。在老外眼里，中国女孩永远像一个姑娘，他们猜不出她们的年纪。

子珊以为舍尔曼会问起润生，舍尔曼没有，好像子珊此行与润生并无关系。

第二天一早，子珊和润生趁着早上空气凉爽，前往大金塔。

子珊是第二次来看仰光的大金塔。四月底的仰光，天气已经相当闷热，空气的湿度很大，阴晴不定。他们从酒店出来，犹豫过是不是要带一把伞，后来决定还是打的过去。路不远，一会儿就到了。在出租车上，大金塔就一直在眼前，变换着各种角度。这座金塔上部像一把半撑开的伞，下部则像倒置的巨钟，它纯粹的金色让周围的建筑都黯然失色，好像它是这座城市唯一的存在，唯一的中心。它一定是中心，因为它里面藏着八根佛祖的头发以及三位过去佛的遗物。

大约是因为今天是去朝拜，润生的表情显得很严肃，一路上几乎没有说话。

需要脱掉鞋子才能进入大金塔所在的区域。这是以大金塔为中心的一个佛教建筑群，大金塔四周有68座小塔，有钟形的，有船形的，形态各异，每座小塔的壁龛里都存放着玉石雕刻的佛像。

最为壮观的当然是大金塔，它的顶部嵌有红宝石664颗，翡翠551颗，钻石443颗。珠宝闪烁的光泽似乎在昭示着至高的尊荣。上一次，子珊来拍摄纪录片时，问过一位缅甸老人，这些珠宝是谁奉献的。那位缅甸老人说，谁都愿意奉献，能够把自己的珠宝放在大金塔上是福分。在这个佛教的国度，基本人人信佛。在仰光很少碰到小偷。

进入佛殿，润生的表情越发肃穆。子珊带着润生转了一圈，他们看了那棵据说来自释迦牟尼金刚宝座圣树圃的菩提古树，看了清光绪年间由仰光当地华侨捐资建造的福惠寺，最后来到大金塔前，塔下的四角都有缅式狮身人面佛像。在其中的一座狮身人面佛像前，润生突然跪了下来，磕头朝拜。这是子珊第一次看到润生肯在佛面前磕头，以前润生的礼拜仅止于跪下并双手合十。润生的头一直抵着地砖，久久不起来。子珊突然想到润生画稿中的那只蚂蚁，那只迷宫中的蚂蚁，而现在他们所处的大金塔何尝不是迷宫，要是没有人带路，每一个首次到此朝拜者大约都会迷失其中。这是人生隐喻吗？谁都在迷局中不能自拔。润生跪着俯伏在地上的样子这会儿真的就像那只画稿中蚂蚁的化身。子珊一时生出幻觉，好像那只蚂蚁也来到了大金塔。一会儿，子珊看到润生的背部在抽搐，子珊意识到润生在哭泣。在润生失忆时，子珊看到过润生的软弱，现在这是子珊在润生完全清醒的时候看到他失控的样子。子珊心头一酸，同样俯伏在佛殿前久久不起来。可怜的润生，他不该背负这人间的重荷。佛啊，这个软弱的人哪经得起这样的磨难。

从大金塔朝拜完后，他们去仰光河，他们是走路过去的。天一下子阴沉起来，要下雨的样子。沿街两边开着小店，卖着各种鱼、肉、熟食、糕点和生活用具。整条街弥漫着一股恶臭。

乌鸦在头上飞来飞去，发出粗劣而凄凉的叫声。上次子珊来仰光就注意到这是一个到处都是乌鸦的城市。和这个城市空气里的恶臭有关吗？乌鸦在中国是不吉的象征，但在缅甸乌鸦被奉为神鸟，它的叫声为这个城市带来吉祥与和平。子珊一路忍受着臭味，终于到了仰光河。河水浑浊，有一张高耸的铁丝网挡住人们靠近河岸。子珊站在铁丝网前，一种强烈的呕吐感涌上来。她努力控制着。

这是子珊第二次有这种强烈的反应。她突然意识到自己可能怀孕了。她想起例假这月没有正常来，已延迟有十天了。她原以为呕吐反应可能是身处缅甸水土不服的缘故，看来不是这样的。

回到酒店后，子珊独自去了一趟超市，买了一根验孕棒。没错，她怀孕了。是舍尔曼的孩子。子珊愣在房间里，这意外的消息让她不知所措。

几乎同时，她接到舍尔曼的电话。电话里，舍尔曼告诉子珊，他现在正在仰光机场，准备打的赶到塞多纳酒店。子珊对舍尔曼的到来感到吃惊。她和他昨晚视频过，她告诉过他，她明天就会回纽约。但他还是赶来了，那么他是同子珊打完电话就订了机票出发的。如此漫长的旅途，舍尔曼为什么要这么做？是想表达对子珊的爱吗？还是子珊带给他不安全感？子珊因此对未来不确定，她觉得并没有完全了解舍尔曼，她因此想到自己肚子里的孩子，她没想好如何处理这个孩子，留下或是找个医生做掉。作为一位女性，她是多么想要这个孩子。不过看遍了人间种种，她不确定会做出什么决定。好在纽约是个开放的城市，那儿不禁止堕胎，女人的身体可以自己做主。

晚上，三个人一起找了一家中餐馆吃饭。舍尔曼喜欢吃中餐，可说实在的，舍尔曼眼里的东方都一个样，他恐怕也分不出中餐和缅餐的区别。润生一改白天的忧郁，显得特别亢奋，和舍尔曼相处时非常得体。

润生一直在说话，和舍尔曼谈起犹太作家辛格。润生读过辛格的《卢布林的魔术师》，非常喜欢。但舍尔曼不知道这位曾得过诺贝尔奖的名叫辛格的同族作家。舍尔曼是码农，除了盲目喜欢关于东方的一切，并不关心文学。艺术他倒是懂一些的，特别是关于东方的艺术。舍尔曼对自己不知道辛格表示歉意，他拿出手机在网上查了一下，知道了辛格的平生。"波兰犹太人。"舍尔曼对润生说，"我的祖上也生活在波兰，子珊的朋友梅修尔女士是奥斯威辛集中营的幸存者。"舍尔曼表示，他对波兰的生活感兴趣，一定要买几本辛格的著作拜读。

后来润生谈起在中国开封市的犹太群族，问舍尔曼知不知道。这一次舍尔曼很兴奋，他知道并且去实地探望过。舍尔曼拿出手机给润生看他去当地拍的照片，一些完全已同化成中国人面相的犹太人。他翻出其中一张河南犹太人的教堂照片，那是一幢像极了中国寺院的犹太教堂，从外观看，其琉璃瓦屋顶以及飞檐翘角，已不存犹太建筑的特点。舍尔曼说，这张照片是他回以色列时在以色列历史博物馆看到并拍下来的。润生点点头，说，中国是犹太人在这个世界唯一被同化的地方，这是中国文化的特点，中国多次被北方民族统治过，但这些民族最后都成了中华文明的信徒，被同化了，也因此中国虽然朝代更迭频繁，但文化从未中断过。

润生讲的只不过是常识，但对舍尔曼这个白痴来说是新奇的。子珊意识到润生的兴奋背后是厌倦，是无话找话。他在尽可能保持风度，保持热情和友善。子珊看出了润生真实的态度，这顿饭他不开心。子珊说："舍尔曼飞了十多个小时，也累了，我们早点回酒店休息吧。"舍尔曼却说，他一点也不累。润生看着舍尔曼，好像在佩服舍尔曼充沛的精力。

在子珊的坚持下，饭局还是散了。回到酒店，子珊和润生告别。子珊看着润生转过身，向自己房间走，他的肩膀无力地垂了下来，好像刚才的晚餐耗掉了他所有的能量。

回到房间，舍尔曼夸赞润生是"一个聪明的家伙，目光特别锐利"。子珊没有理他，她让舍尔曼去洗澡，她想独自待会儿，想想这一天来发生的事。这一天，子珊再一次感到命运的深不可测。

晚上，舍尔曼主动求欢。子珊拒绝了舍尔曼。润生就住在隔壁，她心里有障碍。子珊脑子满是今天发生的一切和润生刚才离去时孤单无力的背影。她发现自己还是那么在乎润生。

子珊一直没有睡着，舍尔曼已经睡去了，在身边发出均匀的呼吸声。子珊发现自己早已泪流满面，她定了定神，擦干眼泪，开始抚摸舍尔曼。舍尔曼醒了。好半天，他们才成功。子珊发现舍尔曼的目光里没有往日的热情，他清澈的目光冷静地在观察着什么，又有那么一点点受伤，好像此刻那具交欢的身体与他无关。

"我爱你，亲爱的。"子珊说。

子珊觉得她这么说时，没带任何情感。

第四部

一

　　十月的杭州，秋凉降临，气温舒适，整个城市犹如一个由水和植物构成的巨大园林。夏季满眼的绿色开始出现分化，一些植物的颜色变深，点缀在四季常绿的植物之中，使得杭州的环境出现美妙的变化：先是那些落叶植物比如银杏和枫叶之类，它们的叶子慢慢变成黄色或金黄色，有些则变成褐色和红色，使得景物的层次更为丰富，更具观赏性。位于钱塘江边的润生建筑设计事务所的环境更是经过精心设计，从世平办公室的窗口望出去，绣线菊和波斯菊红白相间，非常雅致；不远处的竹林则令人怀想某个世外江湖，这个想象对世平而言像尘世的氧气，可以让他从繁杂的事务中短暂解脱出来。

　　两年前，因为润生的生活遭遇变故，长崎项目一直没有推进。最近润生关于长崎项目的设计有了新的想法，在刚才和山口洋子代表的会议上，润生展示了设计模型，并做了设计阐释：他想用光线隐喻人短暂的一生，而这个人里有着他的影子：一个灰暗的童年，一个充满野心的青年，一个至暗时刻的危机，以及突然的解脱。润生说："当然，所谓的解脱是漫长的，至于能否解脱全看个人造化，因为就我个人而言，即便人到中年依旧不能摆脱仇恨心理。"从润生的设计图和模型可以看出，这些思想都是用光表现的。在青年的野心部分，润生保留了巢穴主义时期令人骚动不安的、混乱的、和宗教秩序相悖的光线；到了那个至暗时刻，光线变得幽暗，暗指这个人（未来的参拜者）怀着未能解脱的苦和恨，怀着生命的无解，怀着对至高的怀疑，以及自我的无助感；然后这个人来到佛前，光线变得明亮而平和，佛在光线下，沉静慈祥，无悲无喜，而这个人得到了大欢喜。

"希望众生能有此感悟。"润生最后说。

沉默了好长时间，世平带头鼓掌，于是众人都鼓掌。世平看到山口洋子的代表木村重信脸上露出难以置信的表情。而事务所一个年轻设计师目光幽深，仿佛在这个设计里，他领悟到建筑其实和个人生命体验息息相关。

"山口小姐这次不来真是太可惜了，她要是来一定会被庄先生的设计迷住的。您的设计真是出其不意，我相信这正是山口小姐想要的东西。"木村重信一脸憨厚地说。

木村先生拿出他的手机想拍摄模型，被润生制止。润生说，手机拍不出效果。实际的意思是，方案没有真正被山口洋子定下来并签毕合约之前，照建筑业的规矩，不能带走任何设计模型图。润生在保护自己的具体设计方面相当精明。这种事不是没发生过，有人捡到被泄露的设计渲染图，从而获得标的。木村先生连连道歉。日本人礼貌之周详，有时候也颇为烦人。但只要喝了酒，在酒精的刺激下，日本人粗暴的一面也是相当骇人的。

木村先生经常往返中国，杭州更是他中意之地。倒不单单因为杭州的美景（第一次到西湖，湖光山色把他镇住了，用他夸张的话说，他仿佛踏入一幅古画里），更重要的是杭州的美食。西湖边的雅室他几乎都想去品尝一次，这样杭州的美景就会带着食物的味道，往后追忆起来，这美景里就有食物的芬芳。木村先生还告诉世平，别人是用脑子回忆，他靠舌头保存记忆。在酒喝多了的时候，他还会加一句："包括对女人的记忆，都藏在我的舌蕾里。"这句话在世平听来惊心动魄，但木村先生的脸上显得庄重宁静，好像在说一桩佛事。

木村先生每次来杭必住刘庄。他喜欢刘庄，他说住在刘庄没有身在异乡为异客的感觉。"日本的屋子都比中国的小一号，刘庄像放大版的日本和室，当然，没有榻榻米。"

会议结束后，世平带着木村先生一起去吃饭。润生没有作陪，独自留在工作室。木村并不介意润生不带他玩，他更喜欢世平，世平有人情味，并且知道玩的地方，不像润生，你猜不透他脑子里想什么。木村觉得润生的脑子长得一定同别人不一样，否则怎么能想出这么新奇的设计呢？因为不能理解，木村只能敬畏之且远离之。他在日本时会无端想起世平，好像世平是他在中国遗散的兄弟。每次来杭，世平都会带他去好玩的地方。有一次在某雅居吃饭，雅居的一位小姐说他和世平虽然长相各异，但气质颇为相似，木村听了更是亲近世平。回到日本后，木村半夜睡不着，突然想到远在中国的世平，一时冲动给世平写了封信，信开头的称呼是"我远在中国的亲爱的兄弟"，第二天起床，看到信写得挺肉麻的，就不好意思发给世平了。

这事是木村来杭时当面对世平讲的。当面讲,就像在开一个玩笑,容易说得出口,要表达的情意也都在其中了。

世平驾车带着木村朝南山路方向驰去。世平一路上都在想留在工作室的润生,以至于木村同他说话他都没听到。木村的英语含混,需要集中注意力才能听明白。

四月底的某一天,是世平把润生从萧山国际机场接回家的。世平接到润生的短信,让他下午五点在机场接。世平收到短信吓了一跳,这是润生消失三个月后首次出现,他赶紧打电话过去,润生按掉了。那天世平早早到了国际机场到达厅。他看到润生从出口出来,随身仅带了一只双肩包,脸上笑容神秘,好像这次"失踪"让他获得了新生。世平记得润生去白族希望小学时带了一个大号拉杆行李箱;那次也是世平开车送润生去机场,看到润生带着那么大的箱子,世平开玩笑问,里面不会是装着方便面吧?你怕希望小学没东西吃?润生说,因为他不准备回杭州了。两人会心大笑。后来润生告诉世平,里面装满了送给乡村小学学生们的物品,有巧克力,也有绘画用的铅笔和画纸。

世平接过润生的双肩包,说:"你终于回来了,你消失这么久,把我们急死了。"

润生一直微笑着。世平想起每次给润生弄来药物,润生都会露出类似的笑容,非常复杂,暧昧不明,弄不清真正的含义。

润生已坐在汽车后座,开了一个玩笑:"我们的建筑事务所还在吗?"

世平感受到润生似乎有微妙的改变,润生不是一个会自我调侃的人,他近乎自嘲的问话方式令世平感到陌生。世平一边

开车一边向润生说起事务所的近况。润生不在的这段日子，事
务所还是接了两个新项目，几位设计师目前正在做前期工作。
世平谈起事务所新近辞职的一个同事："他吵着闹着要离开，我
想既然不能共患难，也就放他走了。刚走了一个月。"

润生好像并没有感到惋惜，评价道："他在细节上点子多，
要是有中心思想，他会成为非常棒的建筑师。"

世平不知怎么回答，建筑不是他的专业，他无法从专业的
角度评判人，他的长处在于对人心略知一二。

世平同润生讲他曾试图去边境找他。三月底，世平接到子
珊从纽约打来电话问润生的下落（他没告诉润生子珊打电话的
事，因为润生从来没有在世平面前提起过子珊，他不可以贸然
提及），世平也一直联系不上润生，心里开始有点不踏实，他觉
得应该去边境难民营看看。他先到了希望小学，希望小学校长
说，路上有武警把守着，去不了边境。"我试了一下，果然如此。
好在你说过有位特种兵和你在一起，我想应该是安全的，我就
返回了。你不接我电话总有你的道理。"世平说。

润生听着，一直没吭声，脸上诡秘的微笑一直没有消失。

"记得那位做志愿者的上海姑娘吗？"

润生说记得啊。

"那天她和司机送你们到关卡后，回学校的路上，那姑娘被
司机强奸了。我到那儿时，这事正闹得沸沸扬扬。"世平说。

润生吃了一惊。他想起那个叫冯臻臻的女孩，在那个冬日
夜晚，她来润生的住舍拜访，她是个可爱而活泼的女孩，目光
明亮，一看就是个有理想主义情怀的心地善良的姑娘。润生知

道司机喜欢冯臻臻，去边境的路上他始终对润生怀着敌意，好像润生会抢走他心头之爱。没想到发生这种事，这个该死的家伙。润生感到辛酸，经过缅北炼狱般的生活，他对人间悲剧变得更为敏感。他好不容易才制止住自己的情感泛滥开来。

"我前几天看到《周刊》报道了上海姑娘的故事，我都惊呆了，完全是正面报道。里面说上海姑娘和那司机结婚了，已有身孕，上海姑娘和司机相亲相爱，在淘宝开了一家店，为的是帮助白族乡亲推销农产品。可以想象，为了把上海姑娘和司机的故事写成传奇，他们的报道是不会提女孩被强暴的事的。"世平说。

润生没回话。后视镜里的润生，侧脸望向窗外某处，世平再次确认润生身上的变化。润生的目光变得粗粝而幽深了，但同时世平感到了润生平时不轻易流露的情感，润生此刻似乎在压抑着什么，世平意识到润生在为那个上海姑娘难过。

润生"失踪"的这些日子都经历了些什么呢？他为什么是坐国际航班回来的？其间他去了国外吗？是不是去纽约见了子珊？那么子珊会同他说起易蓉留给她的那封信吗？不过他马上否定了自己的想法。刚才在机场，润生出来时，他看到屏幕显示，润生坐的是来自仰光的班机。这比较合理，润生有可能从云南边境出境，其间独自去了缅甸。在一个佛国游玩，这符合润生的心境。

三月底，世平因为去不了中缅边境，就回来了。对于润生不回他短信以及打不通润生电话这事，世平没有太担心。世平认为润生最危险的日子已经过去了，润生现在没有想要毁灭自己的欲望。

　　坐在副驾驶室的木村先生突然嚷叫起来："世平，你刚才闯了一盏红灯。"世平愣了一下，刚才想事走神了，没看到红绿灯。一会儿，汽车从环城西路掉头，然后右转，前面出现一片翠绿掩映的高低错落的中式建筑。晚上，世平请木村先生在湖畔居的一个雅室吃饭。

二

　　夜幕已降临，整个西湖被精心设置的灯光照耀，美妙绝伦，好像天堂真的搬到了人间。从雅室内可以看得见保俶塔、雷峰塔以及城隍阁，世平一一指给木村看，木村有点心不在焉，已经在惦记美食和美酒了，他不时朝门外看，一位服务小姐进来，给他们递上热茶。一会儿，酒菜就上来了。

　　木村先生问起润生的事，听说他夫人也走了？世平点点头。木村说，他现在看起来有点阴郁，没有以前明朗了，想必不好受吧。好在庄先生有他的专业，我们日本人有一句话，一个艺术家要是在专业上入了魔，世俗乐趣倒是无关紧要的。世平不想谈润生，问起山口洋子为何这次没来。木村说，山口小姐身体不适，她认为是她发的愿迟迟不能实施的报应，她想早日把道场筑造好。一会儿木村松了一口气说，她不来也好，我们家小姐生活严谨，我都没一点自由空间。说完，他站起身，从包里摸出一本浮世绘春画送给世平。特意为你带来的，木村说。世平翻了一下，说，你们日本人太夸张，岛国人，住的地方小，这东西倒画得巨大，尺寸过于离谱，没中国春画画得实事求是。木村先生说，我想古代日本人蛮自卑的，所以才画得这么大。

几杯酒下肚，木村先生的话题就广博起来。或是浮世绘春画带来暧昧的气氛，木村一脸沉醉，谈起东京有名的歌舞伎町一番街，说下次世平去东京一定要带他去好好体验一把。那儿什么都有啊，只要你想得出。木村大着舌头说，如果那话儿不行的话想偷窥都可以，很多老年男人也去那儿感受女人美好的身体。世平虽然觉得木村先生话题低俗了，倒也不反感，但他没被带着走，只是听。

回来时，木村醉得东倒西歪。到了刘庄的院子，木村说，地震了。世平一点没有感觉。大地平静，秋虫鸣叫。世平认为木村喝糊涂了。夜已深，站在院子里一惊一乍的，影响其他住客。世平拉着木村，要送他回房。木村不肯走，拿出手机，看新闻，真的有地震消息，不过是在台湾花莲地震了。木村说，看来大陆和台湾地区属同一地质板块，可见你们说的对，台湾自古以来就是中国领土。世平感到不可思议，木村像一个地震测试仪，难道这是居于地震频发的日本岛上练就的本能？不过人体确实是不可思议的，世平已见识过几次关于人体的神秘现象，其中一次是在朋友家，一位气功大师当着所有人的面把近在眼前的鱼缸里游着的一条金鱼变没了。同气功大师的神迹比，木村对地震的灵敏感应算是小儿科了。

世平回家已是十一点，他先洗了个澡，木村送他的浮世绘春画册子摆放在写字台上。世平以前看过春画，上次木村先生来中国，不知怎么的世平提到曾在日本旧书店淘到一本春画，着实喜欢，结果没敢买，怕过中国海关时被扣下，扣下倒也罢了，实在是丢不起那脸。没想到木村记在心里，这次特意作为礼物带来一本。也不知道木村是怎么蒙混过关的，或许海关对外国人网开一面吧。

润生看着这本春画，纠结着是不是要打开它，思绪一时有些恍惚起来。

十多年前，润生父亲建议世平南下，帮润生打理建筑事务所。"他现在就是小作坊，做不大，你去了就不一样了。"其实当时润生已崭露头角，是建筑界的新星。世平听从老领导的劝导，来到润生身边。因为有这一层关系，世平视润生为兄长。两人个性互补，相处特别融洽。他还认为老领导的眼光果然是独到的，到了杭州，无论收入还是成就感以及所见的世面都不是在学院可比的。在学院，如果干行政，出头之日遥遥无期。

刚到杭州的时候，世平吃住都在润生家。润生家大，并且那时候润生和易蓉还没有孩子，阁楼空着，世平和他们的生活也不相互影响。世平曾问过润生，为什么不要个孩子，结婚都快四年了吧？润生说，他和易蓉都太忙了，暂时不想要。易蓉的菜做得特别好，世平被易蓉的美食迷住了。世平从安徽来，安徽菜系也非常美味，但和易蓉做的菜一比，还是逊色，世平因此大饱口福。易蓉说，她的母亲是个美食家，自己不会做菜，可家里养着一个厨师，易蓉从小就喜欢去厨房看厨师做菜，竟学会了厨艺。师傅说，做菜的技艺最根本的是选择食材的眼光，要懂得每种食材最鲜美的时令。另外也需要在下锅前对食材做一些处理，去除食材的异味，比如烹制春笋需要把皮叶剥开后放在盐水中浸泡一个小时，就可以去除苦味。易蓉的母亲两年前去世了，死得很突然。易蓉没多说关于母亲的情况，只说是她乱吃药的缘故，易蓉说的时候态度非常平静。后来世平了解了易蓉的身世后，对易蓉的态度才恍然大悟。世平觉得润生真是好福气，找了一位这么贤惠、漂亮又会做菜的老婆。

有一天，世平和润生、易蓉一起吃饭时，易蓉问世平，为何还没结婚，是眼光太高了吗？世平说，没人看得上我啊。易蓉脸上露出讥讽的神情，说，才不信。易蓉的目光干净明亮，让世平想起那位经常有绯闻的女歌手。他喜欢那位歌手，她带着轻微鼻音的歌声千转百回，有着山间泉水般的明净清丽。

那年世平已经31岁了，易蓉不信是有道理的，一个活到31岁的男人总会有情感经历的。世平24岁的时候疯狂地爱上过一个女孩。他们曾在一起过。是谁先爱上了谁？这是他们在一起时经常争论的话题。当然争论到最后，世平出于一个男人应有的担当，承认是他想方设法把女孩追到手的。其实不然，是女孩首先让世平意乱情迷的。这是一段不该开始的恋情，因为那时女孩已有男友，男友是外地人，没地方住，只能住进女孩的家里，和女孩以及女孩的父母共处一屋。虽然她和男友当时并没有领结婚证，但入住这一行为相当于婚姻宣告。女孩好像完全忘记了家里还有一位男友，她对世平表现出的温柔是确凿的，不知不觉世平也爱上了这女孩。那是世平的初恋，初恋的热情里有着既单纯又绵长的喜悦和依恋，这种依恋虽然带着一点点肉欲但更多的是精神上的。他们约会，约会时牵手和接吻。世平觉得这就够了。女孩有一次让他抚摸她，他对这一行为竟感到不安。她没说过她要离开现男友。世平爱她，那么他宁愿同她保持某种意义上的纯洁关系，如果他们的身体有更深的接触，他和她的这份爱就不再是纯粹的了。这种想法当然很傻。女孩比世平要有经验得多，她懂得在非常自然的状况下让一切发生；她懂得男人再纯洁也挡不住诱惑，她还懂得如何让世平觉得她其实并没有诱惑他。她装作天真无邪的性感行为让世平在某一刻失去理智，看起来责任都在世平这儿，是他没把控好。女孩并不想要离开她的现男友，但世平自觉承担了一个男朋友的责任。这个局面使得世平的初恋始终像一场偷情。也许是因为偷情带来的意外刺激，也许是因为世平明白他们最终不可能走在一起，世平有一种末日般的幻灭感以及由此带来的激情，因而更为伤感和投入。他不知道她回家后是如何面对男友的，他不愿想这些，偶尔他会想想晚上她是否和男友睡在同一张床上；他努力不让这种想象铺展开来，他相信她应该是独自睡觉的。

直到有一天，女孩对世平说，我们结束吧，我得和男友结婚了。

一场失败的初恋带给世平难以平复的创伤。这创伤持续了好几年。奇怪的是他并没有恨她，他相信她爱过他，并且他无法忘记她美好的身体。在忙完了白天的事务，疲劳地躺到床上时，他就开始思念她，思念她的身体。那是他第一次见到女性的身体，如此美好，想起她，他的手依旧记得她细腻的肌肤，那光滑而柔软的感觉仿佛至今还留在手心上。直到有一天，他在一个商场里见到她，她挺着一个大肚子，衣着随便，连头发也有些蓬乱，他看到她见到他时的慌乱。他们在一起时，她总是把自己收拾得干干净净，喜欢穿墨绿色和咖啡色的裙子，衬出她挺拔的身材。

周末，易蓉请了单位的人来家里，有她在单位的小姐妹，也有男同事。他们在易蓉家院子的草地上烧烤。易蓉家的院子相当大，四周用植物和外部隔离，自成一个空间。院子里种着紫藤和桂花树。易蓉说，她迷恋花香，最喜欢闻的就是这两种花的香味了。因为来的是易蓉的客人，润生帮易蓉忙，易蓉嫌润生手笨，把他打发走了，说等会儿食物烤好后再一起来吃。润生走的时候，易蓉让润生把世平叫下来。世平一直在阁楼，他不是这家人，觉得好像不应该参与易蓉同事们的聚会，但他一直在阁楼的窗口看着院子里的场景。院子里已放置好一张长条形桌子，上面摆放着可乐和啤酒，还有一些易蓉当天采购来的肉类、西红柿，以及硕大的甜椒，它们盛在一只篮子里。不远处是一个炭烤炉，刚才润生已生了火，这会儿炭在阳光下发出暗淡的红色。易蓉正在烤肉，桌子边则坐着易蓉的同事们。世平注意到两位女同事相当年轻，长发那位显得有些瘦削，短发的则相当丰满。他还注意到丰满姑娘的短发在脸颊和脖子的中间处弯出一个俏皮的弧形，她的脖子露在外面，皮肤很白。两位男同事在大声说话，一个笑话？两位女同事笑得前仰后倾，那位瘦一些的女孩还打了那男同事一记。在院子的一角，有一盏路灯，外面罩着喇叭形玻璃灯罩。晚上，灯会亮起，发出昏暗的光线。从世平的床上可以看到这盏灯，在一些寂寞的夜晚，世平看着这灯会想起一些遥远的往事；那些时刻，他觉得自己当下的生活反而是不真实的。

当润生对世平说，易蓉让他下去一趟时，世平意识到易蓉的目的，这个聚会是为他办的，她想用这种自然的方式介绍女朋友给他。

世平下楼来到易蓉边上，问有什么忙要帮。易蓉正在烤串，她说，你替我烤，烤好了送到他们那儿。这帮少爷小姐都不来帮我一下，都指望着我。易蓉还说，厨房里正烤着面包呢，快到时候了，她得进去看看。走之前，她意味深长地问：

"怎么样，我这两位女同事不错吧？"

世平抬头向那边望去，打算仔细看一眼。易蓉把手拦在他眼前，说，你别这么看女人，这样色眯眯的多不好。世平觉得有些委屈，他有色眯眯吗？他只不过是在她的指引下才看她们的。

"逗你呢。"易蓉放下手，笑了。

世平烤好肉串，送到桌上，并让客人们趁热吃。易蓉的同事丝毫没有客气，还是专注于他们刚才的话题，甚至看也没看世平一眼，仿佛世平是润生家的用人。世平有轻微的受挫感和失落感，觉得易蓉一厢情愿的想法有点可笑，他在心里不由得嘲笑了一下易蓉，同时也嘲笑了一下自己。

易蓉在里面叫世平。世平放下正在烤的肉串，进入屋内。一股面包的香味蹿入世平的鼻腔，世平知道易蓉的面包出炉了。易蓉拿着其中的一块让世平尝。世平想接过来，易蓉说，你的手脏，把嘴巴张开。世平想了想，张开嘴巴，易蓉把面包塞到他嘴里让他咬一口。易蓉问，味道怎么样？世平说，你放什么了，怎么有怪味？易蓉一脸紧张，看到世平的笑容，才知道世平在诓她。她说，我吃过了，挺美味的，我是想让你赞美我一下。又问，那两位你喜欢哪一位？都是美女哦，你要是喜欢上谁，告诉我一声，我帮你去说。

后来，世平在烤串的时候有点走神了，倒不是为易蓉做媒的事，而是刚才易蓉的行为让他想起初恋女友。他与初恋女友的关系还没确定前，她在街头买了一支雪糕，让他吃一口，问他好不好吃。他以为他说好吃后她会把雪糕给他，谁知道她把雪糕含在嘴里自个吃起来。那时候年轻，她的行为让他浮想联翩。他已经有很久没有想起这位初恋女友了，自从那次在商场见到她，她就慢慢淡出他的思想，如今他的脑子已被各种各样的世俗事务占满了。

面包烤好后，润生加入进来，一起享受这个所谓的周末聚会。其间，这些搞外贸的人会说几句英语，然后发出哄堂大笑。润生和世平的英语可以应付日常交流，但不足以理解专属于易蓉单位内部事务的词汇。那种双关需要融入这个群体才能理解。易蓉让世平别再烤了，大家都吃不下了。世平坐下来，说，总算有人没把我当成是一个大厨。易蓉直愣愣地看了看世平，想说什么，又没说出来。易蓉转过头去时，脸上换成灿烂的笑容，指着世平，对两位姑娘说，他可是钻石王老五。两位姑娘的脸一下子严肃起来，好像刚才易蓉的话瞬间让她俩置身于一桩贸易谈判中，而她们自己便是货品。易蓉对这个效果有点不悦，她好像铁了心想把这次聚会气氛破坏似的，问世平，甘世平，你喜欢她们谁？世平把一块面包塞到嘴巴里，假装说不出话，默默站起来，指了指楼上，然后走了。润生突然对这个话题感兴趣，对易蓉说，要不，我替世平选一个？世平聪明的做法让易蓉缓过劲来，她亲昵地摸了一下润生的头，说，有你什么事？难道你想纳个妾？

晚上，客人走后，易蓉敲开世平的门，夸了一下世平反应机敏，然后不依不饶地问世平喜欢她们中的谁。世平觉得易蓉虽然热情，想让他脱单，但她这么干根本不靠谱。为了应付易蓉，世平随口说喜欢胖的那一位。易蓉一脸不屑，说原来你好这一口。易蓉说完就转身走了，门关得还挺重，好像世平的回答冒犯了她。

三

十多年前，世平在易蓉家寄居时，切身感受到润生和易蓉的亲密关系。易蓉经常当着世平的面，像一个男人一样搂着润生，一起看润生最新做的建筑设计稿。看到精妙的部分，她会摸摸润生的头发，把它们弄乱，以示赞赏。世平羡慕这对神仙眷属，他替润生高兴。他喜欢看到这种恩爱的场面。有时候易蓉会突然把目光投向世平，那目光瞬间变得陌生。世平想，可能易蓉不喜欢有人这么盯着他们看。那次易蓉把面包塞到世平嘴里后，又有几次，世平偶尔到厨房，看到易蓉在做菜，易蓉都会用瓢羹或筷子把菜夹到世平的嘴里，让世平试味。世平再不做他想，认为这是易蓉把他当作家人的缘故。

关于那两个女孩的事易蓉后来再没提起，也没另外给世平介绍对象，好像那次行为只不过是易蓉心血来潮，她心里根本不在乎世平是否单身。

已是夏天，天气炎热，世平穿着白衬衫在外面办事。回来时路过润生家，想着去阁楼换一件凉快点的 T 恤。穿白衬衫是世平做秘书时留下的习惯，陪着领导同去的都是正式场合，大家都穿着白衬衫，白衬衫类似某种意义上的官服。倒也没有人说官员出席相关场合一定要穿白衬衫而不能穿藏青色或格子衬衫，但大家仿佛约好了似的，都是这种装束，久而久之，大家就不穿别的颜色了。好在世平身材挺拔，穿白衬衫并不土气，反而有一种"白马王子"的感觉——有天一位女同事当面这么评价过世平。事务所的人穿着随便，有人甚至穿大裤衩来上班。世平作为事务所行政主管，当然不可能上班时穿大裤衩，最随便也是穿一条牛仔裤，很多时候还是穿西裤。但衬衫之外，他开始穿 T 恤，有一件还是易蓉给他买的。那天易蓉上街分别给润生和世平各买了一件路易威登 T 恤，一件红，一件白。润生和世平的身高差不多，世平略高一些，同一尺码穿在他俩身上没问题。润生作为一个艺术家，喜欢有色彩的，选了红色，世平倒一直喜欢白色系列。到杭州后，润生自己也买了几件比较休闲的衣服。工作场合不同，服饰也要跟着改变。

　　回到家，他喊了声易蓉，没有回应。世平很奇怪，易蓉怎么不在。世平进厨房打开冰箱，拿了一罐冰镇可乐喝，然后来到阁楼，打开衣柜。他的衣服不多，世平虽然不缺钱，但在衣着打扮上，并不上心。易蓉也说，世平倒是穿什么都得体，是万能衣架。以前也有同事这么说他。

　　他脱掉衬衫，几乎没想就穿上易蓉送他的那件白色 T 恤，速度飞快。他穿好后，匆匆往楼梯走。正要下楼时，世平突然感到阁楼里似乎有异样，回头一看，吓了一跳。易蓉正躺在他的床上，身上什么也没穿，几乎赤身裸体。不过她看上去神色安详，正在深睡中。世平几乎是逃走的，由于慌乱，他在楼梯上滑了一跤，身子重重地向后倒下，发出一声闷响。疼痛传遍身体，但他怕惊醒易蓉，赶紧轻手轻脚地逃跑了。

晚上，润生和世平回家，易蓉已做好饭。吃饭时易蓉没有任何异样的表情。润生在夸易蓉的菜对他的胃口。世平有点心烦意乱，菜在嘴里，几乎没任何味觉愉悦。易蓉在谈自己工作的事，这几天有一个外贸大单，每天都在突击做招标文书，没日没夜，今天总算完工，在家休息了一整天，去阁楼打扫卫生时，竟然睡着了。世平低着头，竖耳听着。易蓉这是在解释吗？是让世平不要有非分之想吗？但愿如此。世平松了一口气。

然而阁楼的那一幕已刻进了世平的脑子，他已经很久没有幻想特定女人的身体了。对初恋女友身体的想象在分手后一直伴随了他三年，是他独处时无法言说的慰藉。现在易蓉的身体开始占据他的脑子。那天他虽然只是匆匆一瞥，但易蓉的身体深深镌刻在他的心里。这具身体和初恋女友少女般单薄的身体不同，更为成熟，更具风韵，一样的毫无瑕疵。由一具真实女性的身体获得的慰藉比从图片上那些抽象的女性身体所获得的慰藉要丰富得多，也令人满足得多。但世平觉得这是不应该的，自己没有任何借口可以产生这种想法；庄校长待他如父，他视润生为兄长，想起这一层关系，他感到不安，需要努力才能把易蓉的身体从脑子里摒除。因为有了这个念头，他每次回家都不太敢看易蓉，也不太去易蓉的厨房欣赏易蓉烹制美味了。

问题是世平经常会梦见易蓉的身体。白天他忙于工作可以克制这个念头，可他无法控制自己的梦。有一次，他梦见易蓉一丝不挂地在房间里走来走去，她脸上有一种高傲的冷漠，好像在这屋子里不穿衣服是她的特权。他梦见她从楼梯上来，打开了阁楼的门。他梦见她站在自己的床边，俯视着他，脸上浮出讥讽，好像在嘲笑他的春梦。然后，他睁开眼，是半夜，室内黑暗，阁楼的天窗投入一缕月光，使得屋内的陈设隐约可见。他看到易蓉站在那儿，身上什么也没穿。他以为这是梦的一部分，很快他意识到这不是梦，真的是易蓉。

　　一如当年面对初恋女友不着痕迹的挑逗，世平表现得无动于衷，世平对性有着很好的克制力。他觉得事态严重，他此刻别无他想，身体冰冷。他迅速穿好衣服，脑子里想的是他得搬家了。其实他早已找好房子，只是因为润生的挽留以及贪恋易蓉的美食，他才迟迟没搬。他看到易蓉转身走了，他没看清她脸上的表情，是失望？或者是在嘲笑他？他穿着衣服久久坐在那儿，再没躺回床上去。一会儿，他听到楼下传来呻吟声。是他的幻觉吗？

　　世平是第二天搬走的。易蓉那时候已去上班了。他同润生说了搬走的事，润生拍了拍他的肩，说，既然你决定了，那就这样吧。想吃易蓉的菜，随时回来。世平点点头。

　　世平早已习惯了独自生活，和润生易蓉夫妇一起生活倒是他一生中的例外。他没有再去润生家吃饭，他的工作有很多应酬，事务所免不了要同客户打交道，他们的很多客户是各级政府部门，世平也算在官场混过，懂得其中的规则。应酬占用了世平很多精力和时间，好在应酬也解决了他的吃饭问题。令他欣慰的是易蓉不再出现在他的梦中，好像那天晚上易蓉来到他床边亲手关掉了他脑子里关于易蓉身体的开关。

　　但后来发生的事让世平承认，人在感情方面，也会两次踏进同一条河流。

　　有钟声传进运河边的老宅。应该是下午四点了。易蓉说不远处有一个钟楼，每个整点都会响起。世平看到光线从西屋的彩色玻璃中射入，好像钟声就隐藏在光线以及光线下寂静舞蹈的尘埃中。世平此刻还没有现实感，他还来不及思考刚刚发生的事。

　　就在一个小时前，易蓉突然来到世平的新居，然后把世平带到这幢老宅。一路上他们之间自觉保持着距离。世平想，易蓉或许想再给他介绍一位女友。世平打算这次如果看对眼，就相处一段日子试试，这是化解他和易蓉间尴尬的最好方式。但世平的念头是纷杂的，他的心里同时涌出早已存在的暧昧的期待，他感到他和她正在共同奔赴一个心照不宣的目标，一个仿佛是他俩蓄谋已久的目标。她带着他进了这幢老宅。室内一片沉寂，世平的目光穿过布满文玩的幽深的大厅，来到大厅中间的楼梯，他跟着易蓉上了二楼。后来回忆起来，这个时候好像也有若有若无的缥缈的钟声响起。在二楼的走道上，有一个巨大的酒柜和一个与这宅子匹配的中西合璧的吧台。世平曾经在上海的一家酒吧里见过这种高高的吧台，边沿下部装饰着中式回字形支架。桌子上放着一个檀木架子，用来装一些时尚杂志。易蓉让他在一把高椅上坐下，然后从酒柜里取出酒和杯子，替世平倒上。易蓉说的第一句话是，我嫁给润生前一直住在这幢老宅里。

　　在这里，易蓉变成了另外一个人。在家里，易蓉从不喝酒。现在她大口大口喝酒，其间还去东边的那个房间拿来一包不知道什么牌子的香烟，独自抽了起来。我偶尔会抽一根，易蓉说。她还问世平是否也来一根，世平摇摇头。她拿起酒杯和世平碰杯，让世平把杯中的酒喝掉。这之前，易蓉已接连喝下三杯了。世平在易蓉身上嗅到一种忧伤而放肆的气息。易蓉好像猜到了世平的想法，说，我这样子把你吓着了？你放心，我酒量很好，不会醉。世平点点头，然后把酒喝了。

"我没爱过润生。"易蓉突然说，直视着世平，"这么说也许不准确，应该说我有一刻爱过润生。我们度蜜月期间遇到地震，那一周我全心全意爱着润生。"

世平吃惊地看着易蓉。在他眼里，她和润生非常恩爱，他们看起来如此般配，易蓉为什么要说这样的话？

"我和润生结婚并不是因为爱他，当然我不讨厌润生，他迷恋我，让我很享受，但我知道对我来说那不是爱。我嫁给润生只有一个目的，就是逃离这儿。润生是个好人，心地善良，至今还是一个少年，可他不是我喜欢的那一类。"易蓉又干了一杯。

这个吧台光线昏暗，再加上酒精的作用，使得他们的交流没有任何障碍。连世平都觉得易蓉的话是多么自然而然。易蓉环顾着这座布置讲究的老宅，把世平引入发生在这老宅里的过往。她讲起母亲的情人们，讲到母亲撞见那位导演和她在一起的伤心，讲到母亲深爱那位情人，为了留住他，在最初的伤心过去后，母亲假装忘记了曾目睹的事。易蓉说她当时已经对那位导演讨厌透了，他却不肯放过她，他粗暴地对待她。世平一直在耐心听着。当易蓉讲完那些往事，她伏在吧台上大哭起来。

世平不知所措，他不知道她有没有喝醉，她已喝下去五杯白兰地。他站起来走到她身边，试图安慰她。易蓉抬头看着他，满眼泪光，她站起来说，你抱抱我，抱抱我。他僵硬地抱住她，没一会儿，那些曾经夜夜想象易蓉的身体而产生的感觉全部醒了过来。易蓉的嘴在他脸上游走，世平毫不犹豫地接住了易蓉的吻。

他听到她在叫他的名字，他和她已来到西边装着彩色玻璃的房间，在她的床上，世平觉得她口中的名字听起来像另外一个人的名字，不是他，是另一个世平。是另一个世平正在和易蓉翻云覆雨，而易蓉也是另一个易蓉。这倒是一个事实，刚才易蓉的故事彻底改变了世平原来对易蓉的印象。她说，她从来没同润生说起过这些，润生喜欢的是她身上的母性和端庄。她说，很多人一见她都夸她大家闺秀。她说，不是的，不是的，只有我自己知道，那只是一个表象。她这是在表白，表明她对他的信任，她愿意在他面前呈现真正的自我。她一直在叫着他的名字。

世平感到自己仿佛成了这房子的第三个人，正在见证一场失控的游戏，而酒让这场游戏更为疯狂。他想贪婪地记住每一个细微的感受，与那些日子的想象和梦中所见完全不同，当下的感受是全新的，好像这世界被重新命名。他从易蓉口中听到自己的名字是全新的，他和她的关系是全新的，他也是全新的。他和她在这个房间里签订了一份关于灵魂的契约，这份契约不需要签字，但他觉得是神圣的。

他不再是一位旁观者，他完全投入其中，敏感地回应着易蓉，直到晕眩时刻到来，把他淹没，把他投入到深渊之中。然后他听到了钟声，好像是钟声把他从深渊中打捞了上来。那室外投来的光线里闪着亮晶晶的尘埃，像他们残留在房间里兴奋的碎片。

他们平静下来。现在他和她在黑暗的房子里相互凝望，脸上挂着仿佛阴谋得逞的傻笑。他原以为对自己的身体了如指掌，想起刚才身体所感受到的细微和丰富，他承认自己的无知，并对这个不可知的领域生出敬畏。

后来世平想，他和初恋女友分手后漫长而孤独的岁月是别有深意的，仿佛是命运的某种安排，他一直在等待着易蓉出现的时刻。他承认自己爱上了易蓉，他相信这比他认为的还要早。

四

世平站在窗口，望着窗外夜晚的城市。灯光布满了整座城市，那些道路像一条条流动的光之河流，而霓虹灯和万家灯火则犹如河流边的光之树。天空罩着一层薄雾，使得看到的一切犹似雾里看花。随着夜晚越来越深，雾在加重，也许要到明天太阳出来，雾才会散去。不知从哪儿投来的一束光线落到室内的书架上。世平平时没时间看书，但他还是喜欢买一些也许他这辈子都不会看的书，让书整整齐齐地挤满书架。

世平长久地凝视木村先生送他的那本春画，始终没有打开它，想着是不是把这本画册放到书架上。世平第一次听说日本春画还是在易蓉那儿，易蓉说，早些年在养母那儿偷偷瞧过。

一个月有一次或两次，在某个午后，世平会抽空从事务所出来，和易蓉在运河边那幢老宅幽会。她告诉他，一年前的那个午后，世平从安徽来到她家，下穿一条西裤，上着一件白衬衫，两边头发剪得很短，顶部头发浓密，这身打扮和发型让他看上去有一种精干的男子汉气质，她在他身上感受到一种暖烘烘的干净气息，她的心动了一下。那时候她觉得他同一般男人不一样、稳重、成熟、让人感到可靠，不像别的男人，刚从女人身上起来，便到处吹牛。她还告诉世平，他寄居于他们家期间，是她这一生最亢奋的日子。她每天精心打扮，把自己收拾得干干净净，早早下班回家，拿出看家本领做最拿手的菜，等待他和润生下班后美美吃上一顿。只有她自己心里明白何以如此。易蓉说，她曾试图抗拒这种情欲的诱惑，那段日子，她不停地和润生做爱，然而不争气的是脑子里出现的全是世平。

"你那次躺在我床上是在勾引我吗？"世平问。

"你说呢？你这个傻瓜。男人们都喜欢我的身体，只有你见了好像是碰到了瘟疫，你当时仓皇逃跑的样子，很可笑。"易蓉说。

世平想，易蓉知道自己的力量，知道她的身体可以无往而不胜。这也许是她在这幢老宅里得到的人生经验之一。易蓉胜利了，在见到易蓉的身体后，很多个夜晚，易蓉的身体成了他唯一的慰藉。

易蓉把身体贴到世平身上，说："知道我为什么爱上你吗？"

世平不知道。过去他的女友也说爱他，是一见钟情，到头来还不是不了了之？

"你逃跑的样子，像狗熊。我本来以为你是男子汉，原来是'银样蜡枪头'。"最后几个来自《红楼梦》的词语易蓉几乎是唱出来的。

即便是如此亲密的时刻，易蓉的话也令世平感到不那么舒服。易蓉敏锐地意识到了，说："生气啦？逗你的啦，你当时的样子很可爱啦。不过你明白的，爱没什么道理可讲对不对？照说以润生的条件我应该爱上他是不是？"

世平感到刺耳，他觉得至少在此时，"润生"这两个字是不该出现的。他想，易蓉也许根本没有这个心理障碍。这也是这幢老宅带给她的影响吗？

世平现在熟悉这座两层小楼的每一个角落。在一楼大厅的墙上或柜子上，放置着古画、陶罐、瓷器和各种戏服，犹如一个小型的博物馆。二楼是私人领地，带着易蓉养母的古雅趣味。在长长的走道上挂着一些仕女图，风情万种；其中有一些是易蓉母亲请人画的，画上是她穿着戏服的样子，眼神幽怨，兰花指妖娆，身段柔美；在东屋易蓉母亲的房间里，有一幅她穿着轻纱戏服的画，她的脸微仰，一副睥睨众生的骄傲模样，而她的身体却奇怪地散发出热烈的气息，仿佛她知道可以引无数男人竞折腰。

一天，世平问："你恨你母亲吗？"

"不恨。她去世后，我才觉得她对我挺好的，我也很怀念她，毕竟是她把我养育大，并让我获得该有的一切，比如好的教育、眼界以及她带给我的财产。她去世的时候，我觉得她是爱我的。"易蓉说。

世平想起他们初次欢爱的那个下午，她说着宅子里的一切，话语中充满了不堪和怨恨。世平不知道该信哪一种，或者两者兼而有之，都是真实的。

"今天的我都是她塑造的，比如关于性，你明白吗？"易蓉说。

世平不明白。

"我小的时候，5 岁还是 6 岁，撞见过母亲和男人赤身裸体在一起。那一次把我吓坏了。后来我长大了，算是明白了些，但我反感她不停换男人。我和她吵过架，骂她婊子。你猜她什么反应？"

世平想当然猜母亲会给易蓉一个耳光，但他没有说出来。

"母亲听了很伤心，独自流泪了很长时间，后来她喃喃自语道，你这孩子怎么会明白大人间的事。不过母亲不是个记仇的人，没把我的话放在心上。母亲其实挺大气的，除了演戏，什么都不在乎。"易蓉说。

窗外飞过几只燕子，它们几乎是贴着运河的水面在飞行，啾啾的叫声打破了午后的寂静。

易蓉又说起润生，脸上露出某种类似甜蜜的笑容。她说："母亲对这事的态度或多或少影响了我年轻时的行为，和润生上床是我主动。他把我当女神，我本想让他看到我的放荡，把他吓跑，谁知道呢，润生竟把这当成爱。"

世平不响，无论如何他不习惯润生的名字出现在这样的场合，他感到无比不适。他再次意识到易蓉似乎对此事没有任何道德障碍。另一方面，他感觉到易蓉其实对润生很好，不像她所说的"不爱"，至少她脑子里经常出现润生，好像润生是她不可分割的一部分。

"你会把我看成随便的人吗？"易蓉似乎察觉到世平的心思。

世平摇摇头表示不会。其实他还是有疑虑的，但他不会说出来。

"我一直担心会成为跟母亲一样的人，知道吗，我在这老宅生活过，这事是会上瘾的。我不想成为一个随便的人，我想和母亲不一样，我和润生结婚后，没有过别的男人，虽然有很多人喜欢我，你是润生之外的第一个。我不允许自己变成母亲，我不想像她那样不断换男人。我和你这样是因为我爱上你了。"易蓉认真地说。

绕了一圈，落到这个点上，世平还是感动的。他们不自觉相拥在一起。

他们亲热过后，易蓉又说起母亲："母亲去世后，我反倒理解母亲了，她只是个有坏习惯的女人。后来我想，她之所以对那个导演如此迁就，也许是因为爱吧，爱没有办法控制对不对？就像我现在对你。"

对这种缠绕在往事中的出其不意的情话，笨拙的世平往往无法用语言回应，他只能用动作抚慰易蓉。他满怀爱意，亲吻易蓉，小心翼翼，就好像易蓉是一件易碎的珍宝。

"不过你要当心，我也有母亲的某些坏习惯。"

"比如喝酒。"这次世平倒是迅速把话接住了，"喝酒不好，也会上瘾。"

易蓉点点头。一会儿，她问："听过《幽媾》吗？"

"什么？"世平说。

"昆曲《牡丹亭》里的一折。从前我母亲和她的朋友经常在这里唱这一出，他们唱着唱着就唱在一起了。想听吗？"易蓉问。

没等世平回答，易蓉就赤身裸体地从床上起来，向门外走去。她的脊椎处有一条俏丽的凹陷，令人想起美人脸上的酒窝，别有风情。一会儿，她穿了一套红底子粉色牡丹戏服，戴着凤冠霞帔出现在世平面前。她刚才应该去了母亲的房间。

"母亲曾希望我也成为一名昆剧演员，我违逆她的意愿，但耳濡目染，还是会唱几句。"易蓉说。

西屋明暗适当，刚才的暧昧气息还没有完全退去，易蓉几乎迅速投入到戏里，迈着细碎的台步，翘着兰花指，眼神突然变得迷离起来。她的样子让世平想到她母亲的画像。他听到易蓉唱了起来：

> 斜阳外，芳草涯，
> 再无人有伶仃的爹妈。
> 奴年二八，没包弹风藏叶里花。
> 为春归惹动嗟呀，瞥见你风神俊雅。
> 无他，待和你剪烛临风，西窗闲话。

世平听了一时有些恍惚。在午后安静的时刻，易蓉的唱腔悠长清丽，幽深曲折，有着超越尘世的飘逸之气。世平对昆曲不甚了解，后来他在电脑上看完了整出《牡丹亭》，才知道《幽媾》一折是柳梦梅和杜丽娘的人鬼之恋，怪不得当时听了感到一股子像是吸入了鸦片的腐朽气息。

看着演出中的易蓉，世平情难自已。那是神魂颠倒的时刻，易蓉的戏服已掉落在地板上，他们重新结合在一起。他想象着她刚才演戏时眉目传情的模样，那是戏里的易蓉。他知道从这幢老宅出去，她会变成另外一个人。世平因此感到一种拥有感，真正的易蓉只属于他一个人，他看见了别人难以得见的易蓉，是易蓉为他一个人敞开的。

然而世平一旦走出这老宅，便不得不进入一个沉重的现实世界，面对一些不能忽视的真相，仿佛是从一个深梦中醒来。

世平去看了那座每个钟点都会发出钟声的钟楼。它在运河边一个公园里面，在一位老太太的带领下，世平才在苦楝树丛的中间看清那座钟楼。那是一座小教堂，和一般教堂不同，看上去犹如一座笨拙的砖石仓库；它的顶部是平的，唯一显示教堂特征的是在平顶之上建的一座哥特式钟楼，钟楼上面耸立着一个金属制成的黑色十字架。世平觉得小教堂有点像童话里的某个城堡，他对教堂边上种植的廉价的苦楝树感到奇怪，心想可能是因为苦楝树深秋落叶，其光秃的枝丫映衬着这座小而粗粝的建筑显得特别和谐。四季的变化痕迹本身就是神迹的一部分。世平跟随老太太走进教堂，窗子特别高，窗子上的玻璃色彩斑斓，仿佛天国的某个景象。世平想起那幢老宅西屋的彩色玻璃，虽然那个房间的玻璃没有图案，但有着跟小教堂一样的气息。那位老太太正对着教堂里的十字架喃喃祈祷。和所有的教堂一样，十字架上有耶稣的受难像。那天世平从教堂里出来，不知怎么的，心里非常难过，他本来要去那幢老宅的，易蓉正等着他。他给易蓉发了个短信，借口临时有事，不能赴约。那天，回到建筑事务所，碰到润生，世平脸色苍白，甚至有抱住润生痛哭的冲动。他忍住了。润生也感到世平的样子不对头，问，世平，你生病了吗？世平摇摇头，说，昨晚失眠了。润生说，长夜漫漫，娶个媳妇暖暖脚，就会安然入睡。世平点点头。

一次，世平和易蓉在老宅约会。在他们欢爱时，易蓉一如既往喜欢叫唤他的名字或说一些甜言蜜语。平静下来后，窗外传来钢琴声，琴声断断续续，可能是哪个琴童在练琴。一会儿传来训斥声，然后听到一个孩子哭了起来。

易蓉把身体贴过来，抱住世平，说："想什么呢？"

"没想什么。"世平说。

"骗我，你有心事。"易蓉说。

"和润生时你也喊他的名字吗？"世平问。

易蓉笑了，把世平拉到怀里，在世平的脸上亲了一口："吃醋了？"

世平以前和初恋女友在一起时，他偶然会想想她是不是和那位住在她家的男友上床。现在不同，世平是见过易蓉和润生亲密的，有几次还听到易蓉不由自主发出的呻吟声。晚上空下来的时候，世平就会想象润生和易蓉亲热时的样子，心里面涌出满腔的孤单和不平。

"润生是个孩子，他喜欢没完没了地表白，我是沉默的那一个。和你在一起的情形正好相反是不是？我不喜欢男人做爱时说话，我喜欢深沉的男人。"

世平已经不可救药地爱上易蓉了。他凭借以往的经验知道，在男女关系这个领域，他存有某种因自我怜悯而带来的固执的忠诚。在和前女友分手后，他整整三年忘不了她，也没有喜欢上其他女孩。现在同样的情形又出现了，他还是那个隐秘的角色，一个不光彩的偷情者的角色，而他想要的是一个唯一属于他的爱人，可以手挽手带到朋友中间的爱人。

"你想过我们的未来吗？"世平问。

"你什么意思，厌倦了？"易蓉说。

"你想过我们可以结婚吗？"

易蓉沉默不语。一会儿，她看了一眼世平，你确定？

世平不响。这个念头并不是世平一时兴起，和易蓉好上后，他一直在想这件事的可能性。如今他已悲哀地认清这事的复杂性，是庄校长让他来杭州帮助润生的，润生待他如兄弟，如果他和易蓉结婚，那会是什么样的局面？如果他走出这一步，他的形象会是多么不堪，恶名和愧疚恐怕也会跟着他一辈子。

他长长地叹了一口气。

"世平，也许你得找个姑娘结婚。"

听到这句话，世平的眼圈红了。

"你怎么了？"易蓉拉住世平。

世平挣脱了易蓉的手。

易蓉变得温柔，说："世平，我没有别的意思，你知道我爱你，但你知道的，润生需要我，他已是我的亲人，我不想伤害他。"

"我们这样难道不是在伤害他？"世平说。

"他不知道就不是伤害，不是吗？"

他们再次亲热，因为刚才小小的争执，他们更为投入。他听到易蓉在说话。我爱你。还有别的话。易蓉在说亲爱的。这是易蓉第一次对他说出"亲爱的"三个字。世平紧紧地抱住易蓉，仿佛害怕易蓉像初恋女友一样会突然从他的生命中消失。

他们贪婪地探索对方的舌头，她咬住了他的嘴唇，并且咬痛了他。他尝到了一股咸咸的血腥味。

后来世平觉得自己的预感是多么准。不久，易蓉怀孕了。听到这个消息，世平愣了好半天。他和易蓉一起时是用安全套的，偶尔有那么一两次易蓉说在安全期，他没用。易蓉怀孕了，这说明她和润生的夫妻生活完全正常。他突然想哭。

易蓉有了孩子，她看上去非常兴奋，她把所有的注意力都放在肚子里的孩子身上。肚子里的孩子变成了易蓉的命，她不再约世平，好像她和世平从来不曾有过亲密关系。世平意识到对易蓉来说肚子里的孩子比什么都重要，别的情感不值得一提。

世平想起在和初恋女友分手三年后的某一天，他在商场见到初恋女友的情形。他将再次面临这个场面，他觉得自己又一次失恋了。

五

半夜，世平正在睡梦中，电话突然响起。是派出所来电，原来木村先生嫖娼被抓了。木村先生昨晚没住在刘庄，小姐不会在刘庄内部与客人联系，他自己悄悄潜出去，在一家廉价连锁酒店开了房间，然后果然接到小姐的电话，结果正在嫖宿时被巡查的公安给抓了个正着，带到了派出所。他不会中文，警察又听不懂英文，他说不明白，只好写下甘世平的联系方式，让世平保他出去。

这个忙世平不能不帮。他想了一圈自己的人脉，一个一个打电话。正是半夜时分，他们大都关机睡觉了，最后世平终于打通了其中的一位。那位朋友以为世平嫖娼被抓，在电话里调侃世平，没想到你浓眉大眼的，也干这种偷鸡摸狗的勾当。世平刚想解释，朋友继续开玩笑说，你在派出所等着，我想瞧瞧嫖客被抓是啥模样。说完挂了电话。

是世平开车带着木村先生回刘庄的。木村先生缩在后座，世平从后视镜上看到木村先生眼神天真而无辜，样子颇像一条等着主人喂食的可怜巴巴的狗。一会儿，木村先生说，我没做错事，他们为何抓我。世平想中国通木村先生不应该问这个问题，他知道在中国干这事儿违法。世平想，木村只是在表达一种情绪，言外之意是他做了一件正常不过的事，不幸中了小概率事件的标，成了一个倒霉鬼。世平说，你还在胡说八道，我们是社会主义国家，可不是资本主义日本。世平又说，你的事山口小姐也知道。后座的木村霎时跳了起来，头撞到汽车的顶部，发出"嘭"的一声。世平以为汽车撞到什么东西，立马一个急刹车。只见木村护着自己的头，吓得话都说不清，快要哭了，山口小姐怎么会知道的？她在日本怎么会知道的？声音里带着无限的懊恼。世平见木村这样，骂道，你把我的车顶都撞翻了。世平又说，山口小姐不知道，她没那么关心你。木村先生这才安静下来，脸上有种劫后余生的喜悦，好像此时他已忘记刚才在派出所里的狼狈样。

处理完木村的事回家已是凌晨四点，空气中已有早晨清爽的气息。经过小半夜的折腾，世平感觉有些疲劳，却毫无睡意。也没多少时间可以睡了，上午他得准时到事务所接待一位客户，下午还得送木村那家伙去机场。他决定泡一个热水澡。

身体钻入热水时，世平长长地呻吟了一声，身体被热水覆盖带来心脏的急速跳动，有一种振奋人心的畅快感。他微闭眼睛，享受着片刻的放松；他感受到水的浮力，双手和身子好像被水托举起来；他想象自己此刻如水草一般，自由舒展，毫无牵绊。一会儿，他睁开眼，浴室氤氲，他转头看镜中的自己，镜子沾满了水汽，他的脸显得十分模糊。

他最后一次见到易蓉是在易蓉自杀前一天。他是独自去医院的；之前他已不止一次来过医院，每次到了医院，他都感到身心俱疲，无法向前迈动脚步。从医院大门进来，到处都是人，有时候有人（病人或病人的亲人）会在人群中突然号哭，哭声在熙熙攘攘的人流中显得那么微不足道，好像痛苦的号叫只是众声喧哗中的一个音节，没有任何意义。要到了住院部才能感到医院的空旷与寂静。他走在被擦得光亮的地砖上，听到自己的脚步声一会儿重一会儿轻，这样的脚步让他想起一首庄严音乐里突然出现的几个可笑的滑音。易蓉包着纱布的脸像一个巨大的线团，长在肩膀上，好似日本动画片中的某个角色，她的眼睛、嘴和鼻孔露在外面。他进去时，易蓉转过头去，仿佛在厌恶他的到来。许久，易蓉终于转过头来，目光幽深地看着世平。她的目光既灼热又冷静，仿佛有眼泪要流下来，又仿佛带着某种笑意。她打破了沉默，说，很不幸是不是？怎么会走到这一步呢？不过现在你可以解脱了，如果我有做得不好的地方，你要是能原谅，就原谅我吧。世平静静地坐在那里，当即掉下泪来。前几次他来看她时，她一直没有说话，现在她终于开口了，说出的却是如此哀伤的话。

易蓉生下了一铭三个月后，世平和事务所的同事受邀参加了以一铭的名义办的家宴。家宴设在二楼的阳台，透过北面的树丛的间隙，可以望见钱塘江。这天天气很好，阳光温暖，江水静谧，远处的月轮山静若处子，偶尔江面上传来一声汽笛，反倒让人觉得眼前这尘世的热闹显得不那么真实。阳台上的罗马柱因为长期风吹日晒，一些污迹侵入其中，显现出一种时间遗落的美感。一棵高大桂花树的几丛树枝从罗马柱栏杆间伸进来。正是桂花飘香的季节，桂花的香气突然让世平想起易蓉的体香。他已有好久没有想起易蓉的身体了。

易蓉这次并没有亲自操刀做菜，而是抱着刚出生的孩子，穿梭在润生事务所的同事们中间，给这个看，又给那个看。易蓉一脸幸福的表情，和润生之间流露的亲昵比从前更甚。当润生傻呵呵地抱着儿子时，易蓉则搂着润生，一边把脸贴在润生的胳膊上，一边逗着孩子。世平去厨房看了看，他们请了一个中年女佣，身上穿的是两年或三年前流行过的衣裙，显出一种不合拍的时髦，却让人感到这种时髦在她身上恰到好处。女佣一边干活，一边听着收音机里郭德纲的相声，不断有笑声从收音机里传出来。演员们在开彼此的玩笑，郭德纲永远在占于谦和于谦媳妇的便宜，这种伦理梗总是能激发出人们会心的或者说本能（有人称之为低俗）的笑意。相声结束后，一段快乐的乐曲响起，女佣做菜的动作几乎是应和着乐曲的节奏。

世平回到二楼的阳台。同过往一样，那儿早已摆好由几张小桌子拼起来的长桌，同事们坐在一起，正在享用女佣做的糕点。这倒符合易蓉在家请客的习惯，平常她喜欢做精致的杭州菜，但请客时她习惯于以西餐待客，或许她认为这种室外的聚会用西餐更为应景。

易蓉忽然对世平开起玩笑，甘总找到女朋友没有？世平被这句话愣住了，说，没人要啊。易蓉说，怎么会？甘总要求太高，我给甘总介绍过好几位美女，他都看不上。又对着众人说，你们甘总啊当钻石王老五当出瘾来了。同事们都笑了，说，甘总这辈子嫁给事务所了。世平不懂易蓉这是何意，他的脸拉了下来。

　　易蓉怀孕以来，世平一直没来看过易蓉。因为有过不好的经验，世平害怕见到易蓉怀孕的模样，他担心会毁掉曾经美好的一切。他和易蓉发过几次短信，两人的态度突然变得客气起来，再也没有往日短信里的热烈的话，好像他俩共同确信一位母亲或一位即将成为母亲的女人容不得任何轻佻的语言。两人都敏感地意识到这一点，联系自然而然减少了。世平对他们关系的变化不太适应，疑虑重重，并开始怀疑易蓉是不是真的爱过他。世平想易蓉终于找到了一个逃离他的借口，世平因此很难过，但又有一种从未有过的轻松感。他似乎在男女关系中一直扮演着一个可怜的角色，这令他难过，同时他终于可以摆脱面对润生的罪恶感，他感到松了一口气。

　　世平考虑过随便找一个姑娘结婚了事。他不断地见姑娘，有几次他还带姑娘回家，有的是一次性的，有的有过短暂的同居，最后还是没有找到合适的。有一位叫小朱的山东姑娘和世平同居了一个多月。这位姑娘不像北方人，长得小巧可喜，笑起来嘴角有两个小酒窝，显得十分喜庆。世平有一度喜欢上了这位姑娘，但谈不上爱，爱对世平来说暂时有点困难。和小朱同居时，世平有过结婚的打算。后来世平发现自己的钱包老是少钱。有一次世平醒来，山东姑娘正准备离去，他看到山东姑娘拿出他的钱包，抽了几张纸币，出门了。世平感到奇怪，小朱在文一路开了一家咖啡馆，虽说生意不算太好，但多少也是个小老板，她为什么要这么做？这点小钱对她有何意义？世平没有当面揭穿她，但不想再同她交往了。小朱后来找过他，痛哭流涕，问世平她做错了什么。世平说，没做错什么，我们不合适。他忘不了她听到这话时露出既惊讶又讥讽的神情。她倒是没纠缠他，他怕过她纠缠。这之后，世平的约会生涯结束，他又过起了单调的单身生活。这么多年过来了，他已学会享受孤独。

见面有着不可救药的力量。生完孩子的易蓉几乎没变，只略微胖了一些，也更白了一些，脸上依旧散发着世平熟悉的光亮；那双干净的眼睛像一口深不见底的井，让人有一种想跳入其中淹死的欲望。所有的感觉在世平见到易蓉的那一刻又活了过来。他听到易蓉在嘲笑他，他想起自己是被抛弃的那一个，是失败的那一方，他的身体突然爆发出一种狂野的力量。

他看到易蓉抱着孩子上了三楼。一会儿，他定了定神跟了上去。易蓉正在给孩子喂奶。看到她洁白的胸乳，世平一阵晕眩。接下来的行为连他自己都吃惊，他拉起她，把她拉到阁楼。他听到她在轻声说，你想干什么？你把孩子弄疼了。她紧紧护着孩子，不过她还是跟着他上楼，没有任何反抗。世平睡过的那张床还在阁楼里。那天在阁楼，他几乎是强行要了她。她一直睁着眼睛看着世平，好像世平是一个怪物。世平清醒过来后，他对自己的行为感到羞愧，轻声说对不起。易蓉哭了，她说，我怀孕九个月，脚肿到像水桶，你为什么一点都不关心我？连个问候也没有，你的心真硬。世平愣住了，他从来没想过易蓉存着这个想法。

从二楼传来歌声。这些设计师，平时太忙了，不太去歌厅，唱的大都是老歌。倒是润生需要接待客户，经常和客户在歌厅

K 歌。世平冷冷看了一眼易蓉身边正在微笑着的婴儿，好像这孩子是他的敌人。世平匆匆穿好裤子，从阁楼下来。

世平和易蓉又开始在运河边的老宅约会。有一天在亲热过后，易蓉突然提议世平结婚。世平明白易蓉的意思，现在易蓉有了孩子，他和易蓉的关系也就这样了，一起生活的梦想变得更加遥不可及。世平连以前易蓉没孩子时都不敢担这个罪名，更不要说现在了。易蓉说，世平，你得有自己的家庭，现在这样对你不公平。

易蓉单位那位丰满的姑娘一直单身着。有一天易蓉问那位姑娘，世平怎么样？那位丰满的姑娘说，很好啊，看起来挺老实的，我喜欢老实的男人。易蓉当时想，这位同事什么眼光啊，世平老实吗？

世平听从易蓉的安排和那姑娘结婚了。她长得不难看，她肉感的身体一度让世平感到特别刺激，甚至让他觉得有婚姻也是件不错的事，至少身体随时可以得到满足，而不像以前，他太忙了，白天要找一个机会和易蓉幽会并不容易。倒是易蓉经常表现出醋意。有一天，易蓉酸溜溜地说，被你老婆的大胸淹死了？易蓉的胸是她的心头大患，在这一点上她不无自卑。世平安慰她，胸小穿衣服好看。

然而不久后世平就感到婚姻的烦恼。新婚妻子似乎缺乏安全感，把世平管得很死。世平偶尔晚回家，妻子就要问东问西。世平说，你不是说我很老实吗？妻子说，我现在知道你不是个老实人，你很会弄女人。妻子话说得这么粗，世平感到有些不适应。有一次，世平发现妻子在偷看他的手机，一把夺了过来。

她觉得世平这是心虚，和世平大吵了一架。吵架这件事有惯性，久而久之，相互挖苦、互揭伤疤成为他们婚姻生活的一部分，刚结婚时那种由婚姻带来的所谓的现世安稳在这样的吵吵闹闹中不复存在。

世平因此做了自我反省，妻子所有的怀疑都是对的，这桩婚姻对她不公平，他不爱这个女人，这等于欺骗。他感到自己现在负有双重的罪。有一天，他们又一次大吵大闹了一场，在双方都冷静下来后，世平同妻子提出离婚。妻子问，为什么？世平说，我出轨了。她半天没回过神来，一会儿她问，是易蓉吗？世平干笑了几声，说，你想哪儿去了，这怎么可能。

这段婚姻只持续了半年。

世平自己都感到不可理解，他对易蓉抱有如此强烈的执念和热情，有时候他觉得自己像一只寻找某种幻觉的赴火的飞蛾。这世上有些事没有道理可讲，道理是一回事，但身体比道理更顽固。他和易蓉的约会成了他感情生活的全部，那些曾经折磨着他的对润生的内疚感随着时光的流逝变得日渐淡漠，好像他和易蓉天然如此。以前他还在心里欺骗自己，他对易蓉的爱如此深切，上天也应该原谅他，现在连这个念头也不再出现。在运河边的老宅，世平一边喝着烈酒，一边同易蓉讲自己的这种"无助"感。她笑了，笑得意味深长，既带着一丝欣慰，又带着令人不安的忧虑。

六

有一阵子，润生和世平特别忙。润生接到永城历史博物馆的大项目，全身心投入其中。在项目进行期间，世平经常陪润生去各地出差，挑选设计所需的各种材料，当然大多数时间泡在永城工地现场。

这期间易蓉又怀孕了。易蓉和世平商量，她该怎么处理。世平知道易蓉的心思。上次易蓉怀孕做了人流，有好一阵子，心情沮丧到极点，好像她因此成了一个杀人犯。她说，胎儿都成形了的啊。世平心里面不主张易蓉再生孩子，她会因此丢掉公职，倒不是为了那点工资，现在润生财务早已自由，世平担心的是当一个全职太太会让易蓉失去自我；另一个原因是以易蓉的脾气，怀孕期间肯定不想见他，作为一个完美主义者，她不愿让世平见到她"丑陋"的一面。世平这次没吭声，他知道易蓉主意大着呢。

"我得生下来，一铭太孤单了。我小的时候，在母亲家，总盼着母亲给我生一个弟弟或妹妹。一铭也一定盼着有一个弟弟或妹妹。"易蓉说。

世平想，要生下来可以找一万个理由，不想生也能找到同样多的理由。

"润生的意见呢？"世平问。

"他当然想要孩子，最好是一个女孩，他盼望有一个女儿。不过他觉得让我丢掉公职有点对不起我。"

世平沉思了一会儿，说："这次还像上次一样，我们不见面了吗？"

"不见，但我们可以联系。"易蓉说。

"怎么联系呢？"

"我们可以聊 QQ，我不上班了，有的是时间，你要是想同我聊天，你就上网找我。"

就这样，在永城历史博物馆筑造期间，世平无论有多忙，只要一空下来，无论在家还是在出差途中，他都会和易蓉在QQ 上闲聊。他竟然产生了一种错觉，觉得现在才真正地和易蓉在谈恋爱。易蓉会在 QQ 上聊她怀孕期间的身体反应，她怀孕的模样被世平自动屏蔽。和她聊天时，他愿意想起初见时她脸上若隐若现的光和明亮的眼眸。他很奇怪易蓉的脸上会泛出光亮，神秘而宁静，这些光亮世平在润生设计的佛像上也能看得到，他一直被易蓉这光亮吸引。在运河边老宅的墙上，他看到易蓉母亲也有同样的气质，世平想，这位名伶生前曾那么吸引男人，会不会也是因为脸上这光亮呢？在这样的聊天中，世平体会到一种精神性的联系，一种超越肉体之爱。这种精神性的爱如此绵长、悠远、令人欢喜。这是距离产生的美吗？每天晚上世平都带着温柔而甜蜜的情感睡去。

这也是他们之间交流最充分的时光。有一天，易蓉问他，在和她好上后，除了那次婚姻，有没有过别的女人。他坦白地告诉易蓉，上一次她怀孕后，他以为他和她就此结束了，因而有过一段放荡的生活，但以后再也没有过。她开玩笑说，没看上比我更好的？他说，没看上。她说，以后你要是看上称心如意的可不能放过。他开玩笑说，好啊。她说，真的，有好女孩你一定不要拒绝啊，否则你守着我这个老女人也太亏了。世平意识到易蓉认真了，有点后悔说出自己的风流史。他说，易蓉，你是不是不想管我了？易蓉发过来一个笑脸，说，爱你才希望你快乐啊。这些聊天真真假假，也许只不过是一种精神上的乐趣和游戏，其中有些话是不能当真的。

她甚至还会谈润生，口气是愉快的，虽然带着些许的调侃，但依旧能听出其中的欢喜。她说润生每天回来都要把耳朵贴在她肚子上倾听，其实什么也听不到，润生却一定认为听得到。"我也不戳穿他，他觉得听到了就听到了吧。"世平看到QQ上的这串字，仿佛听到易蓉在屏幕那边传来了笑声。她说润生还做饭给她吃，不过实在太难吃了，最后还是她做了大厨，倒是便宜了润生，他吃得香，她却一点胃口也没有。易蓉还谈到润生和一铭老是在视听室看恐怖动画，润生吓得尖叫，一铭倒是一脸沉着。"这父子俩，倒过来了。"易蓉开心地说。也许是因为易蓉怀着孕，这样的世俗场景并没有令世平感到不适；这些场景世平都是可以想得到的，他见过润生和易蓉和谐的家庭生活。在事务所，世平能感受到润生的快乐，润生本来是个工作狂，现在为了照顾怀孕的易蓉的情绪，他会准时下班回家陪她。

易蓉怀一铭时，润生都没这样。易蓉谈论润生时，世平只是听，他觉得自己说什么都是不恰当的。无论如何她和他的关系是对润生的背叛，但她好像根本没这样想过。也许在她心里面一直有一个坚定的信念，她和润生的关系是永远不会改变的，而她和世平则只不过是她人生的一次冒险。这让世平难免疑惑，一直以来世平老是觉得易蓉所谓的对润生没有"爱"也许只是她自欺欺人的说辞。她对润生不是爱又是什么呢？易蓉对"爱"的定义究竟是什么呢？因为易蓉没完没了地谈润生，那天世平问易蓉，润生有没有告诉过她最新一期的 *Domus* 杂志刊发了关于润生设计永城历史博物馆的采访和评论。易蓉说，他哪能沉得住气，都高兴坏了，觉得自己终于被国际关注了。易蓉又说，这家伙还真是个天才，那造型不知是怎么想出来的。易蓉的口气不无骄傲。世平听了还是有些酸楚的，他再次感到自己被排斥在尘世的欢乐之外。不过这情绪睡一觉就过去了，他心里对易蓉的想念依旧是簇新的，没有任何磨损。

直到有一天，易蓉突然在网上说，同上次怀一铭一样，我的脚又肿了。世平这才意识到易蓉快临产了。时间过得真快，转眼九个月就过去了。

易蓉生下一贝后的好长一段时间，都不允许世平去看她。她在 QQ 上对世平说，她胖得不成样子了，等她瘦下来吧。世平不担心，他相信易蓉的底子，瘦下来没问题。

三个月后，易蓉的体重恢复正常，但易蓉还是不肯见他。这下世平急了，有一次两人在 QQ 上吵了起来，世平说了极为伤感的话，易蓉的心软了，她说，你为什么要逼我呢？好吧，你到老宅来见我吧。

仿佛一个世纪没见了，他以为她的相貌变得不成样子了，但她比他想象的要好，一如原来的样子。他不顾一切抱住了她，脱她的衣裙，白色的裙子从她的肩头滑落。他看到她的锁骨因为紧张而凹陷，形成一个碗状的深弧。他小心地亲吻那里，有几缕头发不时在他脸上掠过，好像有一双手在抚摸着他的脸。世平继续探索。他熟悉这身体，可每一次他都像在打开一个新世界，总会有意想不到的奇迹在等着他。她不再让他脱，她让他停了下来，她自己脱掉了内裤和胸罩，但是没有脱掉裙子，裙子挂在她的腰间。世平看到她的腰还像从前一样和胯部构成一个优美的线条，他看到那儿有一些淡淡的绒毛，他伏在那里，仿佛有一件温热的利器穿透他的身体，他全身暖和，莫名感动。

然而他发现她和往日不同，她僵硬地躺在那儿，双手抚着腰间的裙子，没有完全敞开。

结束后，她迅速穿好衣服。以前她对自己的身体是多么自信，她甚至告诉过他，她独自在家时，喜欢赤身裸体；她还有一个隐秘的欲望，她在家里走来走去时，盼望有人会透过窗子看到她的身体。他理解她的心情，这么美好的身体，不被人看见真是暴殄天物。但他会吃醋，他警告她，不许让别人看到她的身体。

她几乎是带着某种羞涩的神情同他坦白她的障碍所在。这次生一贝不太顺利，肚子里的一贝胎位不正，她没法顺产，最后医生无奈之下选择了剖腹产。易蓉说，我的肚子上留下一条长长的疤痕。世平想看，她坚决不允许。她说，你不能这样，否则我翻脸。

"你和你的初恋分手，不是想了她三年的好身材吗？以后要是你想同我约会，只能用你非比寻常的想象力了。"易蓉说，她口气里既带着伤感，又带着讥讽。

在他们刚好上时，世平交代过他和初恋的一切。当时易蓉问，我好还是她好。这是一个傻问题，这没法比较，凭世平的情商，他绝不会说初恋好。他知道易蓉想要听到的是世平对她的夸赞，哪怕是欺骗。

"如果你还想和我继续，那么你要答应我，不准看我的伤疤。"易蓉说。

世平没有答应，想起以后亲热时，她的小腹总遮着什么，他感到不可思议且不能接受。

他们继续约会。在很长一段时间，他们做爱不像以前那样放肆。易蓉洗完澡，就钻进被窝，他们通常在黑暗里或者在被窝里亲热。天热的时候，易蓉即便露出乳房也还是遮蔽着小腹。世平因此老是走神，那遮着的部位变得越来越神秘，诱惑着他想一窥究竟，仿佛那个地方才是易蓉真正的私处。

一种被什么东西隔开的感觉横亘在世平的心中，被遮蔽的小腹令易蓉变成另外一个人，这种陌生感让世平如鲠在喉。世平觉得他必须冒险把那些遮蔽物揭去，还他一个完整的易蓉。

他看到了她的伤疤。他脸上露出的惊讶表情被易蓉捕捉到了。他感到易蓉的身体马上冷了下来，他们无法再做下去。

剖腹产留下的痕迹还是非常明显的，那鲜红而笔直的一条，像是要把她的身体分成两段。伤痕并不平整，疤痕两边的肌肤错落不平，好像一个老太太因失去牙齿而无法让双唇恢复原来的状态，下唇只好往里瘪进；在伤痕的边上，有一些细小的皱褶，使得伤痕看起来像一只横生出千百只脚的长长的虫子。世平无法让自己的目光离开那儿，他甚至想用手去抚摸它。正当他伸出手时，易蓉狠狠给了世平一个耳光。她的泪水夺眶而出，骂道：

"你这个不守信用的家伙，你就是个流氓。"

易蓉口不择言了。她在穿衣服，她不再看世平一眼，匆匆离去，留下世平一个人孤零零在老宅里。易蓉洁白的肌肤上这条浅红色的伤疤深刻地烙在世平脑子里，他想象易蓉的身体是一棵笔直的白杨树，在树枝脱落处留下一道奇异的疤结。

很长一段日子易蓉没再理他。他在 QQ 上给她留言，表示自己不在乎，他接受她的一切，包括她的瑕疵。他在瑕疵上打了一个引号。为了避免伤易蓉的心，他还创造了一套理论，他一直崇拜她留在他记忆里的一切：她为他买的衬衫，她在他身上留下的咬痕，她给他一耳光泛出的手印，医生手术后那个刀痕。他说他已是个恋物者，关于她一切的恋物者。但易蓉依旧没有回复他，世平长久地看着毫无动静的 QQ 上自己写下的文字，秘书出身的他觉得自己简直变成了一位诗人。

有天上午，润生很晚才到事务所。世平看到润生脸色苍白，头发蓬乱，手腕上有一个血印，应该是被人咬了一口。世平问润生怎么了。世平曾在润生家寄居过，润生不避讳同世平说他和易蓉之间发生的事。润生说刚刚和易蓉吵架了。一直以来，在世平的眼中，润生和易蓉几乎是模范夫妻，相敬如宾，很少发生口角。世平甚至觉得易蓉几乎把润生当成了她的孩子。用易蓉的话说，她养了三个孩子。不公平的是易蓉对世平却是另外一副面孔，常常是不讲理的、蛮横的。润生对世平说，易蓉可能长期做家庭主妇，心情不好，问世平有什么办法。润生又说，让易蓉来事务所上班她也不肯。

世平和易蓉自然还是会在一起的。现在易蓉可以向世平袒露她的伤疤，不过易蓉需要在亲热前喝酒，好像酒可以令她忽略身上的伤疤。世平喜欢在欢爱时抚摸那条伤疤。开始易蓉极不适应，觉得简直在侮辱她。后来她也慢慢认可了。有一天，易蓉对世平说，气候变化时，这个地方老是要痒，世平的抚摸非常舒服。易蓉停了一下又说，反倒是这里成了我的另一个器官。说完易蓉神经质地笑起来。世平觉得这很像是一种自我调侃，以此保护自己免受伤害。世平迅速地辨析出这句话中所包含的易蓉的忧伤和自怜。

有些时候，世平想知道润生对这道伤疤的态度，不过他没法问出口。易蓉好像知道世平在想什么，有一天她说："也许我不该这样对待润生，但我越来越没有办法满足润生了。你们男人不了解女人，女人是奇怪的动物，只有爱自己的身体，才会有欲望。现在我开始讨厌自己的身体了，越来越不容易投入，老是分心，我可能失去爱的能力了。我有时候觉得挺对不起润生的。"世平认为易蓉身上的那道伤痕对她的影响是明显的，有时候，在言谈之中，世平觉得易蓉甚至有点恨一贝，好像是一贝毁掉了她的人生。世平不免有些忧心。

一贝出生后的第二年，润生因永城历史博物馆的出色设计获阿迦汗国际建筑奖。这对润生和事务所是一件重大的事。润生和易蓉极其兴奋。去多哈领奖时，易蓉开始也想跟着一起去，但一贝实在太小了，带着不方便，才没成行。是世平跟着润生去的。颁奖仪式隆重，颁奖辞称颂润生的设计"充分展现了人类伟大的想象力和创造力"。举办方还特意请了一位美国的音乐家为这次颁奖仪式谱了一部交响乐，在颁奖时用了此交响乐的主旋律。颁奖仪式后第二天晚上，世平跟着润生一起欣赏了交响乐的首演。世平不太懂音乐，润生却是极其喜欢。润生说，颇有当年贝纳尔多·贝托鲁奇导演的《末代皇帝》中配乐的风范。

自然而然，润生回国后媒体都扑了过来。润生那段日子几乎占据了国内大小媒体的版面，他一下子成了一位名流。电视台也派出摄制组要拍润生的纪录片。世平安排了这次采访。采访时间相当长，润生和摄制组泡了一些日子，那也是润生对建筑和人生表达得最为充分的一次采访。世平看过那部叫《建筑是爱和秩序》的纪录片，纪录片里的润生帅极了，谈吐不凡。后来世平多次听人赞美过这部片子。

世平在看纪录片时，注意到那个叫子珊的记者看润生的目光有些特别，不像一般纪录片采访者是平静的甚至是居高临下的，叫子珊的记者把自己的姿态降得很低，并且很能聊，让平时沉默少言的润生打开了话匣子。润生说得超乎想象的好。是因为他面对的是一位气质不俗的美女吗？世平敏感地意识到润生对子珊有些不同寻常。

后来世平在一次建筑界的聚会中听到关于子珊的八卦，传的是子珊和一位归国博士间的绯闻，世平这才觉得润生和子珊没有碰撞出火花，看来是自己多虑了。

一天，世平收到一封来自长崎的邮件，是山口洋子小姐写的，她想邀请润生为她设计一个道场。Domus 杂志介绍了润生设计的建筑后，事务所接到过多个国外的项目，但像道场这么大的项目的邀约，还是第一次。世平想，这是阿迦汗国际建筑奖带来的。世平收到这个邮件后，相当兴奋。他当即给润生打电话，但润生关机了，没打通。

润生下午去了刘庄，他告诉世平说有一位客户想同他谈一个项目。世平因为急于想把好消息告诉润生，打算去一趟刘庄。建筑事务所一般都安排自己的客户住刘庄。事务所和宾馆之间有协议，协议的一项是刘庄长期提供给事务所两张金卡：一张在世平这儿，灵活使用；一张给润生，供润生和客人谈判期间休息之用。

世平开车来到刘庄，停好车，直奔润生的房间。他穿过宾馆的院子，院子里到处都是植物，在院子和西湖水相连的大池子里，怒放的莲花犹如池中喷出的瀑布，迎向高空，那些荷叶重重叠叠护卫在莲花四周，仿佛怕莲花引蜂惹蝶。就在这个时候，他看到润生牵着子珊的手从一幢小楼里出来。他一时愣住了。

他怕润生发现，在一块太湖石边躲了起来。他看着润生带着子珊上了车，然后缓缓向刘庄大门开去。世平有一种矛盾的情感，首先涌出的竟然是喜悦，虽然多年来对不起润生的感觉已变得十分淡漠，但它其实还是藏在心里的，现在看到润生出轨，世平好像就此得到了赦免；然后这种情感马上被难过取代，他替易蓉难过，哪一个女人愿意自己的丈夫有外遇呢，虽然她自己早已有了同样的行为。

知道润生和子珊的事后，往日的重压解除了。在世平这儿，他和易蓉相处时生出一种夫妻感，这倒让世平放松。在老宅，他们的约会更频繁了，原来一月两次，现在只要有空便会见面。见面倒不一定是为了做爱，因为世平洞悉了易蓉的心理，他不再主动提出这个要求。也许正是因为世平的这一态度，易蓉才愿意来见他。他们喝酒，聊天，主要是聊这老宅里发生的故事。易蓉也会谈到润生，说润生和一贝的事，说润生太宠一贝了，都把一贝给惯坏了。一贝老是爬到润生的床上，在润生那儿过夜。她担心一贝会有恋父情结。"要是一贝长大了找一个老男人回来可怎么办？"世平觉得易蓉有点小题大做了。世平有时候会好奇，易蓉是不是知道了润生和子珊的事。易蓉没有提起，世平也不好问。"也许是润生在我这里得不到安慰。"易蓉嘀咕了一句，看得出来，她似乎对润生有些不安和愧疚。听了这话，世平想易蓉应该还不知道。

世平想过这一局面：润生要是为了子珊提出和易蓉离婚，那么他会和易蓉结婚吗？世平发现他无法回答这个问题，也没法想象由此带来的巨大的舆论旋涡。他看到自己在这件事上自私的一面，表面上他为易蓉牺牲了婚姻，其实他一直把自己保护得很好，他一直明白他的爱不是光明正大的。

喝酒时，易蓉看到世平盯着她的伤疤，说："你看什么？"

世平说："这人啊，适应性很强的，你现在要是没有这伤疤,我都觉得陌生了。"

说完这话世平就后悔了,这话表面上在表达爱,实际上却有歧义,另有指向。

易蓉凄惨一笑,说:"润生说美单调而乏味,而丑变化无穷,形态万千;美和丑界线没那么分明。以前我相信润生的话,现在我不相信了,丑就是丑,深不见底。"

一天,世平正在接待一位客户时,接到易蓉的电话,让他去老宅见她。等世平忙完,来到老宅,易蓉已经喝多了。喝多了的易蓉倒不失可爱,更像一个孩子,会做出淘气的举动,还喜欢捉弄人。易蓉一边替世平倒酒,一边说,世平你很爱我是不是?世平说,是的。易蓉问,你确定我爱你吗?没等世平回答,易蓉说,不一定,我可有很多事瞒着你,我不会告诉你的。是酒后吐真言吗?世平不解,直愣愣地看着易蓉。易蓉说,受伤了?没有啦,骗你的。易蓉说完摇摇晃晃站起来,说,我给你看一样东西,我13岁那年看过的,我前几天找到了。小时候看可把我吓死了,这么大。易蓉比画着。易蓉踉踉跄跄去母亲的房间,一会儿,她拿来一本日本春画,一定要让世平看。

这天世平和易蓉意外地有激情。易蓉在激动的时候,狠狠地咬着世平的肩膀。疼痛竟令世平产生感动,他感到一种近乎死亡的气息,好像有什么东西要带走他们,带到遥远的天堂;又好像他们站在生与死的十字路口,既有赴死的愿望又心有不甘,因而感到刻骨的孤立无援。这时他听到易蓉在说,世平,我只有你了,你不能抛弃我。在动情的时刻,世平发誓不会离开。他感到她的身体完全打开了。她紧紧搂着他,好像害怕他会突然离去，留下孤零零的她。

等到一切平静下来后，易蓉变成了另一副样子，她酒也醒了，不无伤感地对世平说："你总有一天会厌倦我的，我有准备，我已经不完美了，很快会人老珠黄。"

他们还躺在床上，世平试图抱住易蓉，易蓉轻轻推开了他，说："我知道你在同情我。"世平还是抱住了易蓉，易蓉不再挣扎。有一些湿润的液体落在世平的手臂上，他知道易蓉在流泪。世平意识到今天易蓉可能刚刚经历了什么，或受到了什么打击。同润生的出轨有关吗？易蓉发现了润生出轨的事吗？他知道以易蓉自尊的个性，她是不会说出来的。

这之后易蓉明显比从前消沉，他们相见时，易蓉比从前喝得更多，有几次都到了喝醉的边缘。世平对此很担心，只是他没把这担心说出来；易蓉是如此骄傲，他怕伤害她。

约会时，易蓉更热衷于喝酒，做爱倒是其次的。有一次，易蓉实在喝得太猛了，几乎把一整瓶红酒灌了下去。世平看得心惊肉跳，他从后面抱住易蓉，温柔地对易蓉说："易蓉，我们能不能少喝点酒？"

有好一阵子易蓉一动不动，好像陷入了深思。一会儿她转过身把头埋在世平的胸口。她说："你担心我是不是？"仿佛在自我安慰，又说："你放心吧，我没事。你这个傻瓜，我酒量好。我8岁开始偷母亲的酒喝，我比母亲总要健康一些对吧，她还抽鸦片呢。"

不知怎么的，世平有一些不好的预感，他无端感到有一些危险的东西正在逼近他和易蓉。

　　润生现在很少同世平谈起易蓉。世平不知道易蓉在家里是
否也是如此消沉。有一天，世平对润生说，很久没吃易蓉做的
菜，有点想念了。世平来到易蓉家。易蓉事先接到润生的电话，
早在家里做了准备。易蓉还是像从前一样把家收拾得窗明几
净。一贝已经 3 岁了，她拿笔记本给世平看，笔记本上满是符
号，世平看不懂。易蓉语带讥讽地笑着说，一贝自创的文字是
给外星人看的，除了她，谁也不懂。一铭拿起本子，假装看得
懂，便念了起来，实际上他在念刚看过的一则科幻童话。一贝
听得津津有味，临了还踮起脚在一铭脸上亲了一口。一铭一脸
嫌弃，使劲擦自己的脸。大家都笑起来。世平在易蓉家的世俗
场景中看到易蓉的生活依旧是体面而健康的，心里的不安稍稍
有所减缓，只是世平发现易蓉不像从前那样当着他的面搂着润
生说话了。

七

即便过去了两年多，世平依旧忘不了和润生站在易蓉尸体前的情形。她躺在老宅的床上，脸上戴着一个护具，眼睛和嘴巴紧闭，她看上去像日本能剧的一个角色。她穿着宽松的袍子，松松垮垮的，一部分垂在床边。她的身子看上去比往日瘦小，好像死亡令她变得孱弱，变得轻如鸿毛。润生几乎是木然地看着她。要过好久，润生才仰天大喊一声，仿佛是这叫喊带出了世平的悲伤，世平泪如雨下。他怕润生像见到一铭和一贝尸体时那样晕过去，他抱住了润生，他感到润生的身体无比僵硬，在神经质地战栗。润生也抱住了世平，一直在干号。

虽然易蓉不允许润生在她拆线那天出现在医院，润生和世平还是一早去了，不过不在易蓉的病房，而是待在主任医师的办公室，等待拆线的结果。一个小时后，医生回来了，告诉他们一切都正常，伤口没有发炎，但要恢复容貌难度极大。医生说，现在不能去见病人，她现在面对的是一个陌生的自己，要等她接受现实，平稳了心情，才可以见她。润生问医生，什么时候可以见易蓉。医生说，最好让病人自己提出来。又说，我会把你的关心转达给她的，你去买一束花，我等会儿交给她；她身体和心理都很脆弱，需要关心。润生独自去医院对面买了一束花，递给医生。医生没接，让他放边上。润生谢过医生，和世平离开医院。

大约中午十二点半，润生突然接到医院电话，说易蓉从医院出走了，不知去向，医院的监视器表明易蓉上了一辆出租车。医生考虑到病人的心理状况极为不稳，希望家属想办法尽快找到病人。润生把这一情况告诉世平，两人先回到润生的家，家里没有留下任何痕迹。世平一直虚伪而委婉地提醒润生易蓉可能去的地方，润生没有领悟。世平实在担心易蓉的安危，便径直问润生，易蓉会不会去了她母亲家？润生才想起易蓉的母亲留给她的老宅，他们于是赶到那儿。然而，等待他们的结果是易蓉终结了自己的生命。

世平是独自一人时才放声大哭的，他这一生只爱过两个女人，第一个是初恋女友，第二个就是易蓉。但在他的感觉里，这两个女人几乎是合二为一的，初恋女友只是易蓉出场前一次仓促的预演。他和易蓉长达十年的关系已变成他生命中最重要的部分，但终究与世上的万物一样，一切都会在时间中磨损、消亡，他和易蓉的关系终于也没有逃过这一宿命。

不久前的一个晚上，那个曾经和世平同居过一个多月的山东女人小朱敲开世平家的门，她穿着旗袍，打扮得干干净净。最近小朱碰到了麻烦，文一路的咖啡馆房子是属于某协会的产业，协会领导层易主后，以租金不合理为由要收回这家店面，这简直要了小朱的命。原来的领导和小朱熟，租金确实偏低。

小朱和那位新领导协商适当提高租金，可对方喊了一个天价，并说不接受的话就收回房子。小朱想，这是在刁难了，是赶她走的意思了。小朱也没啥人脉，走投无路之际，只好来找世平，问是不是可以帮帮她。

世平对小朱并不信任。刚才开门看到小朱时，他犹豫是不是要让小朱进门，但他好像也没有理由对这位和他同居过的女人如此绝情。她坐在那儿，双脚并拢，两只手像仕女一样放在右侧大腿和腹部之间，神色庄严地说着碰到的麻烦，而世平却想着她每次离开时总要从他的钱包里顺走钱。世平无法确定她是不是在说谎。她说，你平时同政府各部门打交道，能帮我的只有你了。世平不响。

让世平没有料到的是，小朱开始脱衣服，动作非常快，旗袍里面没穿任何内衣。世平还没有反应过来，她就躺在世平的床上了。世平脑子里涌出的第一个念头是都这么多年了，小朱的身材没有任何走样，而易蓉的身体上已留下一道粉红色的伤疤。世平严厉地说，你想干什么，快穿好衣服。女孩没穿，躺在那里流泪，那身体在灯光下像瓷器一样苍白易碎。女孩说，你同那女人还好着吗？世平吃了一惊，她这是什么意思？是在敲诈他吗？女孩说，我知道你一直同你老板的老婆在一起。

这句话让世平失去理智。仿佛是眼前这具光滑的肉身激发了他的仇恨，他逼近她，在她的脖子上抚摸了一下，问，你想干什么？你在威胁我吗？说完他掐住了小朱的脖子。他看到小朱的身子在不停地挣扎，脸涨得越来越红，然后慢慢变形。是小朱眼中的惊惧和绝望提醒了他，他放开了她。小朱在大口大口地喘息，刚才被他掐住的地方留下一道红色的印痕。小朱放声大哭，说，我没有威胁你，我替你不值，你守了她那么多年，你得到了什么？

这句话把世平击中了。他没想过这个问题，他爱易蓉，即便易蓉变得越来越缺乏安全感，越来越多疑，他依旧爱着这个女人，这没道理好讲。在工作场所，世平阳光而干练，总是能搞掂事务所面临的问题，然而他的情感生活一直在阴暗的地下。易蓉不也是如此吗？世平有时候觉得润生的所谓"巢穴主义"建筑简直像自己和易蓉生活的一个隐喻。世平已年过四十，依旧没有结婚。有一次在一个艺术界的派对上，他听到有人在议论他，说他是一个同性恋。还有一次，一个粗鲁的官员突然摸了一下他的裤裆，说，你是不是这儿出了问题？他当时气得发抖，心里涌出暴打那官员一顿的念头。但他忍住了，他不能把事情搞砸。为了易蓉，他愿意承受所有的误解。

他不再看小朱一眼。他怕小朱看到自己的脆弱。他让小朱穿好衣服，并说，他会帮她的。小朱飞快地从床上下来，迅速穿好衣服。这个动作让世平觉得小朱这么做是迫于无奈，她其实也不愿意和世平上床。

世平并不认识那协会的负责人，他通过朋友才约到那人。他出面请朋友和那人吃饭，小朱也在。那天那人喝高了，问小朱有什么回报。小朱问，你要什么回报？那人笑道，最好是人。小朱紧张地看着世平。世平拍了拍小朱的手，安慰她。这段日子，世平因为替小朱办事经常和她见面，他发现小朱不善于同人打交道，几乎不谙世事，这或多或少激发了他的保护欲。有一次，和小朱走在一起时，小朱很自然地挽住了世平的手臂，那一刻世平脑子里竟瞬间浮现出小朱躺在自己床上的身体。世平感到有些不安，他取出手机，假装打了一个电话，摆脱了小朱挽着的手。一路上小朱倒没再挽住他。

易蓉约世平在老宅见面。像往常一样，易蓉一杯一杯地喝酒，酒精令她有些消沉。易蓉突然问，那女孩是谁？世平吓了一跳，易蓉在跟踪他吗？

"我看见她了，她是你所说的小朱吗？"易蓉问。

世平不知如何回答。

"我觉得你们挺般配的。我看到她和你走在路上，我都有点羡慕她。我也多想这样和你走在街上。"易蓉说。

对易蓉的敏感，世平有些恼火。他后悔在和易蓉最好的时候坦白自己的情史，现在这些本来无伤大雅的玩笑话终于变成了引人疑窦的"劣迹"，一个曾经"不忠"的证据。

"我知道我们终究会有结束的那一天。我已是一个伤痕累累的女人，你也差不多厌倦我了。也好，你可以有自己的生活。"易蓉不无伤感地说。

世平不让她再说下去，他现在唯一能做的事就是抱住易蓉，易蓉试图反抗，但最终投入到激情中。他不明白什么时候开始易蓉变得如此脆弱了，她原本是个多么自信的人啊。虽然她身上有一条长长的伤痕，但别处的肌肤依旧光滑如丝。在动情的时候，他对易蓉说，我不允许你放弃我，我们要一辈子在一起。易蓉的脸埋在他的胸口，仿佛想要耗尽他身体的所有，在不停地汲取。从前是易蓉没完没了说情话，现在轮到世平了。世平看到此刻易蓉的脸上有一种绝望的哀伤，好像这是他们最后的分手仪式。

两天后的一个上午，润生和世平带着山口洋子一行参观了禅院。在禅院吃过素斋后，世平来到刘庄休息，等会儿木村要过来同他谈第二天润生和山口小姐会谈的议程和细节。他刚进房间，就接到了小朱的电话。他听到小朱在电话里哭泣，小朱说她刚刚遭遇了性侵。世平才想起来今天是小朱去协会办事的日子。他想那个王八蛋难道敢于在单位里下手吗？还是小朱和那人另约了一个隐秘的地方？他问她在哪儿？她说，在街上。世平公事在身，不能离开，问小朱能否到刘庄来。世平在酒店门口接小朱，他以为小朱一定是衣衫不整的样子，没有，她看上去像是什么也没发生过。世平把她带到房间，她让他看她的嘴唇边，有轻微的红红的一块。她说，是他的胡子扎的，然后说出一句让世平宽慰的话，他没有得逞。

小朱在不停说话，好像在述说一件光荣的事。她说，她一到他的办公室，他就抱住她，把她压在沙发上。他好重，压得她喘不过气来。她说，他要压死她了，奇怪的是，他只是亲她，没脱她的衣服。后来，她趁他不备，踹了他一脚，逃了出来。

"他其实不行，他压着我时下面都没硬起来。"小朱说，脸上挂着得意的微笑。

"你没喊救命吗？"世平问。

"单位里都是人啊。"小朱说。

"有人你才可以喊叫啊。"世平说。

"那他会掐死我。"小朱说。

世平听了后语塞了，觉得小朱这人真是有着清奇的脑回路。世平想，这些有身份的人平时是多么小心啊，一定是小朱的某个行为让那人觉得她会愿意，才敢这么明目张胆，没想到小朱是个烈女。世平不无懊恼地断定，小朱咖啡馆续租的事恐怕一时半会儿办不成了。

易蓉的电话就是这时候打来的。世平犹豫了好半天是不是要接，他怕易蓉又在跟踪她，在电话里骂他。无论如何把一个姑娘接到房间这事不好向易蓉解释，就像被抓了个现行，让人百口莫辩。世平最终还是接了电话，易蓉在电话里含混不清地说，世平你在哪里，我出车祸了，我没打通润生的电话，你快过来。世平的心提了起来，他在电话里叫易蓉，那边已没有回应。他听到电话里人们慌张地在说着什么。

八

　偶尔世平会感慨日常生活的恒久惯性所蕴含的力量，这种力量塑造或教导人忘掉世间的苦痛。失去易蓉带来的巨大悲伤终于慢慢消弭于日常琐事之中，世平偶尔想起来，虽然不免怅然，但久而久之也有了隔世之感。他开始和小朱有了交往。小朱的咖啡馆还开着，她爱咖啡馆如命，在世平的帮助下，她续租了店面。他们的交往放松而随意，至少眼下没有一个具体的目标，好像他们相处只不过是相互取暖。

　2014 年 5 月的一个夜晚，世平忙完事务所的事刚回到家，便接到小朱的电话，小朱问他想不想一起吃个饭。世平想了想，问，你那儿有好吃的？小朱说，你来就是了。小朱的店不光提供咖啡，和易蓉一样，小朱也热爱烹饪美食，并且做得不错。小朱采购到难得一见的食材都会打电话给世平，在咖啡馆辟出的隐蔽处，他们喝一点小酒，说一些闲话。假如世平喝得不想动了，会留下来，在咖啡馆二楼的房间里睡一觉。他们以前在一起过，重续前缘倒是很自然的事。偶尔世平会想起当年小朱从他的钱包里顺钱的事，心里有很多疑问，不过他也不想追究。

世平现在对人对事宽容多了。

世平到时，酒菜都准备好了。小朱做的也是地道的杭州家常菜，和易蓉做的比起来，相对清淡一些。世平最喜欢吃的是小朱做的红烧萝卜和青炒笋丝毛豆，小朱做的白切五花肉也特别入味。

酒是米酒，小朱认识大岭头山脚下一位隐士，他做的米酒特别暖肚子，用小朱的话说，隐士有把粮食变成妖精的本领，酒下肚，妖精们便在全身挠痒痒。那位隐士做菜也好，小朱说，她的这点烧菜工夫都是从那位高人那里偷学来的。

他们喝得很节制，几杯下肚，世平一天累积在身体里的疲劳慢慢消失了。世平感到酒在血液里畅快地流淌，抚慰着他的每一寸肌肤。他不由得想起和易蓉在一起的最后那些日子，他们总是毫无节制地喝酒，除了失控和麻木，体味不到这样的细微反应。

世平会和小朱谈润生，当然他并没有说出全部，他谈的只是润生一家的悲剧以及他对润生的担心。世平还同小朱说起过润生的婚外女友子珊。世平说，易蓉出车祸时，润生和子珊在一起。小朱听了不胜唏嘘。虽然小朱知道世平和易蓉的事，但那次以后小朱再没提起，世平也滴水不漏。易蓉自杀后，润生整个崩溃了，不过现在好多了；润生似乎想明白了，他将在安徽老家和云南各建一所希望小学；半年前和当地政府谈妥后润生就投入其中，他把希望小学当作建筑作品设计，并分别以一铭和一贝命名。这一工作一定程度缓解了润生的伤痛。现在工程正在如期进行，计划于9月1日开学前完工。这半年来润生

几次去两边工地监督。大概一个人忙碌起来后，就没空咀嚼个
人的不幸了吧。

"你老板为什么要把子珊送到纽约？"小朱问。

世平摇摇头。一会儿，世平说："当年为了让润生减轻愧疚
感，我告诉过润生易蓉酗酒的事。我一直害怕润生会因为过于
自责而一蹶不振。后来我发现润生和子珊又在一起了，才松了
一口气。但不久润生就把子珊送去了纽约，我也感到奇怪，润
生为什么要这么做。"

"我在电视上看过子珊，气质美女，和润生特别般配。"小
朱说。

这天晚上，世平没留下来，因为刚才谈起希望小学的事，
世平想起需要给当地教育部门写一个邮件。学校于9月1日开
学应该没问题，但需要当地政府及时落实未来学校的师资以及
招生事项；另外润生有一个心愿，他希望每年去希望小学上一
堂建筑或者艺术课。

世平回到家已是晚上十一点。他打开电脑，准备写信函。
他发现他的邮箱里有一封来自纽约的邮件，应该是不久之前才
收到的。在事务所下班时，世平会习惯性地打开邮箱，看看有
没有需要处理的事项。经常会有外国客户通过邮件交流项目进
展情况或沟通交付后出现的一些急需处理的问题。

世平没太在意这封邮件。大约是因为刚才喝了一点酒，他
有点口渴，他烧了一壶水，替自己泡了一杯茶，然后再次坐到
电脑前，打开了那个来自纽约的邮件。有很长时间，他被邮件
所讲的事情震惊了。邮件来自子珊，但不是子珊写的，是子珊

转发的。写邮件的人已不在人间了。

子珊，亲爱的——请允许我这样叫你。我现在能想象你一年后收到这个邮件吃惊的表情。是的，我知道你和润生的关系。不，我没有嫉妒，对你也并无责难，相反，我祝福你和润生。我希望在你看到我这封信时，你和润生已生活在一起。润生本质上是个少年，倒不是说他不谙世事，其实他什么都懂，只是他不擅长在社会上长袖善舞。他需要有一位好姑娘照顾他。

写这封信对我来说极其艰难，现在我在运河边的我母亲的老宅里，面对七彩玻璃的窗户，写这封信。午后窗外的运河安静地流淌着，河水会世世代代永远流淌下去，而我将在写完这封信后结束我的生命。此刻我的内心并不平静，我需要凝神聆听内心的声音才能写下我真正想说的话，我不想在这封信中再犯任何错误。

让我从头说起吧，也请你耐心看下去。你是个聪明的姑娘，我相信你会理解这封信以及我的苦心，请相信一个即将结束自己生命的人的真诚。

我早知道了你们在一起。有一天，我看到润生书房的电脑开着，QQ也开着，他不在，我无意中看到你们的聊天记录，我看到你发给他的消息，知道你是真心实意爱他。傻姑娘，人世间没有比爱更伤人的事了。我当时确实不开心，还差点把自己灌醉。这种事轮到自己身上总是会沮丧的。我记下了你的 QQ 号，倒不是为了报复。你瞧，备着总是有用的，这不，我因此可以给你写一封信。

我马上要离开这个世界了。我不知道自己会上天堂还是下地狱。我自知罪孽深重，亲手害死了一铭和一贝。我将心甘情愿领受上天的惩罚。

但润生不应该承受如此巨大的打击，他是无辜的。此刻在我将离世之际，唯一盘桓在我心头的一桩事就是对润生的担忧。我和润生相伴多年，我了解他，他不是一个坚强的人，我怕他承受不了打击，就此垮了。如果这样，那我真的是罪上加罪。

亲爱的子珊，我知道你爱润生，这人间，关于爱真的不是我们自己可以把控的。润生值得爱，可是我得承认我不够爱润生，同润生对我的爱比，我对他的爱真的是微不足道。我很惭愧。我这么说你不要生气，你也应该想得明白，在你之前，润生是爱我的，很爱。但爱会改变的，不是吗？

在我和润生的婚姻期间，我爱上了另外一个男人，我相信他也爱我，我们在一起时有过美好的时光，我感激在我的生命里有他陪伴。但一如所有相亲相爱的有情人最终都会走到激情耗完的时刻——但愿你和润生不会——我和那个男人到头来也是千疮百孔。

下面我要说的，我猜想你会吃惊，但请相信，我所说的一切都是真实的。

我有两个孩子，一铭和一贝。我爱他们，胜过我的生命。这个表达像是在自我嘲讽，因为我亲手送他们去了天堂。我想我会下地狱，然而我多么想在天堂找到他们，和他们相聚。润生也爱他们，他们的到来带给他设计灵感。他特别宠爱一贝，经常说，是一贝的出生给他带来好运，让他得了阿迦汗国际建筑奖。

我和润生结婚后一直没有孩子。我一度很奇怪。我想要一个孩子，我想好好做一个母亲，做一个比我的生母和养母更好的母亲。事实很讽刺是不是？我最终没有成为一位好母亲。我又扯开了，回到正题。我一直没怀上孩子，我去问过医生，我甚至偷偷拿着润生的精液去检查过。润生的精液完全正常，我的也正常。医生给我的解释是我和润生的基因不配对，这种情况常有，不算罕见。我接受了医生的这个结论，并且准备好这辈子没有孩子。

你明白了吗？一铭和一贝都不是润生的孩子。

我马上要离开这个世界了，我写下了这些话，唯一的原因是为了润生。

一年后你将收到这个邮件，也许润生已经一切如常，你和润生过着恩爱的生活——我相信你和润生是天生的一对。如果他得救了，那么你就把这封邮件销毁。如果润生走不出这个坎，还没有解脱，假使你觉得这个邮件有助于他解脱，你可以给他看看。这样或许可以解救他。我不确定，也许知道真相反而会给润生更大的打击，即便一铭和一贝不是出于他的血脉，恐怕他依然会对孩子们有着深入骨髓的舐犊之情。一切你来判断，或者你请医生判断。我不想因为这个邮件给润生造成二次伤害。这也是我如此小心让这封邮件在一年之后送到你邮箱的原因。我什么都不确定。我对这个世界又了解多少呢？我唯一确定的是我要润生好好活着，快乐生活。

我把我想说的全写在上面了，我把处理这封邮件的权利完全委托给你，请你务必照我的意愿谨慎行事。

窗外传来邻居家孩子的练琴声，断断续续，像潺潺流水。即便此时此刻我依旧留恋这生生不息的人间烟火，然而我别无选择，我得告别这美好的人间了。永别了，子珊……我要去休息了……再见。

人间珍重。

易蓉　2013.5.11

震惊让世平的大脑一片空白。一会儿，他的脑子里出现运河边的老宅，易蓉手中拿着一只花瓶，花瓶里的花已经枯萎，是上次他们约会时易蓉随便从院子里摘来的。她正走向院子，一会儿，会有一束新鲜的花插到花瓶中，然后她会让他给花瓶倒上水。他一直透过玻璃窗子看着她，突然觉得她身上有一种类似浮萍的气质，一种无根的茫然。事实不是这样的，根须已深扎在水面之下，只是他不知道。

那是什么时候？在一个游泳池或是海滩，润生和易蓉带着孩子们在度假，他为什么也在？他记起来了，那是在巴厘岛，在一个带游泳池的饭店里，他和一贝在游泳池中玩得开心，而在游泳池的另一边，易蓉正在因为什么事训斥一铭。易蓉的脾气变得越来越坏了。易蓉没穿比基尼，剖腹产后，她不再愿意袒露自己的身体。润生刚刚离开，他去酒店的小卖部买饮料去了。一贝是个乖巧的小孩，她在向世平表白，世平叔叔，我爱上你了。世平叔叔，我要是淹死了，你会来救我吗？他仿佛没有听到一贝的话，从游泳池中爬出来，去解救正要被易蓉打屁股的一铭。一贝假装自己要在泳池中淹死了，她喊，世平叔叔救我。世平没有回头，他感到一贝失望地看着他。后来一贝没再理他，炫耀式地缠着润生。世平喜欢孩子们，因为那是易蓉的孩子。

出事后那辆破损的车还停放在润生家车库的一角。润生没有去修理厂修那辆车子，他好像把它当成了一个纪念碑。有一天，他看到润生钻在那辆废弃的车子下面，睡着了。那时润生正处在近乎自戕的情感中，认定是自己杀死了易蓉和孩子们。为了安慰润生，世平也钻到汽车底下。透过车库打开的铁闸门，世平看到有一架飞机从钱塘江大桥轰然飞过。

……

他发现自己还坐在电脑前，电脑上的字都花了。他在流泪，眼泪让房间里的一切都模糊不清。

他的手机"嘀"地响了一下，他看了一眼，是小朱的短信，问他是否到家。他草草回了一个：到家。

他洗了一把脸。当他把温热的毛巾敷到脸上时，他的泪水夺眶而出。然后他蒙脸哭泣起来。好像是为了不让自己哭出声来，他用毛巾紧紧蒙住自己的脸；他觉得自己脖子上的经脉绽了出来，感到自己快要窒息了，他才放开毛巾。他大口大口地喘息，胸脯起伏不停。

在和易蓉相处的最后那些日子，他们老是吵架。他记起易蓉有一次骂他，你这个伪君子，夺走了润生的一切，总有一天，你会被审判。

他那时候把这话当成易蓉吵架时随口而出的气话，并没有理解其中的深意。现在他知道审判的时刻到了。

他意识到在这一天，在此刻，对他而言，这个世界画出了一条清晰的界线，就像镜子内和镜子外，那些遗落在时间另一头的往事被照亮，需要重新定义；甚至连易蓉也突然变得陌生起来，他本来以为了解易蓉的一切，以为她向他完全敞开，到头来她依旧有着自己的领地，藏着一个如此致命的秘密。

他想过离开润生。他已无法面对润生。然而即便在出事的一年之后，润生还没有完全摆脱伤痛，理智告诉世平，此时此刻他不能放弃对润生的责任，他得照顾他，他还得想办法使建筑事务所运行下去，如果他此刻离开，事务所一定会关门大吉。他不能丢下一个烂摊子就此撒手不管，他不是一个不负责任的人。

此后他不断回忆和目睹润生已经和正在经受的磨难，他产生了一种奇怪的心理，好像润生遭受的罪带给了他理性。真相加于他的痛苦当然都在，但目睹着由此带给润生的痛苦本身竟然意外成为世平控制自我崩溃的警示器。他觉得这对润生极不公平，这是他对润生的双重盘剥。

　　润生从缅甸回国后精神状态似乎复原了。润生不再服药，他决定接受长崎项目。世平打算在长崎项目前期工作告一段落后再离开事务所。世平想他在润生身边的使命到那时应该结束了。

　　他需要重新体验润生受过的罪。

九

　　木村重信回日本不久，润生收到山口洋子发来的热情洋溢的信函，她看了木村重信带回的关于道场的设计方案，对润生的设计理念十分赞赏，她邀请润生去长崎实地勘察。润生欣然前往。

　　世平照例陪同润生，打理行程相关事务。在临行前润生让世平退掉去长崎的机票，他打算先到大阪，去拜访安藤忠雄先生，然后再转机到长崎。在安藤先生做了内脏切除手术后，润生还没见到过他，据说他消瘦了不少，一些器脏摘除后，消化系统功能大为受损，食物全靠细嚼，吃一顿饭需长达四十分钟。

　　是润生亲自打电话给安藤先生的，表达想去看望他的意愿。安藤先生沉默了一会儿，然后低声说，欢迎你，小伙子。"小伙子"这个词令润生刺耳，润生已经45岁了，哪里还算是小伙子。日本人讲礼貌，一般不会这么称一个同行的，或许这个称谓中蕴含了一种亲切，安藤先生这些年在中国有很多项目，已是个中国通，略知中国人表达情感的方式。润生也没有多想安藤先生为什么用这个称谓，他了解安藤先生的为人，相信安藤先生这么称呼他应该不是因为轻蔑。

他们从大阪机场出来后，直奔安藤忠雄建筑研究所。这座建筑在一片民居的包围之中，狭长的入口沿墙种植着菩提子和一些藤类植物。安藤先生的工作室闹中取静，被一片绿荫环绕。

安藤先生的助手让润生独自进入玻璃房会客厅，说安藤先生早早就等着了。玻璃房南面和西面是整面的落地玻璃，室外的植物未经修剪，有一种野性之美。东边是墙体，墙体上有两条简洁的狭长透光窗带，随时能看到外面的绿植。窗带上置有一些山石造型。客厅空旷，除了两把椅子，什么也没有。润生想起安藤先生割去器脏的身体内部，也是这样空空荡荡吗？润生进去时，安藤先生坐着，一缕淡淡的阳光从南边玻璃射入，打在安藤先生的侧面。有一刻，润生觉得消瘦的安藤先生看上去无比之轻，如一张白纸，好像一阵风就可以把他吹走。他站起来，拥抱润生。然后让润生坐下来。

"小伙子，你的事我听说了。"安藤先生说。

润生吃了一惊。他今天其实不是来寻求安慰的，往事当然难以忘记，但他也不想有人重提。他更想得到的是安藤先生的生命经验和教诲。这个曾经的拳击手经历传奇，润生特别好奇安藤先生作为拳击手被击倒那一刻的想法。

"我是一个失败者，现在依旧是。开始我以为自己无所不能，很快拿到了轻量级拳击手牌照，直到有一次我和世界冠军原田政彦训练，我以前可以击中对手的有效部位，同时守护好自己的空当，并准备再次出击，可面对原田政彦，完全不行。我看到自己的限度。"

安藤忠雄如是描述当时的心情，他一直在挨打，几乎一拳都打不到原田政彦，他一次次被打趴下，一次次站起来。因为训练没有裁判，没人把他们分开，安藤忠雄急了眼，他当时唯一的念头是，即便被打死，也要给原田先生致命一拳。事实上他没能做到，直到他站不起来，脸被打得血肉模糊。那一次，安藤忠雄觉得自己要死了，一种生命走到尽头的感觉，万念俱灰。

"肉身是不自由的，思想则可以遨游八极。后来我认识到思想也是不自由的，所谓的遨游八极是虚幻意义上的。同样，建筑也是不自由的，不自由或某种意义上的秩序感是建筑的精髓。重要的是建筑要有雄心探索世界和人心的模式。"安藤先生说。

大概是因为身体的关系，他看起来有些疲劳。

"我理解先生的话。建筑可以探索人的内心世界，建筑一直带有宗教性，我们可以通过建筑想象宇宙，抵达宇宙之神，或者说抵达我们精神的谜面。大地、人心、宇宙可在建筑里显现其最纯粹的样貌。"润生附和道。

"可不是嘛，建筑可以表达生死。当年我被原田政彦击溃的那一刹，我曾经抵达生死的边界。"安藤先生说。

润生想，他何尝没有抵达过生死的边界呢，他甚至想过跨过那条边界，是自己的懦弱和对生的贪恋，还有对彼岸的不确定让他止步。

润生沉默良久，还是问出他最想问的问题："安藤先生有过恨吗？"

润生问这个问题时，注意到坐在稍远处的世平投来警觉的一瞥。

安藤先生的脸上露出严肃的表情，说："爱和恨是一体，就像建筑中的光与暗。谁会没有过恨呢，没有恨我们无从谈爱对不对。你去过恒河吗？"

润生说没去过。

"在恒河，生和死在同一维度里，同时存在，将要被火化的遗骸在恒河顺水漂过，活着的人在恒河沐浴。在恒河，'死'存在于日常生活中，好像是为了显出'生'的光辉。建筑同样如此，内部生死纠缠，人类通过建筑显示其尊严和卑微。"安藤先生说。

润生想，安藤还是在安慰他，通过谈论建筑的方式安慰他。

这次见面聊了两个小时。润生和安藤先生告别。

"小伙子，同生死相比，恨微不足道。我们唯一可以做的一件事就是通过建筑表达对人间的爱。"这是安藤先生说的最后的话。润生想，其实安藤先生一直知道他关切的重点。

从安藤忠雄的客厅出来，润生和世平便飞往长崎，那座靠海的离中国最近的城市。

木村先生早已在长崎机场迎候。他对润生行了90度鞠躬礼，对世平则像见到亲人，给了他一个大大的日本式的拥抱，表情完全是日常生活中日本人愉快的放松模样。世平觉得木村的行为不妥，但也不好当面驳木村的面子。木村看到世平严肃的表情，也觉得在润生面前分出亲疏有些任性了。木村马上神色庄重起来，用全套日本礼节接待他们。

木村先生开车带着他们来到山口洋子的庄园。他们远远看见庄园主楼，在傍晚的光线下，重重屋宇仿似一个小型皇宫。后来润生和世平了解到，这片屋宇是御赐给山口家的，筑造时允许局部采用皇家样式。长崎毕竟是日本最先西化的城市，山口小姐家主楼那日本式的双坡屋顶上建了一个西式钟楼，竟然和日式建筑建立起和谐的对话关系。

他们下榻的地点离主楼有两公里距离，是一幢不起眼的日式旧建筑，完完全全的木结构，建筑式样是日本战国时代的风貌，不清楚是文物还是日后所建。房舍门口的徽章是樱纹，黑底白花，显得简洁而高雅。有一道长长的围廊通向住舍，一路过来，整座建筑用的是柚木地板和白木隔墙，木板和隔墙都保持原木的颜色，包浆厚重。他们转过一个 90 度的弯，便到了房间。房间比想象的要宽大，床直接放置在榻榻米上。室内装修典雅，代表家族饰纹的樱纹徽章被用来装饰护墙的腰线，不过在房间里徽章图案用的是金钱，满壁生辉。

入住安顿完毕，木村开车带着润生和世平去山口洋子所住的主楼。作为一个独居的老人，这座宅院太大了。他们从正门进入，沿着曲折的廊桥，几经转折；廊边的金色屏风上面是日本传统的画作，画的是青松、白色菊花、荻花、牵牛花，一轮红日上升于这些花朵和植物丛中，远方天空里飞翔着一群天鹅。山口洋子在门前迎候他们。润生注意到日本人无论平民还是上层阶级都喜欢在庭院有限的空间里种上精巧的绿植，他们似乎特别喜欢种植文竹，还会从自来水管或是别的渠道引入小小的溪流到庭院里，使得局促的空间顿时生机盎然。

他们一起入室进餐。席间，山口洋子问润生，安藤先生的身体可好。润生说，看上去气色不错，无论如何是个奇迹吧。山口小姐说，安藤先生是个拳击手，是不会轻易被击倒的。又说，这几年因为庄先生一直不愿接受我的委托，也想过能不能让安藤先生接手，但想起安藤先生的身体，觉得不好去打扰他，我还是相信第一次见到庄先生的感觉，觉得我的愿望庄先生一定能帮我实现。润生十分感谢山口洋子的信任，说，今天聆听了安藤先生的指教，深受启发，明天开始看看道场造在哪里合适，细节一定还需要根据实际情形进一步完善，最终设计确定后请山口小姐定夺。山口小姐说，我听木村先生介绍过庄先生的设计构想，我听了都感觉新奇和兴奋。前段身体有恙，这几日听说庄先生来，病都好了。

"庄先生和安藤先生都聊了什么呢？可以讲给我听听吗？"山口小姐问。

"都是安藤前辈在教导我，我想疾病让他思考生和死。他说人都会死，但精神不会死，有精神的建筑也不会死。"润生说。

"说的倒在理。这几天老是看到海鸟成群地在海边叫个不停，好像有什么事将发生。"山口洋子突然转了话题。

"啊，那是因为庄先生和甘先生驾临，海鸟也高兴呢。"木村说。

"就你会说话。"山口洋子脸上露出暗影，她像在回想一桩遥远的往事，灵魂此刻不在她身上。

润生再次意识到山口小姐是一位忧思颇深的客户，也许山口小姐嗅到了某种不同寻常的气息。

十

　　世平背着猎枪向海边的礁石走去。木村重信说，兔子喜欢从山上下来跑到礁石边玩，可以用猎枪击毙，用火烤着吃，味道鲜美。要是想猎到狐狸，那得到山上的猎场。润生一直跟着世平，他们进入礁石群。木村在汽车停泊处的码头钓鱼。他们向远处走，木村离他们越来越远。世平独自朝前走，他看到一只海龟一动不动在远处，准备举枪射击，又想到好像日本人崇拜龟，猎杀它会不会犯忌。正疑惑时，世平觉得后脑勺一阵灼热，他突然意识到此刻润生正拿着猎枪对准自己的脑袋，他没有转头看润生一眼，他相信自己的感觉。那一霎，所有曾经盘桓在心里的猜想都得到了证实。他断定润生已经知道真相。他没有任何慌乱，闭着眼睛等待润生给他致命的一击。他觉得这是他应得的，他松了一口气，也许从此后可以得到彻底的解脱。

　　润生一直没有找到筑造新道场的合适位置。润生的设计既需要与山体和谐结合又需要采集丰富的自然之光，在多山的长崎，这样的浑然天成之地并不容易找到。这几天，木村先生带着润生和世平，沿着海岸线，在不高的群山中跋涉。润生开始对自己的设计有所动摇，也许应该根据现实的山体重构一个新的设计，但推翻原来的想法又心有不甘，并且工作量巨大。

为了放空一下脑袋，润生抽空去了一趟远藤周作文学馆和长崎原爆资料馆。在接受了山口洋子的关于道场的设计委托后，润生阅读了大量关于长崎的历史及文学书籍。他特别喜欢远藤周作，从他的书中知道长崎是一个天主教城市。早年欧洲的传教士先是到澳门，在澳门习得日语后，从长崎登陆，开始他们的传教生涯。在德川幕府时期，天主教被日本政府定为邪教，传教士和信徒若被发现将被官家钉在十字架上，置于海水中，在涨潮时他们会被淹死。但信仰的力量是巨大的，信徒前赴后继殉教，异常惨烈。远藤周作文学馆筑造在长崎的西海岸，远远看去这座建筑像一只千纸鹤，像是随时要飞临海面而去。润生在那里买了远藤周作的一幅书法复制品。

木村先生对这些地方毫无兴趣，但他凭着日本人的认真劲，装作很有兴致的样子。木村后来找到放松的方法，让沉默严肃的润生独自一个人在前方参观，他装出怕打扰润生的思考的样子，在后面和世平闲聊。若润生出现在眼前，木村先生在瞬间便会表露出肃然起敬的表情。

木村问世平，晚上能不能出来，去长崎城里找个地方喝一杯。世平想起木村在杭州时因嫖娼被抓之事，觉得木村大概是想带他去风月场所玩，虽然知晓抓嫖之事大约不会在日本发生，世平还是拒绝了。世平找了个借口说，庄先生不去的话，我也不便出去。木村沉吟了半天，严肃地点点头，若和庄润生一起

出去，还放松个屁。木村像一个西方人一样耸了耸肩，表示理
解，并放弃了刚才的提议。

世平、木村跟着润生来到长崎原爆资料馆。长崎原爆资料
馆建在被原爆毁坏的一座教堂遗址之上，如今教堂仅剩下一面
墙。他们进去时，看到一面被冲击波毁坏变形的时钟挂在墙上，
时针停止在 11 点 02 分，永远停在原子弹爆炸的刹那。世平不
能忍受纪念馆瘆人的气息，满眼都是被原子弹毁坏的物件：一
粒炭化的米粒；一辆扭曲变形的自行车；一块被原子弹冲击波
灼烧过的钢板；被灼伤的人体；浸泡在福尔马林中的畸形的婴
儿……这一切让世平看见人类世界残忍的真相。易蓉曾同世平
说起过她和润生的广岛之旅，易蓉调侃说润生是一个靠废墟为
生的建筑师。世平不同意易蓉的想法，他认为润生的观点是对
的，自然和外力会不经意间创造出一个意想不到的物件，而物
件本身就代表着自然和那个外力。比如那辆扭曲的自行车，如
此自然又如此悲伤，任何雕塑家都想不出这样的造型。世平认
同润生所说的自然和外力是最伟大的造型师的观点。

因为润生的选址一直没有进展，山口洋子提议让他们放松
一下。她说，十月的天气这么好，海水这么蓝，建议他们出海
去玩。端岛值得一看，那儿已经没人住了，挖煤的人都走了，
原先的厂房也都废弃了，如今已是一座荒岛。木村别出心裁，
偷偷对润生和世平说，他可以带他们去附近一个猎场打猎，猎
场主和他是朋友。又说，这事不能告诉山口小姐，她不允许打
猎杀生的，甚至不允许钓鱼，否则山口小姐会怪罪于他。世平
让木村放心，木村高兴地带着他们来到离山口家庄园不远处的

一个猎场。猎场也在海边，那位猎场主对中国朋友的到来非常高兴，说，我的猎场不但可以猎到海边的两栖动物，还可以猎到山上的野兔子、狐狸、土拨鼠。木村不停地附和，说的是日语，世平听不懂，不过大致能猜到是在赞美猎场主和他的猎场。猎场主分别给了润生和世平一把猎枪，让他们自个玩去。木村先生对打猎没兴趣，他热爱钓鱼，上次来杭州还问过世平，杭州有没有可以钓鱼的地方。世平说，当然有，钱塘江就可以钓。

海鸥大片大片地向岸边飞来，就像无数支箭正从远方射来。海鸥叫声凄厉，好像海中正在酝酿着一场风暴。润生的枪声一直没有响起，但世平知道润生一直瞄准着他。世平手握猎枪，一直往前走着，耐心等待着身后润生射出致命的一枪，把他的脑袋轰掉。

夏天的时候，他们在青岛潜水，润生因为脚抽筋，用手死死缠住世平的脖子，世平曾怀疑过润生早已洞悉了一切，觉得润生想以此为借口杀了他。但那次两人一起浮出水面时，他还是愿意相信润生真的是脚抽筋，他认为润生的演技没有那么好。现在看来，那一次润生确实是想在海底掐死他。"我真是个傻瓜，怎么会相信润生真的是脚抽筋。"世平边走边自言自语。

然而枪声迟迟没有响起。过了好久，世平忍不住转过身，向不远处的润生望去。润生已放下枪，跪在沙滩上，此刻他面对着大海，热泪盈眶，好像眼前壮丽的景色令他感动。一会儿，他看到润生站了起来，扔掉手中的猎枪，向码头方向跑去。润生和正在钓鱼的木村说着什么，然后木村和润生同时进入汽车，离开了码头。

世平愣在那里不知道发生了什么。世平看到满天惊叫的海
鸥，他向天空疯狂地射击，几只被他射中的海鸥坠落在海水中。
成群的海鸥继续向岸边飞来，好像有更令它们害怕的东西在追
踪着它们。

十一

润生不知道自己有没有举枪。也许举枪了。至少在他脑子里有过这个念头。也许他确实瞄准了世平。

那一刻，往事在心里翻腾。当他看到子珊的那封邮件，他几乎是本能地指认了世平。最初他拒绝自己这个指认，他认为世平不可能做出这样的事。他信任世平，世平是父亲忠诚的秘书，一个可以托付一切的人。事实上这些年也一直是世平在帮着他打理事务所，还有家庭事务。但是这个念头挥之不去。几乎没有迹象显示易蓉与别的男人有过频繁的交往，他想不起世平之外任何一张男人的脸。他一直把世平当作家庭的一员，在润生和易蓉带着孩子们一起去度假时他们都会叫上世平，润生和易蓉都对世平的各种安排产生了依赖，没有世平在他们倒是不习惯了。润生回忆他们在一起相处的时光，或许是出于对图像的敏感，各种各样的场景纷至沓来，好像此刻他的脑子成了一台快速运转的计算机。

孩子们都喜欢他们的世平叔叔。特别是一贝，老是纠缠世平，让世平扮马给她骑。世平倒也乐在其中。润生看了会产生轻微的妒意，他会命令一贝下来，不能这样没礼貌。可过后，在单独和一贝玩时，润生也试着做一贝的坐骑，一贝高兴地爬到润生的背上，却说爸爸不如世平叔叔更像一匹马。儿子一铭似乎更喜欢和世平相处，经常和世平一起打乒乓球或下棋，润生一直觉得这是因为他对这类竞技类活动毫无兴趣的缘故。有一次在苏州玩，他们五个人一起吃饭时，一贝要世平喂她吃饭。世平高兴地问一贝，挑一个最喜欢的苏州菜，一贝指了指世平碗里的菜说，就那个。那是一道碧螺虾仁。世平说，你什么心理啊，只看中人家碗里的。那天润生不知哪根筋搭错了，突然说，世平，一贝这么喜欢你，要不，你认她做干女儿吧。话音刚落，易蓉突然神色大变，几乎对润生翻脸，她说，你什么意思？你不想要一贝了吗？一贝被母亲突然的愤怒吓着了，她乖巧地爬到润生身上，说，爸爸，你也喂我一下吧。一贝的情商太高了，她总能轻易掳走润生的心。润生那天激动得不行，一直紧紧抱着一贝。

润生突然理解易蓉为什么失态了。

作为一个有过专业绘画训练的人，他承认他长期忽略了一个事实：一铭的眼神和世平极为相似。那一刻在他的脑子里，这两双眼睛叠加在一起，它们不是完全相同，但神态里有那么一种隐忍的骄傲。这是他理解的世平，能干、低调、谦逊，但同时内心是骄傲的，只是时间把这份骄傲藏了起来，这份骄傲现在显露在一铭年少轻狂的目光中。世间的事就是这样，人总是不易发现明显的真相，只有当真相摆在眼前，才被迫去印证。

在仰光，在大金塔，在狮身人面佛像面前，他明确地指认了世平。他下跪时内心澎湃，仇恨折磨着他；他想原谅，但仇恨已充斥他的全身，想要破壳而出。不是坚硬的仇恨，而是无助的仇恨，他从而知道仇恨并非只有一种形态，仇恨不一定如出离愤怒的箭，也可以像癌细胞一样在体内"润物细无声"地吞噬一个人的肉身和情感。

从仰光回来，他没有辞退世平，他不能这么轻易地放过世平；他在等待某个时机，给世平致命一击。他不再让世平进入他的私人领域。不过在他得病一段时间后，他已经做出了这一姿态。

润生回国的第一件事是想办法把穆少华救了出来。在那个苦难之所，那个身为人者显得微不足道的地方，润生经常想起自己动画短片里的蚂蚁。最初绘制动画时，蚂蚁仅仅是他自我怜悯时一个卑微的意象，有了缅甸监狱那段经历，他才明白自己短片里的蚂蚁比他认为的更为卑微和可怜。

为了救穆少华，润生动用了不少关系，好在他也是一位名流，有一定的人脉。不久穆少华就从缅北的监狱里被放出来了。穆少华来杭州看望过润生，表达感谢。穆少华说，当听到润生被一个美国来的女人带走后，曾嫉妒了好一阵子。"那时候，我觉得我可能会一辈子在监狱里待下去。"润生喜欢穆少华坦率的个性，穆少华从不掩饰自己曾经的负面情感。润生多么想同穆少华讲述自己对世平的仇恨，但他说不出口。

那次见面，润生问穆少华能不能搞到枪。穆少华开始以为润生开玩笑，看到润生一脸认真，就严肃地说，润生，这种事不能干，即便我搞得到枪，我也不能干，这是违法的，如果我干了，你和我的下场可能会比关在缅北监狱更惨。润生感到非

常失望。穆少华问，你要枪干什么，缅北监狱让你失去安全感
了？润生没有回答。

　　穆少华在杭州有一个战友是开射击馆的。射击馆路有点远，
在下沙金沙湖边的一幢大楼里，门口的橱窗放着两尊穿迷彩服
的模型男女，手握 AK-47 步枪。穆少华的朋友接待了他们。射
击馆里有真枪、气步枪以及射箭项目，可以自行挑选。润生挑
选的是真枪实弹，穆少华的朋友亲自做陪练。穆少华指指自己，
说现成的就在边上，你忙你的去。穆少华的朋友不肯走，说，
一是陪陪老战友，二也算是射击馆的规则，客人一定得有专门
教练陪练。穆少华只得同意。润生挑了 95 式步枪，枪的造型看
起来很酷，润生拿了一盒子弹，出乎他意料的沉。开始润生枪
法并不好，但润生做事专注，一会儿，润生便上了道，靶靶全
中。润生射击时有一股凶悍劲。穆少华的朋友啧啧称奇，说开
馆以来这样的客人难得一见，简直是天才，要是从小训练肯定
能得世界冠军。润生没吭声，依旧毫无表情地射击。那天穆少
华却看出润生的异样，他说："润生，你有深仇大恨吗？我记得
你在难民营时看起来像个少年，现在你变了，我都不认识你了，
出了什么事吗？"

　　夏天，润生和世平去青岛谈一个项目。这期间他们一起去
潜了一次水。润生喜欢潜水，在海底能看到五彩斑斓的鱼类，
灰白相间的珊瑚礁，带着光亮的游来游去的棉花状生物，还有
叫不上名的深水植物，这些景象令他着迷。但这一次，润生无
心观赏海底世界，世平从润生前面游过，润生意识到他终于等
到了机会，他迅速地游了过去，从后面勒住了世平的脖子，他

想和世平同归于尽。这时候，润生看到从海面投来一道光，像是这道光劈开了海面，要把他和世平分开，润生犹疑了一下，放手了。他们从海底游了上来，润生对世平解释，他的脚抽筋了，出于慌乱才抓住世平。润生这么说时，绝望于自己的软弱，他意识到自己被逼入死角，他无法放下仇恨，但他实在没法对世平下手。他想起那道光，那是一个启示吗？是在这一刻来提醒他让他放过世平而拯救自己吗？他不确定。世平听了润生的解释，目光平静地看着润生，说，润生，即便我不能活着上岸也没有关系的。这句话令润生惊讶，他敏感地意识到这句话的内涵，他本来以为世平对真相一无所知，看来不是的，也许世平早已知道了。如果世平早知真相，那简直是对润生的巨大的羞辱。这令润生更加愤怒，他甚至后悔刚才松手了。

在近半年的时光中，润生一直在反刍自己的愤恨。他会回忆一些场景，他承认对孩子们的爱并没有因为知道真相而减损，孩子们依旧是他此生最美好的部分。甚至对易蓉也没有怨恨，活到如今，他对人性有足够的宽容。在那些日常画面中，他无法把世平的脸抹去，因为记忆里总是出现孩子们和世平相处的场景。在那些辗转反侧的夜晚，他有一天突然想起另一个问题：他不确定世平是不是知道真相，如果世平知道了，那么世平受到的磨难不会比他少。这是他第一次站在世平的立场想问题。当他想到这一点时，他心里涌出一种令他奇怪的柔软的情感。那一刻他意识到，他们在这件事面前其实是合二为一的。假设世平了解真相，那么他们是在共同承担同一件事，承担相同的痛苦。

　　然而仇恨不是那么容易从心里退去的，需要时间。也许安藤先生说得对，与生死相比，恨微不足道。大概是因为这句话起了作用，从安藤先生那里出来，在去长崎的飞机上，润生曾经试图和世平谈一次，他想表明他已放下。他原本想先对世平这么多年来的付出表示一下感谢，说出的话却是："世平，我们家两代人都被你照顾，我想我应该感谢你，对不对？"这口气哪像是和解，听起来更像是讥讽。世平听了反倒紧张起来，碰翻了放在飞机餐桌上的咖啡，然后借收拾咖啡的机会，没说话。润生不再继续，他明白此刻涌出的宽容仅仅是安藤先生的教诲带来的，不会维持太久。只有当宽容从自己心里生出来，才会真正和解。他审视自己的内心，他看到了那块无形而沉重的"石块"，依旧压在他的心里。他还无法真正放下。

　　此刻，在长崎的海边，当他把枪放下时，有一道光进入他的脑中。这是润生第二次在生起恶念之时感受到这道光。他看到万物在这道光里显现。他想起当年和子珊在刘庄看《仰光的收藏家》时，定格在屏幕上的大金塔，那时候他感受到这道光芒，那天他许下去大金塔朝拜的愿，而当他真正到了大金塔时，大金塔的光芒却无法抹平他的仇恨。上次感受到那道光是在青岛海底，他向世平游去，此刻他想象他们变成了两条鱼，润生再次想到从海面投射下来的光，那道像是要把海面劈开的光。灵感就在那一刻降临了，最初是混沌一片，然后慢慢清晰起来，就好像原爆刚刚在他脑子里发生，冲击波过去后，万物改变了形状，一个从未出现在他脑子里的造型，全新的造型，犹如造物主创造的造型，在他的脑子里出现。

润生双眼含泪，跪了下来。他身体激烈地战栗，他得把脑子里的东西赶紧画下来。

润生站起来，枪也不拿，跑到码头边，让木村先生赶紧送他回住所。木村把汽车开到润生身边，带上润生向山口家庄园驰去。半个小时后，他们到了润生所住的那幢屋舍。润生来不及向木村道谢，就迅速钻进了自己的房间。"我要画一些草图，请不要来打扰我。"润生嘱咐木村。

润生拿出一直带在身边的速写本和铅笔，开始整理自己想象中未来道场的样子。

他终于找到了合适的筑造地点。这个地点可以不改变他想表达的主题。这些日子他一直在纠结，他意识到无法割舍这个完全融入他个人生命体验的设计。脑子里出现的那道光让他把目光投向大海。海水是如此蓝，这会儿风平浪静，阳光照射在海面上，使得海水的蓝变得更为深沉。是的，他将把未来的道场置于海水之中。

润生开始在纸上绘制草图。通向佛殿的道路将由清水混凝土和玻璃构筑成一个卍字形的通道，象征人生的迷宫。在这个通道里要创造出生命各个阶段的感受和状态：童年的灰暗，青年的野心，至暗时刻的危机，以及突然的解脱。这个通道会根据各个人生阶段来选择玻璃的色彩并设计出相应的光线效果。润生在不同的海域潜过水，他知道从海底向天空瞭望时海水是怎样改变光线的，海水会让光线变得更为绚烂，更为令人晕眩。更重要的是海水将使光线变得有重量感，可以以此象征人生难以承受的重荷。这些带着"重量"的光线将让朝拜者产生既宽阔又逼仄、既自由又压抑的感觉。最核心的部分当然是象征解脱时刻的佛殿，佛殿将设计成一个金字塔结构，置于海水中的金字塔底部将使用清水混凝土材料，其顶部五十米塔尖则使用玻璃，水面之下二十五米是透明的，水面上二十五米尖顶也是透明的，光线将从海水上方射入，投射在佛身上，参拜者将在那一刻看见佛光并得到启示。在卍字形中两个通道尽头，将建造两座全透明玻璃电梯通向海面，出口处是两个露在海面的圆形海上道场，参拜者在那儿可以透过玻璃金字塔看见禅坐于佛殿的大佛的头部，佛庄严的面容刚好在水面之上。金字塔塔尖和圆形的道场将会构成一组和谐的三角关系，像一道解开宇宙之谜的数学公式。有一个科学家说过，至高之神住在数学公式之中。

润生开始设计生命中各个阶段的光线效果。光线的色彩、光线投射的角度、还有光线在通往佛殿的通道上形成的图案，这一切因为建在海中会和在空气中有所不同，但这只是一个技术问题，可以在海水中做一些实验，得到最好的效果。眼下是把想要的效果画出来，过去绘制的效果图中有一大部分依旧是适用的。

当他完成迷宫中那最黑暗阶段——黑暗的迷宫被斑驳暴戾的光线切割，他感到疲劳极了。他看了一下表，已是午夜。润生看到细心的山口家的用人在房间里配备了精美的日式糕点。糕点置于有些年头的长方形板式碟盘中，白色碟盘的四周有一圈金色的彩釉线条，一瓣一瓣的菊花点缀在金色彩釉线的内部；糕点清新可爱，形状做成各种花朵，山口家的樱花徽章糕点放在最中间，玫瑰状和菊花状糕点则放在四周。他端起盘子，欣赏了一会儿，做这些小东西得花很多时间吧。润生确实有点饿了，一口吞下一块。他看了一眼堆在写字台上的设计草图，然后把目光投向窗外。

黑色天幕把周遭都隐没了，庄园所在的山体面目不清，远处的大海的夜色比陆地要浅，看起来像是浮在大地之上的一个巨大的飞行器。窗外的植物因为室内光线的映照，成为近景最为确定的部分。白天听到的海鸥的惊叫声没有停息。刚才润生埋头于绘图，所有的声音都被屏蔽在外，这会儿猛然听到鸟叫声，大概是因为夜深人静的缘故，感觉异常凄怆。

此刻他内心宁静而感动，仿佛重生了一般。他感到这个设计的来处。此刻他明白地感受到自己放下了。安藤先生说得对，我们唯一可以做的一件事就是通过建筑表达对人间的爱。这是建筑对他的教化吗？有一部分是。人和建筑是双向的教导，任何艺术家都应享受这种双向教导，并从中获益。但这不重要，最重要的还是人，人和建筑是一体；上天让他体验到人间的悲苦，努力让他学会慈悲，他意识到无论是他还是世平抑或芸芸众生，谁在人间没有悲苦。此刻，他清楚意识到这个建筑现在不仅仅属于自己，也属于世平，是他们共同完成了这一作品，虽然世平并不知道。他想在明天，在某个时机，他要告诉世平："这是我们共同的作品，是为我们设计的，是为我们所爱的人设计的。"世平会明白这话吗？世平如此聪明，他应该会知道的。想到他们和解的时刻，想到因此可以彻底放下，润生感到一种从未有过的幸福感充斥了他的身心。

润生累得不行，他想他得睡了，明天他还得好好和山口洋子小姐谈谈他的最新构想，他需要有饱满的精神状态。但因感动而带来的纷杂思绪让他根本无法入睡。他吃了四颗安眠药，依旧思维活跃。他的身体已经困极了，腰部酸疼得厉害，身子散架了一样，这让他想起从前内心崩溃时出现的那些前兆。他有点担心，又狠心吃了三颗安眠药，但还是没有睡意。

灯已经关了，房间里一片漆黑。这几年他养成了一个不好的习惯，他无法在完全的黑暗中睡去，太明亮了也不行。在家里睡觉时，他习惯于让床头感光灯昏暗地亮着。他住进来时看到抽屉里有一组蜡烛，还看到和世平房间相隔的木板墙上有一只用来保护蜡烛火苗的玻璃罩子。他开灯起床，点上了一支蜡烛，放入玻璃罩子中。然后他再次关灯睡下。他看着蜡烛的火焰幻化成一个一个光圈，睡意慢慢降临。在他昏睡过去前，他想着这个设计最大的问题是筑造成本，他该如何说服山口洋子小姐认同呢？如果山口小姐接受这个方案，让润生得偿所愿，那将是他一生的杰作。并且这座道场对山口洋子意义非凡，对润生来说也有超越建筑本身的意义。他想起安藤先生的话，人会死，但有精神的建筑不会死。这座建筑将会像金字塔和长城一样永恒地矗立在人世之间。

……他在深海之中，光线从海面上射入，光线呈现七彩的光晕。有人掐住了他的脖子，他无法呼吸，不停地挣扎，他觉得自己的身体都扭曲了。他意识到自己在梦境中，想醒过来，中断这可怕的噩梦，可就是醒不过来。不止一次了，这样的梦中梦反复折磨着他。他感到自己就要死去了，身体变得灼热。他在飞来寺听高僧讲过，死亡之前，人的身体会突然产生燃烧的感觉，并发出灼人的能量，那是灵魂出窍的时刻。

在梦的深处，鸟叫声越发惊心，同时他感到房子在晃动，可他就是醒不过来。醒不过来。他掐着自己的身体，还是醒不过来。他想自己可能真的已经死了。

世平感到整座房子在摇晃，意识到是地震了。他听易蓉说起过她和润生度蜜月时在日本遇到地震的感觉。易蓉当时的口气中怀着对日本人遇"震"不惊的赞叹。易蓉说那次他们遭遇地震是在午夜，整座房子在晃动，她感到十分慌乱，可走道上悄无声息。日本人已习惯了地震，那晚没有一个人从房间出来，仓皇逃窜或惊声尖叫。易蓉也就安耽了，并为自己心里面涌出的贪生怕死而羞愧了一阵儿。

屋子晃动得不是太厉害，世平想了想今天看到海鸥往陆地上飞的情形，看来这些动物早已知道今晚会有地震。既然只是微震，世平不打算起床观察动静，这一天来他的精神极度疲惫，他不再多想，一会儿，睡了回去。

世平后来是被一股浓重的烟雾呛醒的，他看到自己房间的木板正在燃烧。他脑子出现的第一个念头竟然是谋杀，润生这是假借地震之名纵火置他于死地，这样可以完美逃脱法律的追究。他认为润生内心的杀机是明确无误的。他套上昨天打猎时穿的冲锋衣，向房舍外冲。润生的房间比他的靠里，他看到那边的火带着浓烈的烟雾向上蹿腾。

他以为会在门口看到润生。润生看到他会失望吗？还是会面带讥讽地看着一个仓皇逃窜的小丑？可是他没有看到润生的影子。润生逃离了现场吗？木村先生正向世平跑来，叫着，怎么会着火呢？庄先生呢？庄先生还在房间里吗？

火势越来越猛了，已经冲出屋顶，好像一朵巨大的花在黑夜里怒放。火焰照亮了附近的山体，植物在火焰中显出一副逃无可逃的模样，好像它们正等待着一场无妄之灾的来临。而远处那浮在地面上的大海像一面镜子，那里好像也升腾起了火焰。世平意识到刚才所有的判断都是错误的，润生还在里面，火灾不是预谋，只不过是偶然。润生可能还睡着，他知道润生靠药物睡眠，药物让润生醒不过来。

他痛恨自己，他独自丢下润生跑了出来，如果润生因此死去，那么他的罪孽会又添一桩。

"庄先生还在里面吗？"木村在叫喊，但火势让他却步。

世平冲了进去。廊道弥漫的烟雾呛着他了，他不停地咳嗽。刚才木村想拉住他，被他挣脱了，他看到木村的目光里映出火苗和恐惧。他在廊道里喊，润生，润生。在路过自己的房间时，房舍的一根燃烧着的木头掉了下来。一会儿，他冲进了润生的房间。润生安睡着，他的那个角落仿佛有神在庇佑，火势竟然没有朝那边蔓延。润生躺在床上，双手紧张地抓着床单，眼睛微睁，嘴巴张开，目光木然，胸脯在不停起伏。世平一下子热泪盈眶，润生还活着。他和润生的体重差不多，他费尽力气把润生背到背上，往外冲。润生的身体软得像一摊泥，双臂双腿下垂。世平说：

"润生醒醒，我们这就走，你要挺住，你会活着的。"

润生醒来时，发现自己正在医院里。一氧化碳和药物使他长久地昏迷，但他被救过来了。在这场地震加火灾中，润生的身体竟然毫发无损，称得上是奇迹。医生说他只需要休息，马上可以恢复正常。

但世平危在旦夕。

润生从木村先生那儿得到了昨晚发生的所有的细节。木村先生说，是世平把润生救出来的，世平背着他从火海里出来时，房顶坍塌下来，为了救润生，他翻身把润生压在自己的身子下面，一根木梁重重击打在世平的胸口。救援的消防队随后也赶到了，他们把世平和润生从废墟中挖出来，世平的右腿已经断了，胸口血肉模糊。

"世平君是个勇士。"木村脸上布满了从未有过的肃穆，但没坚持多久，突然像一个农民似的哭出声来，就好像"勇士"这个赞美带给他无尽的悲伤。

润生被震撼了。他醒来后没听医生劝，一定要去看世平。

病床上世平的惨状比木村先生描述得更为触目惊心。润生进去时，医生正在替世平换药。世平还在昏迷之中，他的心脏已经毁坏了，只剩下一点功能。如果要活下来，必须重新换一个心脏。眼下医生靠外接管子供血以维持他的生命。一条被子盖在他身上，他的面部倒是完好的，表情安详。医生揭开被子换药时，润生看到世平的断腿血淋淋的惨状，由于肿胀，白骨被球状的肉包裹，露在皮肤外面的部分格外狰狞。

润生忍不了这刺激，想要呕吐。他从病房里退出来，已泪流满面。他没有回到自己的病房，在医院长廊的一排椅子上坐下。身边没有任何人，他坐在那里久久不能动弹。透过长廊上的窗户，他看到院子里种植着日本扁柏和月桂，还点缀着诸如棣棠、连翘等花卉，一泓水流从一块石头边流过，石头上布满了青苔，阳光照在院子里，带来永恒的气息，好像这人世间什么也不曾发生过。这些植物长年目睹医院里的人生无常，它们应该已习得处变不惊的本领了。

润生坐在医院的长廊上，他想起穆少华对他说过的话："润生，你有深仇大恨吗？"润生想，如果穆少华都能感觉出来他的仇恨，难道世平会没有感觉？一定会有的，可世平还是甘愿冒生命危险救了他。他希望世平好好的，他希望有机会把昨天晚上想说的话告诉世平。

第二天，木村先生跌跌撞撞跑进润生的病房，告诉润生，世平君醒过来了。自从世平被倒塌的房子砸中，木村先生不再叫世平为甘先生，而是改成更亲切和尊敬的称呼"世平君"。润生马上起床，由于起床速度太快，脑部缺氧，眼前直冒金星。

世平躺在那里。世平昏过去前已经知道自己的右腿断了，也知道自己命悬一线。他看了一眼润生，然后闭上双眼，好像他已不想再看到这个世界。

润生握住了世平的手，握得非常紧。世平的手传来一股微弱的力量，同时，润生看到世平紧闭的双眼泗出泪水。昨晚想过的话此刻显然是不合适的，润生想表达感谢，但他无力开口。一会儿，他听到世平喃喃自语："润生……润生……"声音含混不清。他不知道世平想表达什么。

医生支开了润生。医生说，世平的气息很弱，不能耗神，更不能有太强烈的情感反应。润生站起来，他想象着世平那条骨折的右腿，就像是自己的右腿断了似的，感到钻心的痛。他不忍再看，强忍着眼泪，转身出了病房。

后来润生再次来到病房，世平已昏睡过去，一直没有醒过来。润生坐在一边陪伴。到了半夜，木村先生见润生经此灾变，精神看上去极度疲乏，劝润生先去睡一觉，他陪着即可。木村说，医生说了，世平会活着的，先生尽可放心去休息一会儿。

世平是在这天晚上死亡的，木村先生向润生报告了这个消息。医生正在处理世平的遗体，见润生到来，他们退了出去。润生站在世平的遗体前，因为内脏受损得厉害，世平的体内积了水，遗体看上去胖了一圈。有那么一小会儿，润生感到世平有些陌生，好像眼前是另外一个人，而真实的世平还活在人间。他因此有些恍惚。

木村先生递给润生一张纸条。木村先生说，是世平醒来后，一笔一画写的，他用尽了力气才写出来的。润生接过来看，这是一则简短的遗言。

亲爱的润生：

　　我想你早已了解了一切。我用自己的命换取你的命，这是上天对我的最大的仁慈。

　　　　　　　　　　　　　世平　　2015.10.25

木村先生又说："世平君最后是自己拔掉了注射器死的。我一直守着他的，我离开了一会儿，回来见他已拔掉了注射器。"

润生再也忍不住，掩面呜咽起来。

十二

润生参加了世平在安徽的葬礼。润生没告诉父亲关于世平葬礼的消息。小朱特意从杭州赶来，她在葬礼上突然的恸哭令现场充满悲伤的氛围。葬礼结束，润生去看望了父亲。父亲已显出风烛残年的样子，头上的银发日益稀疏，眼袋硕大，目光平和，只是目光里有些许的浑浊，透出因年迈而无法自主自己生命的无奈。润生犹豫着是不是要说世平的事，最终还是决定告诉父亲。父亲坐在沙发上默然良久，神情既悲哀又恍惚，好像这个消息把他带到遥远的过去。一会儿，父亲的目光突然变得锐利，他看着润生，严肃地说：

"庄先生，现在你的命已不是你的了，你要是有良心的话，你得好好干，你得用两条命的力气活着，才对得起另一条命。"

这是父亲第一次叫他"庄先生"，表明父亲叮嘱的郑重。

转眼已到了深秋，朋友圈的照片里，灵隐寺那棵巨大的银杏树落下的金色叶子铺成厚厚的叶床。那是杭州深秋一绝。

润生喜欢长久地站在钱塘江畔的家里，看对面群山以及群山之上的蓝天和白云。杭州的深秋依然生机盎然，钱塘江潮水虽没有中秋那样气势如虹，但每个农历中旬，潮水依旧会冲击钱塘江两岸。每每看到潮水涌动，润生都能感受到这人世间生生不息的力量。

夜晚降临的时候，玉皇山和凤凰山的灯光就会亮起来，射向浩渺的天空，像是微茫的人间对无限宇宙的一个问候。那儿留存着南宋皇城的遗址。过了山脉就是西湖了，润生看不见。他可以想象被不高的群山包围的西湖在夜色里的样子。湖水千年不变，湖岸景道上走着来来往往的市民或游客。山河永在，只是人间无常。人们走了又来，永不止息。每当这种时候，润生会想一些永恒的问题。在这世上，对芸芸众生来说，活着是最核心的问题，生命的意义也在活着之中。人们来过，看过美景，尝过佳肴，体验过人间的酸甜苦辣和血泪欢欣，爱过也恨过，最后总归要归于尘土，一无例外。

也许唯有死亡才能赦免一个人的罪孽。现在润生觉得人间种种都与自己相关，他是他们中的一个，他是几千年来人群中的一个，没有什么特别，他的情感普通而平凡，凡他能感受到的，人们全会感受到。

一天，润生收到子珊发过来的一个网页。子珊留言说，她看到新闻的主角是一贝希望小学的志愿者，事迹感人，也许润生会有兴趣。润生还没有把世平的事告诉子珊，那一刻他想了一下是否应该告诉她。他否定了这个念头，没必要让子珊知道，她恐怕不会理解他此刻的心情。

润生打开网页。这是某人物周刊关于冯臻臻的一则最新报道。在报道中，冯臻臻在淘宝上开的白族农产品店已带来不菲的收入，报道里还说开淘宝店的原始资本采用了众筹的方式，网友因为受冯臻臻的理想而感动，众筹者众，还有一位著名企业家投资了一小笔资金。

润生突然生出去一贝希望小学看看冯臻臻的想法。根据协议，他这个学期也应该去上一堂课，只是会比往年时间早一些而已。他联系了校长，希望校方替他安排一节课。校长爽快地答应了。校长还说，听说了他在缅北监狱的故事，上天保佑，好人得到好报。

当天，润生买了去丽江的机票。他想先去一趟边境的难民营。缅甸政府军和果敢同盟军的战争早已结束了，想必难民营也不存在了吧，就当是祭奠一下生命中的至暗时刻。

润生在丽江打了一辆网约车。司机听说要去边境有些犹豫，润生开了一个司机难以拒绝的价格，司机欣然前往。车开过原来设在边境的武警哨卡，哨卡早已撤了，他们顺利地过了水流湍急的河上的那座桥。将近中午，润生便到了边境的那座小镇。如润生猜想的，难民营早已人去楼空，原来润生设计的用山上木头筑造的难民营因无人居住已显出破败的迹象。这些木头建筑在热带闷热而潮湿的气候中将难免因腐朽而倒塌，最终成为一片废墟。难民营的小道上留下了大量的垃圾，一些塑料袋粘在地面上，一些腐烂的食物已变成了泥土的一部分，一些沙发之类的家具堆放在路边，外套破损，露出廉价的 PVC 工业软垫。有几只鸟栖息在屋顶上，它们偶尔会飞到地面啄食虫子。润生来到彭小男家那座被炮弹击中过的屋子前，几乎有一半已经倒塌了。他的脑子里出现彭小男用手枪射击仇人的新闻画面。

有一阵子，这个画面成了他从缅甸归国后行为的某个注释。

润生从难民营回来，走进从前去过的那家小酒馆。老板娘见到润生吓了一跳，以为见到了鬼。老板娘确认润生不是鬼后，拍着胸脯说，他们都说你俩被杀了，你们走后，一个月都没回来，那些大学生志愿者，那些台湾女居士，都说你们应该死在战乱中了。谢天谢地，还活着，那位穆同志也还活着吧？润生点点头。老板娘让润生坐下，给润生做了一碗红烧猪脚面。老板娘说，那些台湾女居士告诉过她，受过难的人要用一碗红烧猪脚面压惊。还说，经历大难定有后福。润生记得这小酒馆一直做这种猪脚面的，怎么同台湾风俗搭上了呢？或许老板娘想以此表达她见到润生活着的喜悦同时安慰一下润生吧。面条非常好吃，润生付钱时，老板娘坚决不肯收钱。老板娘说，收钱就见外了，你们都是好人，你们去了不回，我都去寺院给你们烧过香求过佛呢。阿弥陀佛，你们都活着，能再次见到你太让人高兴了。

傍晚，润生回到了一贝希望小学。

第二天上午，润生按计划给孩子们上课。这次校长事先没同润生商量，亲自领课，好在没有举办什么仪式，但免不了在领课时表达对润生的感谢、感激、感动。这让润生不满意，学校虽是他出资建的，但已是公物，同他再无关系。他来上课不是以恩人的身份，而是同冯臻臻一样，只不过是一位普通的志愿者。但他无法阻拦校长这么说，润生的脾气比从前好了很多，宽容了许多，很多事见怪不怪了。

冯臻臻一直没有露面。润生感到冯臻臻似乎在躲避着他。

润生上完课，打算回自己的宿舍。他看到冯臻臻在学校食堂的自来水龙头边洗衣服。她的肚子已经很大了。润生算了算，如果照世平所说，冯臻臻肚里的孩子真的是那次从边境回去时被强暴的产物，那么如今应该已经生下来了。难道肚子里的孩子是她婚后才有？这倒给了润生安慰，所谓的强暴或许只是以讹传讹。既然润生是因为冯臻臻来到这儿的，他觉得应该和冯臻臻交谈几句。他向水龙头方向走去。

润生老远向冯臻臻打招呼。冯臻臻抬起头来，脸上露出羞怯的微笑，看上去不再如从前那般大方，没有了上海姑娘的范儿。难道在边地待久了，她潜意识里已把自己当成一个白族村姑了？春节前那张纯真光洁的脸已变得略显粗糙，不过即便怀孕了，她还是好看的，她是个秀气的姑娘。

"我昨天听说你今天来给孩子们上课。"冯臻臻说。

"对，说好的，每年都要来看望一下孩子们，上课倒是其次。"润生说。

"他们都说你死了。你的一位朋友，对，叫甘世平，他来找过你，他倒不觉得你会出事。"冯臻臻说。

"他说了什么？"润生问。

冯臻臻想了想，说："忘记了，你的朋友表情蛮奇怪的，一副很痛苦的样子，好像当年失踪的不是你，而是他。你那时倒是正常的，眼睛很清澈，对这里的一切充满好奇。"

润生有点奇怪，他当年并不高兴，也算不上"正常"，不过也许来到边地，他当时确实很放松。

"听说你和司机结婚了？"

冯臻臻严肃地点了点头，低下头用力拧衣服，把衣服里的水分拧干。润生奇怪为什么冯臻臻不买一台洗衣机，她不是赚钱了吗？她低头的时候，润生看到她漂亮的脖子上有一道醒目的伤痕。她好像意识到润生正看着那条伤痕，伸手整了一下衣领，掩盖住了伤痕。

润生隐隐有点不安，他还想说点什么，但看到冯臻臻不再抬头，他觉得不好再打扰她，反身回到宿舍。

午后，润生刚想休息，冯臻臻敲门进来了，给他带来了润生在她开的网店上见过的两包香菇和两包芒果干。冯臻臻挺着大肚子，站在那儿。润生觉得冯臻臻的大肚子像一个巨大的迷宫。润生意识到冯臻臻似乎有话想说，赶紧搬出一把椅子，让冯臻臻坐下。

"你看过关于我的报道吧？"冯臻臻说。

润生点点头，说："看过，我没想到你会在这儿扎根，还开了个网店，听说生意很好。"

"他们乱写的。这些记者只想把我捧到天上，让我下不来。"冯臻臻说。

"他们把你和那白族小伙子写成了爱情传奇。"润生附和道。

冯臻臻直愣愣地看着润生，眼圈慢慢泛红。"他经常打我。"冯臻臻突然说，"我知道你看到了我的伤，我身上到处都是。"

如同润生想象的，果然同家暴有关。不过润生还是吃了一惊，愣住了，不知道怎么回应她。

"这些记者说我帮助这里的农民致富，怎么可能？事实上我欠了很多人钱，这里的人现在把我当成骗子。"冯臻臻说。

"欠了多少？"润生问。

"不是钱的问题。有一天我会从这儿逃走，但我得先生下这孩子。"冯臻臻陷入沉思，她眉头紧锁，好久没有说话，好像有什么问题令她感到无比困惑，理不清头绪。

"也许到时候我会向你求救。"她艰难地说。

她显得有些慌乱，好像说出的这句话把自己吓着了，她赶紧站起来，几乎逃似的向门外走，她回头说："他不允许我和别的男人说话，他特别多疑。"

润生送她出门。他看着冯臻臻护着大肚子缓慢地沿着走廊向楼梯方向走去，一会儿左转进入楼道，消失不见。一股酸涩的情感像利刃一样划过胸口，他清晰地意识到，这世上没有传奇，所有对传奇的幻想最终逃不出破灭的命运。这才是真实不虚的人间。他对冯臻臻的处境感到无助，也许只能等着她有朝一日向他伸出手来，他才能帮助她。他希望冯臻臻过上她想过的生活，而不是活在某种虚构的生活之中。

他希望人人都能照自己的愿望生活。

润生从一贝希望小学回来，杭州已经有了冬天的气息，那些在深秋变成红色或黄色的植物，诸如枫树、梧桐和水杉等，叶子都掉落了，温度一下子降下来。不过比起寒冬，这也算是杭州美好的季节之一，一件风衣足以抵御寒意。

润生收到子珊寄来的制作好了的动画短片。润生迟迟不敢打开来观看。往日画这些画稿的情形历历在目。完成画稿后的很长一段时间，润生感到无比空虚，仿佛灵魂的一部分已钻进那部画稿里，他的肉身倒成了空壳。经过了这么多事，他已经不完全认同原来的想法了。

　　当然，最终还是要看的。在一个独处的晚上，润生放下所有的工作，拉上窗帘，熄灭房间里所有的灯光，静静观看。润生看着动画短片，意识到自己创作动画时是多么不自量力，因为缺乏训练，他的画稿是多么不合专业规范，是子珊对画稿的补充以及耐心的制作，才使得他笨拙的画稿得以成形。虽然这片子的总体风格依旧带着润生强烈的印记，但他认为这已不是他一个人的作品，可以说这部作品是他和子珊共同完成的，同时带着子珊的风格。

　　一场惨烈的车祸，被子珊制作得十分朋克，车祸过去后，跳出了题目《致世间的遗书》；然后出现一个骷髅安静的特写，仿佛有神秘的事物蕴含其中。一只蚂蚁向骷髅爬去。润生绘制的形象经过子珊的制作令他感到陌生。音乐恰到好处，在润生的建议下，音乐是请润生认识的那位美国音乐家制作的，当年他特意为阿迦汗国际建筑奖颁奖仪式所作的音乐润生非常喜欢。在动画的结尾处，子珊做了自己的发挥。最后一幕是在天堂，那只蚂蚁站在一个四面佛前（四面佛的形象显然来自吴哥窟），润生很快认出上面形象所指，正面的佛像一半是易蓉的脸，一半是子珊的脸，背面的佛像则模糊不清。另两边则分别是一铭和一贝的形象。当然都是写意，现实中他们的脸没佛像那样饱满正大。那只蚂蚁从四面佛像中的一个小洞爬了进去。一会儿，在四面佛的背面，那个面目模糊的佛像变成一半是润生一半面目不清的形象。剧终。

　　那一刻，润生的心里充满宁静和感动。

得于动画短片的灵感（这灵感某种意义上属于子珊），润生打算在他设计的长崎道场中摆放一尊四面佛像，每一张脸都由两个面部、两种表情组成（当然总体基调都是庄严、神圣、安详和慈悲的）。他会做得更抽象，或者做成彩色的。红与黑。蓝与白。黄与绿。青与紫。不能用涂料，不能用在佛身上涂金衣的那种工艺，必须是这几种颜色的天然石材，为此他必须到全世界去找。他想象，未来，在道场建好后，人们在穿过海水底下或黑暗或色彩斑驳的隧道后，突然站在光之下，看到这样一尊既有天真相，又有温柔相，又有恐怖相，又有自在相，一尊既人间又圣洁，既复杂又单纯的佛像，人们的心情一定会像他此刻一样，仿佛重生或涅槃了一般。

润生决定把动画短片的题目改成《致人间的情书》。他给子珊发了一条短信，告知这个想法。子珊迅速回过来一条：

很好。喜欢这个片名，改得好。

2021 年 11 月 07 日　一稿
2021 年 11 月 29 日　二稿
2022 年 01 月 18 日　三稿

附 录

非如此不可

——庄润生和 *Domus* 杂志编辑比安奇的对话

Domus 致力于作为西方世界在全球建筑和设计领域的"触角"和"眼睛",正怀着好奇深入即时地了解今天正在"东方"发生的故事,了解那个热火朝天建设中的中国的真实状况。本期介绍的中国建筑师庄润生先生,他许多充满东方禅意的杰出设计以其既幽眇又耀眼的风格引起全球建筑界的广泛讨论,他的建筑作品带着中国山水画的隐逸的气质,引人遐想。就像中国艺术总是有着化繁为简的能力,庄润生先生似乎在遵循这一古老的传统,他使用极简的方式创作出他想要的设计,而这些设计中最为令人印象深刻的是他对光线的独到理解。*Domus* 杂志编辑比安奇先生同样是一位优秀建筑师,他有幸在中国和庄润生先生做了一次深入的对话。在对话中,比安奇用"巢穴主义"概括庄润生先生的设计理念,庄润生先生没有认同但也没有反对这个概念。"没有光线就没有建筑,建筑是我们心中的那道光。"在对话过程中,庄润生先生多次提及这一观念。不久以前,庄润生在面向全球建筑师招标的永城历史博物馆方案设计

中胜出。庄润生先生对这座将矗立在永城三江口的博物馆同样有大胆的想法，他的设计把这座城市的过去、现在和未来都包含其中，给人宇宙般的浩渺之感。永城是中国最早向西方敞开的通商城市之一,三江口曾是西方人聚集居住之地，那儿有中西合璧的房舍，有一座建于十九世纪的法国教堂，永城历史博物馆将建于这个区域的一座已被废弃的钢厂内。镜子的形象将会是这座历史博物馆的主题，这一概念反复出现在这座博物馆中，使得整座建筑像是处于重重镜像之中，仿佛在告诉人们历史其实就是人类的一面镜子。"我热爱废墟，它们有着出其不意的美感。当然，需要一双慧眼去发现。有一天我在厂区勘察，看到曾用于贮藏焦炭的废弃的深井已积满了水，阳光在水面上划出一道银亮的光线。我竟想起在罗马万神庙上看得到蓝天的圆形天顶，关于镜子的概念在那一刻诞生。我的建筑有时候就是从一个很小的点上发展而来的。"庄润生先生如此说。庄润生和比安奇的对话在庄润生先生工作室、飞来寺禅院以及永城历史博物馆工地等场所以轻松闲聊的方式进行，以下刊登的内容是根据两位建筑师现场录音整理而成。

比安奇：这几年我经常到中国，如今中国成了各种现代建筑的实验地，我看到很多建筑师脑子中疯狂的念头都得以在中国实现。中国这种开放的态度非常令我吃惊，作为一个有着五千年文明的古老国度，她正以年轻人才有的开放和热情态度拥抱全球的建筑师。

庄润生：您这是在赞美还是在批评？我想这同中国人对现代化的想象有关。中国作为一个文明古国，十九世纪末还处在农耕文明中。西方列强的船坚炮利打开了中国的大门，我们国家一度沦为一个半殖民地国家。1949 年新中国成立后，中国人对现代化充满渴望，我们立志建成一个工业化国家，这种渴望某种意义上会改变我们的审美。在我童年时期，我们的宣传画上画满了机器、烟囱等我们认为能代表现代化的标志性图像，我们认为烟囱是美的，包括烟囱上冒着的浓烟也是美的，烟囱被我们赋予未来性，带着某种诗意的美。

有一个很有意思的例子，改革开放初期，我国邀请贝聿铭先生来北京建造一个建筑，地点随他挑选。贝聿铭没有把建筑建在长安街，而是挑选了北京西北郊的香山，在那里筑造了具有中国元素的香山饭店，只有三层高。这个建筑在当时引起巨大的争议，争议的最大原因同我们对现代化的想象有关。当时中国人想象中的现代化就是摩天大楼，我们需要一个看上去现代化的城市，所以贝聿铭的香山饭店令当时的人们无法接受。大概要到上世纪九十年代末，贝聿铭先生筑造苏州博物馆时，我们已对现代性和我们的传统有了更深刻的认识，才完全接受了贝聿铭先生的审美。

比安奇：关于建筑的现代性与某种文化传统的关系是一个非常有意思的话题，您的建筑无疑是现代的，但依旧可以辨析出一种东方感，清晰地看到某种东方思想：从外部看，您试图让建筑完全融入环境，有一种让人忽略建筑外观的倾向；但在建筑内部，您在一个封闭系统中用光线创造了活力，创造了一个小宇宙。以我的浅见，这是中国人的观念，外在是"天人合一"的，内在是独立幽闭的，整体而言是内观而自省的。您是什么时候意识到自己传统的重要的？

庄润生：最早的时候，我其实是传统的反叛者。这可能和我童年时与父亲相处不那么愉快有关。我父亲也是学建筑的，不过后来他专注于建筑史和理论研究。在贝聿铭的香山饭店饱受争议期间，我父亲是坚定的"挺贝派"。现在回过头来看，我父亲很了不起，很超前，他在1984年就已经是我们传统坚定的维护者，所以他后来去研究徽派建筑也是顺理成章的事。凡是父亲支持的，我本能地反对。其实我当年还只有十多岁，但那时我已立志成为一名建筑师。因为父亲的关系，我们家有很多建筑方面的藏书。我很早就看过全球建筑师的作品，这打开了我的眼界。我希望成为一个像勒·柯布西耶那样离经叛道的建筑师。

比安奇：是什么缘由改变了您反叛者的姿态？我也是一名建筑师，也在全球有诸多建筑作品。在做某个建筑作品时，我有一个目标，我想颠覆以前的我，但回过头来却发现最根本的东西没有改变，它依旧顽固地生长在我所有的作品中。您难道有突然的顿悟时刻？

庄润生：确实是这样的，当我回头看从前的自己，我发现我的反叛姿态里一直有一个潜在的思维，我渴慕西方建筑。但在这种渴慕中，我一直知道那不是我全然想要的。所以我一直在问，我究竟想要什么？

我曾住在南山路不远处的一座民国时期的宅子里，是学校分配给年轻教师的宿舍。当时我在美院当老师，经常在小巷子里蹿，也经常去西湖边。我看着称得上"巧夺天工"的西湖美景，觉得她好像是从中国山水画里出来，降临到了人间一样。有一天，我看着不远处的白堤和苏堤，这是两条人工堤，但它们在那儿是如此和谐，好像天然如此。我突然意识到修筑这两条堤需要强大的想象能力。西湖并不大，如果放在现在，要用两条堤坝把一个湖一分为三一定会遭到强烈的反对。今天中国人把自然赋予的一切理所当然地视为"神圣"，这当然同环保理念有关。但白居易和苏东坡就这么做了，我觉得他们两位就是建筑大师，他们用两条线，把整个西湖与两边的景物变成了一个整体，同时使这两条堤坝成为"自然"的一部分。由此我确信，恰到好处的切割不但不会影响整体性，不会使湖变小，反而会使得山水看起来更为广阔。这两条堤把整个西湖周围的山和天际都纳入其中。我从中发现了中国山水画深藏着的秘密，也似乎领悟到中国人的思考路径。

另一个启示来自为一位昆剧艺术家设计一座剧院的经历。我的客户是一位传统昆剧的改革家，我观赏她策划并演出的《牡丹亭》，那是一段生死恋。昆剧在中国戏剧中非常特别，有着柔美悠长的调性，历来为文人所钟爱。它不擅长演绎人间烟火，因而愿意把人的梦想用极其本质的方式呈现，它通过制造

一个长长的梦境来补偿文士们内心最深的渴望。《牡丹亭》原有
五十五折，结构恢宏，我的客户是一位相当有现代意识的表演
艺术家，她根据现代审美改编了这出由三百多年前明代剧作家
汤显祖所著的剧本，精粹至二十七折，采用了双线结构。我当
时觉得这个剧里的两条线索之间仿佛存在着一种镜像关系，我
看到了阳和阴，看到了它们彼此的呼应和照耀。我深受启发，
现代性或许在形式上给中国传统带来了改革，但传统的精髓永
远改变不了。我还由此想到，在我们接受了大量西方文学、戏
剧、建筑、音乐后，西方这个"他者"其实已成为我们的一面
镜子，让我们重新发现自己的传统，我们所做的工作是用新的
形式对传统加以再次确认。

比安奇：我去看过那个剧场，那个剧场您用了两种颜色，
一半是黑色，一半是白色，这两种颜色像两个人紧紧拥抱在一
起。我当时觉得这个剧场相当暧昧和性感，我在剧场里甚至感
受到某种色情的气息。我们都知道，在每一种文明中，爱欲始
终是一种令人不安的、隐秘的议题。没有爱欲，便不会有史诗，
那么神话、故事和根深蒂固的个性便不会存在。您在建造这个
剧场时意识到"爱欲"这个问题了吗？

庄润生：那时候我正陷入一场狂热的恋爱中。后来我几乎
把这个剧场当作恋爱的纪念品来设计，存在一种只有我自己才
能意识到的无处不在的恋爱的暗示。当时我觉得剧场的每个角
落都可以用男欢女爱做设计元素。做了这个建筑后，我开始明

白，建筑和建筑师的生命感觉是密切相关的，建筑绝不是凭空而出，仅仅是头脑的产物，它比我们知道的更深远，甚至同我们每一段情愫，每一次呼吸都相关。但我觉得这座建筑是宁静的，这也是我当时的感觉，狂热恋爱反倒带给我一种精神上的宁静。我当时一直在寻找宁静的形式，寻找一种让时间缺席、万古如此的恒定感。老实说，没有人同我谈这座建筑同爱欲的关系，您看到了我当时隐秘的心境，我感到非常开心。

比安奇：在现代符号学中，建筑一直被视作一种默不作声的色情，建筑的线条和凹凸的造型，被视为爱欲的产物。让我们放下这个话题吧，毕竟建筑需要被公众打量。即便建筑师怀有私心，公众见到的也可能完全是另外的面貌，公众也有权对建筑的"私人性"视而不见。回到前面的话题，您说您曾是反叛者，您曾立志成为柯布西耶那样的离经叛道者。

庄润生：在成为一位真正的建筑师以前，我曾在全球游历，我想实地感受少年时代在画册上看过的我热爱的建筑师的作品。
我在法国浮日山区看到柯布西耶设计的朗香教堂。我看到如此狂野的带着色彩的光线，像一把一把刀子般直刺入教堂内部。我想起暴力，那些在电影里经常出现的街头暴力。在通常的理解上，暴力是教堂场域的对立面，宗教归根结底为的是让人们得到平和，得到心灵安慰，得到解脱，但柯布西耶却以他自己的方式第一次将暴力置于宗教建筑中。
在人文主义者眼中，宗教压制人类的情感，宗教的单一向度可能与人的复杂性是有悖的。我当时想，或许柯布西耶想通过某种意义上的暴力揭示暴力所带来的快感和宗教的纯洁之间的内在关系，从而展现一种全新的对人心的理解和宽恕，由此带来宗教的人性化。

我在朗香教堂还想到披头士。每一代艺术家都有自己改变并拓展人们固有认识边界的方式，披头士让我们重新认识音乐，它的方式是使用噪音——使噪音这种非音乐，一种与音乐对立的东西，成为音乐的一部分。在朗香教堂，我确信建筑有能力探索生命和宗教的关系。

正是在这些游历中，在这种和前辈留下的建筑的不断对话中，我渐渐明白自己想要的。我在西方世界的建筑丛林中回看我们的传统时，才对传统有了全新的认识和感受。这些认识和感受后来融入到飞来寺禅院的设计之中。

比安奇：在西方进入现代以前，建筑似乎天然具有宗教性，教堂的尖顶被视为向上帝的仰望，是人与神的一个联结。其实从总体上来说，哪怕是"上帝之死"后的现代主义建筑，都试图创造一个完整的自足的世界，一个试图抵达宇宙、神祇，同时能够揭示人和大地精神谜面的世界，一个试图包容精神最纯粹的样貌的世界。在建造飞来寺禅院时，您有过这样的野心吗？我能感觉到在精神上禅院依旧是佛教的，但在形式上您把它建成了一个和过去的禅院完全不同的样子。

庄润生：就像我前面说的，柯布西耶的光线运用给了我启发，但柯布西耶是完全西方的思考方式。我想用东方安静的方式表达人心的复杂。人何以需要有信仰，人如何在信与不信之间摇摆，正是这种精神上的无所适从，才确认了宗教的意义。

有一个现象很有意思。一般我们认定宗教场所是神圣的，宗教场所理所当然被视为禁欲之地，人们靠绝止欲念获得精神升华。但另一方面，在文学作品中，经常对宗教殿堂有色情想象，读者也乐于接受这种冒犯，这几乎是几千年来所有文明的共同点。我想某种程度上的对秩序的挑衅是人类的天性。这构成了人类的矛盾性，人们既向往永恒的秩序，又想破坏这种给人带来压迫感的秩序。这相当神秘，明知生命无解而试图解脱，这本身就是矛盾。

建筑不是建筑本身，而是人心的外化。怎样用建筑的形式处理宗教和人心之间的关系正是我所思考的。我们的生命内部有爱恨情仇，并因此衍生出各种行为，有时候甚至是暴力行为，暴力或隐或显，是我们能感受到的极为普遍的存在。现代心理学认为人们因力比多产生爱欲，同时也会伴随着暴力（倾向）；在基督教里，撒旦是魔鬼，同时也是暴力。这或多或少表明信仰本身是一件极为困难的事，因为我们有肉身。在佛教那里，有所谓的"放下屠刀立地成佛"，它的意思是说人要修成正果必须经过人世间的种种考验。

在我筑造飞来寺禅院时，我研习佛经，思考生命，我的个人生命经验在设计时起到了作用。我当时就想做一个有复杂生命感觉的，而并非单纯关乎信仰的禅院，想做成一座经由生命矛盾性而抵达信仰的建筑。禅院既要保有宗教建筑的实用功能，同时还要超越所谓的实用，让每一个进入建筑内的人自己感受到灵性，所以建筑师要思考的是要给实用以形式，让禅院不仅仅是禅院本身，而是我们心中的那道光。

比安奇：在您的建筑中，我看到一种对称之美，就像镜子之内和镜子之外，经常出现某种简单的、同时也是森严的秩序感。正在建造的永城历史博物馆，您也用了镜子的意象，您将会把永江的水引入到建筑外围，让建筑投影在水面之上，成为建筑的一部分。您的建筑总体上是内敛的，有时候甚至让人感觉"沉闷"和"幽闭"，这似乎同我们理解或想象中东方婉约的情感有一致性。

庄润生：我看过各种各样的西方建筑，有的色彩夸张，有的完全用雕塑的形式构筑。站在这些建筑面前，我深感东西方文化的差异，东西方对这个世界的认识有着完全不同甚至相反的路径。

就我个人来说，我认识到人生来就是不自由的，建筑也不全然是自由的，不自由或某种意义上的秩序感是建筑的精髓，也是建筑艺术用它的触角探索世界和人心的一种方式。所谓的想象力并非天马行空，它必须有一个核心思想，并且有逻辑地展开。

不自由能够抵达一个宏阔的世界吗？我觉得能。中国的古典诗歌，比如五绝、七律有那么多的规则，既对音律有要求，又对"对仗"有规定，即便那样，中国伟大的古典诗人们依旧可以创造一个宽阔的世界。比如李白的"君不见黄河之水天上来，奔流到海不复回"，每次读到这样的诗句，我都能感受到其中蕴藏着的某种宇宙般的尺度和气魄。

继承一种美学，一种文化，一种精神，一种眼睛暂时看不到的、需要建筑师去表现和创造的形式，这时候建筑师就如同创世者，当然是极其局部的创世者，创造仿佛亘古存在的命定属于这个世界的那一部分。对建筑师而言，这是最高的境界，即他所设计的建筑对现存环境而言是非如此不可。我个人认为这就是我们东方的传统，我们崇尚幽眇和低调，喜欢把一切都置于世间万物这一整体之中。

比安奇：我多次来过中国，和不同的建筑师打过交道，也许我正在理解中国人的思考方式。在中国，一个建筑师必须把环境当作朋友，这是中国文化中最重要的"天人合一"的观念。我喜欢看中国画，很有意思，在中国画里总是能看到辽阔的天空、河流和山川，人非常非常小，在画面中几乎可以忽略，人物往往坐在远方水面的一叶扁舟上，或坐在山林的一个亭子间里，这些人物的五官甚至都被画家们忽略了。在中国古画里，人和一棵树、远去的飞鸟是等量齐观的，在你们的观念中，人隐逸其中，成为万古山水中极为渺小的过客。而西方则完全不同，在西方的绘画中，风景画里几乎没有人；如果是人物画，那一定是具象的、写实的——我指的是现代以前的绘画——就好像人从万物中被挑选出来加以描绘，而在中国是人走进万物，成为万物的一部分，即您所说的整体。

庄润生：每个国家的建筑都天然地和自己的民族性相关。建筑因此是这个民族的外衣，不但是肉身的外衣，还是其观念和思想的外衣。在莫斯科，我看到宫殿的大理石柱子是如此巨大，据说这些大理石是不远万里从西伯利亚运来的，它所显现的威严和壮观简直就像权力本身，我不由得认识到俄罗斯这个民族从根本上来说相信力量、相信权力。

中国文化中因生命的短促有一个自我凭吊传统，寿限这件事成为永恒时光的一个悲伤的刻度，因而生出所谓的"生年不满百，常怀千岁忧"这样的感慨。中国人也是这样看待建筑的，他们把建筑看作人，在永恒的日月河山间，建筑像人一样是有寿限的。有一天，我路过圆明园，看到满目的废墟，我突然生出古诗词里的那种苍茫感。这涉及我们中国人的时间观念，我们的时间是一次一次更新的，每个朝代都有自己的年号，每个年号都是一次开始。我们相信轮回，相信新的事物只不过是旧的事物的一次再生。所以我们的建筑历经一次次的毁坏甚至毁灭，然后再生。这很可惜，那些历史上的名园都只是记录在文字中，需要靠想象才能体验其辉煌。

虽然我时常能体会得到中国人面对寿限生出的这种苍茫感，但作为一位现代建筑师，我不想自己的作品在时光中变成一堆废墟，或者我的创造仅仅残留在图纸上或者存在于文字中。

比安奇：您特别喜欢废墟是源于这种苍茫感吗？我记得我们刚见面时，关于永城历史博物馆，您说您是从废墟中获得的灵感。

庄润生：我觉得美是一种观念，它有永恒的一面。就像荣格所说的，我们人类有一个集体无意识，比如人们看到日落就会产生忧伤的情绪，这不是教育的结果，而是几千年来人类久远的记忆印刻到了我们的血液中，成为一种无意识的存在。但同时美作为一种观念，会在时间里更新，时间形塑着曾经被认为是美的事物，使美不具备同一性。

在罗马角斗场残破的建筑与圆明园废墟所呈现的美中，我看到建筑和生命之间的本质关系。就像没有十全十美的人，建筑也不可能是十全十美的，有时候甚至残缺不全就是美的一部分，人们甚至更愿意从残缺中想象美、发现美，比如人们喜欢在断臂维纳斯雕像前想象她可能完好的玉臂。由此我意识到没有必要追求建筑的完满。后来我听到安藤忠雄先生有类似的想法，他说当建筑完成百分之七十时有一种狂放的力量，建筑师常常会在此时生出就此竣工的念头。我经常也有这个念头。当然我们不能这样做，我们只能把一切交给时间，交给造化，让时间再次形塑你的建筑。时间是最伟大的建筑师。

比安奇：我看了您的建筑，包括您最新的永城历史博物馆设计模型，我想到一个词可以命名您的风格：巢穴主义。我觉得"巢穴"这个词很本质，人类诞生于黑暗的子宫，原始人居于洞穴，而建筑某种程度上是洞穴的进化。人类钻入洞穴还和我们对这个世界的无知和恐惧深刻相关，而正因为这种无知和恐惧才诞生了宗教。是的，我在您的建筑中看到了宗教性，只是您的"巢穴"不是暗的，而是明亮的、光影斑驳的，是地下的"阴"和光线的"阳"的完美结合。这让我想起中国的阴阳哲学。

庄润生：现代建筑的最根本思想就是简洁之美，用中国的哲学说就是"一生二,二生三,三生万物"，我要做的工作是在万物之中让建筑归为"一"，归为最简洁的形式。

只有光影和光影的渐变才能确立建筑的形貌。如果一切在黑暗中，那么这世界就是无，当一束光打下来，天地的形貌得以显现。从另一个角度来理解，是光创造了这个世界。因为有了这个想法，我才如此迷恋于光。我有时候几乎想把一切定义为光。灵感是光，情感是光，爱是光。我是个没有信仰的人，如果一定要说有信仰，建筑就是我的信仰，建筑对我来说就是那一束光。

后　记

2017 年春，我的一位生活在国外的朋友遭遇了无妄之灾，就像好莱坞电影里所描绘的，几个异族人闯入他家，他的妻子和孩子死于非命。他那天刚好在另一个城市出差而幸免于难。我的朋友是一位温和而善良的人，他并无仇人，却偏偏遭遇了如此残酷的个人灾难。我听到这个消息试图安慰他，我发现任何语言在如此惨烈的事件面前都是轻佻的。

我隔着屏幕都能感受到他的悲伤和仇恨。他那两个可爱的孩子和他的妻子瞬间从他的生命里消失了，一个原本热闹和美的家庭就此毁掉了。他一定感到这世界顷刻间变得空空荡荡。我朋友的经历带给我强烈的无常感和无力感。我非常担忧他。老天把他打入了地狱，以后他将如何面对如此残酷的创痛？如何面对这个世界？如何面对自我？又将如何解决以及安置这些问题？

《镜中》的灵感就来自对这些问题的思考。当然现在读者诸君读到的小说和我朋友的故事已没有任何关系，小说里人物的身份、职业以及所构建的社会关系亦和我的朋友完全不同，它变成了另一个故事，变成了一个关于慈悲、爱以及宽恕的故事，一个关于如何在破碎的生活中安顿我们心灵的故事。

2017年以来，我一直在构筑这个故事。这个故事在慢慢成形，当然它并不那么清晰，即便在我动笔开始写作时，也还是混沌的。这部小说需要众多知识，我开始做大量的功课，也跑了许多小说写到的地方。真正开始写作是2020年下半年，《镜中》这个题目一开始就高悬于文档上方，下面尚是一片空白，就像镜子本身。它会照亮未来漫长的写作旅程吗？开始我不确定这个名字是否好，我只知道这个名字和我所写的内容是高度契合的。有几位朋友知道我在写长篇，问我名字，他们竟然都觉得不错。有一位朋友问我为何起这样一个看上去如此哲学的名字，我开玩笑说，任何艺术都是人间的镜像啊，小说当然也是。小说就是通过虚构一个自洽的世界照见你我，照见人世。《镜中》这个题目伴随了我整个写作过程，一直没有变过，这在我的写作生涯中非常少见。

小说作为人类经验的容器，它表面上模拟的是人类生活，但这一古老的文体有着自己的智慧。中国作家在人间烟火的描摹上好极了，关于活色生香鸡飞狗跳的生活书写，中国作家恐怕是世界文学中最为出色的群体。依我个人的浅见，我们写下我们的经验，同时还需要对经验进行辨析和思考。我在《中国经验及其精神性》一文中谈到过这个问题：作为今天的中国作家，面对丰润而芜杂的经验世界，他有责任去找寻属于中国人的内心语言，有责任去探寻一个最基本的问题，即身为今天的中国人，我们生命的支柱究竟是什么，中国人的心灵世界究竟

有着怎样的密码，我们如何有效地、有信服力地打开中国人的
精神世界并找到中国人的"灵魂"。

　　当我这么说时，只是在说我想努力这么做，并不是说我做
到了。

　　这部小说的故事虽然发生在全球多个城市，但我觉得主要
还是发生在杭州，至少故事的根脉在杭州。这是我第一次写杭
州，我觉得杭州值得书写，当我想象这座城市时，她带给我源
源不断的灵感。在小说里我写下了诸多杭州的风物，我愿意把
这部小说当作我写给杭州的一首赞美诗。

　　　　　　　　　　　　　　　　　　　　2022 年 03 月 10 日

致 谢

长久以来我关注建筑艺术，喜欢贝聿铭和安藤忠雄。在书中，安藤先生作为一个角色出场，算是我用另类的方式向他致敬，向他充满光线的建筑致敬。书中关于安藤先生的对白，有些是有所本的，有些纯粹是根据我对安藤先生的理解而杜撰的。

写作本书第一部时，在一次聚会上，有人给我讲述他的一位朋友在缅北监狱的一段经历，我在那个时候听到简直犹如奇遇，令我写这个故事时更为踏实和确信。确信对一位小说家来说是多么重要，小说所需要的绵密质地首先需要小说家获得这种"信"。感谢这位朋友。

感谢本书的出版人曹元勇先生，作为曾经编辑过莫言、格非主要作品的编辑家，他温和而谦逊，像一位兄长，在我写作本书的过程中一直在默默支持我。其间我的《过往》在他主持的浙江文艺出版社 KEY-可以文化出版，但他从未要求我为这本书做宣传，他贴心地让我埋首于新长篇的写作。谢谢他对书稿周详的审读，谢谢他的严谨以及温和的指正。

感谢毕飞宇先生。我五十岁后，一直在找寻新的可能性，我希望我的写作有所变化。中篇小说《敦煌》发表后，毕飞宇及时恭喜我，并断言我正处于最好的状态，要我珍惜。我不知自己的状态是否最好，作家是脆弱的，但这种精神上的支持弥足珍贵。

还有张清华先生，他对我的写作怀有比我本人更为坚定的信心，让我不敢懈怠。我的上一部长篇《南方》完成于2014年，八年后我终于写出了《镜中》。希望这本书没让他失望。谢谢。

在某个午后，作家走走和我在电话里聊了一个多小时，她启发了我，感谢她对这部小说极具建设性的洞见。

感谢我的编辑李灿和周思。在最后的修订过程中，她们像一面镜子，让我看到未来的读者会怎么看待这本书。我几乎把所有的作品交给了 KEY- 可以文化，这个年轻团队有不少人成了我作品的编辑，他们是顾楚怡、苏牧晴、汤明明、易肖奇，还有几位营销编辑，一并谢谢他们。

还要感谢刘稚女士以及《当代》杂志的徐晨亮先生和石一枫先生的热情约稿，他们让这部作品首先呈现在读者面前。

感谢一直帮助、关心、支持我的师友和亲人，恕我不一一说出他们的名字。

感谢浙江文艺出版社多年来的厚爱。感谢我的读者。

2022 年 03 月 10 日

图书在版编目(CIP)数据

镜中/艾伟著.—杭州:浙江文艺出版社,2022.5(2022.5 重印)

ISBN 978-7-5339-6789-5

Ⅰ.①镜… Ⅱ.①艾… Ⅲ.①长篇小说-中国-当代

Ⅳ.①I247.5

中国版本图书馆 CIP 数据核字(2022)第 037248 号

策划统筹	曹元勇
责任编辑	周　思
文字编辑	苏牧晴
营销编辑	耿德加　胡凤凡
责任印制	吴春娟　睢静静
装帧设计	@Mlimt_Design

镜中

艾　伟　著

出版发行	浙江文艺出版社
地　　址	杭州市体育场路 347 号
邮　　编	310006
电　　话	0571－85176953(总编办)
	0571－85152727(市场部)
印　　刷	浙江新华数码印务有限公司
开　　本	880 毫米×1230 毫米　1/32
字　　数	275 千字
印　　张	13.25
插　　页	3
版　　次	2022 年 5 月第 1 版
印　　次	2022 年 5 月第 2 次印刷
书　　号	ISBN 978－7－5339－6789－5
定　　价	56.00 元

一本书打开一个世界

欢迎订购、合作

订购电话：0571-85153371

服务热线：0571-85152727

KEY-可以文化

浙江文艺出版社

京东自营店

关注 KEY- 可以文化、浙江文艺出版社公众号，

及浙江文艺出版社京东自营店，随时获取最新图书资讯，

享受最优购书福利以及意想不到的作家惊喜